# UNI
# CE
# LU
# LAR

# UNI
# CE
# LU
# LAR

*UM TECHNO-THRILLER DE*

**TARSIS MAGELLAN**

MARTIN CLARET

# UNICE

# ULAR

*Para Débora Araújo,*
*minha tia, e uma heroína todos os dias.*

*"(...) eu vi duas perninhas próximas à cabeça e duas pequenas barbatanas na parte traseira do corpo. O movimento da maioria desses animálculos na água era tão veloz e tão vário, para cima, para baixo, em todas as direções que era maravilhoso de se ver."*

**Anton van Leeuwenhoek, 1705**

*"Ao longo daquele mundo antigo, cinzento, de turbilhões de vapores e montanhas em formação, borbulhava a lama escura e densa infestada de criaturas minúsculas dotadas de flagelos. Milhões delas, talvez zilhões. Tantas que, mesmo diminutas, elas próprias formavam a crosta da Terra. Elas eram a Terra."*

**Ellen Wankler, 2001**

# AVISO

Esta obra é inspirada em documentos que foram interceptados pela NSA, Agência de Segurança Nacional dos Estados Unidos. O vazamento ficou conhecido em 2013 e difundido amplamente pela mídia internacional.[1]

Os arquivos descobertos pelo americano Edward Snowden descrevem investigações da ABIN[2] sobre atividades confidenciais entre cientistas, investidores estrangeiros e autoridades políticas.

As evidências sugerem um grande projeto científico, chamado de Iniciativa Unicelular, que envolveu diretamente o governo brasileiro e a empresa chinesa Biotech.

Nos documentos recebidos, nomes de agentes e demais envolvidos foram trocados. Datas foram apagadas, apesar de indícios apontarem que o projeto tenha se estendido entre os anos 2001 e 2009, numa região isolada da costa marítima brasileira.

Por causa de avarias incalculáveis que ocorreram na Iniciativa, esta foi extinta, incluindo outros dois projetos da Biotech.

Mesmo assim, 16 pessoas são vítimas desta empreitada desastrosa.

---

[1] A Lei nº 12.527, de acesso à informação, sancionada no Brasil em 18 de novembro de 2011, regulamenta o direito constitucional de acesso dos cidadãos às informações públicas e é aplicável aos três Poderes da União, dos Estados, do Distrito Federal e dos Municípios. A Lei institui como princípio fundamental que o acesso à informação pública é a regra, e o sigilo somente a exceção.

[2] A ABIN, Agência Brasileira de Inteligência, trabalha em um universo específico, com a competência de, entre outras: I — planejar e executar ações, inclusive sigilosas, relativas à obtenção e análise de dados para a produção de conhecimentos destinados a assessorar o Presidente da República; II — planejar e executar a proteção de conhecimentos sensíveis, relativos aos interesses e à segurança do Estado e da sociedade; III — avaliar ameaças, internas e externas, à ordem constitucional.

# ANEXOS

*Fig. 1*: Planta arquitetônica básica do complexo da Inciativa Unicelular, na Ilha da Trindade. Documento interceptado pela ABIN, Agência Brasileira de Inteligência.

*Fig.* 2: Documento interceptado pela NSA na operação que invadiu os computadores de órgãos federais do Brasil, incluindo a própria ABIN.

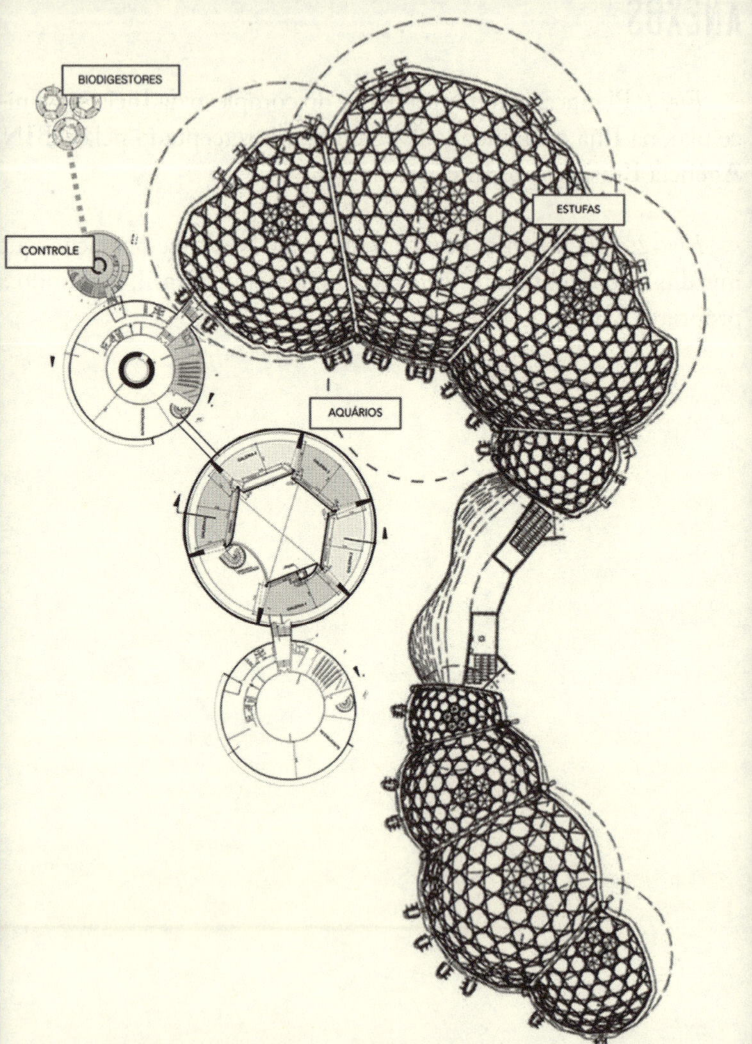
BIODIGESTORES
CONTROLE
ESTUFAS
AQUÁRIOS

ABIN

AGÊNCIA BRASILEIRA DE INTELIGÊNCIA

COMISSÃO DE INVESTIGAÇÃO E ABERTURA DE INQUÉRITOS

CÓDIGO-ALFA-PROCESSUAL: 100-9233-143-6778-157-68[illegible]-1[illegible]0-230-5439-256

CONFIDENCIAL

MÊS/ANO: [redacted]

INVESTIGADOR(A): [redacted]

RELATORES: [redacted] [redacted]

EXPRESSÕES DE ALERTA:

INCIDENTE - CIDADÃO AMERICANO - EVASÃO DE ORGANISMOS - INICIATIVA UNICELULAR - BIOTECH.

<u>TEOR-SÍNTESE:</u>

Investigação aberta e sujeita à alteração pelo presidente deste órgão para averiguação de incidente ocorrido em litoral do nordeste do Brasil a cidadão naturalizado americano. Busca de origens do incidente. Indícios de falhas em projeto de pesquisa da Biotech.

<u>INTERESSADO:</u>

Presidente do Conselho de Defesa Nacional evocando Statu Abscondito. Ordem expressa para resolução do problema e confidencialidade do projeto, objetivando a proteção das informações.

ABIN

AGÊNCIA BRASILEIRA DE INTELIGÊNCIA

COMISSÃO DE JUSTIFICAÇÃO E ABERTURA DE INQUÉRITOS

CÓDIGO ALFANUMÉRICO SERIAL: [illegible]

CONFIDENCIAL

RESUMO: [redacted]

INVESTIGADORA: [redacted]

RELATORES: [redacted]

EXPRESSÃO DE SÉRIE:

INCIDENTE — CIDADÃO AMERICANO — EVASÃO DE ORGANISMOS

INICIATIVA UNICELULAR — BIOTECH

POR SÍNTESE:

Investigação aberta e sujeita a sigilo pelo presidente desta comissão para averiguação de incidente ocorrido em litoral do nordeste do Brasil. Um cidadão naturalizado americano. Busca de origens do incidente. Indícios de falhas em projeto de pesquisa da Biotech.

INTERESSADO:

Presidente do Conselho de Defesa Nacional evocando Artigo Absoluto: Ordem expressa para resolução do problema e do desmantelamento do projeto, ou ativando proteção das informações.

# prólogo

## A COISA MARINHA

O Carolina avançou sobre as ondas do Atlântico debaixo de nuvens pesadas. O mar sacudiu o barco pesqueiro, as ondas bravas golpearam a lataria ocre. O vento marítimo tocou o rosto de Emílio Soares. Ao clarear dos relâmpagos, ele observou as águas espumarem nas margens cavernosas da Ilha da Rata.

Nos últimos anos, naqueles mares, a pesca era restrita. A Ilha da Rata, localizada no arquipélago de Fernando de Noronha, situava-se na parte mais extrema do grupo de ilhas protegidas por leis ambientais.

Emílio sabia disso. Abordado certa vez por um guarda ambiental, foi coagido a devolver a pesca por usar equipamento sofisticado. Apenas a pesca artesanal fora liberada na região. Não estranhou. A restrição nesta área aumentava a cada ano. Mesmo assim, desconfiou de algo mais.

Sobreviver da pesca o obrigou a frequentar aquelas águas, aproximando-se da costa litorânea durante o entardecer ou à noite, horário em que o controle ambiental diminuía.

Ele examinou o céu e ainda viu ao longe nuvens rosadas pelo sol, apertadas entre nimbos cinzentos. Então, ouviu um bipe e voltou os olhos para o monitor.

Há mais de seis meses, Emílio era dono de vinte barcos menores, mas os vendeu e investiu todo o dinheiro em um barco médio de pesca profissional, com equipamentos modernos, incluindo um localizador de cardumes por sonar e um GPS. Mesmo com toda aquela parafernália, a vida de pescador era dura. A pesca diária não podia ser medíocre.

O grito de um homem, abafado pelo bramir das ondas, chamou sua atenção. O motor do Carolina estancou. Emílio saiu da cabine.

— As boias! — um dos homens gritou, com um gancho na mão para puxar as redes presas por esferas flutuantes. — As boias estão afundando!

— Que diabo é isso? — Emílio perguntou e franziu o cenho. — Estão presas?

— Alguma coisa está puxando elas para baixo, *señor* — Gutierrez, um pescador uruguaio, respondeu.

Ao tentar voltar à cabine de comando para verificar as imagens do sonar, Emílio hesitou; uma onda forte empurrou o barco. A porta da cabine se voltou contra ele e abriu um rasgo na testa. Falou um palavrão. O sangue escorreu na fronte. Uma mancha fluorescente surgiu no monitor. Emílio presumiu que o barco estava ancorado sobre um cardume. Pôs a cabeça para fora da cabine e gritou:

— Usem toda força que puderem! Acho que são pargos! Nivelem as redes e puxem!

Os homens pularam eufóricos, os braços magros se contraindo ao segurar as redes. Haviam ganhado a noite. Voltariam mais cedo para casa. Pargos eram valiosos e apreciados por restaurantes e resorts.

Os quatro pescadores gargalharam e cantaram como se estivessem bêbados. Emílio sorriu. Cobriu o ferimento da testa com um pano sujo de graxa.

Escutou um ruído estridente. Ergueu a cabeça e procurou a origem do som. Um grito ferino e agudo, misturado ao bramido das ondas, ecoou ainda mais alto que elas.

*Assustador*, Emílio pensou. O barulho vinha das redes. Os homens silenciaram, seus semblantes intrigados ao ouvirem também. Afrouxaram as cordas dos punhos.

*Thishishishishishi.*

Emílio não enxergou muito bem o emaranhado de cordas.

— É uma tartaruga? — ele perguntou e mirou um holofote.

— Não parem de puxar!

— É enorme! — um dos homens gritou, usando um gancho comprido na rede. — Pesado demais para uma tartaruga!

O ruído intimidou todos eles. Os pescadores se entreolharam, desconfiados. Ao desfazerem os nós das redes, a coisa de volume gigantesco deslizou no assoalho do barco em meio a restos de algas. Não era um cardume de pargos, muito menos uma tartaruga.

*Thishishishishishishi.*

Emílio estreitou os olhos e saiu da cabine. Lá fora, sentiu um odor de podridão. Não entendeu os contornos daquela coisa. Os homens tinham expressões assombradas. Dois deles fizeram o sinal da cruz. Gutierrez balbuciou uma ave-maria.

Enrolado nas redes de pesca jazia um golfinho, apenas a parte superior do dorso à mostra. A outra metade estava envolta por uma criatura enorme que Emílio não conseguiu identificar à primeira vista, mas cujo tamanho chegava facilmente a quatro metros de comprimento. Então se aproximou, interessado e temeroso, os passos cautelosos no barco que balançava.

Notou que a coisa não se parecia com um peixe, apenas uma ligeira semelhança entre uma tartaruga e uma lula, por causa dos tentáculos que saíam do enorme crânio triangular. Aquela parte da anatomia chamou ainda mais sua atenção: era como a cabeça de uma serpente coberta por uma carapaça montada por pequenas peças, como as tecas das tartarugas, mas o brilho de um verde translúcido, bastante profundo.

Emílio sentiu asco. O foco da luz iluminou os órgãos internos, que pulsaram sob a carapaça. Viu bolsas negras se agitarem lá dentro, expurgando líquidos e bolhas cinzentas que deslizaram de um lado para o outro de modo coordenado. Naquela anatomia estranha, contou dois filamentos longos e grossos, além de uma espécie de cauda na outra extremidade da cabeça.

Por mais que fosse uma tarefa comum para Emílio reconhecer estranhas criaturas marinhas que apareciam nas redes, nunca vira nada igual.

*Que diabo de bicho era aquele*?

Muito curioso em descobrir, pensou em não lançá-lo de volta ao mar quando, de súbito, os tentáculos ricochetearam com brutalidade o assoalho do barco. Emílio pulou para trás, desviando-se de um deles. A criatura se agitou, ainda sorvendo os restos do golfinho através de uma fenda. Os tentáculos asquerosos seguravam o animal morto, o couro rasgado, com úlceras cobertas por um líquido viscoso.

Emílio não viu sinais de dentes na criatura. Nenhum sequer. A coisa bebia os fluidos do golfinho com tanta força que chegava a silvar:

*Thishishishishishishi.*

Era de fazer os pelos da nuca arrepiarem. Parecia mesmo de outro mundo.

— Talvez viva nos abismos marinhos — ele falou para os pescadores.

O açoite de uma onda violenta empurrou o barco. Em vão, tentaram se equilibrar. O golfinho se desprendeu da criatura e rolou pelo assoalho. A coisa se contorceu entre as redes e tentou se livrar das cordas.

Gutierrez balbuciou *El Manto* e fez o sinal da cruz outra vez. A coisa marinha ricocheteou os tentáculos contra a madeira do assoalho e arrancou pedaços dele. Emílio gritou para os pescadores buscarem um arpão. Nenhum deles se moveu. Os homens negaram com a cabeça, os olhos fixos na criatura.

Eles se afastaram e começaram a discutir, enquanto a coisa se contorcia nas redes e sibilava ainda mais alto. Emílio se juntou a Gutierrez e sobrepôs a voz, por causa do vento:

— *El Manto*?

O pescador recuou, o rosto pálido.

— *No lo digas ese nombre aquí, señor* — Gutierrez suplicou, com medo. — *Sólo cuando esté en tierra firme. Se cría de un demonio de los mares. Un monstruo marino que se esconde en el agua como una sombra oscura.*

Emílio não era dado a superstições. Já ouvira menções sobre monstros marinhos; pescadores se divertiam contando histórias do tipo. Mas nos últimos anos se deu conta que aparições se tornaram frequentes, contadas por pescadores que se atreviam em mares mais distantes. Lembrou-se do avô, um pescador humilde, certa vez lhe relatou sobre o Monstro do Sueste, uma velha lenda do arquipélago de Noronha, que parecia uma ilha movediça, mas que na verdade era um monstro que afundava os barcos, engolindo a tripulação. A história datava da época da colonização portuguesa.

Concluiu que Gutierrez escutara algo parecido. Era um rapaz de pouco estudo e Emílio não se importava. A mão de obra era barata. Gutierrez se conformou com um salário menor que os outros.

O uruguaio deu um grito de horror e empurrou Emílio ao chão. A força do baque nas costas foi seguida pela falta de ar. Seu tornozelo esquerdo queimou. Emílio protegeu a cabeça com os braços ao ver os homens levantarem arpões e ganchos em sua direção. Na verdade, olhavam por cima dele. Virou o pescoço e viu seu tornozelo envolto por um dos tentáculos da criatura. Gutierrez gritou de pavor. Três pescadores a espancaram sem parar, até que Emílio conseguiu se levantar, cambaleando.

O tentáculo se dividiu em vários filamentos brilhantes, que agarraram com mais afinco seu tornozelo, abaixo das bainhas das calças. Aí subiram até a coxa. Tentou se livrar deles, em vão. Um líquido grudou em suas mãos e irritou a pele.

Com o horror, percebeu a criatura mais perto de suas pernas, puxando-o com os tentáculos viscosos. A criatura surrou ferozmente o chão do barco com os outros tentáculos que surgiram das cavidades da carapaça monstruosa.

Ele estranhou o fato de estar sem reflexos e não conseguir reagir. Sua panturrilha foi envolta por outro tentáculo, que Gutierrez decepou com um facão; o pedaço cortado ainda se mexeu enrolado no tornozelo.

Emílio reparou seu próprio osso esbranquiçado para fora da carne. Gutierrez errara a altura do corte, mas Emílio não sentiu dor, apenas um formigamento no músculo e a raiva por Gutierrez tê-lo atingido.

Não teve tempo de dizer um palavrão. O peito ardeu. O ar faltou nos pulmões. Ele se ajoelhou e tossiu. A boca amortecida cuspiu sangue. Os joelhos fraquejaram. A cabeça tremeu com espasmos intensos.

Os homens se distanciaram. Seus olhos apavorados observaram Emílio, que tentou se erguer, mas conseguiu apenas se manter sobre os joelhos. Algo quente escorreu entre suas pernas. Uma massa ocre, malcheirosa, misturada à própria urina.

Nem escutou as vozes dos pescadores quando mais tentáculos o agarraram. Enlaçado por aqueles cordões pegajosos e grossos, só enxergou a escuridão. O cheiro da maresia se tornou uma lembrança.

Emílio foi arrastado junto à rede de pesca pelo baldrame sujo do barco. Como se estivesse dopado, tentou se soltar, os movimentos lerdos, a cabeça tremelicando. Agulhadas dolorosas fraquejaram suas juntas. Uma súbita paralisia o acometeu. Ainda podia gritar, mas a força dos membros escapou e o desespero da morte só piorou.

A criatura torceu Emílio para atravessá-lo entre os espaços do corrimão do barco. Seus ossos estalaram como vidro. A força do monstro escancarou as grades que os separava do mar. Ele sentiu a água tocar na língua, a garganta ardeu com o sal, a espuma invadiu seus pulmões.

Morreu antes mesmo de seu corpo ser esquartejado por aquela coisa marinha.

# 1. Incidentes

"O teor químico-biológico das primeiras evidências corroboram com as ocorrências. Realizou-se a oitiva e o questionamento de algumas testemunhas. Este órgão autorizou os meios necessários para provisão das vítimas."

[Trecho do Relatório da ABIN]

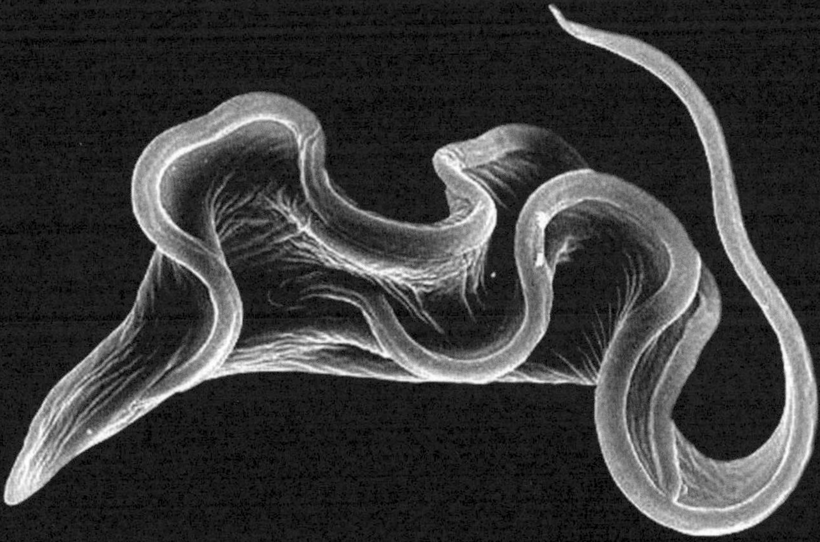

# GRITOS NA PRAIA

Mundaú, Ceará
08 de fevereiro
7h16min

Kylie Bell se espreguiçou vagarosamente sobre a cadeira de praia. A australiana chegou muito cedo com os filhos a fim de aproveitar ao máximo o litoral ensolarado do Ceará, região famosa por praias paradisíacas. Ao longo do litoral, era possível avistar áreas bosquejadas e ouvir os pássaros pipilando nos arredores. A região de Mundaú, próxima a uma vila pesqueira, tinha ares de natureza intocada e piscinas naturais formadas pelo mar. Era isto que Kylie buscava. Queria sossego depois de ter enfrentado uma separação difícil e ter conseguido a guarda dos filhos nos tribunais.

Kylie fizera a vida nos Estados Unidos como colunista do *Washington Post*, numa pequena seção de viagens. Também prestava consultoria ao *National Geographic Magazine*. Nos tempos vagos escrevia manuais de turismo, o que lhe dera a chance de assinar contratos com duas grandes editoras americanas. Enfim, era uma mulher bem-sucedida.

À procura de praias perfeitas para assessorar turistas desorientados, acabou por encontrar uma de aspecto formidável. Sabia da fama do litoral brasileiro e por isto o país a atraía tanto. Visitara diversas praias. Mas aquela, em especial, era um pequeno paraíso. Lembrava-lhe a praia de Oahu, no Havaí. Tempos inesquecíveis para Kylie. Fora lá que conhecera o ex-esposo, um fotógrafo americano muito charmoso de origem italiana.

Ela tirou os óculos escuros, erguendo-se da cadeira à procura dos filhos. Achou ter visto algo no mar. Apesar de adorar praias, sempre tinha receio de entrar na água. Ficava ainda mais precavida quando assistia aos noticiários sobre ataques de tubarões. Por isso, permitia que os filhos brincassem apenas na areia, no limiar da espuma marítima das ondas. Nada além disso.

Quando virou a cabeça de um lado para outro e não viu Adam, seu filho de três anos, levantou-se.

— Onde está seu irmão, Nancy? — gritou para a filha.

— Mamãe, o Adam está bem atrás de você — a menina retorquiu, impaciente. Era ruiva como a mãe, o cabelo na altura dos ombros, o nariz pequeno melado de bloqueador solar. Ela tinha seis anos.

— Não quero que andem separados — ordenou. — Fiquem juntos! Não há mais ninguém na praia.

Na verdade, havia um casal não muito distante, mas ultimamente Kylie perdera o senso de segurança. Ficara mais agressiva do que o normal. Às vezes, sentia-se impotente diante de pequenas situações do cotidiano e acabava por tomar decisões precipitadas. O casamento não a fizera feliz, mas o divórcio a deixara ainda pior.

— Alguém está com fome? — Kylie abriu a cesta de piquenique, arrancando um pedaço do sanduíche de atum que ela mesma fizera. Não gostava de comida brasileira. Puro preconceito e nojo, admitia. As crianças nem a olharam, tão distraídas em suas atividades na areia. — Quem fica com fome num lugar como este? — falou para si mesma, rindo.

Voltou à cadeira de praia, observando Adam na areia. Sentada, tirou o bloqueador solar da bolsa, espremeu o frasco na palma da mão e passou no rosto e no corpo do filho. Os olhos azuis do menino brilhavam. Ela deu um beijo da ponta do nariz dele e deixou que brincasse.

Deitou-se na cadeira, tentando cochilar, mas sempre atenta a qualquer ruído diferente do bramido do mar ou do pio das aves da região. Ficou naquele estado inerte, entre o sono e a consciência. Um vento morno aqueceu seu corpo. Ouviu a voz da filha ao pé do ouvido:

— Mamãe, o Adam encontrou uma coisinha na areia.

— Está certo. Não se afastem muito — falou com a voz embargada de sono. Virou a cabeça para o outro lado e relaxou o corpo.

A menina voltou a brincar com o irmão, às vezes dando gargalhadas agudas. Kylie ainda preveniu sonolenta, com a voz branda:

— Tenham cuidado.

Talvez as crianças nem a tivessem escutado. *Deixe que se divirtam*, pensou. Queria tirar outro cochilo, enquanto a voz da filha se confundia ao rumorejar das ondas.

— Tome um graveto, Adam. Agora pode mexer nessa coisinha — Nancy disse, referindo-se à criatura que nadava dentro da poça d'água formada pela maré.

Era como uma cápsula oval rosada, perto de trinta centímetros de comprimento e dezenas de filamentos gelatinosos que se agitavam. Nas extremidades, dois filamentos mais longos se destacavam dos outros.

Mais criaturas como aquela nadavam na água da praia, não muito distante da poça que se formou. A que se afastou do grupo grudou-se ao graveto na mão de Adam e subiu devagar, movendo-se na direção de seu braço.

O clima ficou mais agradável depois que uma nuvem cobriu o sol. Kylie se sentia tão confortável ali que bocejou com prazer. Aquele paraíso valia a pena. A praia não tinha a areia quente, um critério importante para que as crianças não se queimassem. Esboçou na mente os quesitos que escolheria para descrever o lugar em seu artigo. Só não gostou muito da relva florida circunvizinha à praia. Podia haver tocas de cobras. Isto a fez pensar nos filhos, mas tentou desistir das preocupações por alguns minutos. Precisava se controlar. Queria voltar ao descanso tranquilo e à mente livre de aflições.

Foi quando relaxou o corpo que ouviu o choro de Adam, seguido pelos gritos de Nancy.

# ILHA DO MEIO

Fernando de Noronha, Pernambuco
08 de fevereiro
9h47min

Os cinco mestrandos de biologia da Universidade Federal do Rio Grande do Norte caminharam sobre a grama molhada pela neblina marítima. Uma das ilhas secundárias de Fernando de Noronha, Ilha do Meio, raramente visitada pelos biólogos, por causa do difícil acesso, era a melhor delas para encontrar tipos específicos de espécies marinhas.

O lugar era muito bonito, mas o pesquisador e professor Alex Loureiro, especialista em biologia marinha, quase desistiu da excursão por enfrentar dificuldades para liberação da visita, devido ao embargo dos órgãos ambientais, obrigando-se a buscar intervenção de uma autoridade política.

Há dez anos, quando conheceu o arquipélago para estudo de fósseis marinhos, as entidades ambientais eram menos rígidas, pois naquela época havia pouco interesse turístico. Mas agora tinham a companhia de um guarda do IBAMA, responsável pela preservação da área. Assim que chegaram à ilhota, o guarda ambiental chamou a atenção dos estudantes para que não deixassem qualquer resíduo plástico no lugar.

Alex estava irritado com a presença dele. Mesmo assim, desejou que os alunos conhecessem a ilha de vegetação rasteira e vista para boa parte do arquipélago: de um lado, a Ilha da Rata, do outro, o pontudo rochedo Sela Gineta e a Ilha Rasa, além da pequena São José diante da ponta do *Air France*, nome dado à extremidade de Fernando de Noronha, a maior de todas as ilhas, onde os turistas se reuniam para contemplar o pôr do sol.

As praias pedregosas da ilhota estavam apinhadas de siris achatados. A neblina matinal a deixava um tanto misteriosa.

Havia chovido no dia anterior. A temporada do *swell* estava mais próxima — período de inverno no arquipélago com ondas mais agitadas. Os surfistas adoravam, mas Alex não; era difícil e perigoso trabalhar assim. A excursão acamparia por três horas ali. A intenção era fotografar rochas e espécimes marinhos.

Os mestrandos reprimiram a animação em silêncio reverente, na tentativa de escutar o som de pássaros nas ilhas vizinhas. Parte do grupo fotografava conchas e pequenos crustáceos no solo, usando suas Sonys e Canons.

— Observem a pequena Ilha de São José, atrás de vocês; a vegetação é rasteira, como esta aqui — o professor Alex informou, enquanto explicava com movimentos ágeis. Era um homem loiro, esguio, de queixo proeminente, a região dos olhos com as primeiras rugas dos 37 anos. — Em direção ao mar aberto, vocês verão a Ilha da Rata; a maior das ilhas secundárias do arquipélago. A visita vai ter que ficar para outro dia.

Os alunos resmungaram. Alex interrompeu sua aula quando algo atravessou seu campo de visão, um tipo de esfera felpuda do tamanho de um limão flutuava no ar. Outras semelhantes surgiram a três metros.

— Meu Deus, isto queima! — uma das alunas exclamou, desprendendo do rosto a bola oval azulada, que se desfez entre seus dedos, deixando um fluido leitoso na mão. — Eu falo sério, isto dói!

Os colegas riram. Alex pensou que a moça estivesse brincando. Catarina, tachada como a piadista da turma, sempre chamava a atenção para si.

— Lembram os esporos do fungo *Aspergillus* — Éder, um rapaz bonito, o rosto afilado destacado pelos cabelos negros, apontou para as esferas no ar. — Como nas aulas de microbiologia. O que acha, professor?

Alex ficou na ponta dos pés para saber de onde surgiram. Virou-se para ele e disse:

— Acho que são sementes de alguma árvore do arquipélago. Há muitas por catalogar — explicou, introspectivo. Instintivamente pensou em saltar para apanhar uma delas, mas não o fez. — São muito leves. Lembram sementes felpudas de ipê preto ou carrapichos.

Catarina pulou depressa de um pequeno rochedo elevado no meio da relva, deixando a máquina fotográfica cair. Esfregou, inquieta, o lado esquerdo do rosto.

— São grandes demais para sementes, não acha? — Éder perguntou, acompanhando as esferas que se dispersavam no ar, voltando em seguida o olhar para a moça. — Parecem mesmo carrapichos grudados em você. Há um no seu boné! — apontou.

A turma inteira riu.

— Acho que minha pressão caiu — a moça se queixou, ao mesmo tempo em que tirava, com as mãos nuas, as esferas grudadas na roupa. — Merda! Gente, isto queima.

— Pensei que estivesse brincando. Me dê uma dessas. Preciso catalogá-la e... — Mas antes de apanhar uma, Éder franziu o cenho. A testa e os olhos da aluna estavam repuxados para baixo. A pele avermelhada do rosto começou a inchar e evoluiu rápido para uma erupção escura. — Você está bem? — perguntou, preocupado.

Catarina tossiu. Coçou os olhos com os dedos. Seus lábios e as costas de suas mãos estavam inchados. Soltou um pigarro, como se carregasse um líquido espesso nos pulmões.

— Professor, ela precisa de ajuda! — Éder exclamou. — Acho que está sufocando.

Os outros colegas e o guarda ambiental permaneceram parados, espantados com a reação da moça. Alex gritou com o guarda pedindo que fizesse contato com urgência pelo rádio. O homem acionou o aparelho e correu até a lancha.

Catarina vomitou sobre a relva. Alguns se afastaram dela, menos Alex, que ajudou a moça a se deitar sobre a parte mais plana do solo. Ainda havia sementes grudadas em sua roupa, mas o professor evitou tocá-las.

Ele a examinou. O seu semblante estava esgazeado, as pupilas dilatadas, os lábios e bolsas embaixo dos olhos com vergões, a respiração chiada. Catarina suava muito. O corpo começou a tremer.

De repente, escarrou um líquido rubro, misturado à saliva; parecia sangue. Os colegas reagiram, gritando. Éder se juntou a Alex, que ouviu uma voz grave.

— Não temos medicamentos na lancha — era o guarda. — O material de primeiros socorros não adiantaria. Serve para cortes na pele ou inchaços em caso de baque. Jesus! Ela está tendo uma convulsão?

A moça se contorcia sobre a relva. Alex se ajoelhou ao seu lado e buscou um canivete na mochila. Pôs o cabo entre os dentes dela. O corpo da moça vibrava cada vez mais forte.

— Temos que tirá-la daqui! Me ajudem! — Alex suplicou.

Os outros levaram a mão à boca.

— O motor da lancha emperrou — o guarda disse.

— Puta merda! — Alex deu um grito.

— Por isso demorei. Não fazem manutenção há meses. Fizemos contato via rádio. Estão vindo com uma lancha maior.

— Em quanto tempo?

— Vinte minutos, no máximo — informou.

— Meu Deus! — Alex fez um sinal negativo com a cabeça e passou as mãos no rosto. — É muito tempo!

— Ela está azul — o guarda disse, impressionado e muito assustado.

A moça tremia, lutando pela vida. Éder dobrou os joelhos para se aproximar ainda mais dela.

— Tenho certeza que é um processo alérgico — ele avaliou.

— Anafilaxia? — Alex perguntou, aflito.

— Sim. Ela começou a se queixar de queimação depois que aquela semente grudou no rosto dela. Olhe o edema facial — apontou. — E ainda usou as mãos para tirá-las das roupas, por isso estão inchadas.

— Ela vai morrer — Alex falou, desolado. O desespero por não conseguir ajudá-la apertou sua garganta.

Éder tirou a camisa e enluvou as mãos com o tecido para não tocar nas esferas grudadas na roupa e pele de Catarina. Alex pegou um lenço e o ajudou. O suor escorria por todo o corpo dela. Parou de respirar e fechou os olhos.

— Sua pulsação diminuiu — Éder constatou ao pôr os dedos no punho de Catarina. Alex percebeu que ele tinha um autocontrole incrível. — É um edema na glote que reagiu a alguma toxina.

— A garganta está obstruída? — Alex perguntou.

— Sim. O ar não passa para os pulmões porque a glote inchou. Tem uma caneta?

Alex puxou do bolso da camisa uma caneta metálica e a entregou para Éder.

— Para que vai usá-la? — perguntou, atônito.

— Preciso do seu canivete, também — Éder avisou, retirando-o da boca de Catarina.

— Não vai fazer o que estou pensando — o professor titubeou. — Espere aí um pouco!

— Ela vai morrer. Precisa ser agora. Não olhem.

— Éder, por favor, não.

— O cérebro dela vai ficar sem oxigenação. Tem de ser agora!

— Não sei se é certo!

— Confie em mim! — Éder dobrou a cabeça da moça para trás, fechou o punho ao redor do cabo, a lâmina afiada apontada para a garganta dela.

Alex fechou os olhos e os outros gritaram quando Éder enfiou o canivete.

## ADAM

Hospital Geral de Trairi, Ceará
08 de fevereiro
10h51min

Dr. Estevão Trabulsi, clínico geral, escutou o grito histérico de uma mulher que ecoou perto da ala de urgência. Uma enfermeira idosa o chamou às pressas, alegando que não falava inglês e que uma "gringa" carregava nos braços uma criança desacordada.

O médico passou pelo corredor observando poucos feridos: um pescador com a mão ensanguentada perfurada por um anzol; um adolescente com a sola do pé lesionada por espinhos de baiacu, que tivera o azar de encontrar na praia; uma mulher se queixando de fortes dores no peito depois de engolir água do mar. Nada incomum para ele.

Ao entrar na ala de emergência, contudo, teve uma impressão de morte ao ver no leito um menininho pálido carregando um semblante extenuado. Ao lado, uma mulher chorava inconsolável com um celular na mão, a voz alterada ao falar em inglês com alguém do outro lado da linha. A mulher se sentou numa cadeira de plástico suja, sem cerimônias.

O Dr. Estevão levantou o lençol que cobria o peito da criança e ficou perturbado com o que viu. Uma extensa queimadura purulenta envolvia o braço direito, subindo até o cotovelo do menino. Era profunda e tinha um odor acre. A pulsação da criança estava baixa. À primeira vista, o quadro era estável, mas precisava de um eletrocardiograma mais moderno para analisar os batimentos cardíacos. A maioria dos equipamentos das unidades de pronto atendimento era velha, sucateada. Mesmo assim, podia verificar os batimentos com o que tinha. O médico tirou uma pequena lanterna do jaleco e moveu as pálpebras do menino.

— Midríase — disse em voz alta, ao perceber o enfermeiro se aproximar. — As pupilas não se contraem com a luz. Está inconsciente. Espero que não seja indício de hipóxia cerebral por envenenamento. — Observou mais de perto o braço. A necrose havia atingido os vasos sanguíneos. O médico se afastou, intrigado, encarando o enfermeiro. — Algum tipo de líquido caiu na pele dele?

— Não que eu saiba — o enfermeiro examinou o ferimento.

— Acidente com ácido, fluidos alcalinos ou fenol? — o médico perguntou.

— Não sabemos. Entendi pouco do que a mulher dizia. Deve ser americana. Não falo inglês fluente, mas suponho que seja a mãe do menino. Ela o trouxe no colo. Estava em choque quando chegou.

O médico voltou a observar o braço.

— Há equimoses e eritemas ao redor da pele. No centro da necrose, uma pequena hemorragia. Está vendo? — o médico apontou. — Vários tipos de cobras têm peçonhas com efeito similar. Todavia nunca vi nada igual. A extensão da necrose é enorme.

O enfermeiro desviou o olhar da lesão no braço da criança. Dr. Estevão, incomodado, fez o mesmo; a necrose tinha uma aparência horrível.

— Então acredita que alguma peçonha pode ter causado isto? — o enfermeiro questionou.

— Como disse, nunca vi nada igual. Por que perguntou?

— Dois residentes ouviram a mulher descrever uma coisa na praia semelhante a uma medusa. Ao que parece, ela estava com os filhos. Estão vestidos com roupas de banho.

— Quem os trouxe aqui? — o médico quis saber.

— Não tenho certeza. Posso pedir mais informações.

— Não sei bem que antídotos ministrar nesta criança. Ela terá que ser removida para a capital. Mesmo assim, traga um catártico. Quero 1000 ml. Traga também ampolas de dosagem padrão de prometazina ou difenidramina. Antes da soroterapia quero administrar corticosteroides. Prepare o material depressa. A pulsação está baixa demais. Depois fazemos a limpeza do ferimento.

O enfermeiro saiu às pressas. O médico pensou na relação entre o estado inconsciente do menino e a necrose no braço, certo de que algum tipo de toxina entrou na corrente sanguínea e...

Saltou para trás quando o bipe do eletrocardiograma soou. A mãe do menino gritou, agarrando-se ao filho.

— Tirem ela daqui! — Dr. Estevão ordenou.

Dois enfermeiros entraram correndo. O monitor cardíaco traçava uma linha contínua, reta; o coração da criança havia parado.

— É um PCR! — Estevão vozeou, começando a massagem cardíaca. Um dos homens o ajudou enquanto o outro arrastava a mulher porta afora. — Não está respirando. Quero uma insuflação. Onde está o desfibrilador?

— Foi enviado à manutenção — o rapaz informou.

— Cristo! — Estevão trovejou. — Massagem cardíaca!

O enfermeiro continuou a massagem cardíaca, enquanto o médico inseria ar nos pulmões do menino.

— Droga! Acho que fraturei uma costela dele — o enfermeiro disse.

— Use menos força.

— Não sei se posso...

— Até que reaja! Continue!

O enfermeiro prosseguiu. De repente, encarou o médico, atônito.

— Droga! — exclamou.

— O que foi?

— Tem alguma coisa errada, doutor — ele disse, controlando as mãos. — Os ossos estão se partindo. Acho que causei uma luxação no costoesternal.

— Saia daí! — Estevão gritou com tanta força que uma veia do pescoço saltou.

O médico tomou o lugar do enfermeiro. Ao colocar as mãos na altura do diafragma do menino, ficou assombrado. Os ossos pareciam moles.

— Não está reagindo! — o enfermeiro gritou.

O bipe soava contínuo. Estevão foi até o carrinho de medicações no canto da sala. Ele suava, o rosto encarnado, a testa franzida, os lábios crispados. Abriu o carrinho com força. Leu o nome nas ampolas: noradrenalina, adrenalina, atropina, dobutamina, dopamina. Pegou um frasco de adrenalina a 5% e usou uma seringa para puxar o líquido.

Correu até a criança e enfiou a agulha em seu peito.

# RETORNO

Fernando de Noronha
08 de fevereiro
10h11min

Com os olhos entreabertos, Alex Loureiro tremeu quando Éder, a sangue frio, usou a lâmina do canivete para perfurar a pele do pescoço de Catarina. Fez uma pequena incisão na garganta, na altura da traqueia. O professor ainda o advertiu:

— Tenha cuidado para não atingir a...

— Carótida, eu sei — Éder completou, inserindo o tubo vazio da caneta pelo orifício da garganta. O tom azulado na pele começou a esmorecer, rapidamente. Era sinal de que o ar voltava a transitar pelos pulmões.

— É uma artéria de alto fluxo sanguíneo, com velocidade em torno de dois quilômetros por hora, sabia? — Alex acrescentou, nervoso.

A calma com que Éder lidava com a situação o impressionou. Desde o começo, o rapaz agia com naturalidade e precisão. Éder rasgou uma faixa de pano da própria camisa e envolveu o pescoço sujo de sangue da moça. Ele devolveu o canivete ao professor.

A moça voltou a inspirar pelo orifício; o ar entrando com ruído sibilante. Depois de quase meia hora, o guarda deu o sinal de que a lancha havia chegado. Um homem de jaleco branco saiu correndo em direção a eles. Logo atrás, outro homem carregava a maca desmontável. Alex pediu que os alunos ajudassem o enfermeiro que já desmontava a maca.

— Quem improvisou a traqueostomia? — o enfermeiro perguntou muito atento, tocando no pescoço e depois no pulso da moça semiacordada.

— Eu — Éder titubeou ao dizer. — Não tivemos tempo para...

— Você foi ousado. Isto geralmente é decisivo em situações de risco — o enfermeiro interrompeu.

Éder mostrou um sorriso constrangido. O professor Alex deu tapinhas nas costas dele. As colegas do mestrado fitaram o corpo bem cuidado do rapaz, os músculos delineados. Alex percebeu que ele estava envergonhado.

— Tome! Vista uma camisa — tirou da mochila. — Sempre tenho uma reserva. Me irrita ter que ver você exibindo esses músculos. — Alex riu.

— Obrigado.

Alex e Éder desceram até a praia pedregosa, auxiliando o enfermeiro e o guarda a carregar a maca com Catarina. Eles acomodaram a moça no assoalho da lancha. A lataria tinha o logotipo impresso do IBAMA. Um homem de farda, com ar experiente, identificado como agente ambiental estava sentado próximo ao motor da lancha, a visão coberta por um Ray-Ban estilo aviador.

Alex perguntou, encarando-o sem cumprimentar:

— O senhor já ouviu falar sobre incidentes na ilha com sementes tóxicas?

— Do que está falando? — titubeou, suando acima do lábio superior. Desviou do olhar de Alex e deu partida no motor da lancha. — Como está a moça?

— Parece bem — o enfermeiro disse ao lado de Catarina. — Os batimentos cardíacos estão estáveis.

O guarda ambiental ordenou que os outros estudantes esperassem, pois todo o grupo não caberia na lancha. Apenas Alex e Éder embarcaram com o enfermeiro e o agente.

— Ela precisa de cuidado médico intensivo — disse o homem, ajustando no rosto os óculos escuros. Acelerou o motor em direção ao mar aberto e depois mudou a rota para a ilha principal. — Em Noronha, não temos muita coisa; só contamos com um clínico geral. Um avião comercial sai daqui a dez minutos do aeroporto. Se forem de barco até o continente, levarão um dia e meio. Podemos acompanhar vocês até o avião.

Alex percebeu que, enquanto o homem pilotava, olhou de soslaio para a estudante.

— Me explique melhor o que aconteceu a ela.

— Está intoxicada — Alex informou.

— Algum animal marinho?

— Não. Por quê? Soube de outras ocorrências? — Alex o testou, desconfiado de que o agente conhecia mais casos como aquele.

— Raramente ocorrem mordidas de moreias ou perfurações por ouriços do mar. Mas, em um arquipélago selvagem como este, é algo banal.

— Não me pareceu banal — o professor retorquiu — Conhece o projeto TAMAR?

— Claro que sim — o agente foi rápido ao responder. — Protegemos a área por isso. Deve saber que a ilha principal é divida em duas partes. APA, Área de Proteção Ambiental e...

— Eu sei, sou biólogo — Alex interrompeu. — Me parece muito mais protegida que nos anos anteriores.

— O número de guardas aumentou — o agente foi seco ao dizer. — Há mais turistas a cada ano.

Mas Alex tinha a impressão de que ele não havia contado tudo.

— Outro incidente parecido com este ocorreu nos últimos meses? — insistiu.

— Eu já disse que não — o agente respondeu, a voz elevada.

Ficaram calados por quase dois minutos até Éder cortar o silêncio entre os dois.

— Professor, veja — balançou um recipiente de vidro perto de seu rosto, contendo a esfera felpuda. — Coletei do boné dela antes de sairmos da ilha. Tive cuidado para não tocar. Talvez seja um esporo gigante — ele riu.

— É impossível — Alex negou, tomando o recipiente. — O senhor não leu o artigo da *Geology* sobre o *Prototaxites*?

— Sim, o fungo de seis metros de altura. Mas a atmosfera da pré-história era muito diferente da de hoje. O *Prototaxites* viveu há 350 milhões de anos. Faz muito tempo — explicou.

Relatos científicos postulam que o *Prototaxites* foi um fóssil confundido com uma conífera pré-histórica, um tipo ancestral do pinheiro. A hipótese de se tratar de um fungo gigante e não de uma conífera foi mencionada por Francis Hueber, do Museu Nacional de História Natural dos Estados Unidos. Mas duvidaram do pesquisador. Para muitos cientistas, um fungo de mais de seis metros de altura era algo inconcebível. Muito tempo depois, análises científicas modernas mostraram que Hueber tinha razão.

O professor balançou o vidro.

— E este filamento, já notou? — Éder apontou para o recipiente vedado.

Alex examinou a amostra mais de perto. Não era especialista em botânica, mas se sentiu seguro para comentar:

— Há muitas sementes com filamentos assim; claro, não do mesmo tamanho — examinou, intrigado. — Mas o que me surpreende é a toxidade dela. Por exemplo, para um adulto morrer envenenado por mamona, uma das plantas mais tóxicas produzidas pela mãe natureza, precisaria comer ao menos oito sementes. Além disso, a ricina produzida pela mamona é considerada a mais potente toxina de origem vegetal. Não me lembro de qualquer semente que possa expelir algum tipo de toxina tão potente que seja absorvida através da pele. Talvez não seja uma semente — concluiu. — Creio que ainda é cedo para uma explicação plausível. O choque anafilático de Catarina pode não estar associado a isso.

— É incrível — Éder falou, observando a moça na maca, os olhos dela semicerrados.

— O que é incrível? — Alex quis saber.

— Nosso corpo é cheio de armadilhas. Não é tão inteligente assim. Pense bem. Se absorve uma substância tóxica, logo reage com uma resposta imunológica.

— Sim. A histamina é liberada na defesa do corpo — Alex explicou.

— O problema é que a histamina, ao invés de ajudar, pode nos matar. Provoca um edema na glote e isto acaba asfixiando a vítima, caso ela não receba logo uma injeção de epinefrina. Nosso corpo ainda não evoluiu nesse aspecto.

— A propósito, como sabe tanto sobre emergência médica? — Alex questionou.

— Porque sou filho de médicos — Éder sorriu. — Eles sempre desejaram que eu entrasse no ramo. Gostavam de me ensinar manobras de ressuscitação cardiopulmonar como passatempo quando eu era criança.

Eles riram.

— E por que você não optou pela área?

— Acho a medicina pouco inspiradora. A vida ao redor dela é mais rica no que tange à biologia dos organismos, ao comportamento das pessoas, da natureza. Tudo isto sempre me fascinou.

Catarina tossiu baixo. Os inchaços nas mãos e no pescoço haviam diminuído, mas era visível que ainda precisava de atendimento médico. Alex ficou aliviado ao ouvir o enfermeiro dizer que o médico a atenderia com prioridade no único hospital da ilha, antes mesmo de ser acomodada no avião comercial.

O professor estalou os dedos, ainda intrigado com os elementos anormais que se encaixavam de alguma forma no mundo que ele conhecia: sementes, esporos, toxina. Um estado de espírito investigativo aflorou dentro dele, mais forte que no passado, quando ainda era um pesquisador curioso na graduação.

Ele não ia parar enquanto não descobrisse mais acerca do incidente que havia testemunhado.

# PROTOCOLO 77

ABIN, Brasília
08 de fevereiro
14h17min

Na sala de paredes azuladas do Departamento de Investigação Processual na Agência Brasileira de Inteligência, Rosa Villar moveu a cabeça ao ouvir seu nome.

— Roriz quer falar com você — a secretária avisou.

— O que ele quer?

— Você sabe que é confidencial. Também disse que é urgente.

Rosa se pôs de pé e caminhou até a sala do superintendente. O chefe gostava de ser chamado pelo sobrenome. Já fora militar e, na verdade, ainda parecia um.

Ao passar na frente do vidro espelhado do escritório, percebeu a mulher de pele morena e cabelos negros. Rosa se sentia plenamente confiante à beira dos quarenta anos. Ela vestia um tailleur escuro e saltos Scarpin, mas nada se ajustava à sua verdadeira profissão: uma agente da ABIN — conhecida como a CIA brasileira. Claro, não chegava aos pés da entidade americana. O investimento bilionário dos EUA em pessoal especializado e tecnologia de ponta contrastavam com a realidade da ABIN, que contou no início com equipamentos sucateados e pouco pessoal.

Mesmo assim, Rosa se adaptou às limitações do ambiente de trabalho. Competente, doutora em neurolinguística, compreendia não só os tipos de transtornos linguísticos, como sempre estava a par das novas linguagens tecnológicas. Isto era importante para um agente. Em seis meses, havia superado as expectativas da alta cúpula da ABIN. Usando poucos recursos, adquiriu confiabilidade e respeito de muitas autoridades do poder executivo. Por isso, há mais de dois anos, era sempre convocada para averiguar situações sigilosas. E foi considerada por muitos colegas de trabalho como uma das cinco mulheres mais poderosas da agência.

Abriu a porta. Os móveis sóbrios combinavam com o rosto mal-humorado de Ricardo Roriz.

— Não precisa sentar. Temos pouco tempo — ele disse, exibindo uma carranca no rosto magro demais, as covas aparentes e a testa brilhosa abaixo dos cabelos grisalhos e curtos. — Dê uma olhada — atirou sobre a mesa um maço de papéis, a capa timbrada com o logotipo da ABIN: uma esfera azul com dois anéis dourados dispostos em X.

Rosa folheou o processo, uma cópia registrada com mais de cem páginas. A ABIN costumava arquivar duas naturezas de documentos: confidenciais e sigilosos. A olhos destreinados poderiam ser a mesma coisa, mas não eram. O primeiro seria levado a público em alguma ocasião; o segundo, nunca. Na borda inferior, notou a sequência de letras e números típica em documentos confidenciais: ALFA-2323/77-B. As primeiras letras simbolizavam um projeto da inciativa privada, não finalizado. Os números, depois da barra, resumiam a natureza do projeto, ou seja, pesquisa e empreendimento em biotecnologia. A última letra mostrou-lhe que ocorreram duas vistorias, mas eram ao menos quatro, terminando em D. Tais inspeções eram secretas. Nem a empresa envolvida sabia disso. Apenas autoridades específicas do país, como a Presidenta.

A ABIN zelava pela segurança da nação, concentrada em qualquer possível foco de ameaça ao Brasil, e, como qualquer agência secreta, trabalhava com muita discrição.

Rosa ficou intrigada ao abrir o documento. Observou plantas arquitetônicas de laboratórios, o esquema de uma estufa magnífica com 90 metros de altura e área de extensão maior que um campo de futebol, tudo tracejado e medido com precisão geométrica. Notou também mapas do arquipélago de Fernando de Noronha; em um deles, a ilha principal, o lado leste limitado por traços circunscritos. Virou a folha. Ficou interessada na imagem por satélite da Ilha da Trindade, em outro arquipélago ainda mais distante da costa marítima brasileira. Por último, leu uma lista de nomes de espécimes de cuja natureza desconhecia.

— Há muita grana estrangeira aí. — Roriz coçou a sobrancelha. — Faz parte do acordo com autoridades à frente deste país. E no caso dessa empreitada milionária, o pessoal do Ministério de Minas e Energia vem acompanhando o trabalho dos cientistas envolvidos no projeto.

Rosa imaginou a proporção daquilo, mas percebeu a intenção dele.

— Espero que antes de me pedir qualquer coisa, lembre do que combinamos — ela o advertiu.

— Certo. A sua licença. — Fez um muxoxo. — É óbvio que não esqueci. Agora mesmo estava pensando que, caso você reclamasse seu direito...

— Pelo amor de Deus, Roriz! — Rosa soltou o tom de súplica na voz. — Sabe que acabei de chegar de uma ação penosa que durou uma semana. Até o fim do dia, o relatório oficial da Operação Doyle estará pronto. Mesmo cheia de escoriações nos braços e pernas, eu não me permiti descansar. Eu mereço a licença. Você a prometeu. Corri riscos!

— Eu sei — ele ponderou. — Mas primeiro escute o que tenho a dizer.

*Cristo, que homem implacável*! Deixou que ele continuasse a falar.

— Houve um incidente, no litoral do Ceará, hoje de manhã. O pessoal da Central de Inteligência interceptou as informações do Ceatox.[1] Sabemos disso porque um médico atendeu uma

---

[1] Ceatox é a sigla para Centro de Assistência Toxicológica. É um serviço gratuito por telefone que funciona 24 horas para consultas em caso de intoxicação ou envenenamento. Estudantes de medicina, farmácia e enfermagem, treinados especificamente na área de toxicologia, auxiliam no trabalho com ajuda de computadores preparados com um sistema que informa acerca da administração de medicamentos e substâncias em pessoas.

criança estrangeira em um pequeno município chamado Trairi. Procurou ajuda do centro de toxicologia porque não conseguiu executar os primeiros socorros com eficiência. Há ligações feitas entre 10 e 11 desta manhã. Os relatos dele são de uma criança intoxicada com substância de origem desconhecida. A criança estava com a família na praia, afastada da cidade. Tudo indica que foi envenenada ou mordida por algum animal.

— Certo — Rosa falou, controlando o interesse, ainda mais quando envolvia uma criança.

— A mãe do menino é naturalizada nos EUA. Agora o filho dela está em coma. A mulher andou alardeando para o ex-marido que mora em Nova Jersey. A coisa toda já virou um problema. Ele contatou o consulado brasileiro. E, claro, nos chamaram imediatamente — Roriz suava. — Abrimos a investigação hoje. A história não pode chegar a público. Podemos ser pressionados a revelar um projeto confidencial que envolve a Biotech.

— A indústria farmacêutica chinesa?

— Sim, uma das grandes. Se isso acontecer, o projeto afunda e deixamos de receber milhões em investimento. De qualquer forma, caso a investigação não inicie, teremos problemas de diplomacia com os Estados Unidos. Você compreende a situação?

Ela fez silêncio por meio minuto.

— Estou sem dormir direito há dois dias e tentando digerir tudo o que testemunhei. Roriz, vi gente morrendo — Rosa titubeou ao dizer.

— Eu sei que a Operação Doyle não lhe fez bem, mas preciso da sua cooperação.

De olhos semicerrados, Rosa massageou as têmporas. Contrariada, fez sinal afirmativo com a cabeça.

— O dossiê que lhe entreguei contém informações confidenciais sobre a Biotech. Há indícios de que ela seja responsável pelo caso do menino americano — Roriz abriu uma ficha com papéis timbrados, examinando algumas informações enquanto falava. — Em janeiro do ano passado, na praia de Tourinhos, litoral do Rio Grande do Norte, um surfista foi atingido por uma suposta medusa. Teve queimaduras no corpo todo. Alguns pescadores viram uma criatura submergir nas ondas.

— Qual foi o depoimento do surfista?

— Ele morreu. Chegou a ser socorrido, mas, depois de duas horas, não resistiu. A causa da morte foi oficializada como envenenamento. No exame do perito médico, a toxina no corpo da vítima é uma incógnita. Não bate com o tipo produzido por águas-vivas ou medusas. O menino americano também apresenta um diagnóstico semelhante, pelo que sondamos.

*Vítimas mortas por águas-vivas ou medusas?*, Rosa se perguntou. Talvez nos mares da África do Sul ou na Austrália, mas no Brasil? Até mesmo ataques de tubarões eram esporádicos. No geral, as praias brasileiras ofereciam segurança aos banhistas.

Roriz continuou:

— A Biotech andou realizando novos experimentos farmacêuticos, patrocinando pesquisas de cientistas brasileiros em parceria com cientistas chineses. Isto tudo é confidencial, por conta da questão dos direitos de patente — informou, relaxando as mãos elegantemente sobre a mesa. — Nos últimos quatro anos, começaram a perder dinheiro, por isto iniciaram um novo empreendimento para angariar fundos. O projeto principal funciona na ilha da Trindade, bem afastada da costa brasileira, no litoral do Espírito Santo. Mas sabemos que a iniciativa tomou proporções assombrosas e há algo sendo desenvolvido em Fernando de Noronha também.

— Mas é uma reserva marinha — Rosa lembrou.

— Ainda é "em termos". A autorização para a Biotech desenvolver suas atividades por lá valeu bilhões em reais à China. O impacto ambiental seria mínimo e cooperaria com "a promoção da pesquisa e da ciência", como disse um dos sócios da empresa — Roriz negou com a cabeça e fez uma careta.

— Mas é cheio de turistas. O lugar é aberto ao público.

— Apenas em parte da ilha. Já ouviu falar do projeto TAMAR, que protege tartarugas marinhas?

— Sim.

— Um engodo para proteger a iniciativa da Biotech.

Rosa ficou surpresa.

— O projeto TAMAR funciona, mas está sendo usado para diminuir qualquer expectativa de visitação de áreas específicas da ilha principal. Além disso, foi providenciado todo o isolamento necessário. Barcos de pesca profissional são proibidos de se aproximar.

— Região de Experimentos?

— Isso mesmo. Mas nossas suspeitas recaem sobre a ilha da Trindade. É lá que as coisas acontecem. Como um sítio A; um laboratório principal.

*É um projeto grande*, Rosa pensou.

— Por que o Ministério de Minas e Energia se envolveu com esta iniciativa?

— Leia o dossiê – Roriz pediu, apontando para o tomo sobre a mesa. — Rosa, ouça. Posso escolher outra pessoa. Temos um agente da superintendência de Santa Catarina esperando para ser chamado a qualquer hora. — Roriz juntou as mãos sobre a mesa, fitando-a. — Mas você é nossa melhor agente. Em cinco anos de treinamento, foi a única que se destacou. É solteira e tem tempo para as ações desta agência. É estrategista e inteligente. A última investigação deixou isso bem claro.

— Eu apenas sobrevivi — ela lamentou.

— Você descobriu um grande esquema. Queremos alguém assim. A própria Chefe de Estado recomendou sua participação, tendo em vista a última operação.

— Está certo. Mas quero todo o aparato necessário — exigiu.

Roriz não expressou nenhuma mudança de humor. Apenas pegou o telefone da mesa e deu uma ordem. Depois disse a ela:

— Leia o documento durante a viagem. Assim que chegar, averigue tudo que puder. Quando esta operação terminar, prometo que terá sua licença no melhor hotel do mundo.

Ela saiu da sala com o protocolo em mãos. Mal pegou um copo descartável de café, já ouviu um ronco alto que vinha do pátio principal. Rosa abaixou as persianas. Havia um Sikorsky de tom azul metálico. Roriz havia premeditado tudo. O desgraçado sabia que ela aceitaria. O piloto acenou para ela de dentro do helicóptero.

A secretária de Roriz apareceu no corredor.

— Você está apenas com as roupas do corpo. Vai precisar disto — deu a ela um pacote pardo. Rosa sentiu o peso e tateou o volume dentro do papel. Virou o pescoço e viu que o piloto acenava com insistência.

— Precisa ir — a secretária disse. – Tenha cuidado.

Estranhou a maneira como ela disse a frase. A secretária rodopiou sobre os saltos e saiu pela porta.

Quando Rosa cruzou o pátio, aproximando-se do helicóptero, seus cabelos açoitaram o rosto. Ao se sentar nos bancos de couro, o piloto recomendou:

— Terá que apertar bem os cintos! — falou alto por causa do ruído da hélice. — Vai ser a viagem mais rápida que já fiz. Foi informada sobre suas escalas? — Rosa fez que não com a cabeça. — Vamos descer em um aeroporto particular, em Natal. De lá, outro helicóptero levará você até Trairi, no Ceará.

Ela afirmou com a cabeça, mecanicamente.

O helicóptero subiu. Rosa abriu o pacote entregue pela secretária. Havia um cartão de crédito internacional, além de um minicilindro de propano-5. Ao observá-lo na palma da mão, soube com o que ia lidar. Jogou o cilindro de volta no pacote, deixou-o de lado e folheou o protocolo 77. Uma guinada de ar sacudiu a aeronave. Interrompeu a leitura para examinar o relógio de pulso. Respirou fundo e voltou a ler o protocolo confidencial.

# ASCÓSPORO

UFRN, Rio Grande do Norte
8 de fevereiro
15h10min

Alex estava animado quando destrancou a porta do Laboratório de Botânica da Universidade Federal, após ter deixado Catarina aos cuidados médicos de um hospital particular. Ligou luzes e aparelhos.

— Não sou especialista na área de microbiologia e nem botânica — falou para Éder —, mas detenho um conhecimento bastante razoável sobre o assunto. Estive pensando muito sobre o caso em Noronha. Vamos usar a lupa. Quero descobrir que diabo é isso.

Os dois vestiram as luvas de silicone. Alex foi cauteloso. Abriu a tampa do vidro e depositou o espécime numa das mãos de Éder, que, por sua vez, posicionou abaixo da lente. Uma pequena câmera ligada a ela projetou a imagem no monitor de trinta polegadas. O professor ligou a luz do aparelho. Aumentou o foco da lente. Puderam ver com detalhes o espécime. Alex relembrou as aulas de microbiologia.

— Maravilha!

— O que foi? — Éder perguntou, curioso.

— Dê uma olhada! Isto não é uma semente — apontou para o monitor.

— Eu tinha suspeitado. Mas como tem tanta certeza?

Alex ampliou o foco da lente e manteve os olhos no monitor.

— A morfologia de uma semente, em qualquer tamanho, apresenta três componentes integrados: a cobertura, o tecido de reserva e o eixo embrionário. Mas nada disso é evidente nesta espécie. Não tem traços de um pseudofruto, nem de uma flor. Na verdade — ele titubeou —, talvez você tenha razão. É esporo de fungo. Pelo menos, tem a anatomia celular de um.

Mesmo assim, seria possível uma coisa deste tamanho? — Alex não se convenceu de sua própria conclusão.

Éder, intrigado, buscou o notebook e pesquisou fotos na Enciclopédia Digital de Micetologia, disponível na Biblioteca Virtual da Universidade.

— Há muitos tipos deles. Que espécie suspeita que seja essa? — indagou, mostrando as fotos no computador.

— Não tenho certeza.

— Devíamos chamar um micetologista ou qualquer outro especialista em fungos para opinar — Éder sugeriu, enquanto comparava fotos que pudessem se assemelhar à amostra. — Que tal o professor Martino? Ele é um especialista.

Alex ficou desconfortável, pois não gostava dele. Discutiu inúmeras vezes com o colega de trabalho por discordar da maneira como conduzia seus alunos bolsistas em benefício próprio.

— Tem o ego inflado demais — comentou, observando o monitor. — Vai querer saber onde encontramos.

Sempre foi cuidadoso com outros pesquisadores. Muitos se apropriavam de descobertas científicas alheias. Lembrou-se do caso de um professor lesado por outro que roubou sua descoberta, publicando-a em artigos de revistas científicas. Apropriavam-se das pesquisas de outros a fim de serem reconhecidos. As Universidades sempre eram palcos de guerras políticas e muitos professores se permitiam qualquer coisa para chegar a importantes cargos de gestão.

— Acho que é um ascósporo — Éder proferiu, de repente. — Observe a foto.

Alex olhou para o notebook. Em seguida, comparou com a imagem do monitor. Controlou a perplexidade.

*Um esporo gigante*!

Era inconfundível, por mais que a imagem fosse computadorizada nas fotos de microscopia eletrônica. Alex retirou as luvas e, atencioso, comparou as duas imagens nos respectivos monitores.

— Note as estruturas internas, os ascos. Você está vendo? — Éder bateu o dedo na tela do notebook.

— Sim. Três ascos envoltos por uma fina membrana azulada — Alex disse, atônito. — Aquilo são filamentos? — apontou para o notebook.

— Centenas deles, como no nosso espécime. — Éder franziu o cenho.

— São gelatinosos afixados ao corpo esférico — o professor constatou.

Os dois fizeram silêncio.

— Pode ser mesmo possível? — Éder o questionou, encarando-o.

Alex hesitou antes de confirmar, ainda assombrado. Um fungo gigante encontrado há anos em forma de fóssil no período dos dinossauros era uma coisa muito diferente. Não era uma anomalia nas células, mas sua estrutura genética lhe permitia ser enorme.

Aquele esporo era só a pequena parte de um todo. Se alcançou volume, aquilo que o originou tinha dimensões assombrosas. O fungo que o produziu devia ser bem maior. Imaginou que fosse tão alto quanto uma árvore frondosa, mas, em vez de galhos, um ramo de hifas delgadas.

*Inacreditável. Mas como se desenvolveu tanto?*

— Morfologicamente é o esporo de um fungo! — Éder disse, eufórico. — É claro que uma análise profunda poderá revelar outros elementos. Se for realmente um esporo gigante, temos uma descoberta e tanto nas mãos. A *Nature* ou *Scientific* publicariam uma matéria sobre o assunto. Já pensou, nossos nomes citados?

— Seria um desastre alguns desses esporos soltos no ar — Alex conjecturou, o olhar distante. Estremeceu ao pensar nas consequências daquela possibilidade.

— Se é um ascósporo de fato, então produz uma micotoxina; a substância que pode ter causado a convulsão em Catarina — Éder concluiu. — Que tal tentarmos descobrir?

— Não temos equipamento para isso — Alex foi taxativo ao dizer.

— Talvez o pessoal da Bioquímica possa nos ajudar.

— Eles têm pouco maquinário. Quando queremos resultados precisos, enviamos as amostras para o Instituto Butantan ou Fiocruz.

— Veja! — Éder apontou para o esporo, que de repente murchou, degradando-se até chegar a um tom ferrugem.

— O que você fez?

— Nada. Juro por Deus! Talvez só consiga viver em um ambiente controlado.

Alex suspeitou de que ele estivesse certo. Supunha isso desde o começo. A natureza não podia provocar tal "acidente". Não havia precedentes nos anais científicos. O professor se voltou para Éder:

— Use a prensa para retirar os fluidos desta coisa, então deposite numa ampola de plástico. Não precisamos de mais do que 2 ml. Vamos enviar uma amostra por correio, o mais depressa possível, para o Laboratório de Toxicologia da Fiocruz. Vou tentar conseguir um tubo criogênico de aço para conservar a amostra.

— Onde vai arrumar um tubo criogênico?

— Minha irmã é zootecnista. Trabalha com criogenia de embriões bovinos em um laboratório particular. Talvez consiga um.

— Não estou certo do que isto realmente é. Parece inconcebível — Éder disse, inserindo o esporo entre as duas lâminas da prensa.

— Lembro-me das palavras de um teórico chamado Louis Kahn, que disse: "Quando um cientista está observando um fenômeno, não está levando em conta o que pode ser inacreditável" — Alex citou e foi em direção à porta. — Quando a amostra estiver pronta, me diga. Vou ao departamento de Geografia. Será rápido.

— Fazer o quê?

— Investigar o acervo de mapas.

— Mapas?

— Quero detalhes do arquipélago de Noronha.

— Você não precisa de mapas. Use o software Geo com o pessoal do Autocad. Eles têm acesso a estradas, construções em 3D e rotas marítimas. Tudo que precisar. Está vinculado a um pacote de informações do Google Earth. Mas acho que, se não correr, vai dar de cara com a porta fechada.

Éder escutou a trava bater.

# MEDIDAS URGENTES

BR-020, Trairi, Ceará
08 de fevereiro
22h07min

O helicóptero pousou numa área baldia à margem da estrada que seguia até a cidade. Rosa viu o brilho ténue da neblina sobre a praia distante, salpicada pelas luzes dos barquinhos pesqueiros.

Dez minutos depois, um EcoSport vermelho parou na estrada. Rosa se afastou da aeronave, que subiu e desapareceu no céu noturno antes que nuvens chuvosas aumentassem no céu.

Um homem bateu no vidro do carro, gesticulando para que ela assumisse o banco do motorista. Rosa abriu a porta e o homem pulou para o carona. Ele ligou as luzes internas.

Vestido com bermuda jeans e camisa de algodão cru, o homem piscou para ela. Tinha a tez bronzeada. Era um homem magro, de belo sorriso.

— Eduardo Monteiro — apresentou-se, estendendo a mão para Rosa. O aperto foi firme. — A superintendência de Fortaleza me convocou às pressas. Espero que tenha feito uma boa viagem.

— Estou um pouco cansada — deu partida no carro e seguiu viagem.

— Serei seu contato aqui para o que precisar.

— Quais as últimas notícias sobre o garoto americano?

— O menino está sob cuidados médicos. Quadro muito instável. Conseguimos equipamentos mais modernos e dois médicos especialistas em envenenamento. Acharam melhor não transferi-lo para outro hospital. A saúde dele está bastante frágil. Eles acham que sou da Embaixada Americana — ele riu. — Imagine!

A estrada cruzou a cidade de Trairi, com ares de interior. Eduardo orientou Rosa até o hospital. Ele continuou falando:

— Disseram que você vai relatar o caso. Não me deram permissão para isso, apenas para providências. Nem sei o que está acontecendo.

— É um fato bastante sigiloso. Estamos agindo com cautela — Rosa explicou, deixando a entender que ele não devia saber muito.

Ela estacionou. Os dois saíram em direção à porta principal.

Hospital Geral de Trairi
22h23min

Ambientes hospitalares nunca a agradaram. A recepção, desprovida de qualquer conforto, contava apenas com algumas cadeiras. Não se assustou por não haver ninguém para atendê-la. Seguiu até um dos corredores.

Um velho gritava de dor, a perna esfacelada mostrando a ponta branca do fêmur numa cadeira de rodas, no setor de traumatologia.

— Trabulsi.

— O quê? — Rosa perguntou.

— O nome do médico é Estevão Trabulsi — Eduardo comentou. — O menino foi transferido.

— Não deve ser difícil encontrá-lo. O hospital é pequeno.

— Certo, vou procurá-lo na enfermaria. Por falta de leitos, os pacientes são transferidos para lá.

Ela viu Eduardo se deslocar depressa pelo corredor. Rosa precisava encontrar o médico e pegou pelo braço a primeira enfermeira que atravessou seu caminho.

— Estou atrás do Dr. Estevão Trabulsi.

— Ele está ocupado na Urgência.

— Onde fica isso? — inquiriu, autoritária.

Ela apontou a direção.

Um minuto depois, quando Rosa chegou à Urgência, percebeu que o médico era um rapaz, pouco mais de vinte e cinco anos, muito alto, vestindo um jaleco branco e com a barba por fazer. Era o único ali dentro.

— Dr. Estevão? — esperou ele se aproximar. — Desculpe interromper seu plantão. Meu nome é Rafaela, trabalho para o consulado americano — mentiu.

— Em que posso ajudar? — Trabulsi perguntou, impaciente.

— Estou investigando um incidente. Fomos avisados sobre uma ocorrência envolvendo uma mulher e uma criança americana.

— Não estou entendendo — o médico hesitou.

— Seu nome é Estevão Trabulsi, certo?

— Sim, sou clínico geral.

— Hoje pela manhã deve ter socorrido uma criança estrangeira. A recepcionista me confirmou a informação de que o senhor atendeu o menino. O nome dele é Adam Bell. O Consulado quer acesso ao prontuário.

O médico estreitou os olhos.

— O prontuário é confidencial — disse, severo. — Apenas o clínico e o paciente têm acesso. A não ser que você seja parente dele.

— Este caso especial envolve um menino estrangeiro. O Consulado fretou um jato. Uma junta médica americana virá buscá-lo; por isto, precisam ter noção do quadro clínico do menino.

— Não acho apropriado expor seu estado de saúde a estranhos. Ainda é confuso. Só tivemos contato com a mãe do garoto, que está sedada.

— Dois médicos foram enviados, correto?

— Isso mesmo.

Se Rosa demonstrasse que conhecia informações privilegiadas, ganharia a confiança dele.

— Com especialidade em envenenamento?

— Sim — o médico suspirou.

— Kylie Bell fez contato com o pai do menino em Nova Jersey, que acionou o Consulado brasileiro, afirmando que o filho precisava de cuidados médicos urgentes — Rosa fez uma pausa e, diante do silêncio dele, foi incisiva: — Doutor, se não me ajudar agora, sofrerá pressão de outras autoridades. A Polícia Federal ainda desconhece o caso, mas, quando começarem a investigar, podem expor sua imagem se o quadro clínico da criança piorar. Precisamos de informações seguras para evitar qualquer problema.

O médico engoliu seco.

— Se eu expuser o prontuário ou quadro clínico de um paciente a um estranho, mesmo a alguém do Consulado, posso sofrer repreensões do Diretor do hospital.

— Se a criança chegar a óbito, com certeza o Conselho de Medicina o investigará quando o caso se tornar público. E então, vai me ajudar?

O médico suspirou outra vez. Fez uma pausa, baixou a fronte e voltou a encará-la.

— O menino está num quarto isolado. Teve duas paradas cardiorrespiratórias. Se não melhorar, terá de ser transferido às pressas. A UTI está lotada. — O médico andou em direção ao corredor. Rosa o seguiu. — Acredito que algo afetou o bulbo pulmonar. Não sabemos se está associado à necrose no braço dele.

— Necrose? — Rosa ficou surpresa com a revelação.

— Sim. Como eu disse, a equipe médica que acompanha o menino é especialista em envenenamento e intoxicação. Estão tentando resolver isso.

— Conheço pouco sobre o estado do menino; por isto pedi o prontuário dele.

— Os médicos indicados pelo próprio Consulado terão acesso a ele. Mas vou lhe adiantar. Há uma extensa necrose no braço direito. Parece que foi atingido por ácido ou peçonha necrosante. Acredito que já entrou na corrente sanguínea. Não tem febre alta, o que é estranho. Aliás, o diagnóstico é confuso — o médico falava rápido demais. — Ainda não conversei com a mãe dele. Mas um dos nossos enfermeiros viu a mulher usando um celular. Estava transtornada, conversando com alguém. Os médicos enviados pelo Consulado informaram que ela pretende transferir o filho para o Hospital Infantil de Sacramento, na Califórnia, mas eles mesmos não o recomendam; preferem outro em Washington. Mesmo assim concordam que a criança pode morrer durante a viagem se não melhorar. Aplicamos um calmante na mãe. Dormiu a tarde toda. Agora preciso conversar com a menina.

— Há outra criança?

— Sim. Está tomando sorvete perto da recepção. Estou indo vê-la agora.

— Quando veremos o menino?

— Em breve.

Estevão Trabulsi entrou na recepção. Nancy Bell estava encolhida na sala de espera, lambendo o sorvete enquanto olhava fixamente para um quadro informativo na parede.

— Está sem tomar banho, mas já a alimentamos — o médico informou.

Os pés sujos da menina chamaram a atenção de Rosa. Ela fora abandonada ali. Estevão Trabulsi a examinou. Sentou-se ao lado dela. Rosa observou os dois.

— Olá — o médico puxou uma conversa em inglês com a menina. — Tudo bem?

— Você é médico.

— Sim. Qual é o seu nome?

— Nancy Bell Magrini.

— Um nome bonito para uma menina bonita — ele disse, sorrindo.

A menina sorriu em resposta.

— Onde está o meu irmão?

O médico juntou as palmas das mãos e pôs a cabeça sobre elas.

— Dormindo.

— Mamãe está dormindo também.

— Sim — ele confirmou. — Ela vai ficar bem. Já está acordando.

A menina voltou a olhar para o quadro na parede.

— Nancy, como o Adam queimou o braço? — ele arriscou perguntar.

— Foi uma coisa na praia.

— Ele tocou nela?

— Não. Subiu no braço dele. O Adam não devia ter mexido. Os bichos daqui são engraçadinhos como na Austrália — ela fez uma careta.

Rosa percebeu que a menina estava alerta, mesmo tão tarde da noite.

— Um animal diferente? — o médico continuou.

— Sim, diferente. Era venenoso, porque Adam chorou.

Estevão se virou para Rosa e voltou a falar em português:

— Talvez uma aranha. A armadeira tem uma neurotoxina poderosa e pode ocasionar insuficiência renal, além de necrosar a pele. No entanto, não conheço casos relatados de necrose em tão pouco tempo; geralmente acontece entre 12 e 24 horas. — Ele se dirigiu a Nancy, com seu inglês improvisado. — O que você viu no braço do seu irmãozinho, foi uma aranha?

A menina negou com a cabeça.

— Tinha dois rabos fininhos, igual ao Milk, meu rato.

— Dois rabos fininhos? Então, parecia com o quê?

Nancy apontou para o desenho do quadro na parede que mostrava a importância de se beber água tratada. A ilustração do vibrião da cólera era uma bactéria ampliada, muita colorida, com cílios ao redor do corpo oval e um flagelo longo nas duas extremidades.

— Não, Nancy. Aquilo é um micróbio, é muito pequeno. Só podemos ver no microscópio — ele explicou pausadamente.

— Eu vi na praia — ela insistiu, apontando para o quadro.

— Não pode ser — falou, incrédulo.

Rosa percebeu que ele não acreditou na menina.

— E como chegaram até aqui, no hospital?

— Mamãe pediu carona na estrada — Nancy choramingou. — Onde ela está?

— Uma enfermeira vai levar você até ela. — Trabulsi manteve a voz calma. — Vou mandar comprar outro sorvete bem gostoso, está bem?

O médico pediu para a menina mostrar as mãos e os braços. Examinou seu peito e suas costas. Não havia nenhum edema ou ferida semelhante à do irmão. A menina estava lúcida, sem sinais de intoxicação. Deu ordens a uma enfermeira. Depois, ele e Rosa se afastaram.

— O que acha que aconteceu na praia? — Rosa questionou.

— Ver a mãe aos prantos daquele jeito afetou a mente dela — respondeu. — A ilustração da *Vibrio cholerae* fez Nancy se lembrar do animal que atacou o irmão. É claro que não pode ser uma bactéria. Crianças não têm noção da verdade, apenas da semelhança. É com certeza algo muito semelhante. Talvez uma água-viva ou medusa. Procurei saber mais sobre o acidente com o menino, desde que chegaram. Mas tive de atender quarenta pessoas, somente hoje.

— Onde ocorreu?

— A única informação que tenho é de que foi na praia de Mundaú. Não muito longe, há um hotel rústico bem perto. Por quê?

— Preciso ir até o local.

O médico explicou a Rosa como chegar de carro até lá. Depois, caminharam à ala da Urgência. Entraram numa sala isolada, silenciosa. A mãe dormia, sedada, em uma cadeira desconfortável ao lado do leito de Adam, também desacordado e pálido. Dois médicos ajustavam os equipamentos. Tubos e fios ligados a aparelhos registravam os batimentos cardíacos do menino. Seu braço esquerdo estava coberto com gazes embebidos em iodo. O médico retirou as faixas de tecido.

Com horror, ela viu que o membro do menino era uma gangrena com estrias verticais e pústulas entre os restos de pele.

— São os músculos. O veneno já destruiu a derme e a epiderme, consumindo a camada de tecido adiposo — o médico informou.

— Cristo. Nunca tinha visto nada tão agressivo numa criança. — Pegou o celular do bolso e tirou fotos da necrose.

— O que está fazendo?

— Tenho permissão para isto, doutor.

Ele cobriu de volta o braço do menino.

— Melhor parar por aqui. Peço um pouco de respeito. Não sei se ele vai sobreviver.

Rosa o encarou, frustrada, mas já tinha fotos suficientes. Guardou de volta o celular. O clínico pareceu consternado ao observar o menino.

— Certa vez, vi uma criança com câncer de pele em parte do nariz e em toda a testa. Era uma visão terrível. Isto nem chega perto — ele disse. — Fizemos dois exames básicos de sangue há cinco horas. Enviei uma amostra para um laboratório em São Paulo e outra para a capital, a mais de uma hora daqui. Por fax, conferi que há alterações nos níveis de várias proteínas. Concluí que a toxina desconhecida continua agindo. É uma incógnita para mim. A necrose está mais profunda e já chegou ao osso.

Rosa pôs uma das mãos na boca.

— Sabe, sinto pena dele, tenho um filho da mesma idade. Isto é devastador. Teremos que trabalhar depressa. Um cirurgião vem da capital para auxiliar, já que os médicos consideram a transferência para lá um risco.

— O que vão fazer?

— Se não melhorar, teremos de amputar o braço.

# DESCOBERTA

Litoral de Trairi, Ceará
9 de fevereiro
07h34min

O EcoSport estacionou em frente ao Hotel Praieiro. Mesmo de óculos escuros, Rosa contemplou, a cem metros dali, a praia de Mundaú ser destacada pelo mar esverdeado sob um belo dia ensolarado.

Estava mais à vontade; vestia calça jeans e blusa colorida, com mocassins femininos de couro, levando no ombro uma bolsa artesanal de palha de carnaúba, produzida na região. Parecia com qualquer turista. Queria ter chegado mais cedo, mas precisou comprar, além das roupas, itens básicos de higiene pessoal com o cartão de crédito que a secretária lhe dera.

Ao sair do carro, atravessou a entrada, enfeitada por uma pérgula de flores lilás. Um jardim gramado com minibouganvilles escondia jabutis. Caminhou por uma elevação, uma ponte bem-feita de madeira que seguia até a recepção. Era provável que a maré alta invadisse o terreno abaixo, entre o jardim e o hotel; arquitetura engenhosa.

Entrou na recepção e notou que a estrutura do hotel era em alvenaria e madeira, a pintura com ares de veraneio. Uma moça acenou do balcão.

— Seja bem-vinda, senhora. Bom dia! – disse mecanicamente com um sotaque carregado. A cabeça coberta com um boné azul, o desenho estampado de uma jangada, símbolo do hotel. — *Du yu espique inglichi*? — a recepcionista perguntou, em inglês duvidoso.

— Falo português — Rosa enfatizou. — Preciso que me informe acerca de uma turista estrangeira que esteve ontem de manhã com os filhos nesta praia. Pode me ajudar?

— Não podemos dar informações desse tipo. Protegemos a privacidade dos nossos clientes. — A recepcionista hesitou ao perceber que Rosa pôs sobre o balcão a carteira com o escudo da Polícia Federal.

— Está me negando informação? — Rosa ergueu as sobrancelhas ao finalizar a pergunta. A moça recuou. — Não precisa ter medo. O filho da turista adquiriu uma lesão séria no braço. — Rosa mostrou uma foto da mulher estrangeira. — Estou investigando as causas.

A moça do outro lado do balcão franziu o cenho.

— Não me lembro de nenhuma ocorrência de acidente ontem.

— Pode ser que não estivesse no local.

— Acho que me lembro dela. Chegou numa van do hotel onde estava hospedada na capital. Veio com os filhos. Maria conversou com ela; é a que melhor fala inglês por aqui. Vou chamá-la.

Enquanto a recepcionista se afastava, Rosa notou que por baixo do vidro do balcão havia um grande mapa, com marcações de trilhas e caminhos para praias mais distantes.

Uma mulher morena e gorducha se aproximou.

— Diga.

Rosa a achou ríspida.

— Quero informações sobre uma turista.

— Temos dezenas deles todos os dias por aqui — disse, com descaso. — Pode ser mais específica?

— É melhor manter seu tom de voz mais amigável — julgou que combinava com o seu disfarce. A grosseria policial era tão típica em países subdesenvolvidos. — Não vai querer me irritar.

Deixou a insígnia da Polícia Federal à mostra novamente. A mulher empalideceu.

— Desculpe. Não é a primeira vez que algum turista causa problemas — Maria explicou. — Sujam as praias com latas de cerveja e restos de comida, e já tivemos casos de brigas com dois turistas argentinos bêbados.

— Quero saber sobre Kylie Bell.

Maria puxou o teclado do computador no balcão e digitou comandos.

— Nós registramos a entrada dela às 7h31min da manhã, mas não há registro de saída — franziu a testa ao dizer. — Não consumiu nada no restaurante.

— Como pode ter saído da praia sem passar pelo hotel?

— É fácil entrar nas trilhas. Há cercas de madeira nos arredores do hotel, mas a praia é pública e há outras vias de acesso.

— Chegou a vê-la pessoalmente?

— Sim.

— O que mais conversou com ela?

— Apenas sobre o local. Escrevia um artigo sobre praias brasileiras. Algo assim.

— Quero que me leve até o lugar onde ela esteve.

— Fernando, nosso funcionário, pode te acompanhar.

Praia de Mundaú
07h59min

O sol incidia seus raios sobre o mar encrespado pelo vento. Rosa caminhou pela praia, vendo o hotel se distanciar conforme andava. Endireitou os óculos escuros, protegendo os olhos da areia misturada à brisa. Notou, a uns cinco metros, uma cadeira de praia, três revistas e uma cesta de piquenique emborcada. A praia estava completamente deserta; ainda era cedo. Os poucos turistas que usufruíam do local estavam no restaurante, numa farta refeição matinal que o hotel oferecia.

Rosa se virou para o funcionário, um rapaz baixo, o rosto bem desenhado, queimado de sol.

— Não ouviram gritos? Nenhum choro de criança?

— São mais de cem metros até o hotel. Ontem, dois funcionários faltaram; ficamos sobrecarregados. Somos os únicos da região que atendem turistas de outros hotéis. Realizamos passeios até o rio Mundaú, que deságua no mar. Meu serviço de guia é sempre solicitado. Lembro que ela não quis participar do passeio. Preferiu ficar aqui com os filhos.

— Este pode ter sido o problema. Quando um turista chega a uma praia brasileira, corre o risco de dar de cara acidentalmente com animais peçonhentos. Não conhecem a nossa fauna — Rosa explicou. — Como não havia testemunhas, nenhum guia sequer ou salva-vidas por perto, é difícil determinar o que ocorreu aqui.

— Nenhum turista alguma vez encontrou animais peçonhentos na praia.

— Sei — Rosa ironizou. — Mas sempre há uma primeira vez, não é mesmo? De qualquer forma, preciso averiguar mais.

— Fique à vontade. Caso produza lixo, use isto. — O guia lhe entregou um pequeno saco plástico com o símbolo do hotel impresso em verde. — Qualquer coisa, sabe onde nos procurar — complementou, baixando o boné para se proteger do sol. Caminhou de volta em direção ao hotel.

Rosa percebeu que eram funcionários sem percepção real das coisas. Perguntou-se que lixo iria produzir, afinal nada tinha nas mãos. Acabou guardando o saco plástico no bolso da blusa, enquanto o guia se afastava.

Perscrutou a margem da praia, notando uma área verde, bosquejada, circunvizinha a ela. Enquanto caminhava, procurou desvios, estradas ou uma trilha na mata.

*Trilhas.*

Andou mais depressa. Havia uma bifurcação que levava à direção oposta do hotel. Rosa ficou intrigada e imaginou que a mulher poderia tê-la usado para atravessar a mata até a estrada. Rosa sempre tinha em mente as palavras do discurso pragmático de Roriz, seu chefe: "Momentos de desespero geram decisões drásticas, mas também soluções".

Voltou o pensamento para a verdadeira finalidade da investigação: descobrir como Adam adquiriu a necrose no braço.

Examinou mais uma vez a mata ciliar, à procura de marcas de cobras na areia, rastros de qualquer animal, mas não havia nada. A menos de dez metros da cadeira de praia, encontrou pegadas humanas bem espaçadas uma da outra. Resolveu segui-las. Achou pegadas menores, de criança. Talvez de Nancy. Pelo distanciamento entre elas, houve correria ali. E as pegadas seguiam até uma picada na mata, rumo à estrada deserta, a duzentos metros da praia.

Retornou à cadeira de sol.

Perto de uma poça d'água, formada pela maré, havia um graveto coberto de areia. Na ponta dele, um líquido viscoso chamou sua atenção. Brilhava como verniz, o aspecto leitoso. Rosa tirou do bolso o saquinho plástico que ganhou do guia, usando-o como luva. Tomou a ponta do galho e quebrou-o com a palma da mão. O plástico serviu como invólucro. Guardou o conteúdo e fechou o saco.

Caminhou uns cinquenta metros. A praia, ainda solitária, era formidável com aquele clima. Mais adiante, encontrou um pássaro enorme caído de lado, morto. Talvez um albatroz. O corpo já estava em decomposição. Continuou a caminhar.

Espere. Voltou a observar o animal. Uma corrosão na altura do bico até o ventre da ave a intrigou. As penas soltas, a carne ao redor escura. A ferida necrosada do pássaro apresentava características similares a do menino.

Pode ter comido algo nocivo, ela imaginou, ou morreu com alguma doença típica em aves. Talvez tenha ingerido lixo e apodreceu ali, depois de morrer. Rosa conjecturou várias possibilidades. Mesmo assim, surpreendeu-se com o mesmo padrão da necrose. Dobrou os joelhos e aproximou o nariz do corpo da ave. Não havia odor de putrefação. Tirou fotos com o celular.

Virou-se para verificar se alguém a olhava, mas não havia ninguém por perto. Retirou da bolsa um pequeno spray de propano-5, gás desenvolvido a altos custos pela própria ABIN. O cilindro era tão pequeno que poderia facilmente ser confundido com uma pilha palito. Mirou sobre a ave morta, apertando uma pequena válvula. Uma névoa fina pairou sobre o corpo do animal. Dois segundos depois, a ave pegou fogo. Foi consumida rapidamente. Guardou o cilindro na bolsa outra vez.

Rosa continuou sua caminhada pela praia. A cinco metros da primeira ave, encontrou uma gaivota caída de lado, a necrose ao redor do bico em estado avançado, com o mesmo padrão da anterior. Puxou os óculos escuros para ampliar melhor seu campo de visão.

*Cristo*!

Várias gaivotas jaziam mortas na areia.

# ROTAS AÉREAS

Departamento de Geociências, UFRN
9 de fevereiro
10h10min

— Pode aproximar o arquipélago utilizando as informações do satélite? — Alex perguntou, de olho na tela que mostrava um planeta virtual girando sobre o próprio eixo.

— O programa que estamos desenvolvendo é baseado no conjunto de dados adquiridos pelo Google Earth, com um diferencial: ele cruza informações com outros dois satélites — William explicou diante do computador. Era um rapaz de cabelos compridos, brincos nas orelhas e tatuagens nos braços. Além de bolsista de doutorado da universidade, dominava como ninguém muitos programas de geoinformação e processamento.

— Isso quer dizer que posso encontrar modificações no solo e vegetação em qualquer parte da geografia do arquipélago de Noronha?

— Sim. Usamos para saber se um desmatamento aumentou em determinada região da floresta amazônica, ou se um lago atingiu sua capacidade de retenção máxima de água, depois de um inverno rigoroso. Primeiro o satélite fotografa várias vezes a região, depois o computador seleciona a informação que precisamos, comparando as fotos entre dias, semanas ou meses. No início, o Geodésica foi desenvolvido para levantamento de dados ambientais, mas pode servir para outras coisas. O que quer especificamente?

Alex apontou para as linhas vermelhas que simbolizavam estradas abertas na maior ilha de Noronha. Conhecia boa parte delas, desde a APA, Área de Proteção Ambiental, assim como a parte mais controlada da ilha, o Parque Nacional Marinho.

— Pode determinar quais vias são utilizadas com frequência?

— As que estão em vermelho são estradas abertas e não asfaltadas. Em amarelo, a única estrada federal da ilha principal, a BR-363, do Porto de Santo Antônio até a praia do Sueste. Linhas verdes e tracejadas podem indicar rotas abertas na mata. Há algumas na região do Capim-Açu, no outro extremo da ilha.

— O computador mostra se uma clareira foi aberta nos últimos dois anos?

— É foco de nossa investigação com frequência. — O rapaz digitou as informações durante quase um minuto. O monitor destacou pontos na imagem virtual da ilha principal do arquipélago dentro da mata nativa, a região de Capim-Açu, lugar em que o acesso era muito controlado. Apenas com guia credenciado, previamente agendado no IBAMA, alguém entrava ali. Havia limites de até dez pessoas a cada dois dias.

— E aí, o que você tem pra mim? — Alex quis saber.

— Que estranho. Há um pequeno desmatamento na principal ilha de Fernando de Noronha. Atividade de baixo impacto na mata litorânea perto do Farol, longe das vilas.

Alex viu no monitor marcações amarelas em clareiras na parte isolada da ilha, distante de pousadas e praias abertas aos turistas. O monitor identificou numa etiqueta: Ponta Capim-Açu.

— Cinco clareiras de três metros de largura cada uma, próximas ao pico mais alto — o rapaz encarou o professor.

— Por que iriam fazer clareiras com tamanhos e distâncias exatas? — Alex perguntou.

— É obvio que é uma obra de engenharia.

— Não podem. Esta parte da ilha é uma unidade de conservação.

— Na prática, não poderiam — William ironizou. — Acha que isso foi autorizado?

— Caso tenha sido autorizado, foi pelo único órgão ambiental que conheço.

— O desmatamento na região foi planejado — o rapaz bateu o indicador no monitor. — Mas o IBAMA estaria sozinho nisso?

— Talvez o Exército trabalhe com eles — Alex conjecturou. — Os militares sempre executam ações braçais. Se estão planejando uma construção, é necessário muito material de alvenaria. Como isto chega até lá?

— Aviões.

— É verdade, o porto da ilha não recebe navios, só pequenos barcos — Alex lembrou. — O satélite pode traçar as rotas aéreas mais utilizadas nas imediações do arquipélago?

O rapaz digitou no teclado outra vez. As linhas aéreas surgiram acima do oceano virtual, dezenas em amarelo, seis ou sete em vermelho e quatro em verde.

— Existem três tipos específicos de rotas? — Alex perguntou.

— Sim! Adoro este programa! É fabuloso — William disse, eufórico. — Veja bem, o Geodésica memoriza as rotas baseadas na passagem de objetos acima das nuvens que o satélite capta em movimento. As rotas em amarelo são frequentemente traçadas por aviões comerciais e jatos particulares, mas criamos um algoritmo para quando estas rotas fogem do padrão de assiduidade. Elas aparecem em vermelho ou verde.

— Novas rotas?

— Com certeza. No futuro, poderemos detectar aviões que estejam perdidos por falhas mecânicas ou aqueles tripulados por traficantes de drogas que aterrissam em pistas ilegais. Esta é uma das ideias do Geodésica.

— Que interessante — Alex comentou.

— Observe. — Ele bateu com o dedo na tela. — O computador informa que as rotas verdes foram usadas nos últimos seis meses até Fernando de Noronha.

— E qual o ponto de origem delas? — Alex forçou a vista para enxergar a imagem no monitor.

William moveu o cursor e o mapa virtual expôs dois pontos com etiquetas em destaque. O primeiro vinha do continente e o outro estava sobre o fundo azulado que simbolizava o mar.

— Que gozado! O ponto de ida e volta se desloca de Hong Kong, na China, e de outro arquipélago do Brasil. — Deu zoom na imagem. — De uma Ilha chamada Trindade, no litoral do Espírito Santo. São rotas bem esquisitas! — exclamou, o cenho franzido. — Fernando de Noronha tem rotas mais recentes, mas a atividade de voo na ilha da Trindade é mais frequente. Observe, há duas rotas vermelhas traçadas até lá. A primeira vem da China e a segunda do Rio de Janeiro; as rotas verdes desenham destinos até Fernando de Noronha e outra de São Paulo. Em todo caso, não faço ideia do porquê estão usando essas rotas há mais de um ano. Talvez por mais tempo, afinal o Geodésica é um programa novo.

— Esta é a ilha mais distante do Brasil — Alex comentou. — Um avião só poderia descer nela se houvesse uma pista de pouso.

— Que eu saiba, não existe nenhuma por lá. É uma ilha deserta, mas posso confirmar se construíram alguma pista — disse, tentando aproximar com o cursor. — Tem algo errado aqui. O satélite não fornece fotos atuais dos limites internos da ilha. Onde esses aviões pousam? — olhou para Alex, admirado.

No monitor, o professor encontrou imagens de penhascos e paredões rochosos, diferente da geografia de Noronha. Não havia praias, mas uma paisagem acidentada e ameaçadora. Numa das margens da ilha, enxergou dois prédios simples.

— Seria uma região inóspita, se não fosse o POIT.

— O que é POIT? — Alex se interessou.

— Um ponto de vigilância da Marinha Brasileira.

— É verdade, já ouvi falar. — Alex coçou a cabeça. — Escute, é possível manipular imagens por satélite?

— Talvez, se pagarem milhões aos que detêm a tecnologia. Mas, neste caso, pode ser uma falha nos servidores que armazenam as imagens. Mesmo assim, é uma descoberta muito intrigante. — Virou-se para encarar Alex. — Não sei o que pretende, mas você é bem curioso. Quer descobrir o que tem lá? — o rapaz foi sério ao fazer a pergunta.

— Conhece alguém que pode me levar até a ilha?

— Vai precisar de grana.

— Não se preocupe com isso.

— Tem medo de altura? — William perguntou com um sorriso no canto da boca.

# PADRÕES E ESTREITAMENTOS

Hotel Praieiro, Ceará
09 de fevereiro
14h12min

No quarto, contemplando a praia através janela, Rosa tentou organizar a mente, deixando de lado a vontade de aproveitar o dia. Era criteriosa ao investigar: primeiro, observava os padrões e indícios; depois, estreitava conexões entre supostas evidências e descartava o que não era necessário para uma conclusão.

Andou pelo recinto. A cabeça de Rosa fervilhava de ideias; todavia seu instinto materno se preocupava com a criança no hospital público mal equipado. Se Adam chegasse à óbito, a notícia repercutiria de maneira negativa e muito rápida na mídia. Sentiu-se egoísta por pensar assim, mas receou que autoridades americanas cobrassem uma investigação para explicar o incidente, além da solução para a toxina necrosante. Estava quase certa de que isso acarretaria problemas diplomáticos entre os países. Preferiu encontrar vias de reparação.

Fez ligações importantes. Seu plano era que um helicóptero levasse Adam até a capital, e então embarcasse no jato do Consulado americano, saindo do aeroporto de Fortaleza até São Paulo, para ser atendido no Hospital Sírio-Libanês.

Jogou o aparelho celular sobre a cama. Ele tocou segundos depois; na tela, um número desconhecido. Rosa atendeu e esperou alguém do outro lado da linha falar. Ao fundo, o barulho do mar misturado ao vento e som de crianças brincando chamou sua atenção. Visualizou a cena na mente e andou até a janela do quarto. De repente, o coração vibrou, assustado. Reconheceu o som que vinha do lado de fora. Ela procurou alguém na praia, com um celular ao ouvido.

— *Não tenha medo* — uma voz masculina e madura começou a falar. — *Me chame de Alfa. Não precisa dizer seu nome, não me importa. Está olhando pela janela?*

— Estou — Rosa disse, insistindo em procurá-lo com os olhos. Uma figura alta de cabelos grisalhos à beira da praia molhava as pontas dos pés, a quase cem metros do hotel, e carregava um objeto na mão, junto à orelha direita.

— *Roriz me disse que podia precisar de ajuda sobre o protocolo 77. Eu fui o relator deste processo. Hoje, estou aposentado. Moro por estas bandas há cinco anos.*

Rosa achou que podia confiar nele, já que sabia acerca do protocolo, mesmo assim o testou.

— *Precisa que eu diga o número de todo o processo que tem em mãos?*

— É melhor — ela confirmou.

O homem mencionou os números.

— Você sabe o que aconteceu recentemente? — Rosa perguntou.

— *O incidente com o menino americano? Sim. Que procedimentos tomou para socorrê-lo?*

— Outro agente se prontificou em conduzir a operação para retirar o menino daqui.

— *Muito bem. Dividir a carga no serviço pode ajudar você a pensar melhor. Roriz reclama que você tenta fazer tudo sozinha.*

Rosa sorriu em silêncio.

— Estou cheia de dúvidas.

— *Aposto que está. Contudo, confie em você. Roriz a recomendou porque acredita no que faz* — ouvir a experiência de um agente mais velho era sempre proveitoso.

O homem lá fora andou, as calças dobradas na altura do tornozelo, enquanto a água do mar respigava nele. Rosa não tirou os olhos da janela, interessada.

— Por que o escolheram para o protocolo 77? Algum motivo especial?

— *Nenhum motivo especial. Começamos a suspeitar do envolvimento da Biotech quando a Presidenta solicitou, em segredo, uma investigação acerca desta empresa. É papel da ABIN descobrir, a pedido do Chefe Maior, qualquer suspeita que acarrete danos ao país, você conhece os trâmites. Mas este caso envolve uma série de patentes brasileiras, patrocinadas pela iniciativa privada chinesa. Acontece que alguém denunciou os contratos sigilosos e desvios de conduta dentro da Biotech.*

— Algum funcionário da empresa?

— *Não se sabe. Por rastreamento, descobrimos que o denunciante usou um computador em Fernando de Noronha de um ponto turístico comum para delatar mais problemas. Alegou, em e-mail, que o incidente ocorrido com um surfista, no litoral do Rio Grande do Norte, ano passado, é de responsabilidade da empresa Biotech.*

— Recordo deste caso. A imprensa noticiou que o surfista foi atacado por uma espécie mortal de água-viva.

— *Mas isso não corroborou com relatos de outros surfistas e pescadores. Alegaram ter visto uma sombra abaixo das ondas do tamanho de um tubarão-cabeça-chata. Os relatos foram anexados ao protocolo 77. Foi aí que afastamos a possibilidade de má fé do denunciante para denegrir a empresa. Algo realmente ocorreu na Biotech. O caso do surfista morto foi esquecido pela mídia, mas continuou sem respostas concisas, apenas suposições. No entanto, o incidente com o americano não poderá ser abafado se ele morrer.*

— Eu sei.

Os dois ficaram em silêncio por vários segundos.

— Acha que este novo incidente envolve mesmo a Biotech?

— *Sabendo que o padrão é muito semelhante, estreita-se uma possibilidade. Ouça bem, o Governo Federal investiu milhões na Iniciativa Unicelular, um projeto em parceria com a Biotech. A possibilidade de uma evidência negativa sobre a empresa ser destaque nos jornais revelaria uma certa figura pública do Ministério de Minas e Energia do país.*

— Figura pública? Por isto a Presidenta solicitou uma investigação?

— *Sim, há menos de um ano. Essa figura é fruto de coligações partidárias e fez negociações sem o consentimento dela. A possível morte do menino é só a ponta do iceberg. As denúncias, caso sejam comprovadas, são a outra parte do processo que podem ser usadas mais tarde contra o governo em exercício. Imagine o reboliço que isso causaria. A mídia iria investigar até o fundo do poço.*

— Qual o interesse do governo em compactuar com essa empresa chinesa? O que a Iniciativa Unicelular tem a ver conosco?

— *Leia o protocolo. Não deixe escapar nada. É o que eu tenho a dizer. E, principalmente, se for a campo, tome cuidado, moça* — desligou.

Rosa apertou o celular contra o peito e olhou pela janela; o homem não estava mais lá. Agora conhecia a real gravidade da situação. Sentou-se na cama, abriu o protocolo e deu continuidade à leitura. Confirmou que o Ministério de Minas e Energia tinha especial envolvimento com a Iniciativa Unicelular.

Alfa estava certo. As primeiras postulações feitas pelo relator expunham o envolvimento do ministro de Minas e Energia na época em que a investigação teve início. Havia uma proposta de seu interesse ligada às últimas descobertas da Biotech.

A ABIN era conhecedora de grande parte dos projetos da empresa. Toda informação levantada era baseada em escutas telefônicas, e-mails e documentos interceptados. No final, o dossiê era entregue somente ao Presidente do país.

Um trecho na página 83 do protocolo a instigou:

"*Além de Hong Kong, na China, os centros de pesquisa e produção científica da Biotech se estendem a mais dois sítios no Brasil: 1. O complexo na Ilha da Trindade e 2. O ponto de visitação no Arquipélago de Noronha.*"

Mais adiante, o documento expunha que o Governo havia cedido uma grande área de um quilômetro quadrado na ilha principal de Fernando de Noronha. Ao ler aquelas informações, Rosa pensou que, se fossem publicadas, a repercussão seria mais negativa ainda. Como podiam ceder um território considerado Unidade de Conservação para outro país, apenas por interesses comerciais? A Presidenta sabia disso e participou do acordo? E por qual motivo a Biotech construía seus projetos apenas em ilhas?

Sabia que projetos de alto risco biológico eram planejados propositalmente em ilhas ou desertos, mas continuou folheando o protocolo. Outros documentos provavam uma estreita relação comercial entre Brasil e China. A compra de parte das ilhas foi feita em forma de ações de investimento a instituições da União. Algo em torno de quatro bilhões de reais.

O relator montou um esquema resumido sobre as linhas de pesquisa da Biotech interceptadas pela ABIN:

*"A Iniciativa Unicelular apresenta três linhas de pesquisa, segundo interceptação documental e telefônica:* ***1) Farmacêutica:*** *estudo e monitoramento de microrganismos capazes de produzir enzimas e toxinas para produção de novos medicamentos de baixo efeito colateral;* ***2) Energética:*** *estudo de novas fontes de energia a partir de aprimoramentos genéticos em organismos unicelulares, com possibilidade de produção de bio-bactérias e outras fontes renováveis em grande escala e* ***3) Museu de microbiologia:*** *presume-se que a intenção da Biotech seja abrir uma vitrine dos experimentos para expor ao público acadêmico.*

*Uma gravação da fala de Fen Chang, sócio da Biotech, em reunião via Telecom com a diretoria executiva da empresa, foi interceptada por técnicos contratados pela ABIN. O empresário menciona que: "O ambiente traz uma abordagem completamente nova do mundo dos micróbios", referindo-se à terceira via da Iniciativa Unicelular. No anexo 14, há uma lista de espécimes do museu, em documento interceptado dos e-mails da empresa.*

*Uma das plantas arquitetônicas mostra o desenho de grandes estufas geodésicas cobertas com placas hexagonais. É possível notar outros prédios. Todo o complexo da Biotech está próximo do maior pico da ilha da Trindade, sobre um platô rochoso. Não há fotos atualizadas da ilha que exponham tais estruturas. É possível que a Biotech utilize um sistema de espelhos de R. A., distorcendo imagens reais que possam ser captadas por satélites. Acredita-se que há receio da empresa em expor o complexo em decorrência dos possíveis interesses de corporações que ameacem suas atividades, no que tange a roubo de patentes.*

*Há uma quarta linha da Inciativa que se desconhece totalmente, intitulada Projeto Archaea. As fontes investigadas apenas o citam.*

*Intrigante*, Rosa pensou. Ficou muito interessada em saber mais sobre as linhas de pesquisa, mas a última lhe interessou de modo especial. O que era *archaea*? Tomou uma caneta e a sublinhou para mais tarde. Depois virou a página para observar a lista interceptada pela ABIN das estruturas montadas na ilha, mas ela estava incompleta:

*Biodigestor 1........................................10 m de diâmetro*
*Biodigestor 2........................................10 m de diâmetro*
*Biodigestor 3........................................10 m de diâmetro*
*Estufa Fungi 1......................................210 m de diâmetro*
*Estufa Fungi 2......................................150 m de diâmetro*
*Estufa Fungi 3......................................150 m de diâmetro*
*Domo dos Mixomicetos.............................100 m de diâmetro*

A página seguinte era sobre indícios de uso do Sistema de Espelhos R. A. — Realidade Aumentada. Rosa sabia que era uma tecnologia cara e um novo investimento de grandes empresas e laboratórios secretos para fins escusos. Os maiores parques de diversões e museus mais modernos serviam o público com essa tecnologia para viagens tridimensionais em telões. Mas ali havia outro fim: desvirtuamento de imagens por satélite. Descobertas da CIA, em trocas de informação com a ABIN, revelaram que o mapeamento de satélites podia ser falsificado e...

Bocejou. A janela abriu com o vento morno da praia. Deitou de bruços sobre a cama do hotel. Voltou os olhos para a tela do celular. Abriu as fotos das gaivotas mortas, do menino ferido, das necroses. As imagens se confundiram na memória, como se fossem a mesma coisa, nebulosas e distantes. Soltou o aparelho. Ainda estava exausta da última operação.

Sonhou com uma floresta fechada e sufocante, pessoas morrendo, uma centopeia enorme andando sobre os lençóis da cama que dormia.

*Merda*!

Acordou num sobressalto. Adormeceu por horas. Da janela aberta do quarto, sentiu a brisa salgada molhar seu rosto. O marulhar das ondas, misterioso e profundo, ecoava na praia. Era época de inverno e chuvas esporádicas escureciam mais depressa o céu.

Sem estrelas, o horizonte e o mar carregados em violeta destacaram as luzes fracas dos barquinhos de pesca mais próximos naquela imensidão marinha.

Pescadores. A palavra veio à sua mente. Eram as testemunhas oculares do mar. As redes traziam tudo à tona. Talvez soubessem de casos que indiciassem a Biotech.

Saiu do quarto e desceu as escadas. Havia poucos turistas no restaurante; a maioria estava na cidade, em feiras artesanais ou bares. Era a chance que tinha de trabalhar com desvelo e poucos observadores.

Praia de Mundaú
18h23min

Ela cortou o jardim em direção à escuridão, a areia fina entrando nos sapatos. Tirou-os e, com os pés livres, andou mais depressa. Lembrou que poderia precisar de uma lanterna tarde demais, porém em poucos minutos os olhos se habituaram à escuridão. Um rapaz estava sentado na areia da praia contemplando os barquinhos.

— Boa noite — Rosa disse.

Ele se assustou, ligou uma lanterna e apontou para ela. Rosa semicerrou os olhos.

— Olá — ele respondeu, o rosto refletindo a luz. Rosa o reconheceu. Era Fernando, o rapaz que a acompanhou na praia pela manhã.

— Gosta de olhar o mar? — Rosa perguntou, sentando-se na areia, ao lado dele.

— Muito. Na verdade, estou esperando meu pai. Ele é um dos pescadores — apontou para o barquinho ainda distante da praia. — Vai voltar mais cedo para casa. Aí posso ajudar a carregar a pesca do dia.

— E o que geralmente pescam? — quis mostrar interesse.

— Um pouco de tudo. Pargos e corvinas são os melhores. Os turistas adoram — sorriu.

— Nesses anos todos de pesca, seu pai já se deparou com animais esquisitos demais para um peixe ou qualquer animal marinho dentro das redes?

— Não que eu me lembre.

Rosa suspirou, sentindo a frustração, quando o rapaz completou:

— Espere. Acho que sim. Foi quando eu acompanhei meu pai, talvez em outubro do ano passado. Apanhamos um grupo de águas-vivas bem esquisitas. Elas se mexiam depressa. Nunca vimos nada igual.

— E o que fizeram? — Rosa se interessou.

— Devolvemos ao mar. Aconteceu mais ou menos a uns cinquenta quilômetros da praia.

*Não é uma informação muito detalhada*, pensou. Rosa desviou a cabeça ao ouvir o canto de um pássaro noturno, voltando em seguida sua atenção ao rapaz.

— Recorda de ter visto ou ouvido falar de acidentes com animais marinhos nesta região?

— Não.

— Como elas eram? As águas-vivas esquisitas? Rosa insistiu no assunto.

— Eram como vagens enormes com fios. Foi durante a noite. Nós puxamos as redes até o casco, mas elas pulavam de volta para a água. Ficamos com medo de tocar nelas. Águas-vivas queimam. Então devolvemos. Por que está interessada? — ele perguntou.

— Curiosidade. — Levantou-se — Obrigada pela conversa — despediu-se evasivamente e desapareceu na escuridão da praia.

# CORRELAÇÕES TÓXICAS

Instituto Butantan, São Paulo
10 de fevereiro
10h12min

A Dra. Cristina Schneider percebeu a técnica em bioquímica, Michelle Bellano, franzir o nariz depois de ler os resultados impressos dos testes de duas amostras. Schneider, uma cinquentona que emanava competência, liderava as pesquisas no Laboratório de Toxicologia. Ouviu Michelle, contrariada, dizer:

— Estranho. Eu não entendo.

— O quê? — Schneider perguntou.

— Duas amostras chegaram ontem, uma pela manhã e a outra à tarde. Em ambas, a taxa de envio mais cara e rápida dos correios. A primeira veio da Universidade Federal do Rio Grande do Norte. A segunda com uma solicitação escrita à caneta, "identificar urgente", de um Hospital Público do Ceará.

— Mas é comum hospitais e clínicas enviarem amostras quando a identificação é contraditória ou falta aparelhagem adequada. Não vejo nada de errado nisso.

— Me deixe terminar — Michelle pediu. — Suspeito que são duas toxinas produzidas por microrganismos diferentes.

Schneider arqueou as sobrancelhas, sem entender. Michelle continuou:

— Os testes de análise transcriptômica e de enzimologia das oligopeptidases comprovam que a primeira tem peptídeos bioativos comuns em toxinas produzidas por bactérias, mas o método Western blot[1] não funcionou. Já a segunda se

[1] Western blot é um método em biologia molecular e bioquímica para detectar proteínas em células ou em um extrato de tecido biológico. Para isso, utilizam-se técnicas laboratoriais no intuito de examinar a quantidade de proteína em uma dada amostra.

assemelha a uma toxina fúngica, talvez da família dos aspergillus, mas ainda não sei.

— O que há de estranho? Identificamos toxinas produzidas por protozoários e outros micróbios com frequência. Se está com dúvida, por que não usa o ATX? É o aparelho mais adequado para identificação das toxinas.

— Eu fiz isso, mas acho que está quebrado. Só pode estar. O aparelho imprime números múltiplos ao invés de limites de dados proteicos.

— As substâncias podem estar alteradas, por isto o aparelho não as identifica corretamente — Schneider rebateu, fitando-a por cima dos óculos.

— Duas substâncias no mesmo dia? O problema são os padrões estabelecidos que fogem do normal. Coincidentemente também vieram do nordeste do país.

— Uma correlação estranha — Dra. Schneider concordou, intrigada. — Qual é a potência de cada uma delas?

— Você não entendeu. As duas toxinas estão no mesmo padrão toxicológico. O computador fez o cálculo baseado no parâmetro normal de uma toxina do tipo bacteriana e fúngica.

— Uma potência de quantas vezes?

— Quase um milhão.

— Ave maria! Um milhão? — repetiu, surpresa.

— Foi o que eu disse. Um milhão — Michelle confirmou. — O computador chega a uma estimativa bem próxima desse número. Não pode ser o equipamento. Levei a manhã toda para confirmar os resultados.

Schneider se lembrou que a maioria das amostras com alterações químicas eram mal embaladas ou mal armazenadas. Uma bolha de ar podia estragar tudo. Amostras com partículas de glicose, por exemplo, chegavam em forma alcoólica se determinados tipos de bactérias se proliferassem na substância. Pensou na possibilidade.

— Você verificou se as embalagens com as amostras chegaram avariadas?

— É claro. Estavam perfeitamente seladas. A outra estava em um tubo criogênico, daqueles para armazenagem de sêmen bovino — Michelle explicou, passando os testes impressos a Schneider. — O que me deixa intrigada é o fato destas toxinas serem mais potentes que a peçonha da *Lachesis muta*. Ambas são tão perigosas quanto a peçonha de uma serpente. Tenho a impressão de que estas toxinas foram submetidas a algum processo de potencialização. E mais uma coisa me chamou atenção. Os testes de cromatografia líquida identificaram proteínas decompositoras na amostra da toxina bacteriana. É altamente necrosante.

Schneider sabia que sintetizar substâncias a partir do veneno de jararaca, por exemplo, era um procedimento regular para composição de medicamentos e vacinas. Sempre lidou com muitos tipos de veneno, mas, em vários anos de pesquisa, nenhuma toxina daquela natureza havia chegado ao Instituto.

— Eu repito, há alguma coisa fora do padrão nestas amostras. Vou esperar o resultado das placas de Petri.

— Como é a natureza da viscosidade de cada uma?

— Bem diferentes. A primeira é espessa e de tom rosado. A segunda é um fluido de densidade leve e cor leitosa. Talvez eu tenha de levar um dia ou mais para tirar outras conclusões. Mas acho que eles têm pressa pelos resultados. Preciso enviar depressa ao Hospital e à Universidade as informações técnicas com os testes toxicológicos que temos aqui. Vou fazer uma observação sobre possível amostra avariada — Michelle disse, movendo-se em direção à porta.

— Espere — Schneider pediu. — Enviar dados imprecisos não ajudaria em nada. Congele as amostras.

— Mas por quê? — Michelle disse, admirada.

— Vou mandar para o Laboratório de Toxicologia da Universidade de Kentucky. Vai ficar aos cuidados de Paul Atkins, um bioquímico pesquisador que conheço há anos. O problema é que está numa convenção em Genebra. Só vai poder nos ajudar semana que vem.

— Mas como fica o pessoal que enviou as amostras?

— Michelle, nosso laboratório não trabalha com resultados imprecisos ou duvidosos. Se uma amostra tem problemas, mandamos fazer análises em outro laboratório. Duas substâncias apresentam correlações tóxicas e demostram resultados anormais; só consigo supor que haja erros de manipulação. Pode acontecer no percurso da análise.

— Fiz tudo certo, juro por Deus! Dentro dos padrões laboratoriais — a técnica se defendeu.

— Mesmo em vinte anos de laboratório, já cometi erros.

— E se não for um erro?

Schneider suspirou, leu de novo os testes impressos e concluiu:

— Então suponho que sejam as toxinas mais estranhas e incríveis que já testemunhei.

# UM SER INUSITADO

Reserva Marinha de F. Noronha
10 de fevereiro
06h47min

Victor Lopes acelerou o bugue e dirigiu pela trilha enlameada da mata que levava à Praia do Leão. Ao lado da esposa, assobiava Samba da Benção, de Vinícius de Moraes, cantarolando vez ou outra a canção: "É melhor ser alegre que ser triste", concorrendo com o ronco alto do motor.

Ao entrar numa clareira, estancou o veículo, ouvindo logo em seguida os protestos da esposa. Ajudou-a para sair do bugue. Em segundos, puderam contemplar de cima da encosta relvada um mar incrivelmente azul, translúcido, debaixo do sol ameno. A praia era vigiada por duas ilhotas: o Morro da Viúva e o Morro do Leão.

Continuaram o resto da trilha a pé. Era estreita, com declives e cheia de pedras úmidas. Desceram com cuidado. Victor auxiliava a esposa e, quando possível, contemplava a paisagem de cair o queixo.

A mais de setenta metros da praia, várias estacas brancas fincadas na areia levavam um número e o nome TAMAR impressos. Eram marcações onde tartarugas depositavam seus ovos, para os biólogos acompanharem a eclosão e a proteção da espécie.

Quando chegaram à beira do mar, Victor notou um cação nadando muito próximo à praia, numa retenção natural de água cercada por arrecife. O peixe tentava escapar cada vez que uma onda invadia a área.

— É perigoso! Não vá — Bete exigiu do marido quando ele correu naquela direção. Mas ele mudou de ideia ao notar que o mar estava bravo.

Victor era um velho ecólogo aposentado e a muito custo abriu uma pousada no arquipélago de Noronha para aproveitar melhor a vida ao lado da esposa. Era um homem alto, a pele bronzeada pelo sol, os braços longos e a cabeça cheia de fios brancos. Sofria de uma doença de coluna, comum em pessoas de alta estatura. Descobriu, há mais de cinco anos, que era portador de hérnia de disco. Resolveu não optar pela cirurgia tradicional, que oferecia efeitos colaterais permanentes. Desde os sessenta anos, as dores na lombar o incomodavam com frequência e por isto buscava tratamentos alternativos. Caminhadas matinais sobre a areia o ajudavam. Victor fizera disso um hábito. Escolheu aquela praia como seu refúgio particular.

Juntou-se à esposa com os pés descalços na areia, o cheiro da maresia invadindo seu nariz.

— O que é aquela mancha preta se movendo no fim da praia? — a mulher perguntou. — Parece uma tartaruga, não acha?

— Droga! Eu não trouxe minha máquina — disse, chateado, com mão sobre a testa para quebrar a luz do sol.

— Eu lhe avisei. Se gosta tanto de tirar fotos de corais, algas e outras coisinhas nojentas devia ter trazido a máquina.

— É uma Nikon. Custou caro à beça. A maresia pode estragá-la. Vamos olhar mais de perto.

Victor apressou o passo. A esposa pediu que fosse com calma. Ele não se importou com o esforço. Sempre foi fanático pelo mundo natural. Participou de dezenas de excursões em vários lugares do Brasil e do Mundo. Foi membro associado de grupos como Greenpeace.

— Querido! É mesmo uma tartaruga — a mulher gritou, um pouco mais à frente que ele. — Meu Deus, como é linda!

Quando chegou perto do bicho, Victor percebeu que o animal era enorme, tinha um olhar esgazeado, a cabeça fazia um movimento contínuo, como se estivesse asfixiando.

— Coitadinha — a esposa lamentou. — Parece que está morrendo.

— Está tentando vomitar. Os turistas idiotas sujam as praias com sacos plásticos. Quando elas encontram essas coisas em alto-mar, engolem porque acham que são águas-vivas. Elas adoram águas-vivas! — explicou, enquanto tocava no casco e depois nas patas do animal, que se retraíram por impulso. — O plástico fica retido no estômago. Aí, as pobrezinhas ficam sem fome e morrem de desnutrição.

Olhou de perto a boca e o nariz da tartaruga. Descobriu um objeto disforme e gelatinoso com pequenas bolhas que se agitavam. Ele usou as mãos.

— Não é um saco plástico. É pegajoso demais.

— Não toque nisso, querido.

— Está vivo!

Quando conseguiu puxar, Victor soltou um grito curto e deixou que caísse na água. A criatura brilhosa se moveu até a areia seca. Era muito elástica e com uma agilidade incrível. Locomovia-se como uma estrela do mar, mas sua forma era indefinida. O casal a acompanhou depressa. Sua cor mudou para um tom cinzento. Um brilho fraco emanou de seu interior. Era possível ver a transparência de seu corpo e, lá dentro, os pequeninos órgãos que pulsavam.

— Não é uma espécie de água-viva. A não ser que tenha anomalias no corpo — Victor disse, franzindo o cenho. Encarou os próprios dedos. — Ela não me queimou. Não é mesmo uma água-viva.

— Tinha razão — a mulher fez um muxoxo. — Devia ter trazido sua máquina fotográfica.

Victor coçou cabeça.

— Observe como ela se move. O formato me lembra alguma coisa.

— Lembra uma ameba.

Os dois se entreolharam.

— Você também acha? — Victor encarou a esposa, que parecia incrédula.

— Eu disse brincando! Com certeza é algum tipo de água-viva.

— Não pode ser. Você me viu tocá-la. Estaria com sérias queimaduras nos dedos agora. Ela usa aqueles braços gelatinosos para se locomover. Não é estranho? — Victor examinava intrigado a criatura que fugia do sol.

— Pode ser uma forma de vida marinha ainda desconhecida, querido! — a esposa conjecturou, esperançosa.

O homem não se conteve; correu até a criaturinha e a tomou nas mãos. Ela se esticou.

— Não faça isso. E se for peçonhenta? — a mulher o advertiu, afastando-se.

— É mole, viscosa — o velho disse, enquanto a criatura se movia na palma de sua mão. Ele sentiu algo parecido com ventosas. — Não tem cheiro de nada. Incrível. Acho que é inofensiva. Mas não faço ideia de que espécie é esta — examinou de perto.

— É melhor não aproximar o rosto desta coisa! — a esposa o avisou novamente, temerosa.

Victor ergueu a criatura contra o sol.

— Está reagindo à luz. Está mais leitosa agora — disse. Ela se moveu pelo antebraço esquerdo dele com agilidade e subiu até o ombro.

— Tire isso daí, pelo amor de Deus — a esposa insistiu.

— Está fazendo cócegas! — ele disse, gargalhando. — O pessoal do Greenpeace adoraria dar uma olhada nisso.

A criatura se ergueu até o pescoço do velho; ele continuava rindo.

— Não imagina como é terapêutico — comentou. — A sensação efervescente na pele. Talvez esta coisa seja...

Num segundo, ela subiu sobre a boca e o nariz dele.

— Oh, meu Deus! — a mulher gritou. — Você está bem? Tire isso daí!

— *Quantô agilidode*! — disse com a voz abafada, tentando arrancar a criatura com as mãos.

— Se livre dessa coisa, Victor.

— *Tei umo pressô incriveo. Mô ajude*! — persistiu com mais afinco para desgrudá-la.

A esposa se aproximou, com receio de tocar no bicho.

— *Queridoa, estô ficondo sem or* — ele avisou. Seus olhos foram encobertos pelos braços viscosos da criatura, impedindo-o de enxergar.

— Esta coisa é nojenta — a mulher falou ao sentir a textura nas mãos e usou as unhas para tentar arrancá-la do rosto do marido.

— *Môu Dous*! — o velho pigarreou, batendo desesperado no próprio rosto. — *Estô sufocondo* — um dos braços disformes da criatura desapareceu entre os lábios dele. Victor murmurou. Na verdade, era um grito contido de desespero. — *Chomeo ajudoa*!

Bete deu um grito. A única parte visível da face dele eram os olhos. Victor agonizava e, quando finalmente caiu de joelhos na areia, sua esposa gritou ainda mais alto. A criatura tomou todo o rosto dele. Bete tentou insistentemente arrancá-la.

Apavorada, clamou pelo esposo já emudecido:

— Fale comigo! Fale comigo!

O homem tombou de costas sobre a areia, arqueando o peito. Já não respondia ou murmurava qualquer palavra. A mulher usou mais força ainda. A coisa não se desprendeu um centímetro do rosto dele. Bete perscrutou a praia à procura de socorro.

Não havia ninguém aquela hora do dia. Nenhuma vivalma. A criatura se esticou sobre o rosto de Victor, tomando conta de toda a sua cabeça. As mãos dele tremiam, a cor de sua pele arroxeada.

De súbito, ela se soltou da face do homem e escorregou até a areia. A mulher gritou outra vez, assustada. O velho tossiu e puxou com força o ar para os pulmões, ainda sufocado.

Atônitos, viram a criatura se mover rapidamente com seus braços disformes sobre o areal da praia. Assim que entrou na água, pareceu dançar como uma bailarina, pulsando o corpo contra a força das ondas até desaparecer de vista.

# 2. Conspirações

"O processo investigativo concluiu que uma empresa americana tentou adquirir informações de patentes da Biotech, a julgar pela condução ilegal de sistemas operacionais e a tentativa de destruição de uma patente em especial."

[Trecho do Relatório da ABIN]

# A EMPREITADA DA HARDCOM

Vale do Silício, Califórnia
09 de fevereiro
9h45min

A luz matinal atravessou o vidro da janela e bateu no rosto de Max Carter, presidente e sócio da HardCom — Hardware Company, empresa que produzia baterias para computadores portáteis e celulares.

*Que calor dos infernos*! Achou que iria derreter. Estava tão quente que os condicionadores de ar não davam conta. Max suspeitava que sua pressão estivesse alta. Puro nervosismo.

Enxugou as têmporas suadas com as mãos enquanto se preparava, ansioso, para a reunião com todos os diretores administrativos e investidores. Mostraria a eles um novo protótipo, no intento de convencer os dois últimos grupos de que o retorno seria milionário assim que chegasse ao mercado. Tomou a iniciativa por reprovar a ideia da HardCom ser declarada uma empresa de capital aberto, a consenso da maioria dos acionistas. Isto significava que as ações poderiam ser compradas, principalmente à beira da falência. Era o caso da HardCom.

Carter detinha apenas 35% das ações. Junto ao seu irmão, Dilan, totalizavam 50% de tudo. O irmão, um playboy idiota, tendia à ideia desvairada dos acionistas minoritários. Não pensava no nome da empresa, construída há anos por ele, apenas no lucro. Carter fechou a persiana com raiva, soltando um palavrão. Sentou-se à mesa de granito, tentando esconder a agitação. A boca estava seca.

— Cadê a água que pedi, garota lerda?! — gritou com a secretária.

A moça correu, pôs a bandeja com os copos e a jarra sobre a mesa. Carter pegou e bebeu quase meio litro, esperando que o calor passasse enquanto aguardava todo o pessoal chegar.

Aos 43 anos, Carter, um texano magro e alto de temperamento explosivo, fizera fortuna no ramo da produção de baterias para computadores portáteis. Lembrou-se da última reunião, quando outros acionistas sinalizaram aceitar a proposta da Big Blue, também conhecida como IBM, a primeira interessada em comprar ações da HardCom. Carter ficou furioso com a possibilidade, jogando contra a parede o cinzeiro de cristal. Rememorou seu último discurso acalorado:

— Vão pro inferno, seus merdas! Sempre busquei independência para esta companhia. Eu criei a HardCom — disse, batendo no próprio peito. — Esta empresa funciona na maior região de tecnologia do mundo! Não foi fácil competir com gigantes como Apple, HP, Symantec. Conhecem minha batalha! A fábrica no Brasil está para abrir e não vou desistir disto. Seus espúrios de merda!

— Sr. Carter — disse um dos acionistas. — Surgiram rumores sobre uma bateria de tecnologia mais avançada para computadores, muito melhor do que aquelas que produzimos. Não descarte a possibilidade da venda da HardCom ser iminente. A IBM pode nos salvar.

— Que rumores? — Carter girou na cadeira, encarando os outros. — Você sabe de alguma coisa, Dilan? — o irmão negou com a cabeça, abaixado-a em seguida. O desgraçado sabia de algo. — Inferno! Estão me escondendo algo? — perguntou, furioso.

Os acionistas deram a desculpa de que a HardCom investia pouco em inovações tecnológicas com vistas para um mercado mais competitivo. Carter não caiu naquela conversa. Havia algo obscuro e ele sempre era o último a saber. Precisava reverter aquilo. Dera todo seu sangue pela HardCom; seu orgulho não o deixava esquecer.

De repente, o grupo chegou. Um a um, sentaram-se em suas cadeiras. Carter observou todos eles. Uma cena patética: mexiam em seus papéis sobre a mesa, ensaiando competência e interesse. Puro teatro.

*Todos uns bastardos imbecis*!

Planejou sua fala por duas semanas, especializando-se nos desenhos do novo protótipo construído junto com a equipe de inovação da HardCom. Preparou um discurso polido. Precisava ser menos agressivo que de costume. Muitos na empresa não gostavam de seu linguajar e todos os investidores iriam participar da reunião.

*Que se danem*!

Carter respirou fundo, empostando a voz ao começar:

— Por obséquio, quero a atenção de todos. — Percebeu os olhares de assombro do público. Um modo cortês falso demais, pensou. Disparou o primeiro slide no telão. — Eis a nova proposta da Companhia. Todos sabem que a tecnologia à base de ânodos de lítio metálico ainda não pôde ser superada. Antigamente, baterias produziam uma tensão de 1,5 volts porque eram à base de zinco-carbono. As baterias de células de cloreto de lítio-tionil dobraram essa capacidade. Temos superado nossos concorrentes com microbaterias de lítio que ocupam menos espaço...

— Sr. Carter — interrompeu Leon Vogel, um investidor corpulento e enérgico. — Não quero ouvir sobre isso. Nós já sabemos. Vá direto ao projeto.

*Gordo maldito*. Só não explodiu de raiva porque precisava do miserável.

— Sr. Vogel, nosso projeto fará diminuir os custos de produção. Nosso intuito é desenvolver baterias muito mais leves para notebooks e que durem duas horas a mais. A Sony e a Acer ficaram interessadas, mas precisamos convencer as outras...

— É só isso? — John Falkner perguntou, irônico, do outro lado da mesa. Era o investidor mais mesquinho que Carter conhecia. — Já ouviu falar da Biotech?

— Ainda não — disse, irritado e com suor nas têmporas.

— A Biotech é uma companhia chinesa que está projetando uma bateria para notebooks com bioenergia que pode durar até seis meses ligada. Quando a carga termina, uma cápsula é o suficiente para mais seis meses. Sabe que impacto isso pode causar à HardCom?

Toda a diretoria se agitou. Carter escutou alguém dizer: "Meu Deus, estamos arruinados!"

Então era isso que os acionistas escondiam. A chegada de um novo produto deixou-os temerosos. Por isso tantas perguntas nas últimas semanas, tantas críticas sobre o fato da HardCom não investir mais em novas tecnologias.

*Porra, vão nos arrasar*. Carter se sentiu destruído. Ergueu a postura para não mostrar ares de perdedor; carregava sempre isto em mente.

— São apenas rumores — titubeou ao dizer.

— Isso chegou ao nosso conhecimento pelo próprio inventor, Sr. Carter — Falkner continuou. — Você deve conhecê-lo. Seu nome é Diego Alvarenga. Segundo o pessoal do administrativo, foi nosso consultor por dois anos, sendo contratado por esta empresa em seguida. O homem é um cientista nato.

Carter se lembrou dele. Um tipo grosseiro, antissocial, que parecia sempre convalescente. Richard Hallet, um investidor muito educado e sóbrio, interrompeu:

— Max, foi recente a abertura da fábrica de baterias em Taiwan. Não quero perder meu dinheiro ali. Vogel teme baixos lucros advindos das montadoras abertas na Índia. Não tiro a razão dele caso não queira investir por lá.

Carter reconhecia que os investidores representavam uma classe tão importante na empresa quanto os acionistas. Enquanto estes direcionavam decisões dentro da Companhia, os investidores, movidos pelo retorno financeiro, abriam filiais em outras partes do mundo com seu próprio capital. Caso percebessem que o negócio não seria lucrativo, retiravam-se e a empresa era desacreditada.

— Queremos saber que riscos financeiros a HardCom enfrentará quando uma coisa dessas entrar no mercado — Hallet continuou.

— Bem... — Max Carter hesitou, em pé, diante de olhos curiosos e preocupados. — Não acho que seja possível uma bateria de bioenergia entrar no mercado tão cedo. Ou seja, não passa de um rumor.

— Um rumor que se tornou um mau presságio para esta empresa — Vogel rebateu.

Carter não contestou. Não sabia se seria capaz de mudar o receio deles. Podia desistir ou permanecer na tentativa de argumentar com aqueles homens. Sempre fora elogiado por seu discurso persuasivo. Resolveu tentar mais um pouco. Afinal, era a única arma que tinha.

— A maioria dos países tem leis que burocratizam o processo de comercialização de um produto. Isso vai demorar — afirmou. — Digamos que esse tipo de bateria entre no mercado daqui a dois anos. Falando tecnicamente, qual a fonte que a sustentaria? Seria uma fonte estável? Segura? Será que as pessoas confiariam nela, como confiam em nossos produtos? Mesmo que haja algo novo, levaria tempo para se estabelecer no mercado, talvez anos. É uma questão de confiabilidade. Há pouco tempo, as pessoas criavam mitos sobre baterias de lítio. Diziam que causava câncer se usassem durante muito tempo seus eletrônicos. Mas agora, em pleno século XXI, as pessoas esqueceram. Que mitos surgirão sobre essa nova bateria?

— Não sei que mitos surgirão, Sr. Carter. Não posso responder ainda — Hallet rebateu. — O fato é que estamos sempre passando por novos avanços. No que diz respeito à parte técnica do produto, segundo minha fonte, são bactérias, Sr. Carter. Imagine bactérias inofensivas ao homem e produtoras de grande quantidade de luciferina, uma fonte natural de energia. Os genes foram alterados para criar uma tensão cinquenta vezes maior que cargas de lítio. Essa nova tecnologia já foi carinhosamente apelidada de *bacteria* — ele riu ao dizer —, união de bactéria com bateria. Que esperteza deles!

— Vamos então fazer um antimerchandising! — Carter sugeriu. — E se os consumidores temerem essa nova tecnologia? As pessoas se amedrontam o tempo todo com bactérias no ar, na água, em hospitais, não é isso? Imaginem se soubessem da possibilidade dos reservatórios dessas baterias vazarem e...

— Veja o que está dizendo, Sr. Carter — Falkner interrompeu com sarcasmo. — As pessoas não são burras. Elas sabem que não se atreveriam a vender no mercado algo perigoso a elas. Hoje as empresas fazem testes e inúmeros controles de qualidade. As coisas mudaram. Estamos no século do Meio Ambiente, com campanhas sobre economia e equilíbrio com a natureza. As pessoas acreditam nisso.

Carter sentiu uma fúria repentina. Pareciam tão tendenciosos. Deu um murro na mesa de pedra; o som do baque ressoou na sala. Todos ficaram atônitos.

— Cada um de vocês apostou nesta maldita empresa — apontou o dedo para eles. — A HardCom é sinônimo de confiança, segurança e durabilidade no mercado. Se alguém pode fabricar um tipo novo de bateria, temos que apostar ainda mais em nossos novos produtos.

— Não, Sr. Carter, não vamos apostar em nada — Hallet disse, erguendo-se da cadeira. — Mesmo assim, acreditamos nesta empresa. Dez anos de investimento com alta margem de lucro significa que não iremos nos desfazer deste negócio em hipótese alguma. Absolutamente, não. Mas é necessário agirmos.

Carter relaxou os ombros e franziu as sobrancelhas, intrigado.

— O que quer dizer? — perguntou, notando que Hallet olhava com desaprovação a plateia que os assistia. Carter entendeu a mensagem. Ele e os outros investidores queriam lhe falar em particular. Então dissuadiu os outros: — Por hoje é só. Estão liberados.

A diretoria e os acionistas se retiraram depressa da sala. Ninguém se mostrou surpreso com a atitude de Carter.

Richard Hallet se sentou outra vez, batucando com os dedos sobre a mesa.

— Como mencionei antes, Alvarenga trabalha para a Biotech, mas está insatisfeito, pois acredita que fez um mau negócio com a Companhia chinesa. A Biotech lhe concedeu uma parte ínfima sobre a patente, alegando total direito sobre a descoberta. Além disso, as novas baterias que ele inventou terão um preço duzentas vezes maior para o consumidor final e isto deixou Alvarenga louco de raiva. A Biotech almeja lucros extraordinários.

Vogel interrompeu:

— Sabe que nesse ponto, Sr. Carter, podíamos nos assemelhar aos japoneses — comentou com um sorriso irônico. — Para eles, o comércio é uma guerra. Não importam os meios para vencê-la.

Carter girou na cadeira e encarou os três.

— O que diabos estão tentando me dizer?

— Apenas que não deve se preocupar — Falkner sorriu.

Hallet, calado, coçou o queixo.

— O que farão é ilícito? — Carter perguntou, aborrecido por não saber.

— Meu caro Max — Vogel falou —, a empresa pode afundar se tecnologias como essas aparecerem no mercado mundial. Arrasaria a venda de baterias de lítio e não queremos que os chineses sejam eternamente lembrados por essa tão memorável missão ambiental.

— O fato é que agora estamos em guerra — Falkner disse. — E já que não podemos roubar a patente, oferecemos trinta milhões de dólares ao Sr. Alvarenga para destruí-la.

*Diabos velhos*! Eram mais espertos do que pensava. Perguntou então, curioso:

— O calhorda aceitou?

— Não — Falkner respondeu. — Quer cem milhões.

— Escroque filho da puta! — Carter xingou, juntando os punhos.

— Desde novembro estamos trabalhando nisso, Sr. Carter. E tenha certeza que Alvarenga vai nos apoiar nessa empreitada. Vai desenvolver uma nova biobateria para a HardCom.

— Então vão pagar cem milhões de dólares?

— Vamos repassar a ele uma quantia irrisória; e não precisaremos dividir os lucros sobre a produção — Falkner explicou. — Pagaremos dez milhões e teremos 40% sobre o lucro total das vendas da biobateria.

— Ele não vai aceitar dez milhões — Carter rebateu. — É apenas 10% do que pediu.

— Não se preocupe. Vai aceitar — Hallet assegurou.

— Por que estão tão confiantes? — ele encarou os três homens bem vestidos com seus paletós Boss.

— Porque já temos tudo planejado.

Então mostraram um sorriso vitorioso.

# NEGOCIAÇÃO

Porto Sto. Antônio, F. Noronha
09 de fevereiro
18h31min

Diego Alvarenga ouviu o bramir suave das ondas contra o quebra-mar, o horizonte com barquinhos banhados pelos últimos raios de sol. O restaurante Mergulhão dispunha de uma vista magnífica; construído acima de uma elevação perto do porto, era possível observar a praia lá embaixo e as ilhas secundárias do arquipélago.

Estava nervoso. Olhou para o teto do restaurante forrado com tecido florido e tropical. Meio cafona, mas não duvidou que os turistas achassem no mínimo exótico. Voltou a contemplar o mar. Traçou um roteiro na mente.

Pretendia negociar com um representante da K-Sumatu, empresa japonesa que produzia maquinaria avançada para computadores. Escolheu o lugar para causar boa impressão. A iluminação era adequada, as cadeiras confortáveis de fibra de bambu, além da brisa marítima ininterrupta. Estava apinhado de turistas ricos brasileiros, mas a maioria era estrangeira.

— Boa noite, senhor — o garçom se aproximou. — Alguma bebida especial antes do menu?

— Traga um martíni — disse, com pouca polidez. — Estou aguardando uma pessoa e não quero ser incomodado. Por isto, se meu convidado quiser algo, eu mesmo pedirei no balcão. — Diego tinha que garantir sigilo em sua conversa.

O garçom assentiu e se retirou. Um minuto depois, uma mulher oriental passou pelos turistas, que torceram o pescoço a fim de olhá-la. Vestia um quimono de cetim azul-marinho com bordados negros, as mangas curtas, o tecido colado ao corpo destacando curvas sinuosas, os cabelos presos num coque. Um grupo de turistas espanhóis assobiou. Quando se aproximou da mesa de Alvarenga, ele instintivamente suspeitou que ela fosse a negociadora.

— Aqui é uma ilha tropical. Podia ter vindo mais à vontade e com vestes mais discreta. Não me surpreende que tenham enviado uma mulher como você para representá-los — Diego adiantou-se em inglês.

— Não vai me convidar para sentar? — Ela sorriu, meneando o corpo para frente como fazem os japoneses. Sentou-se suavemente. — Não sou apenas representante da empresa. Na verdade, sou uma das sócias.

*Uma sócia*? Diego ficou boquiaberto. Nunca fez negócios com uma mulher. Não gostou disto. Mulheres não eram maleáveis.

O garçom trouxe a bebida e saiu depressa.

— Quem diria, uma mulher com alto status empresarial em um país tão tradicional como o Japão. Quando recebi a mensagem do encontro, falei com um homem de sotaque carregado, mas sua pronúncia é perfeita.

A mulher o encarou, os olhos penetrantes.

— Quero ir direto ao assunto, Sr. Alvarenga. Estou aqui para discutir o plano de aquisição de sua patente pela K-Sumatu, já que o senhor tem mostrado muito empenho e interesse em vendê-la, como ficou evidente para nós. Estamos dispostos a lhe pagar uma quantia considerável, além de royalties de 30% pelos direitos de exploração e comercialização do produto quando ele entrar no mercado — ela pronunciava as palavras com desvelo. — O acordo estabelecido entre as partes é de que todos os prospectos relativos à patente anterior sejam destruídos. Por isto, a primeira fase do nosso plano já foi executada.

Ela se referiu à invasão que a K-Sumatu havia provocado nos computadores da Biotech de Hong Kong, quatro meses antes, no intento de ocasionar uma falsa invasão, forçando a empresa a transferir manualmente os arquivos de vários experimentos prontos a serem patenteados. O plano deu certo.

Os prospectos digitais foram armazenados em grandes HDs e enviados à uma ilha; um local secreto da Biotech que só Alvarenga conhecia e tinha acesso.

— Precisamos executar a segunda parte — a mulher completou.

Alvarenga deu um gole na bebida.

— Vou relembrar o que já sabe — ele proferiu. — A K-Sumatu conhece, basicamente, a estrutura de TI da ilha. É simples demais; por isto é tão complicado invadir nosso sistema de informação.

— Espere um pouco — ela retorquiu. — Já sabemos que na ilha não existe redes Wi-Fi e que só usam fios por lá. Grandes multinacionais utilizam tecnologia simples semelhante a essa, tal como os bancos suíços, mas isso não nos impede de invadir seu sistema. Você estará lá para implantar uma rede Wi-Fi. Já combinamos isto.

— Sim, combinamos — disse, um pouco frustrado —, o problema é que a Biotech desenvolveu um sistema operacional que apenas nossos analistas compreendem. Implantaram nas últimas duas semanas. Uma resposta aos danos que vocês causaram. É codificado por programadores chineses e talvez até substitua o Windows daqui a uns anos — riu ao dizer a última frase e pensou que ela fosse sorrir de volta, mas expôs apenas um semblante duro, quase severo.

— Especifique — ela pediu.

— Não há possibilidade nenhuma de invadi-lo, só isso.

Ela ficou calada, o olhar indolente. Ele continuou:

— E, mesmo que existisse, precisaria do sistema à sua disposição por várias semanas para entendê-lo. Mas vocês não querem perder tempo, não é? A única coisa que sei é que terão acesso apenas aos arquivos comuns, como relatórios, imagens de câmera, plantas tridimensionais, tudo que você imaginar acerca da funcionalidade do complexo. Material inútil.

— Como funciona o sistema de servidores? — ela perguntou.

— É padrão. Caso aconteça uma invasão ao servidor principal, o auxiliar é acionado. Ele faz backups a cada dois minutos para não perdermos qualquer dado. — Alvarenga tentou parecer menos nervoso diante da beleza austera da mulher. — O servidor que temos agora em Hong Kong é básico. Nada fica lá. Todas as pesquisas e descobertas sigilosas são armazenadas em nosso banco de dados digital, guardado a sete chaves na ilha.

Ficaram em silêncio por alguns instantes.

— Vai ter que pensar num plano para destruir os dados.

— Destruir os dados? Há pesquisas de mais de dez anos naqueles HDs que interessariam a qualquer multinacional.

— Então tente copiá-los.

— Está louca? Vai revelar todo o plano! Ele pode cair por terra. Além do mais, só prometi destruir os documentos relativos à minha patente!

— Sr. Alvarenga, o senhor não pode garantir a destruição do arquivo de sua patente, já que está junto aos demais arquivos da Biotech — ela concluiu.

— Quer que eu invada o sistema? Sou apenas um microbiologista. Entendo muito pouco de computadores. À propósito, você não me disse seu nome.

Ela meneou a cabeça.

— Nomes não são importantes aqui — falou, voltando a perscrutá-lo com seus olhos de lince. — Vai ter de pensar num plano. Se não podemos acessar todos os arquivos da empresa, então queime tudo. É a única maneira de nos garantir que seu invento também será destruído.

— Isto é loucura! — disse, furioso. — Você não conhece os gênios com quem trabalho. Desrespeita as descobertas de uma dúzia de cientistas que pesquisam há anos para a empresa.

— Não sei se está em condições de falar sobre respeito, Sr. Alvarenga. Sabemos da proposta da HardCom. Há meses você negocia com eles. Isto pode mudar nosso interesse no senhor.

*Como os ordinários descobriram?* Alvarenga tentou ao máximo manter a calma, não queria perder aquele negócio. *Não esqueça que sua descoberta vale milhões. Milhões! Seja cuidadoso.*

— Não somos burros, Sr. Alvarenga — ela estalou os dedos de um jeito maquiavélico. — O nosso pessoal é bom, muito bom. Quando fazemos negócios com alguém, investigamos tudo.

— Eu entendo — disse, nervoso. — O que fiz foi apenas procurar quais propostas de valores o mercado podia me oferecer. Mas garanto: até agora, a melhor oferta foi a de vocês...

— Mentira — ela interrompeu. Alvarenga retesou o corpo. — Seu propósito era vender a descoberta para mais de uma empresa. Quando se eximisse da autoria de seu invento ao receber seus milhões de dólares, a briga passaria a ser da HardCom versus K-Sumatu. Jogo sujo.

— Vá se foder! Tão sujo quanto vocês! — Alvarenga falou, com os lábios crispados de raiva. — Não me venha com essa. Cretinos! Jogam sujo o tempo inteiro. Tiram vantagem de tudo o que é possível. Patenteiam os genes da própria mãe, caso lucrem com isto. Me surpreende a ousadia desleal de vocês, sem poupar esforços para roubarem informações, adquirirem terras em outros países, furtam espécimes. Sacanas!

— O comércio é uma guerra, Sr. Alvarenga. Temos um ditado que diz: "A guerra não é um jogo, pois todo jogo consiste num conjunto de regras". Não seguimos regras. As regras apenas limitam os fortes. — Fez uma pausa. — Vamos voltar ao assunto. Terá de arrumar um jeito de destruir os arquivos da Biotech e dar-nos garantia total disto.

— Acredite, nosso banco de dados digital é trancado a sete chaves, como eu já disse. O lugar é cheio de câmeras; 24 horas de vigia. Eu precisaria desligar a Central de Dados para não ser pego, o que é impossível. Apenas uma funcionária tem permissão para entrar lá — forçou um sorriso ao terminar.

— Há sempre um ponto frágil — a mulher completou.

— Talvez o sistema de ventilação que mantém as máquinas resfriadas — ele informou —, mas é muito estreito.

— Planeje. Terá de fazer.

— Meu Deus, você não entendeu nada? — Alvarenga protestou.

— Não me interessa como. Dê um jeito.

— Vou me arriscar demais. Nem pensar.

Sem pestanejar, a japonesa ameaçou:

— Não tem opção, Sr. Alvarenga. Nossa conversa foi gravada — tirou um pequeno aparelho do tamanho de um broche na altura dos seios. — Se cair nas mãos do presidente da Biotech, está arruinado. Vai perder o emprego e ficar sujo o resto da sua vidinha de merda. Daremos um jeito dos grandes laboratórios conhecerem seu histórico.

Conteve-se para não xingá-la de todos os nomes sujos que conhecia. Devia ter se preparado melhor.

— Caso não execute o plano, a HardCom será informada sobre nossa negociação — estava com o corpo retesado em uma postura nobre. — Duvido que façam algum acordo com alguém envolvido com a K-Sumatu.

— Maldita! — Alvarenga mostrou os dentes como um buldogue.

— Nossa oferta é de dez milhões de dólares — ela disse.

— O quê? Vocês vão lucrar cem vezes isso. E a proposta de 150 milhões? — cuspiu ao falar.

— Fora de cogitação. Essa oferta inclui a destruição dos prospectos e um novo projeto com tecnologia semelhante a que você desenvolveu.

— Quê? — indagou cético, negando com a cabeça.

— É o que temos a oferecer — ela respondeu, indiferente. — Pode alterar os genes de outro microrganismo ainda não patenteado pela Biotech, com as mesmas funcionalidades que procuramos.

— Vá a merda! — xingou, ainda alterado. — Com uma proposta dessas é inconcebível destruir algo que levei dez anos para projetar.

— Já sabe o que vai acontecer se não cumprir o que determinamos. Se cooperar com outra informação, pode ganhar um pouco mais.

Ele mudou o semblante.

— Espero que valha a pena.

— Ficamos interessados numa estranha descoberta — a japonesa puxou do coque do cabelo um palito de madeira, deixando uma mecha cair sobre seu rosto. Quebrou o palito ao meio e tirou do interior um canudo de papel. Desenrolou a impressão, mostrando a Alvarenga um esquema arquitetônico em miniatura. — Tivemos acesso à planta arquitetônica da estrutura dos laboratórios da Biotech, na Ilha da Trindade. No entanto, é grande demais para um laboratório. Há aquários e um conjunto de estufas gigantescas, além de prédios menores na superfície e no subsolo. O que é tudo isso?

Alvarenga deixou o queixo cair, perplexo. Eles já sabiam muito.

— Vamos investir no setor de exposições científicas.

— Como o Projeto Éden? As estufas da Cornualha? — ela continuou.

— Sim — Alvarenga não quis revelar muita coisa.

— Não nos parece interessante — ela titubeou. — É algo temático semelhante à Disney?

— É muito melhor do que a Disney — ele disse, contrafeito. — É uma Disneylândia restrita à comunidade científica. Biólogos, farmacêuticos, universitários. Não há nada igual no mundo. É a maior coleção de micróbios do planeta.

— Não entendo o que há de interessante em observar micróbios. Imagino que terão que adquirir centenas de microscópios e talvez um punhado de filmes e fotos de bactérias.

— É um museu temático com espécimes in vitro — disse, controlando o impulso de falar tudo de uma vez. — Não precisaremos de microscópios de nenhuma natureza.

Ela franziu o cenho, intrigada.

— Mas que diabos estão fazendo por lá?

Alvarenga continuou calado.

— Pagamos meio milhão pela informação — ela foi direta.

*Meio milhão, logo de cara?* Eles jogavam dinheiro fora.

— Veja bem, tudo isso é muito sigiloso. Eu não...

— Um milhão — ela o interrompeu. — E sugerimos que invista o dinheiro para executar a segunda parte do plano.

Sentiu-se como um cachorrinho na expectativa de receber um osso com carne.

— É o maior museu de microbiologia do mundo.

— Não acredito que esperei para ouvir isto — ela se levantou.

— Espere. Não é um museu comum — ele falou baixo. A mulher voltou a sentar. — Ainda está em testes. Uma equipe de consultores vai até lá este fim de semana para averiguações. O museu será aberto daqui a seis meses.

— Mas o que escondem lá? Por que tanto mistério? — ela insistiu.

— É um museu de micróbios gigantes — murmurou.

— O QUÊ?

— Ampliados geneticamente para estudo e detalhamento. Assim, podemos entender como se locomovem, se alimentam ou se comportam em diversos ambientes. Agora a Biotech resolveu expor ao público no intuito de angariar fundos — ele explicou.

— Como é possível? É meio absurdo.

— Não é nada absurdo. É real e espetacular. Só vendo para crer. São micróbios aumentados dez mil vezes ou mais. Há uma geneticista à frente do projeto que descobriu uma nova técnica de manipulação e inseriu genes capazes de fazer uma célula crescer demais — explicou. — Eles vivem em ambientes extremamente controlados e...

— Como é possível? — a japonesa perguntou, descrente. Foi a primeira vez que Alvarenga notou-a sem aquela expressão indolente. Depois de mais de um minuto ela se recompôs. — Gostaria de ver esse lugar. Pode tirar fotos e nos enviar?

— Por acaso eu teria escolha? — Alvarenga ironizou.

— Acho que não. Ainda precisa pensar num plano para destruir os arquivos — enfatizou.

— Já tenho um.

— Ótimo. Faremos contato assim que terminar. Já depositamos um milhão na sua conta.

— Depositaram? — ele fez uma careta.

Ela acenou que sim.

— Meu avião sai do aeroporto em meia hora — a japonesa se levantou. — A K-Sumatu deseja que tudo dê certo.

— Só mais uma pergunta.

— Diga.

— Qual o significado de K-Sumatu?

Ela sorriu.

— Uma corruptela da palavra *esperto* — respondeu e caminhou para o estacionamento em direção a um Honda alugado na ilha.

Diego Alvarenga continuou sentado observando a japonesa, atônito por descobrir que aquele pessoal era perigoso e muito preparado.

# OS HOMENS DA BIOTECH

Hospital Adventista, Rio Grande do Norte
10 de fevereiro
07h23min

Rosa empurrou a porta de vidro. O ambiente era moderno e limpo. Por conta do cansaço, precisou relembrar as últimas palavras de Roriz, quando ainda estava no hotel. Ele a avisou pelo celular:

— Arrume suas coisas. Descobrimos uma possível vítima com diagnóstico bastante estranho internada em um hospital do Rio Grande do Norte.

— Outra?

— Sim. É uma moça, Catarina Bitencourt. Um helicóptero está esperando por você na capital. Pegue a estrada e dirija até lá. Não é muito longe.

— E o menino? — ela perguntou, preocupada.

— Vai ser transferido para os Estados Unidos. O jato do Consulado Americano foi acionado. Vamos tentar descobrir para qual hospital.

— É longe demais!

— Quando ele entrar naquela aeronave deixará de ser nossa responsabilidade. O embaixador, infelizmente, não ouviu a sugestão de seguir com o tratamento clínico no Sírio-Libanês — ele disse. — Tome cuidado.

— O que quer dizer?

— A viagem será rápida — Roriz ignorou a pergunta dela. — Observe tudo — e desligou.

Chegou à recepção do hospital e, sem cerimônias, mostrou o distintivo da Polícia Federal para a mulher morena do outro lado do balcão. A recepcionista saltou para trás. Rosa anunciou:

— Quero saber informações sobre uma paciente — manteve a cordialidade. — É para saber o estado de saúde dela. O nome é Catarina Bitencourt.

— Desculpe, senhora. — A recepcionista rebateu depressa, o computador diante dela —, mas não vai encontrá-la aqui. Ela foi transferida.

— Para onde?

— Para outro hospital da rede Adventista. Ela foi atendida no setor de emergência, depois retirada de lá. Aqui trabalhamos apenas com oncologia, mas nosso prontuário on-line diz que ela sofreu um edema na glote, problemas respiratórios e quatro eczemas avermelhados no pescoço, busto e braços.

Uma enfermeira se aproximou, o semblante austero.

— Ela está procurando quem? — disse a mulher gorda à recepcionista, ignorando a presença de Rosa.

— É da Polícia Federal. Quer informações.

— Sobre? — a enfermeira perguntou.

— Catarina Bitencourt — Rosa pronunciou autoritária. — Podem me ajudar ou não?

A enfermeira se virou para ela.

— Sabe que não podemos lhe mostrar nenhum prontuário se não tiver um mandado expedido por um juiz.

Rosa tentou ser paciente. Na ABIN, a via de regra era que se extraísse uma informação a todo custo e às vezes o agente precisava ser polido, mesmo contra sua vontade.

— Não quero ter acesso ao prontuário dela. Quero saber o estado de saúde da moça.

— Por que quer saber?

— É sigiloso — Rosa meneou levemente a cabeça em direção à recepcionista.

A enfermeira entendeu que Rosa queria lhe falar a sós. As duas caminharam até um corredor, onde a enfermeira informou:

— Disseram que ela teve uma convulsão no Arquipélago de Fernando de Noronha. Estava acompanhada de mestrandos de biologia da Universidade Federal.

— Quando chegou aqui corria algum risco? — Rosa perguntou.

— Parecia estável, mas o quadro dela quando saiu do hospital era razoavelmente grave. Ela vomitou muito. Precisou de cuidados médicos na emergência. Fizeram uma traqueostomia e foi atendida no Hospital de Noronha até ser trazida para cá.

— Entendi — Rosa afirmou.

— Sabe, é curiosa sua visita. Não é a primeira pessoa desconhecida que pergunta sobre a moça. Mas, como é da polícia, é bom alertá-la: hoje mais cedo, dois homens orientais insistiram em saber acerca da entrada de uma vítima sem nome ou sexo. Descreveram apenas os sintomas. A moça era a única na nossa lista que apresentava as características.

Rosa franziu o cenho, surpresa com a notícia.

— Homens orientais?

A enfermeira afirmou com a cabeça e voltou a dizer:

— Não se identificaram. Negamos a entrada deles, é claro, mas se aborreceram. Aí os dois começaram a discutir numa língua oriental. Não tenho certeza. Um deles falava razoavelmente português e tentou se comunicar em inglês. Depois insistiram em vê-la. Ameaçamos chamar a polícia, mas bastou que o segurança do hospital se aproximasse para irem embora.

*Eram da Biotech*, o instinto de Rosa acusou. Começou a se questionar. Precisavam apagar provas? Como localizaram a vítima tão rápido? Assustou-se com a possibilidade de terem feito algo contra a vida da moça. Se chegaram a este ponto, certamente muita coisa fugiu do controle.

— E como se vestiam? — Rosa sempre traçava um padrão da personalidade e do status de um indivíduo quando visualizava suas vestimentas.

— Roupas comuns. Um deles usava óculos.

— Notou alguma outra característica? Talvez física?

A enfermeira negou com a cabeça, depois voltou atrás:

— Acho que sim — ela desviou os olhos para o lado superior direito, um sinal inconsciente de esforço de memória. — Havia um deles com características orientais mais sutis e trocava as palavras, vez ou outra.

— Como assim?

— Acho que tinha dificuldade com a nossa língua, não sei. Perguntou se havia "algum sapiente com sintonho estrama?" Não entendi, até que o outro o corrigiu. Quis dizer se havia algum paciente com sintoma estranho. Achei gozado. Depois disse: "Por vafor, nos conceda a lirebação da tívima" — a enfermeira riu.

*Spoonerismo*, Rosa conjecturou, um tipo raro de confusão linguística na fala. Consistia na troca de sílabas de duas ou mais palavras, como "bola de gude" por "gula de bode". Acreditava-se que existia uma propensão genética no indivíduo. Foi batizado assim em memória ao reverendo William Archibald Spooner, que frequentemente trocava as sílabas em seus sermões, quando nervoso. Isso indicava que o oriental estava apreensivo. Talvez precisasse executar uma tarefa de risco.

— Foi só isso? — Rosa perguntou.

— Creio que sim.

O celular de Rosa tocou. Era Roriz, outra vez, na linha. Rosa se afastou da enfermeira.

— O que descobriu? — o chefe perguntou.

— Que há mais gente investigando. E receio que sejam da Biotech. Não sei como chegaram até aqui.

— Isto não é difícil — ele ponderou. — A Biotech trabalha com sistema de monitoramento remoto do tipo mais avançado para controlar a pesquisa que realizam.

— E como chegou a esta conclusão? — Rosa o questionou. — Não li sobre isso no protocolo 77.

— Temos conversas mais atuais de e-mails e telefones que não anexamos ao protocolo.

Ele fez uma pausa.

— Acha que devo me certificar de que a moça está bem? — ela perguntou.

— Ainda não falou com ela? — a voz de Roriz mudou de tom.

— Não está no hospital que sua equipe de TI informou. Foi transferida.

— Consiga depressa o endereço do hospital para onde a levaram. Se a Biotech está à procura dela, então corre risco! Você já deveria estar lá! — Roriz sentenciou e desligou o telefone.

Às pressas, Rosa chamou outra vez a enfermeira.

## A INTENÇÃO DE KIAO

Aeroporto de Hong Kong, China
09 de fevereiro
17h12min

Zen Chang sentiu o estômago revirar quando o jato Gulfstream G650 subiu do chão para o céu nebuloso. Chang segurou a saliva grossa na boca fechada. Levou uma das mãos contra os lábios. Lembrou-se, com ódio, que era um dos aviões mais rápidos do mundo e chegava a uma velocidade de novecentos quilômetros por hora. A companhia o havia adquirido há poucos meses.

O avião manobrou no ar assim que estabilizou. Chang pegou um saco plástico e vomitou a sopa de frutos do mar. O aspecto rosado era horrível.

*Meu Deus, não devia ter comido nada*! Respirou fundo e apertou o interfone:

— Quantas horas até Paris, Lun? — perguntou em cantonês. Ia se encontrar com um representante do ICOM, Conselho Internacional de Museus.

— Previsto para três horas e meia, se não houver anormalidade no tempo, senhor — o piloto respondeu.

Chang praguejou.

— Sinto muito, senhor. Pode abrir a caixa de emergência, se quiser um antiemético. Está no fundo, ao lado da porta do toalete.

— Posso aguentar — o chinês disse.

Tirou o dedo do interfone e percebeu que a mão tremia. Recostou a cabeça na poltrona e fechou os olhos. Preferia estar fora dali. *No museu*. Adorava pensar naquele lugar. Um projeto espetacular construído numa ilhota ao sudeste do Brasil. Algo bastante inusitado: um museu de microbiologia. Em nenhum lugar do mundo existia um, a não ser aquele protótipo sem graça em São Paulo que mal acomodava uma dúzia de crianças. Não se preocupou quando ouviu dizer que outro seria aberto em Amsterdam, o Micropia. Mas duvidou que fosse algo perto do que havia construído com tanta imponência e diversidade de organismos.

Deixou os pensamentos o transportarem até seu escritório. Lá podia ver o mar brilhando ao sol e pássaros mergulhando a cabeça na água, caçando pequenos peixes. Escolheu o melhor ambiente para um museu temático. Era uma bela ilha. Estava ansioso para abri-la aos cientistas. Imaginou universitários encantados ao examinar os espécimes, os cientistas eufóricos discutindo as possibilidades, deslumbrados com tanta informação. Todos os visitantes se assustariam com uma nova e majestosa visão dos micróbios. Um mundo mais antigo que a própria humanidade, ao mesmo tempo tão novo por falta de informações precisas. Chang sempre entendeu o desejo da comunidade científica em saber mais detalhes quanto ao comportamento daqueles seres microscópicos e magníficos. Um mundo ainda tão misterioso!

Segundo as mais modernas teorias evolutivas, aquelas criaturinhas eram responsáveis pela origem da vida. *A origem da vida*! Ficou pensando naquilo, refletindo sobre o fato de que o mundo fora banhado por mares de germes antes de tudo.

Abriu os olhos, procurando os cantos obscuros do interior do avião. Imaginou micróbios ali, devorando tudo, movendo-se, asquerosos, sobre as paredes de carpete húngaro, maçanetas de porcelana francesa e móveis de madeira laqueada. Olhou para o copo d'água; decerto ali também, deliciando-se com o resto de sua saliva espessa. Sentiu nojo. Imaginou minúsculos monstrinhos grudados nele e...

O alarme do interfone tocou:

— Senhor Chang, contato via satélite com o senhor Kiao em trinta segundos.

— Confirme — ele pediu.

Um monitor grande de LED baixou do teto. A câmera ligou. Uma mensagem apareceu na tela: Teste de Câmera da ViaCom. Chang viu sua própria imagem na parte direita do monitor: um chinês gordinho de roupas coloridas e bochechas rosadas fazendo caretas. Parecia saudável, mesmo se recuperando de seus últimos vômitos. Ensaiou um sorriso, arregalou os olhos, depois mostrou a língua.

— Que diabos está fazendo? — ouviu uma voz familiar na caixa de som. Era Kiao, seu sócio.

— Não estou vendo você — Chang comentou.

— É claro, sabe que a comunicação visual demora quando se está no avião.

Aos poucos a imagem pontilhada se transformou num oriental sério, magro, de paletó e gravata negros no lado esquerdo do monitor.

— Não tenho boas notícias — Kiao disse.

— Você nunca me traz boas notícias — Chang replicou. — É sobre o menino americano? Estou acompanhando sempre que posso pelos noticiários. Estão dizendo que foi uma água-viva que o atacou. Não vejo motivo para nos preocuparmos.

Kiao o encarou de cima a baixo com o cenho franzido.

— O que foi? Não gostou dos meus trajes? — Chang perguntou.

— Pelo amor de Deus, Zen, não me provoque — Kiao respondeu. — Você sabe que eu tento manter a harmonia entre os investidores da Biotech. Eles sempre zelaram pela discrição, principalmente depois de uma situação atípica como esta.

Chang conteve uma gargalhada.

— O que acha que está fazendo? — Kiao continuou, a voz alterada. — Coloque logo uma melancia na cabeça, desgraçado. Deus do céu, vai se encontrar com duas autoridades em entretenimento e ciência vestido de pijamas? Que tipo de pessoas acha que eles são?

— Duvido que se importem com meus trajes.

— Sempre tão desleixado. Mas que coisa irritante!

— Deixe disso, vamos ao que interessa. O que quer? — Chang perguntou.

Kiao ficou calado por um tempo, passou a mão nos cabelos ralos e disse:

— A ABIN está investigando dois incidentes. E as suspeitas recaem sobre os laboratórios descentralizados da Biotech no Brasil.

— O que é ABIN?

— Uma espécie de CIA brasileira — Kiao informou.

CIA brasileira? — Chang repetiu com sarcasmo. — O que quererem de nós?

— O caso não é um precedente, segundo o diretor da ABIN. Conversamos hoje pela manhã. Há duas suspeitas, pelo menos — Kiao continuou. — Há alguns anos, quando fizemos aquele acordo confidencial com várias autoridades do país, a ABIN foi informada sobre o projeto. O intuito era tomar o devido cuidado para não divulgação do que realizamos no museu pelo tempo que julgássemos necessário.

— Mas eles sabem o que fazemos por lá?

— Por alto. Mesmo assim tivemos que agir de forma diplomática, trocando informações com eles.

— Você não me disse nada disso — Chang falou, aborrecido.

— Não achei necessário na época. Você estava muito envolvido com as questões logísticas do laboratório-museu. Queria que eu conseguisse a ilha e foi o que fiz — Kiao fez uma pausa. — No entanto, você já sabe que o incidente envolve um cidadão de outro país potencialmente forte. O Brasil pode sofrer represálias se não der uma resposta coerente às autoridades americanas.

— Isto significa o quê?

— Que a ABIN está em nosso encalço. Vão nos investigar com plenos poderes dados por altas autoridades do governo brasileiro. Isto pode atrasar o projeto. Em último caso, podem até interditar o lugar para investigações.

Um golpe na carne. Só de pensar na possibilidade, Chang desmoronou por dentro.

— Faça alguma coisa! Isso vai atrasar o parecer dos consultores e a inauguração do museu. Meu planejamento de atrair novos investidores vai fracassar. Sabe que precisamos de dinheiro! Muito dinheiro! Os antibióticos inteligentes da linha Crisogenun 4 estão em fase final de testes. Prometemos controle de qualidade rigoroso aos ingleses. Eles querem a droga pronta — Chang ficou apavorado. Ia perder milhões se não entregasse os novos fármacos no prazo de um ano, afinal teria que investir capital nos testes finais. — Não podem fazer isso! Há milhões investidos naquele lugar. A ilha devia ser nossa jurisdição!

— A ilha faz parte da costa marítima brasileira. Do ponto de vista legal, ainda é deles, mesmo tendo nosso investimento nela. E ainda temos o outro complexo em Noronha — ele puxou o ar.

— Não está pronto! — Chang resmungou.

— Eu sei que não está. Nunca achei uma boa ideia. Você e Ellen sabem disto — ele lembrou. — Enfim, a ABIN defende os interesses da Biotech e terá cuidado na divulgação. Se isso for levado a público pode ter péssima repercussão para o país. Mesmo assim, no pior caso, a Polícia Federal pode inspecionar o local em breve.

— Chame os advogados, peça que nos representem num acordo para mudança da data de inspeção — Chang suplicou.

— Não é nada oficial ainda. E duvido que nos informem a data. Mas trabalharão em sigilo, acredito.

— Nada oficial?

— Em termos escritos, não. E, se isto acontecer, precisamos ser diplomáticos.

Chang ficou preocupado. A pressa na aprovação de dois consultores internacionais era fundamental. Uma resposta positiva e imediata iria angariar mais fundos de outros investidores em poucos meses, talvez em semanas. Era o que esperava. Se cancelasse a visita, perderia a oportunidade.

— Seja o que for, a vinda dos consultores não será interrompida, mas posso dividi-los em dois grupos, cabendo ao primeiro as recomendações por escrito. O segundo grupo apenas endossa a aprovação em outro momento.

— Sei que existem problemas — Kiao disse, os olhos semicerrados. — É melhor que ocultem possíveis falhas no sistema. O que for necessário. Inclusive faça com que aqueles bichos se movam. Você disse que seu pessoal havia descoberto um hormônio que os deixa agitados.

— O HD4. Está em teste.

— O que for preciso. Cause boa impressão a eles. São autoridades no assunto. Peça ajuda de Mei, ela já foi informada. Em último caso, apresente a eles o Aquário Beta.

— Não sei se é possível. Vamos arriscar nossa descoberta mais importante se dermos mais explicações.

— Essa não é nossa descoberta mais importante. Sabe disto. Use palavras técnicas para confundi-los e enfatize que já patenteamos tudo.

— Mas as patentes ainda estão em processo de reconhecimento.

— Pelo amor de Deus, Chang! — Kiao exclamou. — Só assegure a eles.

— Preciso de um tempo para arrumar tudo por lá — ele mudou de assunto. — Ellen não parece bem de saúde.

— O que ela tem? — Kiao perguntou.

— Alguns problemas na pele.

— Mei pode cooperar. É médica. Está preparada — Kiao mencionou a sobrinha outra vez.

— Mei tem cooperado, mas Vívian é quem nos ajuda nas tarefas mais difíceis — Chang falou, meio abatido.

— Não gosto dela — Kiao soltou. — Parece uma guarda-costas pronta a dar um golpe de kung fu.

— Vívian é muito leal — Chang comentou.

— Diga uma coisa: em relação aos protótipos de Diego Alvarenga, o que tem a me dizer?

— Em um mês estarão prontos. Será como ouro para nós. A biobateria para smartphones chega a durar um ano sem recargas e três anos para notebooks.

— Que ótimo ouvir isso! — Kiao comemorou. — Em quanto tempo teremos os primeiros consultores no museu?

— Em menos de 24 horas — Chang disse, preocupado.

# KRAMER

Hospital Adventista, Rio Grande do Norte
10 de fevereiro
08h10min

Ela estacionou o carro no lugar que chamasse menos atenção possível. Abriu a porta e acionou o alarme depois de sair. Enquanto caminhava, estudou o local, observando tudo. Vestida elegantemente, usava saia na altura dos joelhos, blazer feminino da mesma cor e blusa de seda. Era uma mulher alta, o rosto muito magro, comprido, os lábios carnudos desproporcionais, os cabelos aloirados. Vívian Kramer trabalhava há mais de cinco anos na Biotech, destruindo e ocultando qualquer prova contra a empresa. Fazia todo o trabalho sujo, mas não se importava; Ellen Wankler, sua chefe, tirou-a de uma vida muito mais humilhante.

Vívian cruzou o estacionamento. Puxou um smartphone da bolsa. Ativou um aplicativo no celular. A tela revelou um ponto verde, a pouco mais de vinte metros dela. Discretamente atravessou a área de serviço do hospital. Alguém a abordou. Ela se virou para olhar.

— A senhora não pode entrar aí — um homem avisou. — É somente para o serviço de cozinha e limpeza.

— Desculpe. Sou veterinária. Recebemos uma denúncia e precisamos vistoriar o lugar — Vívian mostrou uma falsa carteira de registro.

— Denúncia? Não recebemos nenhuma notificação.

— Sempre nos adiantamos — ela sorriu.

A homem a deixou passar, mas fitou-a de cima a baixo, desconfiado.

— Não se preocupe, meu trabalho será rápido — ela comentou.

Vívian apressou o passo e cruzou o corredor. Ninguém a notou naqueles trajes formais. Suspeitou que acreditassem que era parte da administração do hospital. Precisava encontrar o quanto antes a moça contaminada pelo *Experimento Fungi*. Eliminar qualquer coisa que atrapalhasse a imagem da empresa era necessário.

Voltou os olhos ao smartphone. Parou na extremidade do corredor e regressou. Uma enfermeira saiu de um dos quartos e seguiu na direção oposta. O sinal vinha de lá. O ponto verde na tela estava bem perto, aparentemente no quarto 312.

Abriu a porta. Uma moça de cabelos longos dormia na cama, o soro correndo pelo braço, além dos fios de aparelhos que expunham as funções vitais no monitor. Havia manchas arroxeadas e vermelhas pelo seu corpo, máscara de oxigênio no rosto e curativo na altura do pescoço.

Do bolso de seu blazer retirou uma seringa e inseriu a agulha no frasco do soro até todo o conteúdo se misturar. Não sentiu um pingo de pena da moça.

Vívian se assustou ao ouvir passos no corredor. Entrou depressa no banheiro do quarto. A porta não tinha tranca. Pensou em fugir pela pequena janela, mas era gradeada.

*Porra*! Não pensou direito e agora estava numa enrascada.

Quarto 312
8h23min

Rosa deixou que a jovem enfermeira que a acompanhava abrisse a porta. Catarina Bitencourt arquejava suavemente num sono profundo.

— Ela não está anestesiada, só administramos calmantes. Chegou com edemas por todo o corpo — a enfermeira falou. — O estado dela ainda é sério. A médica responsável tratou-a com corticoides e anti-histamínicos, mas reagiu muito pouco até agora.

— O quadro dela é estável?

— Em geral, sim. Soubemos que ela tocou em algum bicho ou planta numa das ilhas do arquipélago de Noronha, então teve convulsões, além de problemas para respirar. A glote inchou e tiveram de fazer uma traqueostomia urgente — ela repetiu a história. — Os familiares foram avisados. A mãe está no hospital preenchendo um cadastro com mais dados sobre ela.

A moça tremeu o corpo, abriu os olhos e gemeu alto. A enfermeira levou um susto ao vê-la acordada:

— Jesus!

Catarina bocejou. Seu semblante estava plácido, como se tivesse dormido horas a fio. Perguntou onde estava. Muito surpresa, a enfermeira se sentou na cama ao lado dela. Rosa presenciou a conversa das duas.

— Esteve em apuros, moça — a enfermeira explicou sobre como ela parou ali e de onde veio.

— Fernando de Noronha? — Catarina perguntou.

— Sim. Lembra de algo?

Rosa se aproximou mais.

— Alguns flashes de memória — ela disse, enjoada. Fez uma careta de dor, virou a cabeça e vomitou sobre os lençóis.

— Calma — a enfermeira pegou uma toalha para limpar o vômito.

— Quem é ela? — Catarina perguntou, limpando a boca com as costas da mão.

— É da polícia — a enfermeira informou. — Está investigando o que aconteceu com você.

— Foi tão sério assim?

— Você quase morreu — Rosa disse. — Vamos ter de ouvir outras testemunhas — Rosa ficou incomodada com o resto de vômito ainda na boca da moça. Foi até a porta do banheiro para pegar papel higiênico. — Está trancada — ela avisou.

A enfermeira forçou a maçaneta.

— Que estranho. Emperrou. Mas não há travas em nenhuma das portas dos banheiros para evitar que pacientes em convalescência se tranquem e corram perigo.

Rosa ouviu um barulho lá dentro, como um objeto caindo no chão. Gesticulou para indicar que a enfermeira se afastasse da porta.

— Já sabemos que está aí! — ameaçou. — Tem dez segundos para dizer seu nome.

Rosa não contou. Em menos de dez segundos deu um chute na porta. Alguém do outro lado a segurava firme, empurrando o peso contra ela. Viu dedos na beirada da porta. A mão era feminina, as unhas compridas pintadas de vermelho. Rosa deu mais um chute. Viviam continuou firme.

Rosa forçou a porta com o ombro e, quando achou que conseguiria abrir, ela se voltou contra seu rosto. Sentiu o gosto de sangue na boca.

*Desgraçada*!

O chute que deu foi tão forte e com tanta raiva que ouviu o baque de um corpo do outro lado. Com a porta entreaberta, viu cabelos loiros por dois segundos. A mulher se levantou depressa, segurando a porta em seguida.

Ao ver a mão da loira para fora, Rosa percebeu que estava posicionada sobre a fechadura afiada de metal, então puxou violentamente a maçaneta.

Um grito agudo ecoou no banheiro. Rosa havia decepado os dedos dela, tamanha a força que usou. Isto com certeza obrigaria a saída da loira.

A porta foi escancarada. Rosa levou um chute no peito, caindo de costas. Catarina e a enfermeira gritaram, assustadas. A loira pulou sobre a cama da moça, seu sangue respingando nos lençóis. Catarina gritou mais alto, o desespero estampado no rosto. A loira abriu a janela do quarto, pulou por ela e fugiu em direção ao estacionamento.

Rosa se ergueu com falta de ar. Ainda correu e pulou a janela, mas só a tempo de ver a loira fazer a volta no Celta preto e sair cantando os pneus.

Ela voltou ao quarto e pediu que a enfermeira trouxesse um saco plástico. Então abaixou-se para ver os dedos da mulher.

Administração
8h37min

— Ela deve sair deste hospital hoje — Rosa avisou.

— Ela ainda está em observação — a médica retorquiu. — Só permitirei que saia daqui por conta própria ou por decisão judicial.

— Recomendo que seja transferida — Rosa aconselhou e se virou para a mãe da moça, vestida com saião até os pés. — A senhora me ouviu?

— Você é da Polícia Federal — a mulher apontou para ela. — Solicite o programa de proteção. Minha filha está apavorada — suplicou.

— Esperem um minuto. — Rosa pegou o celular e se afastou delas.

Não queria envolver a Polícia Federal no caso. Ligou para Roriz e solicitou o programa de proteção à testemunha da própria ABIN. Dois agentes de campo iriam vigiá-la.

— A queima de arquivo quase se concretizou! — ela disse, agitada, ao chefe.

— Eu avisei para ficar atenta — ele lembrou.

— Há inúmeros indícios que apontam para a Biotech. Eles estão nessa, Roriz! Do que mais você precisa para agir? — perguntou, quase furiosa.

— Queria sua confirmação — ele fez uma pausa. — Enviarei agentes para resolver o problema de proteção à vítima. Informe que são da Polícia Federal. Agora preste bem atenção no que vou dizer: assim que terminar, use o cartão para comprar uma passagem até São Paulo. Me informe os dados ao confirmar o voo. Você será recebida por Roberto Gusmão.

— Roberto Gusmão? Quem é este?

— Vai reconhecer o tipo. É bem extravagante. Mas mantenha sigilo sobre si mesma por ora.

— Qual o plano desta vez?

— Faça o que eu disse e aguarde meu contato — desligou o telefone.

# ACIDENTE

Fernando de Noronha
10 de fevereiro
07h03min

Assim que o avião Embraer E-195 pousou no único e pequeno aeroporto da ilha principal, desligou os motores e abriu sua portinhola. A aeromoça, vestida em azul com lenço amarrado ao pescoço, dispensou os turistas embasbacados com a beleza do lugar que desceram as escadas para o desembarque. Muitos deles tiravam fotos enquanto desciam.

Um dos turistas se destacava dos outros. Era um homem bonito de cabelos grisalhos, em boa forma, vestia bermuda e camisa polo, como se fosse para um safari, óculos escuros no rosto. Bocejou ao descer da aeronave. Resmungou um palavrão. Carregava uma pequena mala com roupas suficientes para uma pessoa.

Do lado de fora, um rapaz de camisa branca bordada no peito a palavra IBAMA se aproximou dele antes que o homem austero entrasse no saguão para pagar as taxas de acesso ao arquipélago.

— Senhor ministro, bom dia. Um jipe nos aguarda logo ali — o rapaz apontou para além das grades que delimitavam o estacionamento do aeroporto.

— Eu espero que me recebam com um bom café. Estou morto de fome — o ministro falou.

Cruzaram o portão direto até o jipe. Quando entraram no veículo, o rapaz ligou o motor, deu partida e perguntou:

— Fez uma boa viagem?

— Poupe-me de perguntas. Fico aborrecido quando durmo mal. Pretendo voltar ainda hoje, no voo da tarde — o ministro reclamou, sem notar a careta do rapaz após sua resposta.

O jipe percorreu a BR-363, localizada bem no meio da ilha. Era difícil ver o mar dali. A área urbana da ilha era um conjunto de vilarejos com prédios e casas simples. O ministro teve a impressão de que Noronha era organizada. Menos de um minuto depois, contudo, deixou de lado a ideia. A estrada se transformou em um atoleiro. O balanço do veículo o irritou ainda mais. O jipe parou de repente.

A clareira revelou, a poucos metros, um prédio bem planejado com portas de vidro e um pequeno estacionamento à frente; um dos Centros de Controle de Visitantes, chamado de Pic Golfinho Sancho, com acesso a uma das dez praias mais bonitas do mundo, a praia do Sancho.

O ministro pensou que o jipe fosse parar ali, porém arrancou e continuou o percurso. Uma placa dizia:

**Trilha do Capim-Açu.**
**Entrada autorizada somente com guia credenciado pelo IBAMA**

Mais abaixo, um letreiro menor explicava as penalidades legais caso alguém entrasse sem permissão.

A mata densa se fechou ao redor deles. O ministro, impaciente, não notou os pássaros pipilando nas copas das palmeiras, muito menos o som do mar à sua direita.

O jipe virou numa bifurcação e ali parou. Um portão, tomado por trepadeiras, bloqueava a estradinha. Uma placa escondida na mata dizia:

**ÁREA RESTRITA**
**(Somente Pessoal Autorizado)**

— Vocês são ótimos — o ministro desdenhou. — Disfarçaram até a entrada com a vegetação do lugar. Chang está de parabéns.

Tudo para não chamar atenção, como sempre quis. — Dois seguranças com emblema da Biotech abriram os portões pelo lado de dentro. — Só não entendo por que estão fardados com o nome da empresa se não querem destaque — ele riu.

Ao passarem pelo portão, notou o ambiente arborizado com muitas espécies de gramíneas no chão e jardins planejados. Lembrou-lhe um parque ecológico, a não ser pelo contraste da arquitetura moderna de três prédios arredondados e vitrificados, semelhantes a células enormes.

Ao fundo, uma grande estufa, abaixo do nível das árvores, chamou sua atenção. Vários homens trabalhavam nela, presos por cabos de aço, inserindo placas hexagonais na estrutura de metal. Pensou que o lugar, apinhado de trabalhadores, não chegava aos pés do projeto magnífico construído na Ilha da Trindade.

— O que vão fazer por aqui? Um jardim botânico? — o ministro desdenhou.

O jipe estacionou em frente a um prédio branco de estrutura convexa. Uma mulher corpulenta, cabelos curtos e nariz afilado, a mão no bolso do jaleco branco, passou pela porta de vidro. Ao chegar perto do jipe, ela sorriu e cumprimentou o ministro:

— Bem-vindo, amigo, à nossa pequena mostra da Iniciativa Unicelular! — disse, enérgica.

O ministro notou as mãos dela cobertas por luvas de pano.

— Não é possível que neste clima tropical esteja com frio, Ellen — falou, o cenho franzido.

— É só uma pequena alergia que adquiri. Até agora nada sério. Se for contaminável, prefiro não transmitir a você — ela deu uma gargalhada quando ele fez uma careta de nojo. — Continua o mesmo. Como foi a viagem? Estamos lhe esperando para um café.

— Adorei a última frase — o ministro comentou, enquanto saía do jipe.

— Chang queria que eu fizesse as honras da casa. Você precisa conhecer o projeto. Não descrevemos tudo por e-mail. Queremos que veja pessoalmente nossa nova exposição.

— Qual a diferença deste museu para aquele de Trindade? — ele perguntou.

— Espécimes endêmicas de Fernando de Noronha — ela respondeu. — Me acompanhe.

Os dois entraram no prédio.

— As coisas por aqui estão fervendo.

— Sim! Muita gente trabalhando — Ellen informou.

— Como consegue manter tantos funcionários em silêncio acerca deste projeto até o dia da inauguração?

— Assinaram um contrato de sigilo com a Biotech, sob pena de multa e demissão caso quebrem o acordo.

— Perspicazes — o ministro comentou.

Entraram numa sala cheia de fios no chão; três técnicos trabalhavam no local. Depois cruzaram outra porta de vidro. As câmeras mais próximas identificaram o rosto de Ellen enquanto ela andava.

— Mais moderno que o outro complexo — o ministro falou. — Como estão as coisas na Ilha da Trindade?

Ellen Wankler se virou para ele, preocupada.

— Estamos com problemas — ela falou. — A transferência de alguns organismos para cá foi bastante arriscada. Houve um acidente. Dois de nossos técnicos ficaram seriamente feridos. Mas isso não foi o pior.

— Não me diga — o ministro passou as mãos nas têmporas. Suava muito.

— Chamamos de "evasão de organismos" — Ellen Wankler informou.

— O quê? Como assim?

Chegaram a um escritório com plantas arquitetônicas nas paredes e quadros de micróbios ampliados. Uma maquete do museu sobre uma pequena mesa chamou a atenção do ministro:

prédios convexos e côncavos, além de uma estufa em miniatura; tudo bastante detalhado. O conjunto arquitetônico se assemelhava a uma célula gigante; o núcleo celular era uma estufa geodésica no centro. Ele lembrou de quando Chang lhe disse que um famoso arquiteto chinês se responsabilizou pelo desenho do complexo de Noronha, menos imponente, no entanto, mais moderno. Outra coisa desviou seu olhar: no canto do escritório, uma mesa bem posta com geleias, doces, sucos, vários tipos de pão e tábua de frios.

— Teremos que atrasar os planos — Ellen disse, sentando-se próxima à mesa do escritório com papéis e um MacBook. Colocou os óculos.

— *Pur qui a procupaçoun*? — o ministro perguntou, com a boca cheia. Virou-se para ela.

— O caso do menino americano que está em coma me preocupa. Já repercute nos Estados Unidos. Graças a Deus atribuíram o estado de saúde dele a um suposto ataque de água-viva. Chang foi informado de que a Biotech será investigada pela ABIN — Ellen encarou o ministro, esperando uma reação dele.

O ministro devolveu o olhar.

— O que quer arrancar de mim, Ellen? — perguntou, limpando a boca com um lenço. — Não posso impedir uma investigação, desculpe.

— Não queremos que impeça, somente pedimos que você nos assegure de que o projeto não será interditado. Sabe a consequência, caso isso ocorra: adeus à Iniciativa Unicelular.

— Nem brinque com isto — ele pediu. — Há dinheiro público envolvido.

— E não é o suficiente — Ellen Wankler fechou a cara.

— Não poderei fazer mais nada por vocês quanto a isso. Se abriram um museu para angariar fundos para o projeto, ótimo! Excelente ideia! Mas não é responsabilidade minha. Posso apenas assegurar o investimento e a proteção de nossos interesses produzidos pela Iniciativa — ele fez uma pausa para tomar um gole de café. — Diga uma coisa, por que diabos vai abrir dois museus? Vocês têm outro praticamente pronto na Ilha da Trindade.

— O museu-laboratório da Ilha da Trindade é onde organizamos os prospectos da Biotech. Aqui teremos algo mais próximo do turista comum, além do serviço de hotelaria de Fernando de Noronha. Em Trindade, criamos os espécimes para visualização e discussão do público acadêmico; é outro nível.

— O espaço é quatro ou cinco vezes maior em Trindade, lembra muito o complexo de estufas da Cornualha. Ainda acho que seja possível receber turistas comuns por lá. Você teria menos gastos com funcionários — ele sugeriu.

— Mas a logística seria bem diferente — ela rebateu. — Há vários problemas naquela ilha. O acesso é um deles. Ela é muito mais distante da costa litorânea, é deserta e não seria habitada se não contássemos com a Marinha Brasileira. E, mesmo assim, ficam isolados do museu por paredões de rocha. Foi construído do outro lado da ilha, sobre um platô. Diferente deste em Fernando de Noronha, de fácil acessibilidade por trilha. Nossa meta para o museu principal é selecionar visitantes da comunidade científica usando alguns critérios para controlarmos possíveis roubos de patentes. Você lembra da nossa agonia em Hong Kong. Neste fim de semana, um dos pró-reitores de desenvolvimento científico de Oxford e uma autoridade em microbiologia da Universidade de São Paulo estarão naquela ilha. Deus esteja conosco para que a engenharia que planejamos funcione. Nossa aposta maior está na subchefe de assuntos da ICOM. Ela é especialista em museus e bem exigente.

— ICOM?

— Sim, *International Council of Museums*, uma espécie de conselho internacional para abertura de museus e recomendação internacional. Fica na França. Chang foi buscá-la para uma vistoria. Espero que ela goste. Encontrarei todos eles em breve.

— Acho um gasto absurdo. Repito, vocês já têm aquela mina de ouro na Ilha da Trindade.

— Não queremos somente dinheiro, meu querido. É pela ciência também. Nossa descoberta precisa ser revelada ao mundo em toda sua verdade crua. Fora o fato de...

O grito veio do prédio vizinho, como um homem agonizando. Wankler pediu que o ministro não saísse da sala, mas ele não se conteve e a seguiu. Ela correu, esbaforida, para impedir que o ministro cruzasse a porta. A mulher não queria que fosse testemunha de um acidente de trabalho e tentou fechar a porta, mas o ministro a impediu com o braço.

— Ora, por favor, Ellen! Está maluca? — ele berrou.

Ela diminuiu o ritmo e seguiu até o outro prédio espelhado. Na porta, o ministro viu a placa bem elaborada em vidro temperado: *Seção Monera*. Quando entrou no prédio, um trabalhador correu até os dois aos gritos:

— Dra. Wankler! A escada encostou no aquário e o vidro sacou. Sacou para fora! — ele repetiu. — Ajudem, Tomas! Ajudem ele — o servente de limpeza implorou, aflito.

O ministro ouviu mais gritos. Uma peça inteira de vidro sem rachaduras estava caída no chão. Quatro trabalhadores olhavam a massa negra no meio do prédio que se contorcia como um monturo de vermes. Sangue escorreu misturado a uma substância gelatinosa. Levou meio minuto para ele entender que os pedidos de socorro vinham da massa escura.

— Meu Deus, era um homem! — exclamou horrorizado.

Ellen Wankler quebrou uma caixa de vidro antichamas e puxou o extintor. Ativou a válvula, pressionando-a sobre o monturo negro. As criaturas se dissiparam depressa. Eram como cápsulas achatadas com flagelos, ou como pelos transparentes. Ao ministro pareciam lesmas de outro mundo, a não ser pelo fato de que se moviam muito rápido e subiam as paredes.

— Droga, chamem Arthur antes que alguém mais morra! — Ellen disse, furiosa. Os dois técnicos correram para fora do prédio. O ministro caminhou até ela. — Fique onde está! São altamente venenosos! — Wankler mandou.

O ministro estourou com os pés uma das criaturas. Um líquido espesso grudou na sola do sapato.

— Vibriões — ela informou ao se aproximar do ministro. — *Vibrium vulnificus*. Valem uma fortuna deste tamanho. Há pouco tempo descobrimos que têm comportamento semelhante ao de um enxame.

— E você tem certeza de que vai expor o público a isto? — o ministro perguntou, atônito.

— Em um ambiente controlado — ela confirmou. — É claro, o *polivitrum* sacou do aquário por um erro técnico. O responsável será penalizado, mas acidentes acontecem.

— Ellen, isto foi terrível e assustador. E você diz com naturalidade — ele negou com a cabeça, observando o trabalhador morto no chão. Os vibriões o devoraram aos poucos. O rosto dele, virado para cima, a pele em carne viva e coberta por um líquido viscoso. Os músculos do pescoço expostos em tiras. Sem as pálpebras, o olhar era vazio. — Morreu em poucos minutos.

— A toxina entra na corrente sanguínea e mata você em instantes — Ellen suspirou. — É uma pena. O terceiro em sete meses.

— O acordo de sigilo que este funcionário assinou ainda vale em caso de morte por acidente de trabalho? — o ministro questionou, preocupado.

— Sim. E a família será indenizada — Ellen mexeu a cabeça de um jeito demente.

Um homem vestido dos pés à cabeça com roupa prateada entrou no prédio. Carregava no ombro um lança-chamas. Ele ordenou que todos saíssem. Os outros técnicos correram até o jardim, acompanhados por Ellen e o ministro.

Em silêncio, os dois contemplaram os clarões do fogo através da porta de vidro. Lá dentro, as labaredas incendiaram dezenas de vibriões, que subiam pelas paredes tentando sobreviver.

## RANDALL

EuroDisney, França
10 de fevereiro
7h02min

No corredor repleto de pôsteres coloridos do antigo Mickey Mouse, um homem ao estilo Steve Jobs, camisa social, calça jeans e tênis, andou apressadamente. Ele endireitou o colarinho e mal olhou os desenhos emoldurados na parede de carpete com inúmeros bordados dos personagens da Disney.

Jeff Randall trabalhava há mais de dez anos na área de engenharia de segurança de parques temáticos. Seu conhecimento em mobilidade robótica de brinquedos e softwares que davam vida eletrônica a um parque de diversões era vasto. Toda a experiência que adquiriu por tempo de serviço começou ainda jovem. Manteve por mais de quatro anos a ordem do maior parque temático do mundo, a Disney de Orlando.

Dois anos depois, a proposta dos chefões era que se mudasse para a Europa. A demanda de turistas para a EuroDisney era cada vez maior, foi o que disseram, e precisavam de alguém no controle. Randall teve de se adequar ao modo de vida europeu em pouco tempo, mas, antes disto, ganhou fama como consultor de parques temáticos de menor porte, incluindo o início do Universal World. Os chefões do Mickey Mouse não encaravam a prática com bons olhos, mas Randall nunca assinou qualquer acordo de exclusividade. Era livre como consultor. Percebeu a estratégia da empresa quando quiseram enviá-lo para mais longe. Nunca propuseram a ele um contrato exclusivo. Talvez pelo valor do pagamento triplicar.

Dentro de sua sala, observou os monitores com gráficos e filmagens de turistas. Cinco técnicos trabalhavam com ele, controlando as imagens através de consoles sobre suas mesas individuais.

Randall era um homem ocupado. Mostrava-se alegre ao cruzar com qualquer funcionário da empresa, sempre disposto, mas agitado. Era elegante, cabeça desprovida de fios, rosto bonito e anguloso, olhos azulados. Saiu outra vez da sala para tomar um café e acenou para a secretária, uma mulher muito atraente. Pensou em como a Disney se importava em contratar gente de boa aparência.

— Bom dia, Sr. Randall — ela disse solicitamente, sempre com um sorriso autêntico. Ordens da empresa.

— Como vai, Kate? Algum telefonema do pessoal da Pixar? — Randall perguntou.

— Ainda não, mas tenho um recado. Um homem chamado Chang pediu para marcar uma hora com o senhor. Vai poder atendê-lo?

— Chang? — repetiu, estranhando. Há mais de um ano ninguém de fora da empresa o procurava no trabalho. — Que horas sugeriu a ele?

— Bem, na verdade — Kate disse sem jeito —, ele está esperando o senhor na sala de reuniões. Pedi a ele que aguardasse lá. Insistiu muito. Disse que é urgente e não adiaria.

Randall franziu a testa.

— Quem é ele?

— Não sei dizer. Disse que precisa falar com o senhor sobre uma possível consultoria e que necessita da sua opinião urgentemente.

*Mais um parque*, Randall pensou. O último, na Alemanha, fora um fiasco.

— Você ficou de olho nele? Não é nenhum vendedor de livros? — Randall brincou.

— Não. Aliás, é um oriental muito simpático — ela sorriu.

— Suspeitei pelo nome — ele disse, depois ergueu o indicador. — Escute. Talvez o pessoal da Pixar apareça por aqui. Há um novo projeto com personagens gigantes do Toy Story. Caso cheguem, pode interromper, entendeu?

— Ok — ela assentiu.

— Eles são mais importantes e preciso de tempo para a reunião — Randall balançou a cabeça como se tentasse lembrar de outra coisa. — Qual é o nome do homem?

— Zen Chang — Kate pronunciou devagar.

— Ok. Não esqueça o que eu disse — Randall pediu.

— Interromper o senhor quando o pessoal da Pixar chegar — ela repetiu, mostrando seus dentes bem alinhados.

Ao entrar na pequena sala de reuniões deu de cara com a decoração: esboços em grafite dos primeiros brinquedos da empresa emoldurados nas paredes. De frente para a janela havia um homem pequeno de cabelos ralos e cinzentos, o olhar perdido na vista lá fora. Randall interrompeu:

— Olá.

O homem continuou a admirar o público que se divertia nos brinquedos do outro lado.

— Olá, Sr. Chang — insistiu.

Ele se virou.

— Desculpe — disse, aproximando-se para cumprimentá-lo. — Não sabe como fiquei enfeitiçado com a vista.

— Sente-se, por favor — Randall pediu e puxou duas cadeiras da grande mesa no centro da sala.

— Obrigado.

Randall observou o homem, o rosto simpático, bochechas rosadas e perto dos cinquenta anos, talvez. Vestia um paletó um pouco amarrotado em conjunto com a calça cáqui. Não chegava a ser gordo, mas também não era magro demais.

— Notei que seu inglês é bem pronunciado. Nasceu onde, Sr. Chang? — Randall perguntou, ainda preocupado com o pessoal da Pixar. Sua mente só pensava na reunião.

— Nasci numa província ao sul da China, mas estudei minha vida toda em Hong Kong. Aprendi inglês fluente.

Eles ficaram calados por um tempo. Aquilo incomodou Randall:

— Muito bem, Sr. Chang. Meu nome é Jeff Randall. Já deve saber. O que deseja?

O chinês sorriu para ele.

— Deve ser um homem ocupado. Serei breve — disse. — Só me responda uma coisa, Sr. Randall. Gosta de monstros?

— Ah — Randall estranhou a pergunta. — Eu não sei...

— Acha que as pessoas apreciariam ver monstros numa vitrine? — o chinês interrompeu e estreitou os olhos, mostrando interesse na resposta dele.

— Bem, se estiver falando de criaturas mecatrônicas, como temos em nossos espetáculos por aqui, parece interessante — respondeu.

— Estou falando de monstros reais — o chinês enfatizou as últimas palavras.

— Entendo — Randall pensou "que papo de louco era aquele?"

— Refiro-me a uma espécie de zoológico com organismos incomuns — o chinês sorriu outra vez. — Você acredita que as pessoas se interessariam?

Randall achou enigmático e ele mesmo ficou curioso em saber até onde o chinês iria.

— Caso não represente um risco ao público, creio que sim. A maioria das pessoas gosta de coisas extravagantes. A Disney é um belo exemplo disto — ele riu. — Mas onde quer chegar com a pergunta, Sr. Chang?

O chinês abriu mais um sorriso, os olhos brilhando.

— Estou nos últimos reparos da montagem de uma exposição científica patrocinada pela Biotech, empresa em que sou sócio. É um tipo de museu, que aliás é dirigido por minha esposa. Ela é uma grande cientista e uma mulher incrível — ele elogiou, o tom apaixonado. — Montamos a exposição numa pequena ilha, no litoral sudeste do Brasil. Mas o projeto ainda não recebeu críticas. Na verdade, estamos planejando inaugurá-lo no próximo ano, apenas para o público acadêmico, cientistas, pesquisadores em geral e estudantes universitários.

— Entendo — Randall assentiu com a cabeça. — E o senhor deseja minha opinião?

— É o que mais espero — ele confirmou. — Sei que é uma autoridade no ramo.

— Bem, Sr. Chang, não trabalho como consultor de museus. Acho que devia procurar um curador...

— Eu procurei — foi rápido ao dizer —, mas você também é importante para nós. É uma exposição aliada à tecnologia de ponta e soube que você lida com isto o tempo todo. Desejo que conheça o lugar para uma opinião técnica.

— Do que se trata a exposição? — Randall se mostrou mais interessado.

— É um museu de microbiologia — o chinês respondeu.

— Entendi — disse, sem muita empolgação. — Quer que eu faça uma visita para uma avaliação?

— Não vai se arrepender. Será o maior museu de microbiologia do mundo, acredite.

— Não acha que seria melhor um punhado de biólogos? — Randall se esforçou para não parecer irônico. — Talvez demostrem opiniões mais adequadas.

— Sim, claro. Em outro momento também estarão lá. Todos reunidos. No entanto, a Dra. Wankler e eu precisamos de um profissional com experiência em parques temáticos. Esperamos ideias interessantes para ampliar o projeto. Garantimos que sua ida será bem recompensada.

— Não será necessário, Sr. Chang. Estarei muito ocupado na maior parte desta semana e...

— O Sr. não irá se arrepender, eu repito — quase suplicou a ele. — Oferecemos um excelente pagamento. Pode levar sua família, se quiser. Pagamos tudo. Não precisa se preocupar com os passaportes — o chinês propôs. — Precisamos de dois dias apenas.

Randall percebeu que a proposta era para valer, ainda mais quando envolvia dinheiro.

— Temos alojamentos adequados e boa refeição — o chinês continuou.

— Está certo — Randall confirmou e o observou muito confiante na postura e no tom de voz. Ele começou a gostar da ideia de sair um pouco do ambiente de trabalho. — Aceito a proposta.

— Fico feliz! Este é meu número para qualquer emergência — Chang entregou a ele um cartão esverdeado. — O jato partirá hoje dentro de uma hora.

— Uma hora? — Randall perguntou, surpreso.

— Sim. É uma longa viagem — ele informou. — Confesso que você não estava nos planos, mas foi bem recomendado.

— Quem me recomendou? — Randall quis saber.

— Alícia Bouvier — Chang informou. — Estará conosco na viagem.

*Bouvier*? Tivera um caso com ela. Não era somente uma viagem de negócios, mas de reencontros. Não gostou muito da ideia. Se soubesse antes que ela embarcaria junto, teria inventado alguma desculpa para não ir.

— Prepare as malas — Chang recomendou.

— Ok — Randall respondeu, ainda atônito com a própria decisão. No fundo era pelo dinheiro.

Chang se despediu e saiu pela porta parecendo satisfeito consigo mesmo. Randall, por outro lado, não conseguia acreditar que havia aceitado aquilo diante de inúmeros projetos e relatórios para realizar. Aquele chinês era uma figura carismática, persuasiva. Lembrou-se das metas que estabeleceu para aquela semana, aliviado por saber que cumpriu a maioria delas. Quando virou o rosto, a secretária o aguardava na porta.

— Diga, Kate.

— O pessoal da Pixar pediu para cancelar a reunião. Deixaram para a próxima sexta.

— Bem a calhar — ele comentou.

— Como disse? — a secretária perguntou, pressionando a caneta no bloco de notas.

— Não é nada. Terei de sair mais cedo hoje. Faça contato com Roger. Ele ficará de plantão neste fim de semana.

# DESCIDA

Costa Marítima Brasileira
10 de fevereiro
11h55min

O monomotor Caravan 208 foi abastecido na cidade de Vitória, no Espírito Santo, para uma viagem de três horas acima do oceano. Alex e Éder olharam através das janelinhas a imensidão do Atlântico, que ondulava calmo sob o céu da manhã, esperando vislumbrar a qualquer momento a Ilha da Trindade.

Os dois discutiram bastante antes de tomar a decisão até aquele destino. Por mais que a origem do esporo gigante tenha partido de Fernando de Noronha, Alex considerou que as rotas áreas do Geodésica apontavam para algo bem maior em Trindade. O fato acendeu uma discussão acirrada entre os dois. A ilha era muito distante de onde estavam; mais de dois mil quilômetros.

Alex sugeriu a Éder que voltassem a Noronha para concentrar uma investigação ali. Éder discordou; Trindade intrigava muito mais. E ele estava certo. Éder anunciou que realizaria a jornada sozinho. Contrafeito, o professor tentou fazê-lo desistir da ideia e, depois de mais discussão, Alex foi convencido a seguir até a ilha.

A viagem seria cansativa. Compraram passagens para o primeiro voo da madrugada, com quatro horas e meia de duração, até a capital do Espírito Santo. A segunda parte da viagem era de monomotor. Alex acertou uma quantia considerável com o piloto e dono do avião, que fazia transporte de cargas a serviço dos correios. Era um conhecido que William, do programa Geodésica, havia indicado. Alex não esqueceu o tom de surpresa do piloto quando revelou o destino por telefone:

— Ilha da Trindade.

— É melhor tomar um voo comercial até o Rio de Janeiro, depois seguir de carro até Paraty…

— Acho que o senhor não escutou direito — Alex o interrompeu, rindo da incredulidade dele. — Estou falando da maior ilha do arquipélago de Trindade e Martim Vaz. O senhor a conhece?

— Ave Maria! — o homem exclamou. — Eu pensei que estivesse confundindo o lugar.

— Estou lúcido quanto a isso. — Alex fez uma careta para Éder, que sorriu. — Vamos dar uma volta acima da ilha. Acertamos tudo assim que chegar.

— Está certo. Fico no aguardo.

Alex desligou o telefone e encarou Éder.

— Ainda não consideramos se o avião terá permissão para pousar em Trindade, nem sabemos se existe de fato uma pista de pouso.

— Não precisamos pousar — Éder sugeriu. — Podemos descer de paraquedas. Já realizei muitos saltos duplos. Sei como funciona — mostrou um sorriso travesso.

— Você é maluco? — Alex se aborreceu.

— Só estou considerando a possibilidade de não podermos pousar.

— Não vamos precisar de paraquedas — Alex concluiu.

— Espero que não, mas posso conseguir todo o material em caso de emergência, incluindo roupas para o salto.

— Eu já ouvi você demais.

— Então acredite no que eu vou dizer — Éder falou, sério. — Se não pudermos entrar naquela ilha pela pista de pouso, eu pularei daquele avião de paraquedas.

— Você tem problemas, rapaz! — Alex disse, irritado.

E lá estava ele, com o macacão de paraquedista e roupas mais soltas por baixo, esperando a ilha surgir no meio do oceano. O barulho do motor o incomodou. Quis tirar um cochilo, mas os ouvidos doíam por causa da altitude. Evitou olhar outra vez pela janelinha e tentou controlar sua acrofobia, o maldito medo de altura. Assustado, deu um pulo da cadeira quando o avião tremeu; teve a impressão de que desmontaria a qualquer momento. Éder gargalhou, a voz competindo com o barulho da hélice:

— Um doutor medroso!

— Cala essa boca! Nunca viajei num monomotor. Pior do que isto é saltar de paraquedas! — Alex reclamou. — Não vamos precisar pular daqui, tenho fé!

— É engraçado um ateu dizer isto — Éder riu de novo. — Não tenha medo.

— Só um pouco de receio — Alex fez uma careta de pavor e ficou impressionado com a coragem do rapaz. Lembrou de quando o conheceu nos laboratórios da universidade. Éder já era um sucesso entre as moças. O interesse do aluno em descobrir o universo da biologia foi o que aproximou os dois. Poderia ter escolhido a vida de modelo e ganhado dinheiro com passarelas por causa da excelente estatura e beleza, mas preferiu a vida de pesquisador. Alex o admirou por isto. Haviam desenvolvido uma relação de amizade, como entre Sherlock e Watson nas histórias do detetive.

— Chegamos! — Éder apontou, ansioso. — Ela é linda!

A ilha surgiu no horizonte, um conjunto escarpado de rochas belas e brutas. Em pouco tempo, o monomotor alcançou proximidade e puderam ver melhor o solo avermelhado misturado à mata rasteira. Era como o pedaço de um planeta desconhecido, o interior cercado por paredões e pequenos picos. Uma estrutura brilhava sobre um platô, do outro lado da ilha, oposto ao POINT — estação de vigilância da Marinha. Estavam separados por vários quilômetros.

— Está vendo aquilo? — Alex perguntou, soltando um palavrão ao constatar oito estufas gigantescas, todas interligadas, além de prédios modernos de arquitetura esférica e uma pista de pouso um pouco mais afastada.

O rádio do piloto chiou. Os dois prestaram atenção a uma voz masculina que ordenava:

— Rota aérea não permitida. APP não concedida por ordem do 1° Distrito Naval da Marinha do Brasil. Solicito que a aeronave se afaste.

— Jesus Cristo, nenhum bom dia! — O piloto levou o rádio aos lábios. — Solicito com urgência STAR para *landing* em RWY da Ilha da Trindade.

— Não autorizado. Repito: nem APP, nem *landing* serão concedidos.

— O que está acontecendo? — Alex perguntou.

— Não permitem a aproximação, muito menos a aterrissagem — o piloto explicou, deixando o rádio.

— Tente outra vez — Alex implorou.

— Ok — o piloto pegou o rádio de volta. — Visualizo RWY em Ilha da Trindade, solicito pouso de emergência, PAX a bordo.

— Esta RWY não tem acesso permitido. Aeronave não autorizada para APP.

— Que diabo! — o piloto xingou. — Vamos ter de voltar.

— Estamos a onze mil pés — Éder informou, examinado o altímetro no pulso.

— E daí? — Alex contorceu o rosto ao vê-lo pôr nas costas a mochila do paraquedas. — Não vamos fazer isso.

— Estamos a quase quatro mil metros de altura — Éder falou. — Nossa queda livre vai durar de 30 a 45 segundos, com uma velocidade de 220 km/h.

— Jesus, Maria, José! — Alex exclamou.

— O paraquedas levará quatro segundos para abrir. — Éder destravou a porta de correr do monomotor. Um bipe ecoou.

— Ei, garoto, você é retardado? — o piloto gritou, diminuindo a velocidade do avião.

— Pense bem — não deu atenção ao homem, pôs os óculos de proteção e olhou para Alex —, este lugar é perfeito para um projeto confidencial. E agora sabemos disto.

— Vamos cair no mar ou numa daquelas rochas! Éder, podemos morrer — Alex tremeu e apalpou os óculos no bolso do macacão, pressentindo que faria uma loucura.

— Está na hora — Éder falou e abriu a porta; o vento invadiu o interior. Alex sentiu a mão dele puxá-lo pelo macacão e, antes que pudesse se agarrar à poltrona do avião, seu corpo já estava fora dali, caindo a quilômetros por hora. Só houve tempo de gritar e seu coração disparava freneticamente. Ainda ouviu o piloto dizer:

— Seus loucos!

Alex cerrou os olhos. A velocidade da queda era impressionante. Desesperado, agarrou cegamente às roupas de Éder. Então ouviu quatro cliques e percebeu que estava afivelado pelos suportes do macacão.

— Não fique com medo! — Éder gritou. — Chamamos de salto Tandem ou duplo. Ponha os óculos. A paisagem é maravilhosa!

— Eu quase não estou te ouvindo! Mas vou matar você, seu filho de uma puta, se eu chegar vivo àquela ilha! — Alex berrou, furioso, a voz abafada pelo ar frio no rosto.

— O que foi que disse? — Éder gargalhou e o ajudou a vestir os óculos de proteção.

Alex abriu os olhos. A sensação era extasiante, quase indescritível. Sentiu-se mais seguro junto ao colega; afinal, ele parecia saber o que estava fazendo. Éder observou o altímetro. O solo estava muito próximo.

— Vamos cair dentro da ilha! — informou. — Estamos a quatro mil pés! É agora!

Dois segundos depois o paraquedas se abriu. Eles planaram mais devagar, a Ilha da Trindade cada vez mais perto.

— Está tudo bem! — Éder disse.

— Está uma ova! — Alex reclamou. — Eu me borrei todo!

— Está falando sério?

— É claro que não!

Uma rajada empurrou o paraquedas em direção ao oceano. Éder puxou as cordas para tomar o rumo contrário. Alex fechou os olhos outra vez e só abriu quando alguma coisa tocou seus pés. Rochas pontiagudas esbarravam nos seus calcanhares. Estavam acima de um penhasco.

Seu coração voltou a disparar. A poucos metros, um paredão de rocha bloqueou a descida. A rajada voltou a empurrá-los com força. Éder deu um grito e movimentou o corpo freneticamente para tentar mudar a direção.

— Use os braços para se proteger! — Éder ordenou.

O choque foi repentino. Só houve tempo de fechar os olhos.

# PARTIDA

Aeroporto de Guarulhos, São Paulo
10 de fevereiro
12h27min

Randall bocejou e ajustou o fuso horário do relógio para quatro horas a menos que Paris. A aeromoça abriu a porta do jato, deixando o ar úmido de fora entrar na aeronave. Haviam chegado à terra da Garoa. Chang dialogava com Alícia Bouvier, uma francesa bonita de pernas torneadas, rosto afilado e olhos castanhos. Randall evitou encará-la, mas ela piscou para ele enquanto conversava, insinuando olhares sedutores. O pró-reitor da Universidade de Oxford, James Well, um britânico elegante e idoso, dormia em sono profundo numa das poltronas, alheio à altura das vozes.

A aeromoça serviu o almoço: filé de algum peixe desconhecido acompanhado por uma salada com croutons. Um pouco desconfiado, Randall espetou o garfo e pôs um pedaço do filé na boca. Era suculento, amanteigado e levemente ácido por causa do limão; o peixe tinha gosto incomum para ele. Chang se virou:

— É pirarucu — mostrou os dentes ao sorrir. — Um peixe brasileiro, típico dos rios da Amazônia. Gostou?

— É ótimo. Está bem temperado.

Ele escutou passos vindo da escada de alumínio na porta do jato. Uma mulher de cabelos curtos surgiu em companhia de outra mais jovem; a primeira usava luvas, a segunda tinha um aspecto cansado, os óculos no rosto, o nariz adunco. Chang se levantou para cumprimentá-las, deu uma risada e disse em inglês:

— Bem-vindas! — meneou o corpo para abraçar a mulher de cabelos curtos, depois apertou a mão da outra. — Meus caros convidados, temos a bordo a Dra. Ellen Wankler, minha esposa, e a Dra. Odillez, da Universidade de São Paulo. Podemos nos apresentar formalmente assim que chegarmos na ilha — disse, eufórico. — Fiquem à vontade. Ponham os cintos.

Odillez se sentou ao lado de Randall e sorriu brevemente para ele. Teve a impressão de que a mulher estava cansada e logo depois ela deu um longo bocejo, cobrindo a boca com as mãos. Ela ficou atenta ao diálogo entre Chang e Wankler nas poltronas da frente. Randall também prestou atenção:

— Onde está Manuel e Lung? — o chinês perguntou.

— Lung vai se juntar à Vívian e ficar no continente para resolver *aqueles* problemas — percebeu que ela sussurrou para o marido. — Manuel está vindo. Espere um pouco.

Cinco minutos mais tarde um homem jovem, alto e magro, o rosto com suaves traços orientais cruzou a entrada e acenou para os outros, sentando-se ao lado de Wankler.

Randall deixou de lado a conversa entre eles e tentou iniciar um diálogo com a Dra. Odillez. Ela não era uma mulher bonita, mas parecia muitíssimo inteligente.

— Fala inglês? — Randall perguntou com sotaque britânico.

— É claro.

— Qual é mesmo sua área de atuação? — quis saber, enquanto a aeromoça fechou a porta do avião e a voz do piloto avisou pelo interfone o destino do voo. O jato percorreu devagar a pista.

— Microbiologia — ela disse sem encará-lo. — Sou professora da USP. Não sei o motivo do convite, nem por que tanta empolgação — indicou com a cabeça o chinês e a mulher corpulenta nas outras poltronas. — Eles estão felizes.

Odillez bocejou outra vez.

— Se quiser dormir, não lhe perturbo — Randall disse.

— Não se preocupe, estou bem.

— O que será que pretendem com uma museóloga, uma microbiologista e um engenheiro de parques temáticos? — Ele deu outro sorriso para ela.

— Boa pergunta — Odillez se virou para olhá-lo. — Não sei o que escondem nessa ilha, mas me deixou curiosa.

— Meu sono é maior que minha curiosidade — Randall comentou. — Minha cara está péssima com este fuso horário.

— Mesmo assim você é um belo homem — soltou, fitando seus olhos.

Randall retribuiu o olhar, desconcertado com a afirmação dela.

— Obrigado — sorriu, constrangido.

O avião deu uma guinada.

— Dr. Alvarenga pediu para embarcar, senhor Chang — o piloto comunicou no interfone.

— Alvarenga? — Chang repetiu da cadeira.

— O idiota se atrasou — Wankler disse, irritada.

— Tenha calma — Chang falou. — Ele estava no complexo de Noronha.

— Eu também estava e não me atrasei — disse. — Ainda me admiro quando o defende.

— Evite discussões com ele na frente dos nossos convidados, por favor — Chang pediu.

— Permissão de voo ou deixo ele entrar a bordo, senhor Chang? — o piloto perguntou.

Chang levou meio minuto para responder.

— Deixe entrar.

— Por mim pode atropelá-lo — Wankler sentenciou, aborrecida.

Alícia Bouvier conteve uma risada. A aeromoça abriu a porta do jato. Um homem atarracado e musculoso de pele morena, a camisa empapada de suor, deu um "bom dia" sem graça. Wankler o ignorou, mas Chang apertou sua mão.

— Desculpe, Sr. Chang — Alvarenga pediu —, os materiais de laboratório estavam na alfândega, ficaram lá por quatro dias.

— Sem problemas, Diego.

— A culpa é sua — Wankler atacou. — A inutilidade é a sua marca.

— Não me faça dizer o que não quer ouvir sobre o seu trabalho, *doutora* — enfatizou a última palavra com ironia.

— Está se referindo a quê, seu filho da...

— Ellen, por favor! — Chang interrompeu em voz alta, antes que ela terminasse de dizer um palavrão. — Coisas de empresa. É normal que haja discussões, mas não é o momento adequado. Aproveitem a viagem para tirar um cochilo ou assistir um filme nos monitores diante de vocês. Temos canais excelentes!

Diego Alvarenga se acomodou numa das poltronas dos fundos.

O jato tomou impulso, correu na pista e alçou voo. Randall percebeu que Odillez tinha os olhos cerrados. Pensou na proposta de Chang e no projeto misterioso que havia naquela ilha. Não acreditava que fosse algo inusitado demais. Observou o céu e, à medida que o avião rasgava as nuvens, sua vontade de dormir chegou.

# PENHASCO

Ilha da Trindade
10 de fevereiro
12h15min

Éder despertou de um sono curto, as costas doíam apoiadas na rocha escarpada. Um sujeito agarrou seu braço e gritou seu nome ao virar a cabeça para ele. Parecia familiar. Demorou quase um minuto para reconhecer Alex.

— Está bem, garoto? Você desmaiou — disse, enganchado a ele.

— Só minhas costas que doem — olhou para cima e viu o paraquedas rasgado. Foi aí que lembrou onde estava. — Droga!

As cordas haviam se enrolado na ponta de um penhasco. Abaixo dele, um abismo. Ele começou a suar, controlando o desespero.

— Chegamos vivos na ilha — Alex ironizou. — Só não estamos no lugar mais adequado.

Uma das cordas do paraquedas partiu como o fio de um violão.

— Que merda! — Éder xingou.

— Não se mexa muito — Alex pediu e o vento forte da ilha empurrou o corpo deles contra a amurada de rocha. — Já percebi que não vai adiantar. Vamos tentar passar para o outro lado, usando as cordas do paraquedas.

— Não sabemos o que há do outro lado — Éder disse, receoso. Evitou pensar no arrependimento que sentia. Podiam ter morrido na queda. — Espero que não seja mais um abismo.

— É o plano mais prudente. Alguma outra ideia? — Alex falou, aborrecido. — Me desenganche, por favor.

Alex se agarrou às cordas.

— Aguentam até trezentos quilos — Éder o soltou, surpreso com a coragem do professor.

Vários fios se esgarçaram. O peso dele ao subir fez o paraquedas ceder. Alex apoiou os pés entres os sulcos da rocha e depois sobre os ombros de Éder, que reclamou de dor.

— Aguente!

— Está se vingando? — Éder quis saber.

— Estou.

Ao chegar na extremidade da rocha, ouviu o professor exclamar:

— Uau! Você precisa ver isto — comentou. — Dá pra andar aqui em cima.

Éder usou toda a força dos braços para subir, evitando olhar para baixo. Perto da ponta do penhasco, Alex o ajudou a se equilibrar. Ele esticou o pescoço para ver depressa o outro lado; sua curiosidade o consumia.

A visão o surpreendeu de imediato. A uma distância de novecentos metros havia uma estrutura gigantesca e esférica que brilhava ao sol, feita de placas hexagonais espelhadas que reagiam à luz, mudando para um tom escuro à medida que a intensidade dos raios aumentava. Era um conjunto de estufas reunidas, algumas maiores que outras. Prédios brancos e convexos acresciam o complexo arquitetônico.

— É bem maior do que as estufas da Cornualha, no Reino Unido — Alex informou.

— Você já foi lá?

— Sim. Creio que estamos diante da maior e mais moderna estufa do mundo. Mas não faz sentido ter outro projeto semelhante àquele.

O projeto da Cornualha era uma coleção de espécies inseridas em estufas enormes, que imitavam biomas vegetais, de várias partes do planeta em um ambiente controlado. Através de computadores, podiam regular a umidade do ar, a temperatura e os nutrientes.

— Então que diabos tem ali dentro? — Éder questionou.

— Não tenho certeza.

— Parece que saiu de um filme do *Guerra nas Estrelas*. Me sinto em outro planeta. Qual será a distância até lá? — Éder perguntou.

— Talvez um quilômetro.

— Construíram acima de um platô — Éder apontou, depois andou até a margem da rocha e olhou para baixo. Havia um declive acentuado. — Não é um abismo, mas é muito íngreme.

— Calculo cinco ou seis metros até o solo — Alex completou. — Podemos escalar usando as cordas do paraquedas mais uma vez. Elas têm quanto de comprimento?

— Uns quatro metros.

— Vamos ter que acampar por ali, se o vento não conseguir nos derrubar — o professor ponderou. — Depois seguimos viagem. A caminhada não será muito longa até lá.

— Não sabemos se permitirão nossa entrada — Éder supôs. Os dois se viraram para puxar juntos as cordas do paraquedas.

— É a ilha mais distante da Costa Brasileira e ninguém vai me impedir de entrar naquele lugar — falou, decidido.

Os dois silenciaram para contemplar as belezas naturais da ilha, com enormes paredões escarpados, penhascos de rochas piroclásticas que assustavam pela magnitude, ambos com pouca ou nenhuma vegetação. O pico mais alto da ilha tinha seiscentos metros de altura.

Dezenas de aves marinhas planavam na encosta. Era possível ver o mar um pouco além, acompanhado do bramido das ondas.

— Trindade é uma ilha com quase dez quilômetros quadrados — Alex falou. — Foi erguida há três milhões de anos da zona abissal do atlântico por vulcanismo básico e misto. Do outro lado — ele apontou —, a Marinha brasileira mantém um Posto Oceanográfico com uma Estação Meteorológica. Aquela ilhota ali é Martin Vaz. Este é o ponto mais oriental do Brasil, onde o sol chega primeiro.

— Você já visitou esta ilha? — Éder perguntou com curiosidade.

— Nunca — Alex sorriu. — Pesquisei na internet.

Os dois gargalharam e voltaram a observar a estrutura diante deles.

— Isto me fez pensar por que escolheram o lugar para uma estrutura tão magnífica como esta. — Alex comentou. — Há engenharia de ponta aqui.

— Por que acha isso? — Éder perguntou.

— Não acho, tenho certeza. Nenhuma área complexa como esta envolveria apenas engenheiros brasileiros — Alex avaliou. — O governo de outro país está envolvido nisso. Este lugar envolve acordos internacionais, esteja certo — fez uma pausa. — Apesar de não ser uma unidade ambiental, como em Noronha, nada aqui deveria ser construído sem prévio levantamento geológico e ambiental. Será que calcularam tais impactos?

— Tenho certeza que não — Éder disse —, mas de alguma forma estou convencido de que fabricam experimentos obscuros ali dentro.

— E isto me traz uma sensação de perigo e morte — Alex comentou, temeroso.

O sol ainda estava a pino quando foram surpreendidos pela rajada de vento. Os dois recomeçaram a jornada e usaram as cordas para descer a elevação rumo à descoberta.

# 3. Sistemas

"A maior parte da investigação ocorreu na ilha da Trindade. Indícios sugerem que as operações computacionais naquele lugar apresentaram falhas sequenciais desconhecidas, o que desencadeou o começo de um evento fatal."

[Trecho do Relatório da ABIN]

# VISITANTES

Aeroporto, Ilha da Trindade
10 de fevereiro
15h29min

— Chegamos! Graças a Deus! — Chang exclamou, entusiasmado. — É uma linda, linda ilha entre o Brasil e a África! Nossos funcionários a apelidaram de "A ilha do Dr. Moreau" — ele riu, batendo palmas rápidas, os dedos inquietos.

— Um romance de H. G. Wells — Odillez falou, os braços cruzados. — Na história, Dr. Moreau fabrica monstros. Vocês fazem isto por aqui?

Randall franziu o cenho com o comentário dela.

— Fabricamos o futuro, Dra. Odillez, o futuro! — Wankler disse, sorridente. — Estamos animados para que conheçam o lugar.

O jato diminuiu a velocidade e a altitude. Randall enfiou o dedo indicador num dos ouvidos, sentindo a pressão. Pulou até outra poltrona vazia, ao lado de uma janelinha. Lá embaixo, viu um complexo moderno de prédios e esferas gigantes.

— Estufas — falou, lembrando-se da arquitetura futurista do Epcot Center, na Disney.

— *Parrece que são várrias* — uma voz feminina com sotaque francês carregado sussurrou em seu ouvido. Era Bouvier. Sua mão delicada desceu até a parte interna da coxa dele e tocou sua virilha.

— Alicia, não — Randall pediu.

Chang se aproximou da janela adiante e a francesa escondeu a mão depressa.

— É o maior conjunto de estufas do mundo — o chinês informou. — É claro, inspirada no projeto Éden, mas com um diferencial: são bem maiores.

— Maiores? — Odillez perguntou, mexendo em papéis numa pasta.

— Isso mesmo — Ellen Wankler confirmou. — Faz parecer um parquinho de diversões comparado com o que temos a oferecer neste lugar.

— Não há nada igual no mundo — Chang se gabou, orgulhoso.

O jato trepidou, emitindo ruídos metálicos.

— *Coloquem os cintos*, por favor — a voz do piloto ordenou. — *Pouso em cinco minutos.*

A aeromoça se certificou de que todos estavam seguros.

— Sr. Randall, posicione seu acento para frente, por favor — pediu.

Ele a atendeu. Depois, ela andou até o fundo e tomou um acento.

— Ellen, o que vocês escondem aí? — James Well perguntou com seu sotaque britânico. Havia dormido a viagem toda. Tinha a aparência cansada, bolsas nos olhos e muitas rugas.

— Meu caro Well, descubra por si só. Acredite, será deslumbrante — Ellen Wankler piscou para ele.

O jato levou mais de cinco minutos para o pouso. Randall podia ver detalhes de uma pequena pista a curta distância do complexo. Quando freou, o piloto informou a temperatura da Ilha e que havia correntes de ar. A aeromoça abriu a porta do avião. Todos desataram os cintos.

— Finalmente! — Wankler disse, ficando de pé. Tirou de sua valise um jaleco dobrado e o vestiu.

Randall achou-a engraçada depois de observá-la melhor. Além do corte curto dos cabelos, era alta, nariz pontudo e usava óculos de lentes grossas. O corpo era um barril sobre duas pernas delgadas, quase sem gordura. Tinha modos extravagantes. As luvas de pano nas mãos lhe intrigaram. De alguma forma gostou dela. Falava depressa. Era autêntica.

Ao contrário, Chang era mais comedido. O típico chinês miúdo. Desde o momento em que o conheceu, notou que uma simpatia emanava das duas bochechas bem rosadas. Os dois faziam um casal atípico e, por isto, interessante.

O grupo seguiu Chang e Wankler, que saíram pela portinha do jato. Randall os acompanhou. O ar marítimo da Ilha bateu em seu rosto. Não havia nenhum carro esperando por eles na pista de pouso. Escutou o suave marulhar das ondas e o pio das aves marinhas da região. O grupo começou a andar debaixo do sol.

— A luz solar aqui é bem intensa — Randall comentou. — Não há árvores na região?

— A Ilha é cercada por paredes rochosas e vales — Wankler respondeu. — Esta é a parte mais árida.

— *Onde eston nossas bagages*? — Bouvier perguntou.

— Não se preocupem, nossos empregados levarão as malas até seus quartos — Chang informou. — Aliás, são confortabilíssimos. Mas vamos conhecer o museu primeiro.

— Pelo que vi lá de cima, não me parece um museu, por mais que tenha me dito. — Randall falou ao se aproximar do chinês.

— Não sabe como me deixa alegre ao dizer isso. É um elogio — Chang disse. — Era justamente essa impressão que gostaria de causar. O museu é somente uma parte da Iniciativa Unicelular. É como uma coleção de espécies vivas.

— De animais exóticos? — Randall perguntou, interessado.

— Segundo os taxonomistas, não! — sorriu, enquanto caminhava apressadamente. — Permitam-me criar um novo termo, um neologismo bem apropriado ao local, o apelido carinhoso de *Zoocróbio* — deu uma gargalhada. — Parece bobo, mas o entenderão.

O ventou cessou, o ar ficou úmido e muito abafado. Continuaram a caminhada até chegar a uma escada larga de rocha pintada de branco entre uma fenda. O catedrático de Oxford tirou um lenço do paletó e enxugou o suor do rosto.

— Está bem, senhor? — Odillez perguntou, tocando em seu ombro.

— Sim, estou. Obrigado pela gentileza — Well disfarçou um sorriso para ela, depois fez uma careta de dor. — São estas escadas. Eu não tenho costume... Ah, graças a Deus!

Um elevador desceu pela fenda. As bases polidas de aço seguravam as placas de vidro, que se abriram. Ar gelado saiu do compartimento.

— Há outro acesso até o aeroporto pelas escadas à direita — Manuel apontou —, mas, com este calor *inerfal*, digo, infernal, o elevador calha bem.

— Concordo — Wankler completou, encarando o rapaz.

Todos passaram pela abertura para fugir do calor e se acomodaram lá dentro. O elevador fechou os vidros e começou a subir pela fenda rochosa.

— Pode levar até vinte pessoas! — Chang disse, com satisfação. — Vamos providenciar mais dois elevadores com a mesma capacidade. Nosso museu poderá ter circulação diária de até quinhentas pessoas.

— *Pouco em relaçon ao Louvre* — Bouvier comentou. — *O museu mais famoso do mũndi tem cínque vezes este quantitatíve por dia.*

— Veja bem, Alicia, a Iniciativa Unicelular está no começo — o chinês rebateu. — Em fase de testes, não necessitamos de um público numeroso.

— O quantitativo controlado tem relação com os possíveis riscos deste lugar? — perguntou a Dra. Odillez.

Chang se virou para ela, o sorriso minguado.

— Nossa equipe de cientistas e técnicos é qualificada, Dra. Odillez. Seu comentário agride nossa competência. Os riscos daqui são comuns em qualquer espaço científico ou coleções de espécimes — defendeu-se, com a respiração alterada.

— Sr. Chang, eu não fiz uma afirmação, fiz uma pergunta — Odillez rebateu.

Ninguém perguntou mais nada. O grupo silenciou.

— Deixou o chinês furioso — Randall sussurrou para ela e sorriu.

— É porque existe algo fora do normal neste lugar — ela sussurrou de volta. — Vamos descobrir.

O elevador parou. Dali era possível ver o mar brilhando à luz do dia.

— Quantos metros até o topo? — quis saber Randall, quebrando o silêncio.

— Sete — Diego Alvarenga informou, encostado à parede de vidro.

Chang abriu espaço entre o grupo e andou até o lado oposto. Randall se virou e através dos vidros da porta enxergou a moderna entrada do museu. Lá no fundo, a arquitetura futurista era semelhante a uma estação tecnológica da NASA.

Saíram do elevador e chegaram ao pátio com piso de mármore. No chão, seis colunas metálicas em espiral sustentavam o teto. Serviam como vigas, a aparência helicoidal de um DNA.

— Detalhe interessante — Odillez comentou.

O grupo subiu pelos degraus largos da escada de mármore e outra porta de vidro deslizou diante deles. Randall notou Alvarenga se afastar; o homem tomou outro caminho pelos jardins bem cuidados.

Sala de Exposições
15h42min

Pequenas câmeras se moveram dentro do saguão. O ambiente era climatizado; a cobertura de vidro e aço acima deles mantinha o lugar iluminado e, nas paredes, uma amostra de fotografias de micróbios em grande escala.

O cheiro de café desviou a atenção de Randall e do restante do grupo. Veio da cafeteria no canto do saguão. Uma moça de farda escura preparava drinks com café recém-moído. Os visitantes se serviram.

— *Marravilhoso* — Bouvier elogiou ao degustar o conteúdo da taça.

Chang ergueu os braços pedindo atenção.

— Sejam bem-vindos, meus caros! Antes de iniciar o passeio pelo complexo, preciso comunicar algumas regras a vocês — o grupo se aproximou. — Para que haja uma ótima comunicação entre todos nós, peço encarecidamente que todos aqui falem em inglês. Pesquisamos os currículos de vocês. Sabemos que conhecem o idioma — encarou Odillez, que era brasileira. — De qualquer forma, as plaquetas espalhadas com as informações dos respectivos setores estão em mandarim, inglês e português, já que a Iniciativa foi construída no Brasil. Solicitem tudo o que necessitarem. Estão com fome? — Chang perguntou. Well e Randall acenaram positivamente. — Nosso refeitório fica lá em cima. Vamos apreciar o lanche diante de uma paisagem divina. Coisa de cair o queixo!

Randall voltou os olhos às fotos nas paredes do salão e se aproximou de uma. Diferente das que vira em livros, aquela era muito bem definida, nítida e texturizada. Não do tipo colorida por computador, tirada de um microscópio eletrônico. Leu no canto inferior da foto o nome científico da espécie: Salmonella bongori.

— Parecem tão reais, não é? — Odillez comentou ao seu lado.

— Tive a mesma impressão — Randall confirmou.

— Devem ser de verdade — ela disse.

O comentário deixou Randall intrigado.

Wankler se aproximou.

— Gostaram? — perguntou. — Foram tiradas há duas semanas e impressas em São Paulo. Queremos recepcionar os visitantes neste lugar antes de embarcarem na jornada pelo mundo dos micróbios.

— É uma bela sala de exposição — Odillez elogiou. — Gostei bastante das molduras simples, dos sofás e da pequena biblioteca — ela apontou. — Tudo moderno, sem perder o conforto.

Wankler sorriu para ela.

— Está na hora — Chang chamou o grupo.

Entraram no corredor ao lado da cafeteria. A passarela ampla subia até uma porta larga do tipo vai e vem. Manuel tomou a frente do grupo e a abriu. Esperou que todos entrassem.

Randall se espremeu com os outros e deu um pulinho ao sentir a mão de alguém nas suas nádegas. Bouvier as apertou com toda força. Ele segurou o pulso da francesa. Ao virar o rosto para encará-la, notou a expressão erótica dela. Randall conteve o sorriso, disfarçado numa carranca.

O refeitório, com mesas parisienses e cadeiras de metal que brilhavam de tão polidas, exalava odor de pernil assado. Randall caminhou até as grades de vidro: uma janela extensa numa parede inteira do refeitório. A vista para a costa litorânea da ilha e o mar aberto era deslumbrante. A mais de duzentos metros, o conjunto de estufas gigantes estava encoberto por uma fina camada de névoa marítima.

— Espetacular, não é? — Chang disse, animado. — Nossos engenheiros pensaram nos mínimos detalhes. Fiquem à vontade. Há uma mesa com bolos, pães e diversos queijos. Sirvam-se!

Uma voz feminina chamou Chang nos alto-falantes instalados no teto, pedindo que comparecesse à Sala de Controle. Randall percebeu quando Wankler enrugou a testa ao encarar Chang, que retribuiu o olhar.

— O que aconteceu? — ela perguntou.

— Não sei — Chang respondeu.

Os dois desapareceram pela porta de entrada do refeitório.

# INTRUSOS

Sala de Controle
10 de fevereiro
16h20min

Randall seguiu cauteloso a dez metros do casal. Minutos antes, precisou se livrar de Bouvier. Há quase um ano, os dois se desentenderam por causa dos acessos de ciúme dela, o que arruinou a relação. A indicação de Randall a Chang daria a ela a chance de reaproximação. Randall conhecia as intenções da ex-namorada. A mulher era pegajosa.

Ele refez o caminho que o grupo utilizou para o refeitório. O casal entrou em um corredor tubular de acrílico. Seguiu por outro corredor iluminado, com câmeras a cada três metros. Desceu uma escada de vidro e aço polido. A pouco mais de cinco metros, Ellen levou algo ao ouvido esquerdo; Randall não pôde definir o que era.

Continuou a passos lentos e observou a sofisticação do ambiente, com ares de laboratório moderno. Passou por funcionários fardados com o símbolo da Biotech no peito, que acenaram para ele. Randall disfarçou um sorriso e continuou.

Depois das escadas, chegou a um jardim, uma pequena área banhada pela luz do dia. Naquele ponto, percebeu a base de concreto de uma estufa enorme, tão alta quanto um edifício de dez andares. Por trás das placas de acrílico, viu mais organismos indefinidos, da altura de grandes árvores retorcidas e curvas.

O casal prosseguiu. Wankler virou a cabeça. Randall se escondeu a tempo, atrás de uma coluna de cimento e esperou. Ficou pensando se a mulher havia notado a presença dele. Voltou a andar e passou por mais um jardim, desta vez com arbustos engraçados, a arte engenhosa da poda elaborada em formato de células ciliadas.

Mais à frente havia um prédio moderno, a arquitetura convexa pintada de branco. A porta de vidro estava com acesso liberado. À esquerda, na parede, um identificador biométrico piscou sua luz vermelha. Randall cruzou a entrada, desconfiado.

Quando dobrou o hall, o casal o esperava, sorrindo. Ele deu um pulo para trás.

— Está mesmo curioso, Randall — Chang disse. — Não é a melhor hora para conhecer nossa Sala de Controle, mas, como é expert no assunto, talvez seja bem apropriado.

— Como souberam? — perguntou, nervoso.

Wankler tirou um minirrádio do bolso do seu jaleco.

— Trabalhamos com alta tecnologia aqui, Sr. Randall. As câmeras captaram você nos seguindo e fomos avisados por Zhu, nossa técnica que administra o controle — informou Wankler. — Entre conosco. Zhu, feche o acesso, por favor — ela deu o comando pelo pequeno aparelho.

A barra de vidro atrás dele deslizou, seguido de um bipe. Juntou-se ao casal. Randall adentrou um ambiente muito familiar a ele. Vários monitores e um telão principal recebiam as filmagens em tempo real de dezenas de câmeras dentro e fora dos prédios. Havia consoles de comando e computadores por toda a sala. Só não gostou dos cabos nos cantos do chão. Mas, no geral, o aparato tecnológico o impressionou bastante. Era claro que o investimento foi alto ali. Talvez nem a Disney tivesse equipamento do mesmo nível.

Somente três técnicos trabalhavam na sala, talvez pelo fato do complexo não ter sido inaugurado ainda. Recomendaria a Chang pelo menos seis.

Uma mulher oriental se aproximou. Não era muito bonita, mas carregava certa simpatia estampada na face. Vestia-se de maneira simples: calça jeans, tênis gastos e um moletom amarrado à cintura.

— Zhu, este é Jeff Randall — Chang o apresentou. — Trabalha no centro de controle da EuroDisney. Veio nos fazer uma visita.

A mulher mostrou-lhe um sorriso com dentes miúdos, encarando-o por vários segundos, depois se virou para o casal.

— Ele é um gato! — Zhu comentou.

Randall gargalhou e não se sentiu constrangido diante dela.

— Por que nos chamou? — Wankler quis saber.

— Tenho péssimas notícias — Zhu continuou. — As câmeras externas detectaram dois desconhecidos muito próximos daqui. Estão andando pela área há quase três horas — ela sentou na cadeira diante do monitor e ampliou a imagem no telão.

Dois rapazes caminhavam ao sol, protegendo as cabeças com um longo tecido que se arrastava no chão.

— Como chegaram aqui? — Chang perguntou, surpreso.

— Aquilo parece um paraquedas — Randall comentou.

— Não sei se caíram do céu, mas o rapaz da esquerda é um anjo! Que gracinha — Zhu brincou, ampliando a imagem do rapaz com a mochila nas costas.

— Intrusos — Wankler vociferou. — Não podem ser da Marinha.

— Marinha? — Randall repetiu.

— Do outro lado da ilha, a uns sete quilômetros de onde estamos, há um posto oceanográfico sob os cuidados da Marinha brasileira — Chang explicou. — É uma pequena guarnição militar. Eles não têm autorização para entrar nesta área, apenas proteger a costa litorânea. E, mesmo que quisessem, não conseguiriam.

— Por quê? — Randall perguntou.

— A ilha é cheia de elevações, rochas escarpadas e pequenos abismos. Teriam dificuldade.

— A Marinha conhece o projeto? — Randall quis saber.

— Teoricamente sabem que desenvolvemos pesquisas — Wankler disse —, mas existe um acordo de sigilo, sob pena de responderem à disciplina militar caso não o cumpram.

Randall fez uma pausa e apontou para a imagem no telão.

— Temos de perguntar a esses dois quem são e de onde vieram — sugeriu.

— Vamos deixar que entrem e observá-los — Chang decidiu.

— Está louco? — Wankler objetou. — Não sabemos o que planejam!

— Esqueceu de que temos câmeras por todo o museu? — Chang contrapôs. — Deixe que entrem. Zhu, comunique aos seguranças para buscá-los. Providencie um crachá com permissão de entrada para os dois. Peça que os tragam direto para cá.

— Vai cometer um erro — Wankler controlou a voz. — Não é uma boa ideia.

— Alguns questionamentos esclarecerão tudo — Chang disse.

Zhu ajustou o interfone portátil entre a orelha e a boca, e iniciou a comunicação com os seguranças.

Randall acompanhou pelos monitores dois homens abordarem os rapazes. Um deles foi agarrado pelo colarinho, o outro tentou soltar o braço do par de mãos enormes. O mais alto deles articulou os lábios, como se gritasse. Não havia som. Randall examinou os outros monitores com as imagens internas das estufas e reparou formas orgânicas peculiares. Imagens internas do aquário expunham espécies que ele nunca viu no zoológico. A definição era razoável por causa da baixa luminosidade. Voltou a acompanhar os dois intrusos pelo telão.

Cinco minutos mais tarde, a porta da sala foi aberta e os dois foram postos em duas cadeiras pelos seguranças. Eles resmungaram em português:

— São uns animais! — xingou Alex. — Quem é o responsável por este lugar?

— *Eu sou* — Chang arriscou um diálogo —, *mas falamos pouca sua língua. Pode falar em inglês?*

Os dois se entreolharam. O mais alto afirmou.

— Como é seu nome? — Chang perguntou.

— Alex Loureiro, sou professor e doutor de Ciências Biológicas da Universidade Federal do Rio Grande do Norte.

— E você? — Chang apontou para o outro.

— Éder Girão, biólogo e aluno de mestrado — o rapaz disse. Zhu estudou-o com os olhos, mexeu os cabelos de um jeito engraçado e deixou a franja cair sobre a testa. — Falo inglês razoavelmente bem — Éder completou, sorrindo ao perceber os olhares encantados da chinesa à sua frente.

O símbolo da Biotech surgiu no telão, seguido por um bipe contínuo. Todos na sala desviaram a atenção.

— É o Sr. Kiao — Zhu voltou ao console da mesa. — Hoje mais cedo avisou que iria fazer contato.

— Peça para esperar — Chang ordenou e se voltou para os dois. — Vocês invadiram uma área particular de pesquisa — foi cauteloso ao dizer. — Não vou impedir a entrada de vocês neste local, mas...

— Nem pode — Alex interrompeu. — Ainda estou em território brasileiro. O estrangeiro é você.

Chang controlou a irritação, a mão direita fechada em punho. Wankler tocou seu ombro.

— Tenho visto brasileiro e autorização para trabalhar aqui — disse ele, o tom de voz firme.

— Sr. Kiao lhe aguarda — Zhu lembrou, mexendo nos comandos.

Chang não deu atenção.

— O que querem nesta ilha?

— Conhecê-la — Alex respondeu.

— Por quê?

— Há um indício que nos liga a este lugar.

— Um indício? — Chang rebateu. — Não sei como chegaram aqui, mas isto me interessa. Quero explicações.

— Se nos deixarem conhecer o projeto, eu posso responder o que quiserem — Alex assentiu, sem titubear, cruzando os braços longos em seguida.

Chang abriu os punhos, passou as mãos nos cabelos ralos e voltou os olhos para Wankler. Respirou fundo e disse:

— Se querem conhecer a Iniciativa Unicelular, o farão sob nossa vigilância — decidiu.

— Iniciativa Unicelular — Alex repetiu. — Um nome bem sugestivo para...

— Respeitem as regras do local — Chang interrompeu. — Foi para um público como vocês que construímos este lugar. Espero que seja interessante. Mais tarde conversamos sobre os detalhes.

Alex meneou a cabeça.

— É claro, será um prazer.

— Ellen, leve nossos convidados até os dormitórios dos funcionários — Chang ordenou. — Eles precisam de um banho. Estão fedendo. Depois, certifique-se de que se juntarão ao grupo.

— Os filhos da puta conseguiram — Wankler protestou.

— Ellen! — Chang gritou, as bochechas ruborizando de raiva.

Randall se juntou a Zhu na cadeira ao lado.

— Ele odeia palavrões — Zhu sussurrou.

Wankler acompanhou os dois para fora da sala. Randall se levantou para seguir o grupo.

— Fique, por favor — Chang pediu. — Quero que conheça Kiao, o homem responsável por todo este investimento.

O telão mostrou um chinês magro vestido de paletó. Uma câmera fixada acima da projeção apontou para eles.

— Olá, Chang. Por que demorou? — Kiao perguntou.

— Problemas — respondeu. — Já resolvemos.

— Nossos visitantes já estão no complexo? — Kiao perguntou, interessado.

— Sim — respondeu. — Este ao meu lado é Jeff. Não estava em nosso roteiro trazê-lo no primeiro grupo, mas me adiantei. Acho que a recomendação dele será criteriosa para o endosso.

— Olá, Jeff — Kiao o cumprimentou. — Seja bem-vindo. Espero que goste da Iniciativa Unicelular.

— Obrigado — Randall agradeceu. — Estou cheio de expectativas.

— Todas elas serão superadas — Kiao meneou a cabeça e voltou a olhar para Chang, falando em chinês. — Quero o jato. Vou usá-lo amanhã.

— Ricardo esteve de plantão nos atendendo por mais de vinte horas — Chang informou. — Está dormindo agora.

— Não me importa. Ele é nosso piloto. É pago para isso — disse, ríspido. — Peça que volte ao continente para revezar com outro piloto. Pagamos a ele uma fortuna. Preciso do avião aqui em Hong Kong.

— Você me deu a sua palavra de que não usaria o jato no período que os visitantes estivessem no museu.

— O avião estará de volta depois de amanhã — avisou. — Isto não é um pedido — Kiao ordenou, prepotente.

Chang baixou a cabeça e enxugou as têmporas. Kiao exercia muita autoridade sobre ele, Randall percebeu.

— Preciso de Vívian aqui — Chang disse. — Ela está resolvendo *aqueles* problemas no continente. Ainda não conseguimos nos comunicar.

— Ok, mude o itinerário — Kiao mexeu na gravata —, mas eu quero este avião em 24 horas.

— Para que diabos vai usá-lo? — Chang quis saber.

— Para negociar um contrato com um investidor russo — respondeu. — Quero que ele esteja no segundo grupo de visitantes.

— Cuidarei disto — afirmou. — Zhu vai avisá-lo quando o avião sair do continente.

A imagem do outro lado escureceu. Kiao nem se despediu, antes da conexão desligar.

— *Idiota* — xingou, voltando a falar em inglês. — É nisso que dá fazer negócios com velhos amigos de infância. — Chang suspirou e forçou um sorriso para Randall. — Está na hora de conhecer o museu. Vou ficar aqui e resolver uma dúzia de demandas com Zhu. Ellen vai acompanhá-los. Está esperando por você.

# REALIDADE AUMENTADA

Sala de Exposições
10 de fevereiro
17h17min

Dra. Odillez, entretida com as fotos nas paredes, dobrou o pescoço ao notar dois rapazes se unirem ao grupo. Aproximou-se deles ao ouvi-los conversar em português.

— São brasileiros? — perguntou, interessada.

— Sim! — o mais novo respondeu depressa, surpreso com ela.

— Sou professora da USP, Maria Odillez — apresentou-se, apertando a mão de cada um.

— Meu nome é Alex, também sou professor universitário.

— O sotaque de vocês é peculiar — ela comentou.

— Somos do nordeste do país — Alex respondeu. — Está aqui por quê?

— Fui convidada para participar do primeiro passeio aberto ao público. Sou microbiologista de formação. Pediram uma avaliação minha sobre o lugar — ela disse. — Não estão aqui por isso também?

Alex e Éder trocaram olhares.

— Na verdade, não fomos autorizados a falar sobre o motivo de nossa presença aqui — o professor explicou. — O que sabe sobre este projeto?

— A Iniciativa Unicelular — ela mencionou. — O Sr. Chang não os informou?

— Quase nada — Alex hesitou ao dizer. — Acredito que devemos descobrir por conta própria. Estão nos chamando.

A voz de Wankler ecoou nas caixas acústicas. O grupo se reuniu em frente a uma porta larga no fim do espaço da Exposição.

Odillez pousou a mão sobre o ombro de Alex.

— Observe — ela levantou o indicador.

Os olhos dele fitaram as fotografias na parede.

— Parecem tão reais — ele comentou. — Microscopia de excelente resolução.

— Meu palpite é de que esta técnica é melhor que microscopia — disse, enigmática. Alex franziu a testa para ela e voltou o olhar para a fotografia diante dele.

Manuel, funcionário do museu, passou pelo grupo e, com um clique, destravou as portas vaivém, empurrando-as contra as paredes. Um corredor amplo com janelas redondas de vidro revelaram vista para um jardim. Odillez se surpreendeu com a peça comprida de quase cinco metros em acrílico esverdeado e translúcido no meio da passagem. Imediatamente associou a um monstro marinho.

— Esta é uma obra conjunta dos artistas plásticos Ronald Mueck e Keng Lye feita em silicone e resina acrílica. — Wankler surgiu no corredor. — Outras peças estão para chegar ao museu. Vamos dispô-las em toda a sala de exposição. É perfeita, não é? — disse, juntando as mãos num gesto de satisfação.

— É um *Trypanosoma cruzi* — Alex comentou, tocando na peça.

— É sim, mas não acredito que seja sua especialidade — Wankler nem disfarçou a ironia.

— Não me subestime — Alex atacou. — Minha área é biologia marinha. Conheço protozoários específicos.

Odillez achou estranho o tom do diálogo entre eles. Wankler encarou o professor, depois o deixou e se juntou a Manuel.

Odillez notou os detalhes no boné e na camisa que o funcionário vestia. Havia o desenho de uma criatura verde com flagelos pelo corpo e um slogan abaixo:

**MUSEU DE MICRÓBIOS**

**"É mais que único. É unicelular"**

— Boa tarde. Bem-vindos ao nosso Museu! — Manuel disse ao grupo. — Vou acompanhá-los durante nossa excursão. Temos uma escada ao fundo deste corredor até o Ambiente de Realidade Aumentada. O espetáculo começa ali — apontou.

O grupo o acompanhou e desceu as escadas. O lugar era mais escuro e sem janelas.

— Então usam Realidade Aumentada — Randall cochichou perto dela.

— Conheço pouco. Teoricamente, o que seria? — Odillez perguntou.

— Uma tecnologia que redefine a imagem virtual. Tudo é ilusão criada para seus olhos — ele explicou. — A Disney já dispõe disso.

— Você trabalha lá? — Odillez quis saber.

— Sim.

Wankler pediu silêncio.

— Por favor, peço que todos ponham os óculos de RA — Manuel falou, puxando a gaveta embutida na parede com vários óculos estilo 3D de salas de cinema.

Deu outras instruções e forçou outra porta à frente. O grupo entrou às cegas na sala escura.

Ambiente de R.A.
17h30min

— São pesados demais — Odillez se referiu aos óculos.

— Eu também não gostei deles — Randall resmungou.

A porta se fechou atrás deles. A escuridão prevaleceu por quase um minuto.

De repente, uma luz intensa iluminou o salão esférico todo branco. Odillez notou impressões de códigos de um metro quadrado no chão, cada um sendo um conjunto de formas quadradas e retangulares.

— São códigos QR — Randall explicou.

— Isso mesmo! — Manuel confirmou.

Uma animação surgiu nas lentes dos óculos ao mesmo tempo em que uma voz feminina ecoou pelo salão. Não era jovial; pelo contrário, madura e muito convincente. A narradora informou:

*"Bem-vindos ao Museu de Micróbios.*
*Uma ideia criada pela Biotech."*

O símbolo da empresa apareceu suspenso no ar, depois se transformou numa gota d'água. A sala voltou a escurecer.

*"O projeto começou com a Iniciativa Unicelular. Nosso primeiro objetivo era investigar, descobrir e industrializar remédios probióticos e antibióticos modernos de alta precisão, além de baixo efeito colateral. Nossas técnicas de engenharia genética nos permitiram criar uma maneira detalhada de estudar bactérias, protozoários e fungos de inúmeras espécies. E isso abriu caminho para a maior mostra científica do mundo!*
*Neste complexo, podemos contemplar esses minúsculos seres chamados micróbios."*

Odillez pulou para trás quando uma criatura virtual cheia de tentáculos surgiu na sua frente. Ela tirou os óculos e a criatura desapareceu; colocou-os novamente e a criatura reapareceu.

— Que massa! — Éder falou, eufórico. — É um micróbio gigante.

— Muito bom — Randall comentou. — Os efeitos especiais têm detalhes elaborados. Formidável.

O micróbio nadou no ar. Seu aspecto verde-claro era gelatinoso, quase transparente. Um flagelo, com uma cauda comprida e fina, locomoveu-se na extremidade mais afunilada. Nas costas do micróbio havia uma barbatana arroxeada, que ondulou à medida que ele se movia. A voz continuou:

*"O belo organismo virtual flagelado e colorido que vocês estão vendo foi escaneado a partir de um Trypanosoma cruzi."*

Odillez escutou Alex dizer:

— Escaneado?

*"Uma das espécies mais intrigantes para a microbiologia, este protozoário é conhecido por causar a doença de Chagas, nome do médico brasileiro que o descobriu em 1909. O Trypanosoma pode afetar vários órgãos internos do ser humano. Porém, recentemente, os cientistas da Biotech descobriram que a enzima produzida por este micróbio dissolve placas de gordura do coração e, se administrado na quantidade certa, poderia evitar um infarto."*

— Acho que esta voz é de alguma atriz brasileira. É madura, o timbre bonito — Odillez disse.

— De uma premiada atriz! — Wankler respondeu. — Pedimos que falasse em inglês fluente…

— Prestem atenção, silêncio — Manuel pediu ao lado delas.

Um micróbio pigmentado de rosa, o formato de uma cápsula com inúmeros flagelos, nadou graciosamente acima do grupo.

*"Esta é uma espécie de bactéria perítrica, conhecida como Escherichia coli. Ela se locomove com seus flagelos por todas as direções. Habita nos intestinos de todos vocês. Quando se multiplica demais no corpo humano, produz uma potente enterotoxina. Conheçam o mundo dos micróbios interagindo com eles!"*

Uma dúzia de organismos virtuais surgiu em variados tamanhos e formas acima dos códigos no chão.

— Podem se espalhar pelo ambiente — Manuel instruiu. — Os códigos emitem aos óculos de vocês um painel virtual com as informações acerca dos micróbios.

Os visitantes se espalharam pelo local. Randall se aproximou de Odillez.

— O que achou? — ele perguntou.

Ela fez uma careta.

— Cansativo — respondeu. — Os óculos e as imagens detalhadas pesam na vista.

— Talvez precisem de algumas sugestões — Randall disse, tirando os óculos em seguida e encarando-a, curioso.

— O que foi? — ela perguntou.

— Você tomou muito sol nos últimos dias?

— Não — Odillez respondeu. — Por quê?

— Está descamando; há uma pele solta no seu nariz — Randall comentou.

Tentou tocar no rosto dela, mas Odillez se afastou.

Ela controlou o nervosismo. Escondeu a face com uma das mãos e perguntou a Manuel onde estavam os banheiros. Quando o rapaz indicou a direção, devolveu os óculos a ele e andou a passos largos.

Havia um toalete feminino dentro do ambiente. Era sofisticado. Aproximou-se dos espelhos perto das pias com cubas de louça.

*Meu Deus*, o rosto.

— Merda! — vociferou.

Parte da maquiagem elaborada por Lorenzo, em São Paulo, desprendeu-se de seu nariz. Os óculos haviam machucado a máscara de silicone.

Rosa Villar disse um palavrão. Seu disfarce não podia ser descoberto. Lembrou-se do estojo de maquiagem dentro da bolsa.

*Merda*! Deixou com outros pertences no alojamento dos hóspedes.

Tentou pensar, observando bem o estrago. A pele artificial sobre o falso nariz adunco estava solta na altura dos olhos.

Havia um recipiente de aço inoxidável perto da torneira. Apertou o botão. Uma espuma densa foi expelida. Sabonete líquido não ia ajudar em nada. Observou tudo ao redor, batendo os dedos sobre a pedra de granito, nervosa. Talvez um grampo pudesse ajudar ou cola.

*Cola.*

Forçou a abertura do recipiente que expelia a espuma. Era difícil abrir. Fechou o punho e deu um soco no objeto. O recipiente continha um saco plástico com detergente leitoso e um adesivo grudado a ele com informações sobre o produto.

Rosa arrancou o adesivo com cuidado. Usou os dentes para rasgar somente um filete. Com a ponta das unhas, fixou debaixo da pele artificial.

— *Olá, querrida*! — Bouvier entrou no toalete. — *Eston esperrando vucê parra continuar o passeio.*

Rosa disfarçou pentear os cabelos com os dedos. Manteve a postura e se juntou à Bouvier, torcendo para seu disfarce funcionar.

# NA REDOMA

Sistema de Aquários
10 de fevereiro
17h53min

Manuel encostou o dedo no receptor da porta de vidro no fim do pavilhão do Ambiente de Realidade Aumentada. A porta correu para a esquerda, sibilando ao abrir. Ele encaminhou o grupo para uma nova sala. Ao repassar algumas instruções, Rosa percebeu os traços europeus no rosto do rapaz, mas os olhos sutilmente puxados.

Ousou perguntar a ele:

— Você tem origem chinesa?

— Sim, Doutora — respondeu, sorrindo. — Pode não parecer, mas meu pai é português, criado em Macau, e minha mãe é chinesa de uma província próxima a Pequim.

— Qual sua função aqui? É microbiologista também? — procurou ser simpática ao perguntar.

— Não, sou o Relações Públicas da empresa, tento zelar pela boa imagem da Companhia.

— Um cargo e tanto na Biotech — ela continuou. Tinha uma suspeita sobre o rapaz. — Com origens tão distintas, como ficou seu nome? — Rosa indagou, mantendo suavidade na voz. Tons alterados no timbre entregavam qualquer disfarce e interferiam na resposta do investigado.

— Manuel *Tanlau*, perdão, Lantau — ele se corrigiu. Sorriu para Rosa, puxou os óculos do bolso da calça, colocou-os no rosto e começou a digitar em um pequeno tablet.

Rosa se lembrou das palavras da enfermeira do Hospital Adventista:

*Hoje mais cedo dois homens orientais insistiram em saber acerca da entrada de alguma vítima sem nome ou sexo. Descreveram apenas os sintomas. (...) Um deles tinha dificuldade com a nossa língua. Perguntou se havia algum sapiente com sintonho estrama.*

Rosa decidiu ficar de olho nele. Em anos de investigação, ela conhecia casos de Relações Públicas que fariam qualquer coisa que a empresa ordenasse. Ainda era um comportamento comum entre patrão e empregado.

Voltou os olhos para o revestimento azulado do espaço sem janelas, iluminado por lâmpadas halógenas. Ali cabia pouco mais de cinquenta pessoas. No fundo da sala, a parede de vidro segurava uma escotilha de aço com um painel digital embutido. O outro lado da parede era só escuridão. Randall bateu levemente com a mão fechada.

— É um polímero especial — Wankler informou. — Chamamos de polivitrum. Não é nem vidro, nem acrílico. A empresa PoliChin desenvolveu para nós uma resina de alta resistência e transparência melhor que o vidro temperado.

A PoliChin, fundada em 1996, era uma Companhia chinesa com mais de 50% das ações pertencentes à Biotech. Não pouparam esforços para desenvolver um polímero translúcido, resistente a ações do tempo e impactos perfurantes.

A própria Biotech investiu capital pesado na PoliChin para descobrir um material seguro, objetivando seu uso em aquários ou qualquer outro lugar. Depois de cinco anos, conseguiram criar um polímero tão forte quanto o aço, que resistia a altas pressões. Era algo semelhante à descoberta de Nicolas Kotov, que montou nanoestruturas à base de álcool polímero e criou o primeiro aço-plástico do mundo.

No entanto, quando começaram a produzir o polivitrum, muitos engenheiros pesquisadores da PoliChin se perguntavam por que o interesse em material tão resistente. Lian Zhou, chefe da pesquisa, era um deles. Numa manhã de março, dois anos antes do museu ser construído, Lian discutiu com sua equipe:

— A informação que obtivemos é que a Biotech vai montar um complexo de aquários. Eles precisam de resistência superior a 15.000 $kg/m^2$ em pressão.

Os outros engenheiros iniciaram um alvoroço. Um deles questionou:

— O que vão pôr lá dentro, tubarões brancos e crocodilos?

— Nem tanques de acrílico com baleias orcas são elaborados com material desta categoria — outro rebateu.

— Acho que é para uma coleção de peixes-espada — um deles riu. — Chega a ser ridículo um pedido como este. Ainda mais com quase quinhentos metros de comprimento em lâminas!

— Parece algo bem grande mesmo — Lian finalizou, considerando que os aquários fossem abrigar espécies perigosas. Imaginou peixes grandes e talvez perfurantes arremetendo-se ocasionalmente contra o polivitrum. Mas era apenas uma suposição. Inúmeras vezes perguntou que espécies de animais representavam ameaça a ponto da Biotech exigir um material tão resistente. Eles nunca deram respostas.

Manuel se identificou no painel da escotilha e teclou comandos. Girou a manivela. A porta esférica e pesada abriu com um estampido, como o cofre de um banco suíço.

— O que vocês têm aí, um submarino? — Alex ironizou.

— Ellen, o que vai nos mostrar desta vez? — James Well perguntou.

— A mais maravilhosa descoberta de todos os tempos — Wankler respondeu. — Professor Alex, este mecanismo da escotilha serve para nos proteger de qualquer possível vazamento.

— E se o tiro de uma arma romper a parede do polímero? — Rosa perguntou. — Ou criar rachaduras?

— É inquebrável, Dra. Odillez. A bala ricochetearia na primeira camada sem parti-la — Wankler explicou. — Na verdade, a maior parte do aquário é de concreto.

— Aquário? — Éder repetiu.

— Sim — Manuel comentou. — Nossa próxima atração.

Luzes tênues se acenderam do outro lado. Através da escotilha aberta, Rosa viu as poltronas espaçosas e reclináveis dentro de uma enorme redoma de polivitrum.

O grupo todo entrou, desconfiado, mas não perdeu tempo em experimentar e escolher as quarenta poltronas organizadas no círculo fechado sobre piso transparente. As bolhas cruzavam ao redor do polivitrum, mesmo com a imensidão escura do aquário.

— *Que espécie de aquarrio é este*? — Bouvier olhou para o teto de vidro.

— Muito sofisticado — Randall elogiou, próximo a Wankler. — Ficamos sentados esperando pelo próximo espetáculo como em um planetário?

— Não. É bem melhor que isso. A redoma vai se movimentar — a cientista completou. — Sentem-se! O passeio já vai começar.

Rosa afundou na poltrona.

— Confortáveis — sorriu Randall, fechando a cara em seguida ao perceber Bouvier ao seu lado.

— *Trés confortable*! — a francesa exclamou.

James Well bocejou ao reclinar a poltrona.

— Esqueci de você — Wankler deu atenção especial ao velho. — Está bem, James? Estamos indo muito depressa?

— Está tudo ótimo — ele deu um sorriso azedo. — Estou adorando.

— Então vamos continuar o passeio — Wankler bateu palmas.

Manuel fechou a escotilha de aço e andou em direção ao totem de controle no centro da redoma. Digitou mais comandos na tela. A porta côncava de polivitrum deslizou e se encaixou perfeitamente, selando qualquer passagem de ar. Manuel se sentou junto ao grupo.

A redoma girou devagar sobre o próprio eixo e, com um leve impulso, deslocou-se para frente. Rosa percebeu que todo o trabalho era feito por dois cabos de aço grossos do lado de fora. Luzes se acenderam debaixo da redoma, que estava submersa em um líquido mais denso que a água.

— Não é água, antes que perguntem — Wankler explicou. — Na verdade, é um composto duradouro de agarose liquefeita, ou ágar-ágar; um hidrocoloide hipertranslúcido extraído de algas marinhas misturado a polissacarídeos. Criamos um ambiente controlado e cheio de nutrientes.

— Para quê? — James Well franziu o cenho.

— Você vai entender — Wankler mostrou um sorriso.

A redoma continuou o percurso. A profundidade e o espaço do aquário pareciam imensuráveis. Rosa viu alguma coisa passar sobre sua cabeça, acima do polivitrum. A impressão que teve foi de uma criatura ligeira com tentáculos.

— O que era aquilo? — ela perguntou.

Todos, em silêncio absoluto, contemplavam o ambiente aquático envolto na penumbra. Inúmeras criaturas nadavam dentro dele, mas era difícil identificá-las com toda aquela escuridão.

— Não consigo ver nada — Alex reclamou.

*TUUM*! Uma criatura grudou-se à redoma com um baque. Bouvier pulou da cadeira e deu um grito de pavor.

A coisa dispunha de tentáculos muito flexíveis e uma cauda comprida. Tinha o tamanho de uma tartaruga-de-couro, a maior das espécies.

— Calma, Doutora! — Wankler disse, rindo. — É só uma *Giardia lamblia*.[1]

— *Como*? — Bouvier perguntou, apavorada e encolhida. — *Que animal é issi*?

— Não é um animal — Wankler replicou. — É um protozoário em escala gigante.

— Fantástico, Ellen — James ergueu o corpo da cadeira, muito interessado. — Fantástico!

— Aproximem-se — a cientista pediu.

---

[1] Para mais informações, use o QR Code da contracapa.

Todos se ergueram das poltronas para olhar de perto, menos Bouvier. Através do polivitrum era possível enxergar as organelas da giárdia, que pulsavam por baixo de uma carapaça verde-acinzentada.

— Meu Deus, eu estou vendo as organelas — Éder apontou para as bolsinhas amareladas que se enchiam de um líquido escuro e depois se comprimiam.

— Magnífico! — Well disse, fascinado. — Micróbios gigantes.

— Micróbios gigantes — Alex repetiu, boquiaberto.

Randall bateu no polivitrum com os dedos. A enorme giárdia se soltou e desapareceu no fundo do aquário. A redoma continuou o movimento. Uma luz suave, artificial, clareou todo o ambiente aos poucos.

— São sensíveis à luz solar — Wankler explicou. — Usamos uma iluminação especial que se intensifica devagar. Mesmo assim, evitamos que seja por muito tempo. Qualquer luz os atrai como mariposas.

A contemplação do grupo foi geral. Vários micróbios nadavam com lentidão, outros mais ligeiros. Alguns semelhantes a vagens enormes dotadas de flagelos, outros achatados ou ovais. Mas um tipo monstruoso causou tremor em Rosa. Tinha quase o tamanho da redoma. Ela só enxergou os contornos da criatura, que se escondeu.

— Eu acho que vi um dinoflagelado! — Alex apontou, eufórico. — São responsáveis pela maré vermelha.

— Isto mesmo — Wankler confirmou. — Também chamados dinophytas.

Outras espécies menores e esféricas nadavam no ágar em grupo, em ritmo muito lento.

— O que são aquelas? — Well quis saber.

— As pequenas são bactérias — Wankler disse. — Vibriões, espirilos, cocos, estafilococos, estreptococos. Geralmente escolhemos inserir no aquário formas microbianas que se movimentam, tanto do Reino Monera como Protista, mas os protozoários são como pavões, enormes e coloridos, cheios de flagelos ou caudas. Estão vendo aquele organismo gigante com pontos dourados e verdes, os braços gelatinosos?

A coisa media cerca de cinco metros. Era como uma manta leitosa, aberta, que nadava com elegância, deslizando do outro lado.

— *Entamoeba histolytica!*[2] — Alex se virou para Wankler — Como chegaram a esse tamanho?

— Vamos explicar em breve. A justificativa requer alguns minutos e será bem interessante — Wankler prometeu.

Alex voltou a observar a ameba. Ela rapidamente alcançou um vibrião, esticou-se e o envolveu, sugando a caça diante de todos eles. O vibrião ainda se debateu dentro dela. Era possível vê-lo através da pele semitranslúcida da ameba.

— Fagocitose — Alex mencionou.

— Acabaram de ver uma ameba devorar uma bactéria! — Wankler usou palavras mais simples para explicar. — Um dos processos de nutrição destes seres.

Ela disse à Rosa:

— Dra. Odillez, é sua área de atuação. O que me diz?

O grupo a encarou.

— É impressionante — Rosa falou, muito contida. Microbiologia não era sua área, é claro, mas se preparou antes de chegar na ilha. Leu tudo o que podia sobre o assunto, além das informações contidas no protocolo 77. Manteve a calma e o disfarce. — São formas de vida que originalmente não têm coloração. Vocês manipularam genes específicos para dar cores a estes seres?

— Excelente pergunta. Sim, nós manipulamos — Wankler confirmou. — Reagem melhor à luz se coloridas por processos

---

[2] Para mais informações, use o QR Code da contracapa.

genéticos. Criamos várias versões. Chegamos à conclusão de que, se mantivéssemos os aspectos naturais destes micróbios, ninguém os veria claramente. O gene que manipulamos é também um dos responsáveis pela fotossíntese de alguns destes seres.

Centenas de micróbios passeavam diante da redoma. Alguns bateram no polivitrum e fugiram. A maioria era coberta por uma fina camada translúcida de tons verdes, rosas, azuis ou roxos, com dois ou mais tipos de combinações coloridas. Muitos micróbios tinham texturas rugosas e camadas sobrepostas de "pele"; outros dispunham de "placas", como armaduras, montadas sobre o corpo.

Rosa prestou atenção aos detalhes do aquário. Não havia corais ou plantas enfeitando o ambiente, somente pedras e rochas grandes.

— O que é aquilo brilhando no nível mais alto? — Randall perguntou, com a cabeça inclinada para cima.

— É a parte externa de visitação dos aquários — Manuel respondeu. — Estamos no Resquício, a área de concreto, onde vive a maior parte dos organismos. O passeio termina por aqui. Desejam subir até lá para conhecer?

Ninguém do grupo respondeu, ainda extasiados com a visão magnífica dos micróbios em tamanho gigante.

# VITRON

Aquário Superior
10 de fevereiro
18h37min

Depois que saiu da redoma, Alex Loureiro seguiu o grupo pensando no reboliço que tal descoberta provocaria nas discussões universitárias. Na verdade, impactaria todo o mundo científico. Desde a revelação acerca da existência dos micróbios, com o advento do microscópio em 1674 pelo holandês Antony van Leeuwenhoek — embora o inglês Robert Hooke já houvesse observado células em bolores —, os organismos unicelulares passavam despercebidos no cotidiano humano. Rudes lentes de vidro foram capazes de examinar uma gota d'água e, a partir deste momento, a Ciência prosperou com métodos cada vez mais modernos até chegar à microscopia eletrônica em 1933. Os mecanismos e técnicas para se estudar os micróbios foram aperfeiçoados a cada ano. No entanto, nenhum deles superava a magnífica descoberta da Biotech, um advento mais incomum que a própria invenção do microscópio.

Alex fez suposições de que a manipulação genética foi a causa do gigantismo nos micróbios que testemunhou. Para ele, isto era óbvio, por mais que relembrasse as maiores células do mundo: o óvulo feminino, o neurônio comprido de uma baleia, o ovo não fecundado de uma avestruz. Todas essas células eram sem dúvida as mais volumosas da natureza.

De repente, pensou sobre o caso do ascósporo encontrado em Fernando de Noronha. A evidência levou Alex a crer que a Biotech fora a responsável por seu primeiro contato com um daqueles seres. Refletiu sobre as possíveis consequências caso os organismos escapassem, como de fato achou que já havia ocorrido. Previu que a interação com a natureza e as pessoas seria um desastre; a prova disto foi o incidente com Catarina, o qual ele mesmo testemunhou.

Inúmeras possibilidades lhe ocorreram, ao mesmo tempo em que seu espírito científico lhe pregou a velha peça da curiosidade; afinal de contas, nem os mais importantes microbiologistas conheciam todas as nuances dos micróbios.

Nem tudo era compreendido ou descoberto. Havia lacunas. Não se sabia como alguns micróbios se alimentavam, do que se alimentavam ou como digeriam proteínas, como produziam enzimas, toxinas; e muitas outras perguntas a serem respondidas a respeito da resistência e multiplicação de organismos perigosos ao homem.

Mas havia questões importantes: a Iniciativa Unicelular de fato solucionaria os problemas? O risco valeria a pena?

O grupo acompanhou Wankler e Manuel por uma rampa larga. De longe, os paredões de polivitrum refletiam o tom azulado do ágar-ágar. Todos se dispersaram no novo ambiente. Vários totens com telas interativas mostraram imagens de micróbios com seus respectivos nomes científicos e algumas curiosidades.

— Os totens recebem um sinal dos nanotransmissores implantados no micróbio quando ele atravessa ou se aproxima dos receptores — Wankler apontou para pequeninos cubos fixados dentro do aquário.

— Nanotransmissores? — perguntou Alex.

— Sim — confirmou Manuel, ao lado dele. — São minúsculos rádios transmissores injetados com pistola automática ou transmitidos. Dra. Wankler vai explicar melhor no salão de palestras.

A voz da narradora voltou a informar:

*"O Sistema de Aquário dispõe de mais de mil espécies unicelulares. Até o ano que vem, com o trabalho de nossos cientistas, esse número poderá atingir o dobro. Além disso, já é o maior aquário do mundo, com capacidade para 52 milhões de litros de ágar líquida."*

O espaço era bem iluminado e muito amplo; um salão que se estendia por mais de dez metros acima do chão. Das paredes laterais ao teto, placas de polivitrum seguravam um grande volume líquido. Os micróbios nadavam como peixes ali dentro. Eram centenas que ondulavam como criaturas abissais com seus flagelos agitados.

Alex observou a exposição de bactérias do tamanho da cabeça de um homem, cada espécie de uma cor diferente.

*"À direita, concentra-se o Reino Monera, com variados tipos de bactérias bem menores que protozoários. Ao lado esquerdo, os que compõem o Reino Protista.*
*Nossos microbiologistas ainda estudam a convivência desses organismos unicelulares. Muitos protozoários e bactérias conseguem viver em harmonia no mesmo ambiente.*
*Outros alimentam-se de espécies dentro do aquário, o que faz do Museu de Micróbios único no mundo ao expor como funciona a vida natural desses seres."*

Levou a mão à boca com um misto de emoção e temor ao ver protozoários marinhos mais à frente. Aquele era seu terreno. Uma iluminação especial imitava a luz solar sobre protozoários com detalhes semelhantes a lustres de casarões ricos. Mesmo daquele tamanho, com três metros de diâmetro, Alex reconheceu aquelas formas de vida, que para os leigos poderiam ser alienígenas. Eram tipos que flutuavam passivamente pela água como "esqueletos" de grande precisão geométrica, compostos de substâncias minerais, como silicatos de cálcio e de alumínio.

Viu outros dois que a taxonomia classificava como *Foraminíferos*,[1] cheios de pseudópodes reticulados e filamentos que saíam de placas chamadas tecas. Era como uma concha com

---

[1] Para mais informações, use o QR Code da contracapa.

fios. Mais adiante, notou outro que se assemelhava a um floco de neve: tecido rendado, com um núcleo escuro no centro. Estavam acompanhados de protozoários elípticos com pontas cristalinas e afiadas.

Andou mais e percebeu vibriões no aquário dos protozoários. As bactérias fugiram ao sentir a presença de Alex e se grudaram ao corpo de outro micróbio, um dinoflagelado. A criatura desviou, ameaçadora. Tinha flagelos que se movimentavam sinuosamente e uma cauda que segurava um ferrão. A textura do organismo era um conjunto de placas. Formavam uma estrutura engenhosa, com duas carapaças unidas, superior e inferior. Tinha o tamanho de um fusca.

Seus pelos arrepiaram. A criatura nadou devagar, depois parou e Alex teve a impressão de que estava sendo observado de dentro do aquário.

— Um grupo de algumas centenas provoca a maré vermelha — Wankler informou, próxima a ele, sinalizando trégua entre os dois. — Somente um já é de dar medo, não?

— É de dar muito medo — Alex concordou, ainda com os olhos no aquário. — Vivem em mutualismo com os vibriões?

— Sim — a cientista respondeu. — É uma associação incomum, mas talvez se comportem desta forma há milhares de anos — virou-se para Odillez.

— Dra. Wankler, a Iniciativa tem uma projeção magnífica para expor a vida dos micróbios nessas vitrines. É espetacular — Odillez elogiou.

— Obrigada — Wankler agradeceu, satisfeita.

— Mas — Odillez continuou —, não acha que, se uma coisa desta natureza escapar nos biomas oceânicos, o ecossistema do planeta pode ser alterado para sempre?

— Claro que não! É um equívoco pensar dessa forma — Wankler respondeu, veementemente. — Não foram feitos para resistir à água do mar. Programamos seus genes para o efeito de morte por osmose. Não aguentam a salinidade do oceano. Por isto, construímos o museu dentro de uma ilha. Sem contar que temos nosso controle para reconhecer um espécime, caso escape.

Randall se uniu ao grupo. Alex se virou para Wankler e discursou:

— Você é uma cientista e conhece a capacidade de adaptação de qualquer organismo. É um princípio básico da natureza. É obvio que, se mantém um sistema para o controle dessas coisas, tem dúvidas de que possam escapar ou se reproduzir fora deste lugar.

— Eu sempre soube que ouviria de vocês esses questionamentos — Wankler rebateu. — Somos rígidos com o controle de tudo. Contratamos profissionais de diversas áreas para pensar em qualquer possível problema e encontramos soluções. Nosso controle foi baseado em ações prévias.

— Mas o controle também funciona com erros e acertos — Randall interferiu. — Em um parque temático, por exemplo, por mais que haja centenas de testes com os brinquedos, ainda incorremos em alguns riscos de acidente. Em um zoológico, se um visitante põe a mão na jaula de um tigre e tem ferimentos graves, mais tarde a administração decide usar uma malha de grades estreitas. É sempre assim.

Alex procurou o dinoflagelado entre os outros micróbios. A criatura já havia se escondido entre uma rocha; só enxergou os flagelos de fora, tão grandes como os tentáculos de uma lula.

O grupo acompanhou o movimento de um esquisito carrinho com cubos de acrílico sobrepostos que mergulhou no ágar. O objeto media um metro de largura por dois de comprimento.

— Chamamos de Vitron, nosso robô — Wankler apontou. — Executa a limpeza do aquário e coleta espécies quando precisamos estudá-las. É tão resistente às intempéries quanto às lâminas de polivitrum. É o mesmo material na verdade.

A engenharia peculiar do robô despertou interesse em todos. Vitron acionou jatos de propulsão. Enquanto se movia, dividiu-se em duas partes que se ergueram em mais dois retângulos translúcidos, parecidos com um par de pernas retangulares. Da outra parte, dois braços de formatos iguais foram ejetados. Ao invés de mãos, o robô possuía tubos de acrílico. Vitron aderiu às paredes do aquário e engatinhou sobre elas usando os quatro membros robóticos com minúsculos aspiradores. Limpou cada centímetro diante dele. O robô não se movia desajeitadamente. Tinha algo semelhante a um tórax central que guardava um emaranhado de finos cabos de fibra óptica e plaquetas eletrônicas de polivitrum. Duas câmeras substituíam a cabeça de Vitron.

O robô terminou a limpeza e ficou de pé sobre o chão de concreto naquela área do aquário. Atingia três metros de altura, seu aspecto robusto. Ele caminhou a passos firmes.

— O cinema sempre mostra robôs como máquinas metálicas — Éder comentou, próximo a Wankler. — Vitron é transparente.

— E podemos controlá-lo com tecnologia sem fio — Wankler completou. — O robô tem duas câmeras panorâmicas como olhos. Um técnico treinado, acima de nós, pode acioná-lo de fora do aquário.

— Por que escolheram polivitrum como matéria-prima do robô? — Randall perguntou, interessado.

— Quando inserimos a primeira versão feita de aço e vidro temperado, os micróbios o atacaram por motivos desconhecidos para nós. Vários morreram com o baque. Talvez um mecanismo de defesa que ainda não conhecemos. Então a solução foi construir um protótipo que não chamasse a atenção deles.

— Erros e acertos, como eu disse — Randall mencionou. — Por acaso, antes de usarem um robô, inseriram pessoas no aquário para limpá-lo?

— Sim — Wankler afirmou, constrangida, e depois pigarreou.

— E o que aconteceu? — Alex não lhe deu tempo para mudar de assunto. Estava claro que ela não queria continuar o diálogo.

— Perdemos um técnico e outro ficou com sérias lacerações no corpo — Wankler continuou. — Ainda temos problemas com alguns vibriões, mas principalmente com aqueles grandões ali.

Ela apontou para a criatura que surgiu do fundo escuro do aquário. Os pelos de Alex voltaram a arrepiar.

— *Ó mon Dieu*! — Bouvier exclamou, levando a mão à boca.

— Que coisa é essa? — Randall perguntou, os olhos arregalados.

— É um dinophyta — Alex informou, depois encarou Wankler. — De que maneira o técnico morreu?

— Deveria saber, professor — Wankler disse, absorta no monstro do outro lado. — São carnívoros potencialmente tóxicos.

— Ele é bem feio, mas não vejo a boca — Randall falou ao se aproximar. — Têm outros iguais a esses no aquário?

— Sim. Mais de uma dúzia — Wankler continuou. — Temos dois tipos de dinoflagelados: com esporões venenosos e esse diante de vocês, com flagelos grossos. Acreditem, o segundo tipo é mais perigoso. Se você cair no aquário, sentem sua vibração, além das variações de temperatura do corpo. Vão achá-lo em instantes. Do tamanho que está, somos presas fáceis. É instintivo. Aqueles flagelos são como tentáculos, que injetam uma neurotoxina paralisante através da pele. São muito fortes e ágeis. Podem dividi-lo em pedaços. Um dinophyta dissolve sua carne vomitando uma enzima digestiva através de um orifício, como uma aranha faz. Nós descobrimos isso do pior jeito. Ainda queremos entender como funciona — ela fez uma pausa. — A única informação que sabíamos é de que são responsáveis por um alto índice de mortalidade de peixes e intoxicação humana no sudeste litorâneo dos Estados Unidos. Essa espécie marinha é intitulada *Pfiesteria piscicida*, também conhecida como "a célula do inferno".

O grupo silenciou por um minuto inteiro.

— Há riscos iminentes aqui.

Alex se virou quando ouviu Odillez fazer o comentário.

— Dra. Odillez — Wankler começou —, não concorda que dentro de um zoológico há riscos? A possibilidade de um gorila fugir da jaula ou um tratador de leões ser devorado pode ocorrer a qualquer momento. Quando o Homem lida com a natureza, é isso o que acontece.

— Então admite que não tem controle total deste lugar — ela afirmou.

— Admito que este lugar é tão arriscado quanto um zoológico — Wankler disse, meio aborrecida. — Zoológicos são lugares perigosos, mas nem por isto estão fechados ao público. Temos nas mãos uma descoberta incrível e possível de ser contemplada a olho nu.

— *Doutorra Wankler* — Bouvier a chamou —, *noto que este lugar tem sofisticaçon. Vai cobrarr por entradas*?

— É claro que sim. A Iniciativa precisa angariar fundos para novas pesquisas e para se sustentar. Essa é nossa principal intenção.

— *Enton non sabe a definiçon de um museu* — ela disse com um tom pedante. — *Como sabe, sou representante do International Council of Museums. Fui chamada parra emitir minha opinião e endossá-la. Porrém, entendo que um museu é uma instituiçon permanente. Não tem fins lucratives, está a serviçe da sociedade e do seu desenvolvimento. Tal definiçon está em nossa cartilha. Receio que não poderrei opinar positivamente caso cobrem dos visitantes uma quantia exorbitonte para entrar neste lugar.*

— Dra. Bouvier, então me explique por que o Louvre, o museu mais famoso do mundo, recebe doações e cobra a entrada de visitantes todos os dias? — Wankler rebateu.

— *Manutençon* — Bouvier disse.

— Você tem uma coleção viva aqui — Alex interrompeu a francesa antes que recomeçasse. — Acho que poderia rever o conceito da nomenclatura de museu para este projeto.

— Nada está decidido — Wankler falou. — A opinião de alguns de vocês é importante para a construção da imagem desta mostra científica. Por isso, ela ainda não foi aberta ao público.

— Tenho mais uma pergunta — Alex disse, sob os olhares reprovadores de Wankler. — Como fazem o controle populacional dos micróbios?

— Você saberá em breve — Manuel interferiu. — Venham comigo. O Dr. Alvarenga nos espera para algumas explicações.

Assim que deram as costas, Vitron girou dentro do aquário, posicionou as duas câmeras, como dois olhos curiosos.

Então, observou o grupo sair do lugar.

# TARDÍGRADOS

Laboratório A
10 de fevereiro
19h01min

O ambiente de paredes curvas, tão amplo quanto o anterior, era banhado por uma luz azulada. Rosa percebeu as bordas dos tanques de polivitrum no chão do laboratório e a profundidade lá dentro.

— Chamamos de Comportas e Respiradouros — Alvarenga informou. Vestia jaleco branco comum em laboratoristas, os músculos dos braços apertados nas mangas. — Servem para introduzirmos novas espécies em estágio inicial de crescimento. É por aqui que Vitron submerge e por onde nos entrega micróbios para procedimento de pesquisa. Estamos acima do Aquário Superior, de onde vocês vieram. Notaram uma placa com a informação Nível A? — perguntou ao grupo. Alguns confirmaram. — É o andar mais alto.

Alvarenga foi até os tanques transparentes de mil litros contendo ágar, todos dispostos no espaço com plaquetas que informavam gênero e espécie.

— São nossos berçários para criação e testes de espécies novas, que posteriormente são inseridas no Sistema de Aquários. Com os nutrientes certos, elas desenvolvem volume maior ainda.

Rosa notou que Wankler não estava entre eles. O resto do grupo dialogava com Alvarenga quando Manuel vestiu luvas com receptores luminosos, depois encaixou no rosto óculos semelhantes aos de Realidade Aumentada.

— Manuel está equipado para enviar comandos a Vitron — Alvarenga chamou a atenção do grupo. — É assim que coletamos espécies que já se desenvolveram.

— Vocês mantêm limpos os aquários todos os dias? — Randall perguntou.

— Vitron foi programado para fazer o procedimento — respondeu. — É um protocolo automático. Observem.

Alvarenga apontou para a comporta. Rosa e o grupo se aproximaram da tampa de polivitrum do aquário, que chegava à cintura. Todos abaixaram a cabeça para ver o robô através da tampa que se abriu em seguida. O grupo todo se afastou. Vitron surgiu, carregando um micróbio dentro de um dos tubos.

— Os tubos usam sucção para fazer a coleta — Alvarenga esclareceu. Apertou um frasco de gel e esfregou nas palmas das mãos.

O ruído de sucção foi interrompido. O tubo expulsou um organismo de forma indefinida, que caiu sobre as mãos nuas de Alvarenga. Bouvier conteve um grito.

— É inofensiva — ele disse. — Uma pequena ameba.

A criatura se comprimiu como instinto de proteção. Alvarenga mostrou ao grupo. Ela adquiriu uma coloração cinzenta.

— O que são esses pontos brilhantes? — Randall indicou com o dedo.

— Nanotransmissores — Manuel respondeu, tirando os óculos e as luvas. — Informaremos sobre isso mais tarde. Resumindo, é como sabemos a localização dos micróbios nos aquários.

— Diante da técnica que vocês realizaram aqui — Alex ponderou —, creio que a nomenclatura "micróbio" precisa ser revista.

— Podemos pensar em um novo nome — Manuel concordou.

— Bem, agora ela precisa voltar para o seu lar — Alvarenga inseriu a ameba pela comporta.

Rosa andou até um tanque com bolhas de ar. Dentro dele, cinco criaturas com pés atarracados brincavam na água. Interessada, olhou mais de perto. Elas tinham características de uma topeira, com quatro pares de pernas sem articulações.

As dobras de pele rosada e alguns pelos grossos sobre o corpo de trinta centímetros davam uma aparência mais engraçada que ameaçadora. Rosa contou quatro finas garras em cada um dos membros. Na cabeça, o focinho terminava em uma espécie de canudo cartilaginoso.

Alex se juntou à Rosa.

— Tardígrados?[1] — o professor indagou, surpreso.

— Certíssimo — Alvarenga confirmou.

— Sou fã desses bichinhos! — Alex disse.

— Son *bacterrias*? — Bouvier se aproximou.

— Por mais que seja impossível enxergá-los a olho nu, em tamanho real, não são bactérias. Na verdade, são panartrópodes, parentes dos artrópodes como ácaros e carrapatos. — Alex esclareceu —, animais segmentados minúsculos. Os menores do mundo! Tão especiais que não se encaixam em qualquer filo. Existe um próprio para eles, o *tardigrada*. Essas coisas lindas são do período cretáceo, época dos primeiros dinossauros.

— *Engrraçadinhos* — Bouvier pareceu enojada. — *Nuunca tocarria num bicho desses.*

Alex bateu no tanque para chamar a atenção dos tardígrados. Dois nadaram em sua direção.

— São lindos — Alex gargalhou, depois coçou o queixo —, mas são seres pluricelulares. A não ser que o conceito de micróbios para vocês seja muito mais amplo que bactérias, protozoários e fungos, já que tardígrados no tamanho normal só são visíveis em microscópios.

— Para o Museu, consideramos muito mais a nomenclatura "micróbio" em um conceito mais amplo. — Alvarenga tirou do jaleco branco um par de luvas grossas, vestindo-as nas mãos, agarrou com força um dos bichos. — Parecem monstrinhos de pelúcia. São chamados também de ursinhos d'água. São inofensivos ao homem.

---

[1] Para mais informações, use o QR Code da contracapa.

Bouvier disfarçou o pavor com um sorriso constrangido. Well se distanciou quando o tardígrado emitiu um som rouco e se mexeu inquieto nas mãos de Alvarenga. O cientista segurou firme e pôs o animal sobre um balcão de granito. Ele estrebuchou na pedra fria.

— Muito agitado — Alvarenga reclamou. — Aproximem-se mais, por favor.

O grupo se reuniu, alguns deles desconfiados.

— Mesmo que considerem um micróbio, não me parece ser a proposta da Iniciativa Unicelular — Rosa comentou.

— Na verdade, funcionam como nosso controle natural de micróbios — Alvarenga justificou.

— Pode repetir? — Alex pediu, o cenho franzido.

— Os tardígrados são nosso controle natural — Alvarenga voltou a dizer. — Essas coisinhas lindas literalmente foram feitas para comer bactérias e protozoários. Este aqui é um predador nato. Vejam o que ele guarda na boca, que mais parece um sugador — Alvarenga abriu à força o estreito bico tubular do tardígrado, deixando sobras de pele ao redor. Ele escondia uma fileira de dentes serrilhados e muito amolados. — No começo, os microbiologistas pensavam que tardígrados usavam apenas duas espécies de estiletes para perfurar as células de plantas ou pequenos invertebrados e depois aspirar o conteúdo proteico. Os métodos de microscopia não revelaram tudo. Os dentes afiados não servem somente para sugar, mas para mastigar também. A pele ao redor nos impedia de constatar isto. É a arma que usam para devorar suas presas e fazer nosso controle populacional.

— Perfeito — Well elogiou.

— E esta espécie aqui só defeca quando troca a pele — Alvarenga continuou —, deixando as fezes junto à carapaça abandonada. São muito higiênicos.

— Pensaram mesmo em tudo — disse Well, em tom de aprovação.

— É claro que pensamos — o cientista confirmou. — Esses aqui adoram comer vibriões vermelhos, mas se alimentam de quase tudo. Além do mais, são resistentes se atacados por qualquer um dos micróbios maiores, afinal a quitina é um dos elementos que os reveste. Uma proteção natural para eles.

— E como os usam? — Alex questionou. — Arremessam os pobrezinhos no aquário e deixam que façam o trabalho?

— Isso — confirmou. — Os tardígrados são exímios nadadores. Eles sabem identificar populações de bactérias ou protozoários que estejam em crescente reprodução através de um princípio básico: quanto maior a população, maior a quantidade de alimento. É instintivo para eles — Alvarenga explicou. — Miríades de bactérias são como um cardume. Geralmente, golfinhos não procuram moreias ou peixes solitários para atacar e saciar a fome, mas alimento em abundância, ou seja, cardumes! É o que acontece com certos tipos de vibriões por exemplo. Se reproduzem muito rápido e em grande quantidade, já que o ambiente é favorável.

— Por isso chamam de miríades? — Rosa perguntou.

— Sim — Alvarenga confirmou, fazendo cócegas no tardígrado. O bicho se encolheu, reclamando num ruído gorgolejante —, mas tivemos que resolver alguns probleminhas com essas gracinhas.

— Quais? Parecem tão espertos — Éder tocou na criatura.

— E são. Por favor, não pegue neles sem luvas — Alvarenga exigiu. — São frágeis e adoecem com facilidade.

— Mas isso não deveria acontecer — Alex negou com a cabeça ao dizer.

— Teoricamente, não — o cientista disse. — No mundo natural são altamente resistentes, vivem por semanas, anos. E, quando as circunstâncias ambientais são graves, desidratam. As funções biológicas estagnam. Os especialistas chamam de estado criptobiótico. Assim conseguem suportar condições extremas de muito calor. Quando se reidratam, voltam à vida. É perfeito.

— E qual o problema com esses? — Rosa quis saber.

— Com o gigantismo, ficaram suscetíveis a doenças. Pior que isto, praticam canibalismo quando entram nesse estágio. Pensamos no início que fosse um comportamento natural, por não conhecê-los tão bem — Alvarenga explanou o assunto. — Na África, por exemplo, quando um grupo de leoas mata os próprios filhotes é um fenômeno estranho para os zoologistas. O bando se desfaz, algumas leoas brigam até a morte, outras fogem. Mesmo assim, por ser recorrente na selva africana, considera-se natural. Aqui, no entanto, suspeitamos que o procedimento genético modificou o comportamento deles. Então intitulamos de C.G.I.

— Que significa? — Alex perguntou.

— Comportamento Genótipo Incógnito — Alvarenga revelou. — Erros comportamentais sem precedentes para nós são classificados dessa forma. O organismo que reproduzimos com a inserção de outros genes pode reagir de maneira inesperada: pode adoecer, ter um novo comportamento ou simplesmente morrer.

— Já aconteceu a alguma espécie de bactéria ou protozoário? — Éder mostrou interesse.

— Sim, com vibriões e giárdias que atacam fontes luminosas. É um dos mistérios para nós.

— Dr. Alvarenga, como faz o controle de dinoflagelados? — Alex perguntou. Rosa percebeu que ele estava eufórico. — Tardígrados funcionam com eles?

— Para tipos grandes com cobertura muito espessa, introduzimos vermes — Alvarenga informou e pediu que o grupo se aproximasse de um tanque mais raso.

Dezenas de ovos redondos e amarelos do tamanho de bolas de gude, envoltos numa capa fina, estavam colados no fundo do tanque e tremelicavam debaixo de uma geleia incolor. Uma larva comprida se contraiu dentro deles.

— Os dinoflagelados são seres resistentes a todo tipo de morte mecânica, como choques ou ferimentos profundos. Eles se recuperam e voltam à ativa em pouco tempo. Então Vitron injeta, com seus tubos de compressão, os ovos de vermes por baixa da carapaça. Eles eclodem em doze horas. Crescem e se alimentam das organelas do micróbio até sua morte.

— Os vermes também foram alterados geneticamente? — Éder perguntou.

— Sim — Alvarenga afirmou —, são de *Taenia saginata*. Podem crescer até cem metros dentro do protozoário, mas depois disto também morrem.

Rosa estudou melhor o laboratório e percebeu que havia a carapaça oca de um dinoflagelado exposta sobre uma mesa de granito no fundo do ambiente. Ela andou até a carapaça, que ultrapassava o tamanho da mesa; quase dois metros de diâmetro. Tocou nas tecas, que eram placas esverdeadas e translúcidas reunidas, cada uma delas do tamanho da mão fechada de um homem.

— Vocês suspeitam de outros casos C.G.Is? — Alex indagou.

— Ainda temos dúvidas sobre algumas espécies, pois não sabemos se é recorrente. Descobrimos por acidente que amebas reagem a bolhas de oxigênio com agressividade. A maioria dos vibriões ataca objetos que se agitam demais. E alguns aspergillus podem reagir ao som de vozes; soltam esporos tóxicos inesperadamente.

— Aspergillus? — Alex repetiu, virando o rosto para Éder.

— Sim — Alvarenga confirmou.

— Vocês criam fungos? — Éder o interpelou.

— Temos sete estufas enormes, a principal delas do tamanho de um campo de futebol, com levedos gigantescos, bolores de cinco metros e cogumelos da altura de sequoias — Alvarenga informou.

— Cristo! — Éder exclamou, com um sorriso escancarado no rosto.

— Me sigam. Serão necessárias algumas recomendações antes de entrarmos no Sistema de Estufas — Alvarenga finalizou, com o grupo no seu encalço.

## CONTATO

Sala de Controle
10 de fevereiro
18h38min

Zhu digitou comandos no teclado da mesa central, de onde podia controlar os ambientes que os micróbios viviam. Foi contratada dois anos antes para a importante função de monitorar todo o complexo, aplicando o melhor equipamento do mercado.

Quando Zhu ainda era uma estudante finalista de graduação do curso de Tecnologia de Informação e Robótica na Universidade de Zhejiang, uma das mais reconhecidas em desenvolvimento científico da China, foi abordada por um homem bem arrumado, no melhor paletó, num dos corredores da instituição. Zhu soube, mais tarde, que o mesmo homem investigou seu histórico de notas e seu empenho como pesquisadora de sistemas de controle.

Na prática, não tinha experiência de currículo, mas era isto que Kiao, um dos sócios da Biotech, procurava. Pediu que ela montasse um sistema operacional de controle que fosse seguro e eficaz. É claro que Zhu passou no teste. O sistema era único e baseado num código-fonte que ela mesma criou.

Foi desse jeito que conheceu Kiao e, mais tarde, Chang. O primeiro, um homem decidido; o segundo, um senhor chinês muito simpático e menos formal. Os dois a chamaram para uma conversa no centro de Hong Kong, com despesas pagas pela própria empresa. A entrevista durou quase três horas. Com as condições impostas de confidencialidade e o salário alto, ela não pensou duas vezes.

Até a primeira semana depois de ganhar o emprego, Zhu não conhecia o maior empreendimento da Biotech, do outro lado do mundo, no Brasil. O aspecto menos atraente em seu cargo era o isolamento, com folgas apenas duas vezes por mês, revezadas nos fins de semana com outro técnico. A ilha era a mais afastada do continente. Chang explicou que era necessário algum tempo para que ela organizasse tudo. Quando Zhu entendeu a finalidade da Iniciativa, percebeu a importância de estar 24 horas.

Mesmo com a ajuda de mais duas técnicas subordinadas a ela, Zhu pensou em desistir do emprego diversas vezes. Mas a Biotech fizera um contrato de cinco anos, com residência na Ilha da Trindade. No começo, Zhu achou o lugar lindo, por causa da paisagem rochosa, as aves marinhas e o mar bravo. Na verdade, trabalhava horas a fio na Sala de Controle, digitando comandos e corrigindo bugs no sistema. Usava vez ou outra a academia de musculação dos funcionários e comia a insípida refeição do restaurante. Em alguns momentos, sua vida se tornava mecânica e sem graça. Já conhecia todos os micróbios. Era capaz de citar o nome científico da maioria. E, por mais que Chang a elogiasse por ser um gênio da informática, Zhu não se sentia muito bem nos últimos meses.

Começou a ter pesadelos e um início de síndrome do pânico. Achou que aquele lugar era arriscado demais depois de testemunhar a morte de um técnico no aquário. Dia após dia, tinha a sensação de que estava desprotegida.

Há cinco meses, um vibrião negro fugiu do tanque de criação do Laboratório A e percorreu a parede até o banheiro feminino que ela estava usando. Zhu se apavorou e gritou até ficar rouca. Uma criatura daquelas era letal. Certa vez, escutou Wankler e Alvarenga conversarem sobre a toxidade da espécie. Os técnicos puseram o vibrião de volta ao tanque, mas Zhu passou a observar os cantos, atenta e sempre assustada.

*Sim, podiam escapar*, ela pensava o tempo todo. E se caíssem sobre ela enquanto digitasse comandos no teclado? Ou caso estivesse no banheiro? Ou quando estivesse dormindo? O pânico repentino fez seus pelos arrepiarem.

Depois da fuga do vibrião, os laboratoristas resolveram usar tampas mais pesadas nos tanques. Ninguém sabia de fato com o que estavam lidando. Esta era a verdade sobre aquele lugar.

Zhu visualizou, numa das janelas maximizadas do monitor, o grupo de visitantes saindo do laboratório em direção ao corredor do Sistema de Estufas.

— O sinal está pronto? — Chang perguntou atrás dela. — Espero mesmo que ela faça contato.

— Ela confirmou que faria — Zhu respondeu.

Ellen Wankler apareceu na porta.

— Por que me chamou? — quis saber.

— Vívian saiu do Rio Grande do Norte há mais de quarenta minutos — ele falou. — Por telefone, disse que estava aterrissando em Noronha. Precisa falar conosco.

— É sobre a investigação? — Wankler questionou.

— Estou aflito por notícias — Chang se levantou quando o telão carregou pequenos pixels. As caixas acústicas biparam. A imagem sintonizou Vívian Kramer da cintura para cima, com uma camiseta justa que cobria os seios fartos. Ela expôs uma carranca no rosto pálido.

— O que houve Vívian? — Wankler perguntou. — Que cara é essa?

— Estou cansada, Ellen — transpareceu o rancor na voz.

Vívian era apelidada na empresa como a Queima-Arquivos.

— Você está bem? — Chang quis saber.

— Eu pareço bem? — Kramer o indagou de volta. — Vocês me mandam sempre desfazer as merdas que provocam. Estou cansada disto, porra.

— Você conhece os riscos, Vívian — ele rebateu.

— Nem sempre! — disse, furiosa.

— Está esgotada? Então descanse! — Chang respondeu no mesmo tom. — Não seja grosseira, garota.

Ser chamada de "garota" irritava qualquer uma das funcionárias e Zhu sabia disto.

— Porra! Eu perdi dois dedos! Dois dedos! — ela repetiu. — Tiveram de fazer um torniquete para estancar o sangue — Kramer engoliu o choro e mostrou a mão envolta em esparadrapo. Retirou o curativo e pôs contra a lente da câmera o toco de carne recém-suturado.

Wankler levou as mãos à boca. A câmera tentava focalizar Vívian e os dedos decepados repetidas vezes.

— Pare com isso, vai estragar o aparelho! — Zhu disse irritada.

— Não posso estar aí para corrigir problemas técnicos — Vívian a fulminou com o olhar.

— Não tenho medo de você — Zhu mentiu, com raiva. Já havia discutido inúmeras vezes com Vívian, uma mulher dissimulada, sarcástica e ferina com as palavras. Zhu não sentiu pena alguma dela. *Bem que podia ter perdido a cabeça ao invés dos dedos*, pensou.

— Como isso aconteceu? — Wankler indagou, horrorizada.

Vívian cobriu a ferida com o mesmo esparadrapo, fez uma careta e ficou silenciosa do outro lado.

— Os nanotransmissores funcionaram? — Chang questionou.

— Estou bem, obrigada, Senhor Chang — Kramer ironizou. — Respondendo sua pergunta, havia uma quantidade grande na pele da moça que esteve hospitalizada. Cheguei no quarto e apliquei o antídoto, mas a porra de uma policial chegou por lá. Me escondi no banheiro. Ela tentou me prender.

— Uma mulher? — Wankler franziu o cenho.

— Uma vadia, isto sim — respondeu, com raiva. — Decepou… — ela engoliu a saliva. — Decepou meus dedos na porta!

— Meu Deus, que horror! — Wankler lastimou. — Sinto muito. Sinto mesmo, minha menina.

Vívian deu um longo suspiro, o semblante cabisbaixo. Zhu se deixou tomar pela pena. Vívian era uma mulher que se prendia muito à aparência. Perder os dedos mexeu com sua autoestima.

— Vamos indenizar você numa quantia formidável, não se preocupe — Chang tentou amenizar. — Vai poder comprar o carro que quiser e vamos ajudar você a financiar uma casa.

— Acho que vou tentar perder meus dedos também — Zhu gargalhou.

Ninguém riu. Pelo jeito, o comentário foi infeliz. Os três a ignoraram.

— Que notícias tem para nós? — Wankler continuou.

— A única coisa que sei é sobre a cirurgia do menino americano. Ainda bem que não será feita neste país de merda — Kramer disse. — Um conhecido hackeou algumas informações para mim. Ele foi enviado para um hospital americano. Foi transferido num jato do consulado, mas não faço ideia de que hospital seja.

Zhu ouviu certa vez nos corredores que Vívian fazia qualquer coisa para conseguir o que queria. Qualquer coisa.

— Consegui o prontuário médico do menino. Eu posso enviar à Mei — disse, referindo-se à médica da ilha. — Porra, vão tirar o braço dele. O braço!

Wankler contraiu o rosto numa expressão de lamento.

— Infelizmente agora está fora de nosso alcance — Chang constatou.

— Houve falência de um dos rins — continuou ela —, mas depois estabilizou. Está em observação e semicomatoso. Parece que a toxina também lhe causou problemas ósseos. Os gênios desta Iniciativa pensaram nos piores efeitos colaterais possíveis. Parabéns à equipe! — Kramer ironizou outra vez.

Zhu concordou com ela, meneando a cabeça numa afirmação.

— Isso não lhe diz respeito, Vívian — Chang baixou a fronte.

— Uma porra que não me diz respeito, cacete!

— Vai ficar tudo bem. Por favor, se acalme, minha menina — Wankler pediu.

— Está certo — ela baixou o tom de voz. — Só espero que isso acabe.

Zhu sempre achou muito enigmático o efeito emocional que Ellen exercia sobre Vívian. Era como uma mãe dissuadindo a filha sobre o que é certo e errado.

— Precisa descansar — Chang pediu. — Já nos respondeu tudo.

— E sobre intensificar a Medida Pasteur? — Vívian questionou.

Wankler encarou Chang.

— Você não me comunicou sobre ativar a medida, Zen — reclamou.

— Para este caso foi imprescindível — ele se defendeu. — Vívian fez apenas um levantamento dos problemas que temos. Pelo que percebi, tudo parece controlado. O fungo responsável pelo incidente foi destruído por nossa equipe. A praia no Ceará parece livre de qualquer prova. Confirme para ela, Vívian, faça-me o favor.

— Não acho que seja necessário — Wankler disse —, mas a Medida Pasteur requer o uso de nossos apetrechos mais caros. É um gasto muito alto.

Zhu conhecia os protocolos da Medida Pasteur, clara homenagem a Louis Pasteur, cientista que descobriu um jeito de destruir micróbios prejudiciais ao homem que pudessem se multiplicar em alimentos como leite e vinho. Ficou conhecido como processo de pasteurização. Grosso modo, a Medida Pasteur consistia em sacrificar qualquer micróbio fora do ambiente de controle que por algum motivo tivesse escapado. Zhu sabia por alto acerca dos incidentes que ocorreram longe dali. Agora havia confirmação. E não incorreria no erro de veiculá-la, sob pena de perder o emprego. *O que acontece na Iniciativa fica na Iniciativa*, palavras de Chang.

— Tive a impressão, ao chegar naquela praia, de que alguém mexeu na cena — Vívian relatou. — A funcionária do hotel disse que uma policial federal passou por lá três horas antes. Pelas descrições é a mesma puta que arrancou meus dedos mais tarde!

— Estranho — Chang comentou. — Você encontrou alguma pista dos organismos da Iniciativa por lá?

— Nada que pudesse ajudar — Kramer comprimiu o rosto, fatigada.

— Muito bem, faremos contato em breve para sabermos mais notícias — Chang avisou. — Fique atenta, garota, e descanse um pouco.

— Ok — fez uma careta de dor ao responder.

Ela sumiu e o telão mostrou o emblema da Biotech. Zhu ficou atenta à conversa do casal e fingiu digitar comandos.

— Chang? — Wankler sussurrou.

— Estou aqui, querida.

Zhu manuseou uma das pequenas câmeras de dentro da Sala de Controle pelo computador. Girou suavemente o objeto e filmou o casal. Viu a imagem no seu monitor pessoal e deu zoom.

— Você já me perdoou, não foi? — ela disse, baixo. — Me sinto tão mal com tudo isso.

— Não foi culpa sua, querida — Chang pegou nas mãos enluvadas dela. — Nós sabemos o que aconteceu.

— Se aquela criança morrer...

— Vamos confiar nos médicos americanos — falou. — E tentar outras alternativas de monitorá-lo. Vívian vai continuar o trabalho.

— O antídoto seria o ideal — Wankler lembrou.

— Precisamos esperar.

Os dois se beijaram rapidamente e atravessaram a porta da sala. Zhu olhou para trás e suspirou. Um peso enorme caiu sobre seus ombros. A boca secou e os músculos do pescoço ficaram tensos. Guardar tantos segredos sobre aquele lugar lhe fazia muito mal.

Zhu moveu o cursor para acompanhar a gravação dos visitantes em tempo real e ficar de olho nos intrusos, a pedido de Chang. Um minuto depois, ela quase soltou um palavrão, estarrecida com uma das imagens captadas.

# O JARDIM

Sistema de Estufas
10 de fevereiro
19h19min

A porta de vidro fumê sibilou ao deslizar. O grupo entrou na sala bem iluminada e redonda, as paredes chapeadas em aço escovado, que iam do teto ao chão. Pendurados em cabides dentro de armários de acrílico, Rosa contou vinte trajes herméticos brancos junto a capacetes semelhantes aos de um astronauta.

Manuel esbarrou em Rosa. O rapaz pediu desculpas e cruzou os braços de um jeito tão feminino que fez com que ela prestasse mais atenção nele. O corpo tinha curvas elegantes; os cabelos negros, curtos e muito lisos, o rosto imberbe. Apesar de conhecer homens sem barba, aquela característica em Manuel a fez refletir sobre o rapaz. Rosa era eficiente em detalhes, a julgar pelo fato de que não os deixava escapar tanto com lugares quanto com pessoas. Quando era adolescente, lia as obras de Conan Doyle, criador do detetive mais famoso da Literatura. Rosa rememorou uma das falas mais importantes de Holmes: "O mundo está cheio de coisas óbvias que ninguém jamais observa". Por isto ela se prendia ao conceito de que todas as pistas eram sutis.

Manuel empurrou um cesto acima de um carrinho com vários óculos escuros envolvidos em plástico. Ele instruiu o grupo:

— A camada externa do corpo de vocês, como roupas e epiderme, precisa ser descontaminada antes de entrarem no Sistema de Estufas. Uma luz, como um relâmpago, vai acender por alguns segundos. Vão sentir a pele formigar. Será rápido. Isso é muito importante para não haver transmissão de germes ao ambiente lá dentro em caso de rompimento dos trajes.

— Trajes? — Randall repetiu. — Aqueles ali?

— Isso — Manuel apontou para o armário de acrílico.

— Acho que trajes podem incomodar os visitantes — Randall considerou. — Algumas pessoas são claustrofóbicas.

— Há circulação de ar por até duas horas, com pequenos cilindros de oxigênio e receptores de temperatura para controle do calor corporal — Alvarenga assegurou. — São especiais.

— Especiais ou espaciais? — Alex riu ao perguntar. — Até parecem fardas da NASA. Por acaso vamos conhecer um novo planeta?

— Creio que seja algo bem próximo — Alvarenga disse, em seguida encarou o restante do grupo. — Peço que ponham os óculos. Para segurança de vocês, ajustem a liga, assim podem encaixar perfeitamente ao redor do globo ocular. É fundamental que os olhos estejam protegidos.

Todos puseram os óculos. Rosa não enxergou mais nada por trás das lentes. Dez segundos depois, sentiu a pele dos braços, pescoço e pernas arderem. Em seguida, um vapor refrescou o ambiente com odor característico.

— Contém alguns tipos de sulfas e penicilinas. É para garantir a descontaminação. Retirem os óculos e ponham no carrinho, por favor — Alvarenga pediu.

Bancos de aço sem encosto emergiram do chão, como cubos metálicos.

— Funcionam como apoio para sentar, tirar os sapatos e vestirem os trajes — Manuel disse. — Cada traje deste foi prensado numa única peça. Não há costuras e o tecido é de tecnologia de ponta. Muito confortável dentro do ambiente que projetamos, afinal está uns quarenta graus célsius lá dentro.

— Quarenta graus?! — Alex disse, surpreso.

— A temperatura ideal para os espécimes se desenvolverem. Nossos trajes bloqueiam o calor — Alvarenga acrescentou.

— *O que são issas mochiles de plastique na indumentárria?* — Bouvier tomou um dos trajes nas mãos.

— São reservatórios de oxigênio. Não podemos respirar lá dentro, o ar é tóxico — Manuel ajudou James Well a se despir. — Alguns espécimes exalam gases e outros tem esporos venenosos, por isto precisam da proteção. Ajudaremos vocês a colocar os capacetes quando terminarem de se vestir.

Rosa ficou apreensiva ao notar os outros se despindo, pois escondia uma barriga postiça abaixo dos seios. Alex tirou as roupas, o corpo era pálido e muito magro. Rosa não podia se expor daquele jeito. Desafivelou os saltos plataforma, pegou um dos trajes e tentou vesti-lo por cima da roupa.

— Dra. Odillez, pode usar a toalete à sua esquerda — Manuel indicou a direção. — Esses trajes têm controle de temperatura. Caso vista por cima de suas roupas, o computador confundirá a temperatura corporal real.

— Está certo — respondeu.

Ela passou por Bouvier, que exibia um belo corpo bronzeado só de calcinha e sutiã. Rosa conteve a risada ao ver a francesa jogar olhares para Randall. Ele era comedido e evitou mostrar os músculos escondidos por baixo da regata justa. Assim que chegou à entrada do banheiro, Rosa girou o pescoço para admirar o homem. Ele baixou as calças e de súbito moveu a cabeça, encarando-a com aqueles olhos azuis profundos.

*Droga.* Rosa pausou a respiração, pressionou os lábios e disfarçou o nervosismo, mas não se conteve e viu as coxas fortes de Randall de soslaio. Ele sorriu para ela.

Rosa se afastou, entrou no banheiro, trancou a fechadura e retirou a roupa depressa. Certificou-se de que a barriga postiça estava bem amarrada à cintura e presa ao velcro.

Na interceptação da ABIN, o disfarce de Rosa foi montado a partir da verdadeira identidade de Maria Odillez, uma professora descuidada e doutora em microbiologia, que conheceu Wankler apenas por telefone. O contato pessoal nunca acontecera. Para Roriz era perfeito. Conseguiu fotos da mulher e planejou o disfarce para a Iniciativa Unicelular. Mas aquela barriga postiça era incômoda, assim como a máscara de silicone elaborada por Roberto Gusmão. O maquiador recomendou inúmeras vezes que Rosa preferisse lugares frescos ou ventilados para evitar que a máscara desprendesse.

Ela encarou cuidadosamente a própria imagem no espelho, certificando-se de que tudo estava no lugar. Abriu o fecho do traje e o vestiu. Admirou-se com o conforto, o tecido leve e maleável. A peça retangular fixada nas costas soou num bipe e acendeu uma luz amarela. A roupa ajustou-se ao corpo. Sentiu-se ridícula ao se olhar no espelho uma última vez. Destrancou a porta do banheiro e saiu.

O restante do grupo já estava com os capacetes, a não ser James Well, mais atrasado que ela. Manuel ajudou o velho a se vestir com impaciência. Depois deu atenção à Rosa.

— Com licença, Dra. Odillez, é necessário que eu faça alguns ajustes — disse, já vestido no traje branco. Rosa percebeu o semblante dele muito sério. O rapaz fechou uma peça metálica ao redor do pescoço dela, encaixando-a na gola do traje. Rosa aproveitou para olhar de perto o rosto de Manuel. Seu queixo era quadrado, mas a boca feminina; uma sutil androginia. — O aro serve para o capacete — explicou.

— Obrigada — Rosa agradeceu, mas a expressão indolente de Manuel se tornou mais sombria.

Notou que o traje do professor estava completo e uma luz verde piscou no lugar da luz amarela nas costas.

Manuel pôs o capacete sobre a cabeça de Rosa e, com um clique, girou a peça esférica. Ela não escutou mais nenhum ruído do ambiente. Manuel balbuciou algumas palavras. Rosa foi treinada pela ABIN para leitura labial. Ele disse: "tudo certo, doutora?", depois acenou com o dedo polegar para ela. Em resposta, Rosa repetiu o gesto. Manuel continuou: "Fique atenta, pode ser que morra hoje, vadia", mostrando um sorriso sarcástico.

A sensação de estranheza foi instantânea para ela. Impossível que tivesse entendido errado.

— O que disse? — Rosa quis saber, mas Manuel gesticulou que não a compreendera. Os lábios do rapaz descreveram outra frase: "Não posso ouvi-la, vagabunda"; desta vez disfarçou um sorriso natural e então se afastou, tomando um capacete em seguida.

*Fui insultada duas vezes?*

Seus batimentos cardíacos dispararam numa mistura de raiva e receio. A garganta apertou, a respiração ficou ofegante dentro do capacete. Ela virou a cabeça para observar os outros do grupo. Alvarenga estava parado a alguns metros, fitando-a com uma expressão sisuda. Um sentimento de desconfiança a invadiu.

Manuel tirou do carrinho braceletes digitais e entregou a todos do grupo. Rosa tomou o objeto das mãos dele. O rapaz a encarou, desconfiado. Ela encaixou no pulso o bracelete e notou o botão digital na tela touchscreen de quatro polegadas com letras garrafais:

**CONTATO AQUI**

Rosa acionou e imediatamente escutou várias vozes diferentes dentro do capacete. Atenta a todas elas, tentou identificar cada uma.

MANUEL: SENHORES, OS BRACELETES SÃO NOSSO CONTATO VIA RÁDIO. NÃO RETIREM, POIS MANTÊM ATIVADOS PEQUENOS MICROFONES E RECEPTORES DE ÁUDIO DENTRO DOS CAPACETES. FUNCIONAM NUM RAIO DE 150 METROS. FOI PROGRAMADO POR ZHU, NOSSA TÉCNICA DA SALA DE CONTROLE, PARA USO EM APENAS UM CANAL.

ZHU: OLÁ, VISITANTES, FALO DA SALA DE CONTROLE. VEJO VOCÊS ATRAVÉS DAS CÂMERAS. ACENEM!

Todos acenaram para ela.

MANUEL: ANTES DE CONTINUAR, GOSTARIA DE APRESENTAR RAPIDAMENTE OS BRASILEIROS ALEX E ÉDER, QUE ESTÃO NOS ACOMPANHANDO DESDE O INÍCIO DA EXCURSÃO. NÃO FIZEMOS AS APRESENTAÇÕES FORMAIS DA DUPLA POR CAUSA DO NOSSO CRONOGRAMA. TEREMOS MAIS TEMPO NO MOMENTO ADEQUADO. DIGAM OLÁ PARA ELES.

O pedido na voz de Manuel foi mecânico.

RANDALL: OLÁ.

BOUVIER: *SALUT, BIENVENUE.*

WELL: BOA NOITE.

Os outros acenaram.

MANUEL: MAIS UM PEDIDO. A FIM DE EVITAR RUÍDOS NA ESTUFA, PEÇO QUE NÃO CORRAM. MANTENHAM OS PASSOS SILENCIOSOS.

ALEX: POR QUE O CUIDADO?

ALVARENGA: EXPLICAREMOS NO CAMINHO. TUDO SOB CONTROLE, ZHU. PODE COMEÇAR.

ZHU: SEGUREM-SE.

O chão da sala vibrou e girou devagar. Através da porta de vidro, por onde o grupo havia entrado, Rosa percebeu o corredor do outro lado desaparecer. Foi substituído por uma parede de concreto e o movimento giratório continuou.

ALVARENGA: ESTA SALA GIRA EM UM ÂNGULO DE NOVENTA GRAUS.

RANDALL: PARA QUÊ?

MANUEL: FAZ PARTE DO PROTOCOLO DE SEGURANÇA CONTRA VAZAMENTOS E PROPAGAÇÃO DE MICRORGANISMOS NA ESTUFA.

ALEX: JÁ HOUVE CONTAMINAÇÃO ALGUMA VEZ?

ALVARENGA: ATÉ HOJE, NÃO. O PROTOCOLO É BEM EFICIENTE.

A sala giratória parou e um bipe soou de imediato. A luz verde perto da porta de vidro acendeu, mas ela não deslizou para o acesso. Os visitantes se aproximaram do vidro, todos interessados, mas só havia escuridão lá dentro.

RANDALL: DE NOVO.

ALEX: É SEMPRE UM MISTÉRIO.

MANUEL: AFASTEM-SE DO VIDRO, POR FAVOR.

ALVARENGA: A INICIATIVA CONTA COM SETE ESTUFAS EXPERIMENTAIS. DUAS DELAS DO TAMANHO DE CAMPOS DE FUTEBOL. AS CÚPULAS SÃO EM ARMAÇÃO DE AÇO E PLACAS HEXAGONAIS DE POLIVITRUM, TODAS MONTADAS UMA POR UMA. NOSSOS COMPUTADORES CONTROLAM A LUZ DO SOL COM UV APRIMORADO EM FILTROS DE NANOTECNOLOGIA, ALÉM DA TEMPERATURA, ÁGUA E OXIGÊNIO. A

ALTURA DA MAIOR ESTUFA CHEGA A OITENTA METROS, COM ESPAÇO DE 245 METROS.

ALEX: REALMENTE, BEM MAIOR QUE O PROJETO ÉDEN.

WANKLER: CAROS VISITANTES, NÃO TEMOS AINDA UMA NARRAÇÃO PARA ESTA EXCURSÃO. ESTAMOS PROVIDENCIANDO, POIS FIZEMOS ALGUNS AJUSTES NA ORGANIZAÇÃO. CHAMAMOS DE JARDIM. É MEU LOCAL FAVORITO. ALVARENGA RESPONDERÁ QUALQUER QUESTIONAMENTO DE CUNHO CIENTÍFICO. GRATA!

ZHU: TOMEM CUIDADO COM OS DEGRAUS À FRENTE.

A porta deslizou subitamente. Lâmpadas acenderam nas laterais de uma passarela de concreto, marcando o limite aos transeuntes. O grupo avançou.

MANUEL: TODOS COM CALMA, POR FAVOR.

Através das placas de polivitrum, Rosa constatou que a noite já havia chegado lá fora. Em ambos os lados da passarela distinguiu formas de vida encobertas pela penumbra. Luzes amenas que imitavam o sol gradualmente se tornaram mais intensas dentro da estufa.

ALEX: NOSSA!

WELL: MEU DEUS.

A não ser pela anatomia, a primeira impressão daquele reino era tão alienígena quanto os organismos do aquário. Ali, os seres se destacavam pela elegância, cores mais berrantes e inúmeras texturas. Rosa leu a descrição da placa à sua esquerda:

**ÁREA DAS LEVEDURAS E BOLORES**

Imaginou que só veria cogumelos gigantes, apesar de estarem ao fundo, muitos deles com a envergadura de uma velha sequoia de quinze metros, o caule nodoso; mas, em vez de folhas, uma grande cabeça redonda e cinzenta. Os cogumelos projetavam sombras em algumas áreas do jardim.

O grupo continuou a excursão pela larga via de acesso.

Manuel: Ela é feita de concreto pré-moldado. Respeitem o limite dentro do espaço.

Como Wankler havia dito, era mesmo um jardim. Mas, no lugar de plantas, inúmeras espécies de fungos. Rosa viu um conjunto de galhos aveludados e retorcidos carregados de "frutos" ovais cobertos por uma camada translúcida como vidro, o interior lilás. Outros, mais adiante, tinham o formato de espigas compridas apinhadas de esferas de múltiplas cores, que irradiavam um brilho fluorescente.

Alvarenga: Pessoal, bem-vindos ao Reino Fungi! Nossa proposta inicial se resumia somente a exposição de fungos unicelulares. Alguns, inclusive, luminescentes. No entanto, depois de algumas discussões com a equipe de projeção da Biotech, resolvemos ampliar a mostra. Várias espécies expostas aqui são dimórficas, por isto decidimos cultivá-las também.

Randall: O que são espécies dimórficas?

Alvarenga: Grosso modo, o Reino Fungi é classificado em fungos unicelulares, dotados de apenas uma célula, e tipos pluricelulares, que são um conjunto de várias células. No caso dos dimórficos, podem adquirir ambas características. Dependendo da temperatura do ambiente onde estão, os fungos dimórficos são encontrados no formato de levedura, ou seja, unicelular. Por exemplo, o *Penicillium marneffei*, responsável por infecções no homem em forma de levedo, também desenvolve hifas, micélio e tecidos mais complexos. Essa peculiaridade nos fez reformar o jardim.

O grupo continuou a caminhada, todos deslumbrados com a nova atração, os olhos desviando para todas as direções. Fungos com cores mais extravagantes brilhavam abaixo das sombras dos maiores cogumelos do mundo.

Randall: Aquele ali lembra um brócolis gigante!

Os outros riram quando ele apontou.

Alex: São formidáveis, mas o cultivo de fungos dimórficos não justifica o uso destes cogumelos. Por que resolveram cultivá-los?

Alvarenga: Baseado no argumento de que cogumelos não são fungos dimórficos, de fato o objetivo da Iniciativa destoa. Mas suponha que você entre numa floresta tropical depois de uma chuva de verão. Lá dentro, vai encontrar troncos podres com uma infinidade de organismos, incluindo os cogumelos mais coloridos que já viu. No entanto, sua perspectiva é de um humano. Sua visão é limitada por seu tamanho. E se invertêssemos sua posição?

Manuel: Foi o que Dra. Wankler fez aqui. Projetamos um jardim de proporções magníficas onde nos sentíssemos como uma partícula entre gigantes. Assim podemos contemplar a beleza desses seres mais de perto, sob outro ângulo. Esta é a principal ideia do projeto. Por mais que haja espécimes pluricelulares, o destaque é para os fungos unicelulares, mas, levando-se em consideração o parentesco muito próximo, afinal fazem parte de um único reino.

Alex: Tem razão.

O grupo parou a fim de observar centenas de cachos esverdeados da cor de musgo, que pareciam uvas gigantes e peludas.

Alvarenga: Ainda instalaremos placas de identificação para todas as espécies. Os totens interativos tiveram de ser retirados por causa da frequência sonora que emitiam. Eles reagem a ruídos.

Éder: É um Comportamento Genético Incógnito?

Alvarenga: Na verdade, desconfiamos que não. Sabemos que a natureza deles é utilizar mecanismos físicos no processo de reprodução. O fato é que, como estes fungos foram inseridos em um ambiente controlado, foram privados de brisas, ventos e tempestades.

Alex: Sem movimento no ambiente, diminui-se as chances de reprodução.

Alvarenga: É claro, já que são dotados de esporos que, se expelidos no ar, perpetuam a espécie. Eles utilizam todo e qualquer mecanismo oportunista que a Mãe Natureza lhes oferece; até um viajante que, por acaso, caminhe por perto servirá de transporte para os esporos. Mas já notaram que não há correntes de ar no interior da estufa. Mesmo assim, não perderam a oportunidade de usufruir as vibrações sonoras do espaço em que vivem. Uma habilidade que talvez tenham desenvolvido neste lugar.

Éder: Se considerar essa capacidade como um novo fenômeno, acredita que estejam evoluindo?

Alvarenga: Talvez seja cedo demais para uma conclusão. Sigam-me, por favor.

O grupo andou quase vinte metros até chegar numa bifurcação que levava ao interior do jardim. Dali era possível ver um "bosque" muito bonito, com fungos exóticos de uma única espécie.

Alvarenga: Parece um bosque, mas é uma colônia. Fiquem onde estão. Vejam isso.

Ele entrou na bifurcação e se distanciou do grupo pouco mais de sete metros. Rosa esticou o pescoço para vê-lo melhor. Alvarenga se aproximou dos fungos de dois metros, com caules translúcidos e matizes azuladas, seus ramos finos carregando esporos felpudos em tons de amarelo e azul.

Alex: Que espécie é esta?

Alvarenga: *Aspergillus!*[1] Estas esferas do tamanho de bolas de pingue-pongue grudadas ao micélio são os esporos. Nem pensem em tocar neles com a mão desprotegida.

O cientista apontou para placas às margens da bifurcação com letras garrafais vermelhas:

**PERIGO! MORTE POR INTOXICAÇÃO!**

---

[1] Para mais informações, use o QR Code da contracapa.

Alex: Parece que a maioria dos organismos deste lugar não escapam desta peculiaridade.

Manuel: Foram escolhidos por uma equipe de cientistas com esse propósito, para criação de fármacos e vacinas.

Alvarenga: Observem.

O homem ergueu as mãos, chamando a atenção do grupo, depois fechou os olhos. Todos silenciaram. Rosa escutou a respiração dele nos interfones do capacete.

De repente, Alvarenga bateu com força as mãos, produzindo palmas abafadas. Dezenas de esporos saltaram metros acima. Segundos depois, desceram como uma chuva azulada que flutuou no ar, caindo com suavidade sobre ele e se espalhando no chão.

Alvarenga: O tecido é o melhor. Nos protege dessas coisinhas fofas.

Alex virou a cabeça para Éder e torceu o nariz. Rosa teve certeza de que os dois trocaram olhares.

Alex: É possível pegar um desses para observação?

Alvarenga: Ninguém de fora é autorizado, desculpe.

Éder: É apenas para uma análise superficial.

Alvarenga: Está bem, mas sob meus cuidados.

O cientista se desvencilhou de alguns esporos que ainda atingiam delicadamente o acesso. Esperou que um deles caísse sobre sua mão protegida. Juntou-se ao grupo e mostrou aos dois.

Rosa afastou-se, interessada em observar melhor o jardim. Ouviu de longe todo o diálogo da equipe e dos visitantes pelo interfone.

Alex: Como conseguem o convívio harmônico entre tantas espécies?

Éder: Como fazem o controle de crescimento e reprodução?

Randall: A proposta de excursão no jardim é para circulação máxima de quantas pessoas?

Alvarenga: Vamos lá. Para a primeira pergunta, a resposta está na nutrição por área; cada local dentro da estufa conta com nichos específicos de nutrientes para aquela espécie de fungo. Quanto à segunda pergunta, o crescimento é controlado por podas semanais.

Manuel: Sr. Randall, vamos permitir circulação de até 25 pessoas por grupo. Será rotativo por região. O Sistema de Estufas é enorme.

Randall: É seguro?

Manuel: Creio que sim. Vamos investir em placas de identificação e corrimãos na passarela.

Rosa apertou o comando "desconectar" no mostrador digital do bracelete e as vozes silenciaram. Queria sossego. Dobrou o pescoço para cima, em direção ao teto. Através das placas perfeitamente encaixadas na estrutura esférica da estufa, viu a lua minguante no céu noturno e limpo.

Às margens da passarela, tocou sem querer num grupo de grandes cogumelos brancos amontoados em um tronco envelhecido. Ao lado, outros organismos tinham a aparência delicada de pêndulos de cristais em hastes curvadas de vidro. Formavam grandes touceiras acima de uma rocha com cascata, por onde escapava água em direção a um lago escuro, abaixo do nível da passarela.

Rosa pensou ter visto alguma coisa se movendo no espelho d'água, mas voltou sua atenção à variedade de cogumelos vermelhos com pintas prateadas. À sua direita, notou fungos marrons e cilíndricos da altura de um homem cobertos de fios escuros.

Havia tranquilidade no lugar, mesmo sem poder distinguir odores ou sons, por causa do capacete. Então escutou um ruído no interfone. No mostrador do bracelete, uma legenda surgiu: *Canal 2*.

Rosa esperou algum comunicado da Sala de Controle, mas só ouviu estática. Meio minuto depois, uma voz metálica disse: *vadia espiã*.

Rosa: O quê?

Voz: Seu microfone foi isolado do restante do grupo.

Rosa: Quem fala?

Voz: Em breve vai saber, Doutora.

Usou sarcasmo na última palavra, como se zombasse dela. Rosa virou para trás. A mais de dez metros, o grupo estava atento à explicação de Alvarenga.

Voz: Finja que está tudo bem ou saberão que você é uma fraude.

Rosa voltou a observar o jardim e manteve-se parada, alerta à voz metálica dentro do capacete.

Voz: Sei que está sob um disfarce bem elaborado. Descobrir não foi difícil, uma vez que tenho todo o aparato tecnológico. Isso me fez refletir sobre os motivos de você estar aqui. Seja qual for, tornou-se uma brincadeira de gato e rato. Você é um ratinho indefeso e inescrupuloso. Enganou a todos, menos a mim.

Rosa pensou em dizer alguma coisa, mas só respirou alto e deixou que a voz continuasse, enquanto ela suava com o nervosismo.

Voz: Fantasiar-se de alguém importante e invadir uma propriedade particular sem qualquer autorização é um crime hediondo nesta ilha! Seu engodo é um mero pretexto para roubar informações deste lugar.

Rosa: Se suspeita que sou um engodo, obviamente desconhece minha identidade. Se usa uma voz desconhecida é porque tenta descobrir quem sou. Se descobrir, saberá o que quero.

Voz: Nos roubar! Trabalha para alguma maldita empresa americana ou japonesa, escroque!

Rosa: Eu sei quem é você.

Ela achou que pudesse dissuadir a voz a se revelar. A pausa durou alguns segundos.

Rosa: Ellen Wankler, não sou uma espiã. Não me julgue erroneamente.

Voz: Temos o nosso próprio júri e tribunal aqui, e você foi condenada!

O ruído metálico desapareceu. Rosa se virou. O susto a fez dobrar o pescoço para trás. Manuel estava em pé, diante dela, o rosto transtornado. Com as mãos em riste, ele a empurrou da passarela de mais de três metros de altura. O corpo dela fez um arco no ar.

Lá embaixo, Rosa sentiu o impacto contra o chão de concreto.

# REVELAÇÃO

Sistema de Estufas
10 de fevereiro
19h49min

*Ping.* As ondas intermináveis de dor perpassaram seu crânio até os músculos dos ombros e pescoço. *Ping.* Rosa abriu os olhos com dificuldade, esforçando-se para se manter desperta. *Ping.* Uma mancha vermelha dentro do capacete impediu que ela enxergasse. *Ping.* Era sangue. *Ping.* Mesmo desequilibrada, Rosa se levantou. *Ping.* Apoiou-se na amurada de concreto à esquerda. *Ping.* Tentou se localizar. *Ping.* A última imagem foi o rosto de Manuel. *Ping.* Quando finalmente recobrou os sentidos, percebeu que o bipe soava dentro do capacete. *Ping.* A cada disparo, uma dolorosa pontada no cérebro. *Ping.* Vinha do interfone. *Ping.* Agarrou o capacete com força e o girou.

*Ping. Ping. Ping.* O bipe se tornou insistente e ela xingou alto. Por fim, conseguiu desconectar o capacete do traje. A dor na cabeça reduziu. O bracelete no pulso vibrou:

**PERIGO!**
**VOCÊ ESTÁ SEM PROTEÇÃO.**

Rosa cogitou pôr de volta o capacete, mas o visor de acrílico estava rachado. Observou a parte interna. Um pó esbranquiçado chamou sua atenção entre os respingos de sangue, mas não fazia ideia do que era. Manteve o capacete seguro na mão.

Ela moveu o corpo, inalou o ar e se deu conta de que era respirável, a não ser pelo odor acre que atingiu suas narinas. Controlou a vontade de vomitar. Estava encharcada com a seiva dos fungos azulados que amorteceram sua queda.

Voltou os olhos à passarela de concreto. Era alta demais para subir. Rosa caminhou pela margem. O solo gelatinoso e escuro afundou sob seus pés. Queria sair dali. Procurou brechas no concreto pré-moldado da amurada para poder escalar e chegar até a via.

Desviou a atenção para um fungo enorme que abriu uma boca de cor escarlate como uma flor-carnívora e soltou um pus lamacento, mau cheiroso. O gosto da bile voltou à boca outra vez.

Correu a toda.

Encontrou o desnível no concreto, atirou o capacete e forçou os músculos das pernas e braços. Subiu pela amurada e finalmente chegou à via.

Observou ao redor. Não havia ninguém do grupo ali. Uma movimentação no lago a fez desviar a cabeça. *O que era aquilo*? A coisa submergiu e serpenteou na água. Era branca, como um verme anelado, mais de vinte metros de comprimento. Aí submergiu.

Pegou o capacete e apressou o passo, as costas doloridas, a cabeça pulsando de dor. Pôs a mão desocupada sobre a nuca empapada de sangue. Irritada, arrancou os cabelos falsos e deixou que caíssem na passarela. O fluxo de sangue aumentou e escorreu pelo traje. Uma manta escarlate se formou ao redor dos ombros.

Não havia resignação nela, apenas fúria.

Há alguns metros, Rosa estranhou ao ver a porta de acesso deslizar da esquerda para a direita e repetir o mecanismo no intervalo de três segundos. Ela saltou pela entrada até a antessala com paredes de aço. Estava vazia, iluminada pela penumbra das luzinhas de LED que as três câmeras internas emitiam.

Considerou que houvesse um mecanismo manual na sala que a girasse no ângulo de retorno para fora da estufa. Era a única opção em casos de emergência. Ela procurou nas paredes, no teto e no chão. Ficou impaciente. Olhou de novo o chão.

*O chão*!

Encontrou um alçapão de trinta centímetros quadrados a um metro dela. Usou o capacete como banqueta e se sentou nele. Introduziu os dedos no encaixe de metal do alçapão e o puxou. Uma manivela, semelhante a um pequeno volante de automóvel, refletiu um brilho metálico. Tentou mover a manivela no sentido anti-horário, mas ela continuou rígida; depois no sentido horário, mas não adiantou.

— Porra! — xingou, furiosa.

Examinou o compartimento. Ao lado da manivela havia um pedal de ferro. Ela levantou e afundou o pé direito no dispositivo. Notou quando a haste de aço começou a surgir de um orifício no meio da manivela até alcançar quatro polegadas. O ferro era todo rosqueado. Rosa afundou o pé e repetiu a ação até a haste chegar a seis palmos de comprimento.

Exausta, abaixou-se e forçou a manivela, que encaixou na haste. Ela girou a peça metálica. O ângulo horizontal da sala mudou imediatamente. Empregou mais força e mais pressa. A sala girou em resposta.

Então cerrou os dentes e usou toda a raiva que tinha para sair daquele lugar.

Sala de Controle
19h44min

Zhu digitou impacientemente vários comandos no computador. Ao lado dela, Chang e Wankler, de braços cruzados, mantinham o semblante tenso. A tela dos monitores da sala expôs uma sequência de números, letras e outros caracteres.

— Por que não desliga o sistema todo? — Chang sugeriu.

— Foi o que eu fiz. Acabei criando logs de erro. Eu desbloqueei o firewall para fazer as correções e evitar a pane no sistema, mas não estou conseguindo fazer nada — Zhu informou. — O sistema operacional está muito pesado.

— Descubra qual é a causa! — Wankler disse, aborrecida.

— Tenha calma, Ellen! — Chang pediu. — Ela está tentando.

— Espero que não seja outra invasão como aquela de Hong Kong — Wankler lembrou.

— É impossível — Zhu rebateu. — Aqui é bem diferente, não há redes interligadas.

— A Central de Dados está resfriada? — Chang quis saber.

— A última aferição da temperatura feita pelo sistema mostrou que sim — Zhu disse.

— Pelo amor de Deus, Zhu! — Wankler exclamou. — Não devia confiar no sistema depois desta sobrecarga. A Central de Dados está aqui perto. Não custa nada você ir até lá averiguar os condicionadores de ar.

— Está tudo ok — Zhu controlou o nervosismo.

O grupo de visitantes entrou na sala junto com Alvarenga e Manuel, todos eles ainda em seus trajes especiais, mas sem os capacetes. Wankler e Chang deram atenção a eles.

— Os interfones alertaram para evacuação imediata da estufa — Alvarenga falou. — O que ocorreu?

— Eu ordenei a Zhu que desse o sinal — Wankler avisou.

— Estamos com uma pane no sistema — Zhu disse, sem se virar para o grupo, concentrada diante do monitor. — A energia oscilou, as portas abriram e fecharam sozinhas. As luzes estão falhando. Descobri que alguns protocolos de segurança deixaram de ser executados.

— As comportas dos aquários apresentaram falhas? — Alvarenga franziu a testa.

— Não sei. Privilegiei o acesso a poucas câmeras, isto não incluiu o Laboratório A — Zhu continuou digitando comandos enquanto falava.

— Você podia ver para mim — Alvarenga pediu.

— Diego, você não ouviu? — Wankler gritou. — O sistema está sobrecarregado!

— Pro inferno! — irritou-se e saiu da sala.

— Vá você, imbecil — Wankler xingou.

Zhu acionou o telão. A imagem foi dividida em nove janelas ligadas às câmeras que ainda funcionavam.

— Onde está a Dra. Odillez? — Randall perguntou, curioso.

— Acho que ficou na estufa.

— Não — Zhu apontou para a quarta janela, que mostrou uma mulher com o rosto visivelmente alterado. — Que droga. Ela está vindo.

Minutos antes, Zhu havia mostrado a Wankler as filmagens das câmeras escondidas no banheiro, fruto do controle de segurança extremo às propriedades intelectuais da Biotech; todo visitante e funcionário era encarado como um suspeito. Wankler se descontrolou ao ver as imagens da Dra. Odillez escondendo uma barriga falsa acima da cintura.

— Os receptores no traje dela confirmam que a temperatura na região do abdômen está abaixo do normal — Zhu informou.

— É um disfarce! — Wankler disse, alterada. — A vadia é uma espiã!

As duas arquitetaram rapidamente um plano para desmascará-la. Zhu fez contato nos interfones auriculares de Manuel, depois isolou o canal de rádio da espiã e deixou a voz de Wankler irreconhecível. Era um jeito fácil de revelar o disfarce, se o sistema não começasse a apresentar falhas segundos depois.

— Não houve tempo dela sair — Alex falou. — Corremos assim que o pedido de evacuar a área foi emitido nos interfones.

— Não é a Dra. Odillez — Wankler cuspiu ao dizer. — Esteve nos enganando esse tempo todo!

— Uma espiã? — Chang apareceu.

— Ela já está no corredor! — Zhu quase gritou ao comunicar Wankler.

— Como a vadia saiu da antessala se está desativada? — Wankler perguntou, fixando os olhos no telão.

— Usou o mecanismo manual! — Zhu disse, percebendo o medo na própria voz.

— Que esperta — Wankler disse.

Zhu deu um close no rosto da mulher; as feições duras e a testa coberta de sangue lhe deixaram com a expressão terrível. Do outro lado, a mulher percebeu a câmera se mover. Parou de andar e olhou para ela. Zhu se sentiu avaliada. A outra ergueu um objeto redondo que Zhu não identificou; houve um baque e a imagem desapareceu em seguida.

— A vagabunda destruiu a câmera? — Wankler falou, assustada. — Zhu, chame os seguranças!

— Os telefones estão com problema — avisou.

— Pegue o rádio!

Os visitantes observaram a cena calados. Zhu tomou o rádio ao seu lado, mas estava tão nervosa que deixou-o cair.

— Sua idiota! — xingou Wankler, depois tomou o rádio e apertou o botão. — Segurança! Sala de Controle! Sala de Controle!

— Entendido! — a voz do outro lado respondeu.

Mas a imagem do telão mostrou a espiã cada vez mais próxima do corredor da sala.

— Não adianta, ela já está aqui! — Zhu disse, pálida. — Não devíamos ter feito aquilo, não devíamos!

Área das Bromélias
19h57min

Rosa cruzou a passos largos uma pequena área com plantas ornamentais a céu aberto iluminada pelas luzes dos postes. O corredor em frente à Sala de Controle não era vigiado por nenhum segurança noturno. Notou que uma cadeira de escritório impedia a porta de fechar e concluiu que era a mesma falha sistêmica da antessala da estufa.

Manuel correu na direção oposta à Rosa assim que a viu do outro lado. A intenção dele era chutar a cadeira para impedi-la de entrar e fechar o acesso, mas Rosa impulsionou o corpo a tempo, pulou sobre a cadeira e desferiu um golpe no rosto dele com o capacete. Manuel caiu no chão, confuso.

Uma torrente de sangue desceu do nariz dele. Zhu gritou, apavorada. Wankler pulou para trás. Chang pôs as mãos na boca. A agente encarou o grupo furiosa.

— Meu rosto! — Manuel apalpou o nariz quebrado.

Rosa o pegou pelo colarinho metálico do traje.

— Ela é perigosa! — Wankler gritou. — Ajudem ele!

Randall, Éder e Alex tentaram impedi-la. Rosa chutou o peito de Randall, que caiu sobre a mesa de computadores. Num segundo, ela usou o cotovelo no estômago de Éder. Alex se afastou, assustado. Dois seguranças invadiram a sala.

— Não façam isso! — ela trovejou e lançou o capacete contra a testa de um deles, que caiu desacordado. — É um atentado contra uma agente federal!

O outro segurança esticou a mão e puxou a arma de eletrochoque.

— Pare! — Chang ordenou ao homem com um aceno.

— Estão enquadrados por tentativa de assassinato! — ela apontou para Wankler, Chang e Zhu. Jogou Manuel sobre os pés deles. Arrancou a máscara de silicone diante de todos, depois tirou um distintivo dentre os seios. — Polícia Federal Brasileira! — informou a plenos pulmões. — Estão sob a jurisdição deste país. Por bem ou por mal, terei acesso a todas as imagens do lugar e qualquer relatório que demonstrem erros ou desvios de conduta desta empresa, sob pena de incursão da Força Nacional!

— Qual a acusação? — Chang perguntou, irritado.

— Acusações! — Rosa corrigiu, furiosa.

# DISCUSSÕES

Enfermaria
10 de fevereiro
20h12min

A agulha fina perfurou o couro cabeludo um pouco acima da testa de Rosa. Não doeu tanto depois que a médica aplicou lidocaína. Mei era uma chinesa de rosto magro e estatura mediana, vestida de branco; manteve-se calada por vários minutos, com receio de deixar escapar uma informação.

— Você trabalha há quanto tempo aqui? — Rosa tentou iniciar um diálogo.

— Pouco mais de três anos — respondeu secamente, depois continuou a suturar o corte.

Rosa observou o lugar. Era uma enfermaria de primeiro mundo, com uma sala ampla aos fundos, que possuía vasta aparelhagem de Raio-X, ressonância magnética e leito para cirurgia com equipamentos de controle dos sinais vitais.

— Chang preparou muito bem este local — a agente disse. — Bem melhor que um hospital público. Suponho que foi planejado para socorrer funcionários acidentados em estado grave.

— Não é isso — Mei disse, nervosa. — Os funcionários fazem jornada quinzenal de trabalho na ilha. É muito tempo. Por isso, achei necessário que tivéssemos acesso a medicamentos e todo aparato médico possível para exames de rotina.

— Exames de rotina — repetiu Rosa com sarcasmo e gemeu quando a agulha tocou o osso do crânio.

— A lidocaína tem efeito rápido — Mei disse, sem pedir desculpas.

— Há quanto tempo estes equipamentos foram adquiridos? — Rosa questionou.

— Há quase um ano e dois meses.

Rosa pensou em qual pergunta fazer à médica, sem ser invasiva demais.

— Eu quero que me ajude — pediu, encarando-a, mas a mulher desviou o olhar, concentrada no ponto da agulha.

— Como acha que posso ajudá-la?

— Estou certa de que você testemunhou os acidentes que ocorreram neste lugar. Um médico é o primeiro a ser procurado em casos de urgência.

— Se está pensando em averiguar os prontuários dos funcionários, pode mudar de ideia; são sigilosos. Se quer provar que este lugar é perigoso, convença Wankler e Chang. Eles têm a resposta.

Rosa segurou a mão da médica que suturava o corte em sua cabeça.

— Dra. Mei, nada neste lugar me impedirá de descobrir o que eu preciso, incluindo o acesso aos seus prontuários médicos.

Mei cortou o fio de sutura com um pequeno alicate. Rosa soltou a sua mão.

— Já fui informada sobre você — a médica foi ríspida. — Não vai me obrigar a fazer nada que eu não queira.

— Sua resistência pode piorar as coisas, Dra. Mei. Não vou obrigá-la a expor seus pacientes por questões éticas da medicina — Rosa ponderou. — Mas, se eu provar que este local é um risco, embora já tenha muitos indícios, você terá duas opções: a primeira pode livrar você, caso coopere; a segunda, diz respeito ao seu envolvimento com esta empresa, do acesso a ela através de seu tio Kiao, um dos sócios da Biotech.

— Como sabe disso? — Mei hesitou ao perguntar.

— Não importa — Rosa falou, firme. — Mas este fato me leva a dois questionamentos: Kiao contratou você para ocultar algo? Para manter segredo acerca de acidentes na empresa? Se um dossiê for preparado com essas denúncias à justiça de seu país e à justiça do Brasil, você responderá em dois processos. Conclusão, sua carreira será posta à prova.

Mei manteve silêncio.

— Contudo — Rosa cruzou os braços —, será diferente se você me ajudar.

— Entendi — Mei balançou a cabeça. — Quero garantias suas.

— Depois que me disser o que eu preciso, as autoridades com quem trabalho não saberão desta conversa — Rosa mentiu. — Afinal, não é necessário descrever os métodos que usei para encontrar provas.

— E como acreditarão em você? — Mei duvidou ao perguntar.

— Pode confiar — assegurou. — Vão acreditar.

— Sem que meu nome seja mencionado na investigação? — Mei quis saber.

— Certamente, sem que você sequer seja mencionada como suspeita — Rosa usou seu tom persuasivo. — No entanto, não posso controlar as câmeras sobre você, caso me mostre alguma coisa que a comprometa.

— Este é o único lugar em que não há câmeras — Mei disse. — Tive várias discussões com a Dra. Wankler sobre câmeras e escutas no lugar. Não quero que tirem a privacidade dos meus pacientes. Kiao ordenou que Wankler as retirasse.

— Certo — Rosa fez uma pausa. — E o que tem a me dizer?

Mei a encarou, receosa, depois soltou um longo suspiro.

— A Biotech tem registros de óbito de dois funcionários — informou, resignada. — Eles foram indenizados dentro dos trâmites legais.

— Certo.

— No entanto, posso lhe assegurar que o total de mortes chega a oito pessoas.

— Meu Deus.

— Deram fim aos corpos — Mei disse, apreensiva. — Me encontre à meia-noite. Caso Ellen suspeite, digo que veio buscar analgésicos. Não confie em ninguém. Agora saia, por favor.

Central de Dados
20h40min

Zhu encostou a palma da mão no sensor infravermelho ao lado da porta de aço. Ela abaixou a trava e deixou que Wankler entrasse em seguida.

Lá dentro, as luzes acenderam. Os condicionadores de ar mantinham a sala e trinta computadores, que operavam sem parar, resfriados. Eram torres cinzentas de quase dois metros, com luzes que piscavam intermitentemente.

As duas esfregaram as mãos para aquecê-las. Wankler tirou uma das luvas que sempre usava.

— *Kepa*! — Zhu reclamou em chinês. — Isso está horrível. Mei não receitou antibióticos?

— Não é o caso — Wankler respondeu, expondo a mão esbranquiçada, a camada de pele semelhante à hanseníase, com filamentos que se estendiam da ponta dos dedos até metade do antebraço.

— Está horrível e o odor é desagradável — Zhu fez cara de nojo. — Isso é contagioso?

— É bem provável. Mas, diferente do bacilo da lepra, acho que não se pega tão facilmente — Wankler disse, encarando a própria mão infectada. — Mei já fez de tudo. Todos os antibióticos, antifúngicos e corticoides possíveis; nenhum deles funcionou.

— Você sabe o que é? — Zhu quis saber.

— É um mixomiceto — Wankler informou. — A biópsia comprovou.

— Será que você contraiu no Domo? — Zhu se referiu ao ambiente dos mixomicetos gigantes, tipos unicelulares classificados de maneira controversa como protozoários, mas que tinham aparência de fungos em certa fase da vida.

— Desconfio que não. A medida celular do tamanho não bate com o que temos no Domo. Aqueles são cem vezes maiores. O que está crescendo na minha pele tem o tamanho natural de um mixomiceto comum. Simplesmente acordei com isto. Você lembra? Começou com uma mancha nas palmas das mãos — Wankler explicou, preocupada, vestindo a luva novamente.

— Sente dor?

— É uma sensação de formigamento, como se minha pele fosse comida devagar — Wankler não se surpreendeu com a reação de horror de Zhu. — Depois vira um comichão que piora à noite.

— Pelo amor de Deus, procure ajuda!

— Eu estou cuidando disso — Wankler encerrou o assunto. — Vamos ao trabalho. O que viemos fazer aqui?

— Buscar a causa do problema no sistema operacional — Zhu olhou ao redor. — Cogito até a tentativa de invasão.

— Como alguém entraria aqui com todo esse protocolo de segurança? — Wankler quis saber.

— Não faço ideia — Zhu andou pela sala fria com os ombros encolhidos e os braços fechados ao redor dos seios. — É impossível invadi-lo sem que eu abra aquela porta.

— Existe outro acesso? — Wankler perguntou. — Está procurando o quê?

Zhu perscrutou a sala.

— Alguma coisa que esteja fora do lugar ou fuja ao padrão — disse, virando-se de repente. — Posso fazer uma pergunta?

— Sobre?

— Acha mesmo que ela veio nos espionar?

Wankler deu um suspiro.

— Não sei o que pensar. Ainda teremos uma conversa. A única coisa que não queremos é intervenção da Força Nacional. Chang teve um acesso de nervosismo há dez minutos só com a possibilidade.

— Acho que não é uma espiã americana ou japonesa — Zhu comentou. — Pelo menos ela não nos obrigou a entregar nenhuma das patentes até agora.

— Se tem esta intenção, será bem difícil consegui-las com o nosso protocolo de segurança. Mas creio que ela fale a verdade, depois do que ouvi sobre incidentes envolvendo nossos experimentos — Wankler disse, pensativa.

— Essa sua velha mania de confiar em mulheres me assusta, ainda mais depois do caso envolvendo Diego.

— Já tivemos inúmeras discussões sobre isso, Zhu — Wankler argumentou. — Mulheres são menos corruptas. Há estudos comprovados mediante comportamento observado.

— Você confia muito no que Li diz — Zhu rebateu. — É psicologia barata. Ela é mulher, tem ideias feministas e sexistas. É tendenciosa demais para teorias isentas de provas seguras.

— Você não entende. Li se especializou nisso — Wankler a defendeu. — Este lugar foi idealizado por mim, uma mulher. Não houve desvios de minha parte, nem de qualquer mulher contratada por nós.

— Não houve desvios? — Zhu duvidou.

— Estamos cheios de segredos industriais aqui — Wankler interrompeu. — Diego Alvarenga foi um pedido especial de Chang. Por mim, nunca teria sido empregado nesta Iniciativa. Homens são naturalmente corruptos e aproveitadores! Confio em mulheres. É mais fácil confiar em quem é previsível.

— Você não calculou isso quando Emanuela virou Manuel — Zhu negou com a cabeça, insatisfeita.

— Não é o caso, pelo amor de Deus. Não vamos discutir isso.

— Ellen, aprenda a não confiar nas pessoas — Zhu pediu. — Quando há interesses envolvidos, ambos os gêneros têm comportamento esperado. Ouça o que eu vou dizer, não deve confiar nem naquela agente.

— Ela veio para nos afrontar — Wankler apertou os punhos. — Uma agente da Polícia Federal sem um mandado judicial, não é estranho? Sei que um mandado requer abertura oficial de investigação.

— Então vocês poderiam se recusar?

— É claro, mas não iremos.

— Por quê? — Zhu demonstrou surpresa.

— Receio que ela não seja da Polícia coisa nenhuma. Chang recebeu de Kiao a notícia de que a ABIN, agência de investigação do Brasil, está de olho na Biotech.

— ABIN — Zhu repetiu, absorta naquela nomenclatura. — E por que ela usou um distintivo?

— Impõe muito mais autoridade e respeito, é obvio — Wankler explicou. — Eles preferem trabalhar em sigilo, é neste elemento que Chang acredita. Se liberarmos a investigação, o processo corre sem interrupção de força maior. É o que queremos. Mas existe um problema. Ela pode descobrir mais do que devia.

— Medida Pasteur?

— Também, mas há outras coisas que nos arruinaria. Dar-lhe acesso a relatórios de acidentes, filmagens e documentos de óbitos não é só minha preocupação. Na verdade, é não saber de que lado ela ficará depois de todas essas provas cabais. A Biotech representa os interesses do Brasil e da China, eu espero que ela se lembre disso.

— Está com medo?

— Estou decepcionada com a possibilidade da Iniciativa ser interditada — Wankler falou, com cansaço na voz.

Zhu apontou para o chão.

— Veja aquilo! — pegou um objeto redondo de plástico pouco maior que uma moeda. — Parece uma miniplaca de Petri. De onde saiu?

Wankler se aproximou e olhou para o teto acima de Zhu.

— Pode ter caído do sistema de ventilação — concluiu.

Escritório de Chang
20h48min

Era o ponto mais alto do museu e um belo escritório, com vista para o mar. Apesar da escuridão noturna, Chang podia ver os raios da lua incidindo sobre as ondas, que batiam com força na costa rochosa da ilha. Todas as manhãs, gaivotas planavam a metros da janela e grasnavam até o vento quente empurrá-las de volta ao oceano. Era um pequeno prazer para Chang observá-las. Estremeceu só de pensar que aquele projeto poderia escapar-lhe das mãos.

*Oh, Deus, mais um problema.*

Ele ouviu passos na sala. Virou-se para ver quem era. Uma mulher bonita num tailleur negro o encarou de pé no meio do escritório. A mesma que se identificou como agente da Polícia Federal brasileira. Chang cumprimentou-a em silêncio. Não pediu que se sentasse; a mulher puxou a cadeira sem qualquer constrangimento.

— Subiu pelo elevador de vidro? — ele perguntou.

— Sim. A Biotech é uma empresa que sabe ostentar — ela foi sarcástica. — Mas o elevador parou no caminho, depois voltou a funcionar.

— Peço mil desculpas — Chang disfarçou um tom diplomático. — Zhu mudou o acesso ao servidor.

— Procuro provas de que esta Iniciativa tem sérios problemas.

— Talvez tenham começado quando você chegou.

— Sr. Chang, não é meu objetivo destruir seu projeto. Conheço os acordos.

— Conhece? — perguntou, atônito.

— Sei o suficiente para entender que a Biotech oculta neste lugar patentes científicas importantes que envolvem cientistas chineses e brasileiros. É tarefa minha proteger interesses da nação.

Chang fitou-a com atenção.

— Você é mesmo da Polícia Federal?

— Por que este detalhe importa? — A agente cruzou os dedos. — Esteja certo de que tenho autoridade o suficiente para chamar toda a polícia que eu quiser.

— Não gosto de ameaças, senhorita — ele avisou. — Eu preciso saber se veio a este lugar com o intuito que diz defender. Não há provas para mim de que está falando a verdade; por mais que sua performance na Sala de Controle tenha me surpreendido; aliás, a todos nós. Você derrubou quatro homens!

— Sou uma agente treinada.

— Não é o suficiente para me provar alguma coisa. Sua palavra não vale muito sem um mandado de investigação. Eu sou bem informado e sei como funcionam as leis de seu país.

— Um mandado faz realmente diferença ou você prefere provas mais concretas? — perguntou, entregando a Chang um pendrive. Ele enfiou o objeto no seu computador portátil. — Não tem medo de usá-lo? Posso tentar invadir seu sistema — disse, séria.

Ele titubeou.

— Não há redes na ilha — Chang disse e se deparou com as fotos do braço necrosado de uma criança. Horrorizou-se com a cena. Outras fotos mostravam gaivotas mortas sobre a areia com características muito semelhantes.

— Ambas tiradas na mesma praia onde o menino esteve — ela informou —, no nordeste do país.

— Não provam nada — Chang desdenhou e achou que ela fosse se irritar, mas a mulher manteve a calma, o rosto impassível.

— As próximas podem provar.

Examinou as fotos de dedos amputados com sangue, as unhas bem-feitas em esmalte vermelho-vinho.

*Meu Deus, são os dedos de Vívian.*

Estava cara a cara com a mulher que arrancou os dedos dela! Controlou a língua e fingiu não entender o propósito daquelas fotos.

— Sabe de quem são? — Rosa perguntou.

— Não faço ideia. — Chang mentiu.

— As digitais foram averiguadas em nosso banco de dados — ela disse. — É de uma brasileira chamada Maria Tereza Akel. Hoje ela usa um nome falso, Vívian Kramer. Era conhecida nas ruas mais escuras de Berlim. O nome é familiar?

— Bem — Chang não teve escolha —, sim. Ellen resolveu ajudá-la quando trabalhou na Alemanha. Desde lá, teve pena dela.

— Eu não tive — foi dura ao dizer. — Tentou assassinar umas das vítimas que encontrou um experimento da Biotech.

— Está enganada — ele negou. — Vívian não foi contratada para isso. Não pode matar ninguém!

— Por que ela estava no hospital? — A mulher o fitou. — Faz o trabalho sujo da empresa?

Chang engoliu saliva e a azia no estômago começou.

— Eu não tenho mais nada a informar — ele passou a mão nas têmporas.

— Sr. Chang, se eu não souber os motivos certos, não ajudarei a evitar que uma investigação oficial prossiga e afete as atividades da Biotech nesta ilha — ameaçou. — Não mesmo.

O chinês estava tentado a cooperar com ela, mas talvez ela não descobrisse tudo. Chang a faria pensar que conseguiu o que queria. Tinha receio de que a exposição de todas as falhas severas do projeto provocasse uma interdição. Considerou que as apreciações documentadas dos visitantes fossem mais significativas que aquela investigação idiota.

— Este é o pior momento para isso — ele reclamou e fechou os olhos, desapontado.

— Sinto muito, Sr. Chang. O incidente com o menino americano chamou a atenção da própria Presidenta do país.

— Droga!

— Vai cooperar ou não? — pressionou.

— Nossa tentativa foi corrigir um erro — Chang informou. — Vívian foi até o continente se certificar sobre o estado de saúde da moça e daquela criança. Assim que confirmamos que ambas foram atingidas por organismos modificados, acionamos o procedimento com aplicação de um antídoto específico.

— Então confirma a evasão de organismos?

— Nunca foi uma suspeita para nós — Chang sentiu o cansaço se apoderar dele. — Temos mecanismos modernos para saber por onde essas coisas andam quando escapam. Isto ocorreu no outro complexo que estamos montando em Fernando de Noronha.

— E como escaparam? — ela continuou.

— Em parte, ainda é um mistério para mim. Não sei o que responder.

— Por que em parte?

— Envolve Ellen, minha esposa — Chang suspirou. — Você terá de conversar com ela. A questão é bem pessoal. Podemos discutir mais tarde.

— Ok. Você mencionou a aplicação de um antídoto.

— Sim. Temos antídotos eficazes para as toxinas dos micróbios que estudamos.

— E Vívian aplicou o antídoto numa das vítimas?

— Aplicou. Infelizmente não houve tempo de fazer o mesmo pela criança. Ela está em solo americano e não queremos arriscar — Chang lamentou. — Creio que Vívian não ajudará muito também. Ela retornará para cá dentro de cinco ou seis horas.

— Confirme uma coisa, Sr. Chang: neste lugar há disponibilidade do antídoto que pode salvar aquele menino?

— Temos centenas de ampolas com o antídoto que ele precisa — Chang confirmou.

— Então o erro pode ser reparado a tempo.

— Engano seu.

— Por quê? Não sei que mecanismos usaram, mas, se vocês conseguiram alcançar a outra vítima, mande Vívian até os Estados Unidos e resolva a questão!

— Vívian não tem visto americano, nem nossos pilotos — Chang acrescentou.

— Isso não é um problema, eu posso pensar em algo. Outra pessoa pode aplicá-lo — ela decidiu. — Preciso de um telefone por satélite.

— Não temos nenhum aqui.

— E como se comunicam com o continente? — perguntou, surpresa.

— Nossas conexões são vigiadas pelo sistema operacional que Zhu criou. Ela está fazendo a manutenção depois da pane que houve.

— Vocês voltaram dez anos na tecnologia de comunicação para se precaverem da última invasão nos computadores de Hong Kong? — inquiriu.

— Você sabe demais.

— Consiga um telefone para mim — ela foi incisiva.

— Senhorita, prometo que vou ajudá-la no que precisar — manteve calma ao mentir —, mas por enquanto nós estamos presos nesta ilha e incomunicáveis. Juro que estou torcendo para que Zhu dê um jeito naquele sistema.

— Sr. Chang, ajude a salvar aquele menino — ela pediu, mas, enquanto continuou a interrogá-lo, Chang nem pensou na possibilidade.

Decidiu que não deixaria aquele antídoto valioso nas mãos de nenhum estranho. Acreditava que o segredo na ampola da Biotech valia muito mais que a vida de um menino.

# EXPLICAÇÕES

Salão de Eventos
10 de fevereiro
21h32min

Rosa entrou em silêncio e se sentou no banco da última fileira em arco, o salão era como um pequeno anfiteatro. Wankler parou sua explanação técnica diante dos visitantes e a fitou, em seguida retomou a explicação:

— A *Epulopiscium fishelsoni* vive no intestino de peixes do Mar Vermelho. Foi a primeira e maior bactéria do mundo, descoberta em 1985. Como seu tamanho ultrapassava cem vezes o de uma bactéria comum, não foi considerada uma — Wankler andou sobre o palco, sua voz ecoando nos alto-falantes através do microfone pendurado no jaleco. O telão expôs a foto de uma bactéria dourada do formato de um bastonete. — Oito anos mais tarde é que os microbiologistas a inseriram no Reino Monera, o reino das bactérias. Essa espécie atinge o tamanho de até 0,7 milímetros de comprimento. Pode não ser muita coisa para um leigo, mas para os cientistas foi uma descoberta e tanto! Naquela época, foi a única bactéria capaz de se ver a olho nu, como um ponto preto, sem a ajuda de um microscópio. No entanto, em 1997, a *Thiomargarita namibiensis* ganhou em volume, alcançando tamanho cem vezes maior que a *E. fishelsoni*, que já é considerada grande.

— Muito bem — Alex interferiu e levantou a mão, elevando a voz. — Aonde quer chegar com isso, Doutora?

— Um momento. — Wankler acionou o slide seguinte no telão à direita. O desenho de uma bactéria animada saltou na imagem com organelas coloridas, então ampliou-se até revelar um emaranhado de fios, o DNA. — Há um fenômeno biológico em comum nessas bactérias. Tais espécies alcançam esse tamanho por ter centenas ou milhares de cópias de seu próprio

DNA. Isto quer dizer que produzem proteínas em muitos lugares diferentes da célula, o que alterou seu volume — o professor meneou a cabeça, receptivo à explicação de Wankler. A cientista continuou. — Basicamente, experimentamos esta técnica da própria natureza no aumento da estrutura dos micróbios da Iniciativa. Mas, em vez de milhões de cópias de DNA, usamos bilhões ou trilhões de cópias com ajuda de supercomputadores e dos nanorobôs.

— Os Estados Unidos são o único país que detêm esta tecnologia — Randall interrompeu.

— Sr. Randall, acredite, a Coreia do Sul, a China e a Índia já têm investido e aprimorado essa técnica — Wankler rebateu.

— Como funcionam os nanorobôs? — Alex perguntou.

— Grosso modo, para quem não conhece, são robôs microscópicos que constroem estruturas em escala microscópica — Wankler explicou. — Já é uma tecnologia recorrente e tem sido uma aposta em futuros tratamentos médicos. Quanto aos organismos que temos aqui, trabalhamos em conjunto com a Nanon, uma empresa indiana que desenvolveu nanorobôs, cada um deles com o objetivo de replicar centenas de cadeias de DNA. Por fim, chegamos no que testemunharam hoje.

— Maravilhoso, Ellen! — Well aplaudiu. — Maravilhoso!

— Obrigada, James — sorriu ela.

— Essa técnica também foi utilizada em tardígrados e tênias? — Alex perguntou outra vez.

— Não. A resposta para eles está na somatropina, ou GH, pois são animais e isto muda tudo — Wankler informou.

— Usaram o hormônio humano do crescimento? — Alex disse, incrédulo.

— Sim. Depois de várias pesquisas que demostraram multiplicação e aumento do volume de uma célula com a somatropina, comecei a conjecturar possibilidades interessantes. Criei uma síndrome do gigantismo para eles, mas tive que modificar um gene específico comum à maioria dos seres vivos por causa das semelhanças genéticas. Depois de entendido o genoma de um tardígrado e de uma tênia, encontramos os genes responsáveis pelo código do hormônio do crescimento. No homem, o gene está localizado na região q22-24 do cromossomo 17, responsável pela produção de somatropina.

— Vocês inseriram este gene específico na cadeia de DNA destes animais — Alex sobrepôs a voz.

— Isso mesmo, professor. É claro, enfrentamos problemas no começo do projeto — ela passou para o slide seguinte. O telão mostrou fotos de Wankler vestida com jaleco branco e touca ao lado de aquários improvisados e criaturas exóticas no interior deles. — Em parte, suspeitamos que o Comportamento Incógnito Genético foi uma consequência desta síndrome que causamos. Creio que o Dr. Alvarenga já mencionou o problema a vocês. Muitos tardígrados morreram ou têm a saúde frágil, afinal eu os tornei deficientes — fez uma pausa. — Também tivemos problemas com organismos unicelulares depois da técnica de replicação do DNA, então comecei a compreender que esses seres magníficos precisavam de duas coisas: primeiro, tivemos que redefinir a parede celular de algumas espécies, por causa da pressão atmosférica. Nossos primeiros exemplares vivos morreram esmagados, como acontece com cetáceos que encalham nas praias, falecendo por esmagamento dos órgãos vitais; segundo, precisávamos de um ambiente controlado que imitasse o mundo em que os micróbios vivem, com a concentração exata de líquidos e substâncias que não os matasse por osmose.

— A osmose é um problema? — Éder se interessou.

— Sim, sempre. Sabemos que a água é um diluente natural e seus componentes químicos em arranjo desigual podem causar danos e estourar uma célula — Wankler respondeu.

— O que fez para resolver? — Éder perguntou.

— Para o primeiro caso — ela continuou —, descobri o gene responsável pela espessura da capa natural dos micróbios e o alterei, aumentando sua resistência. Isso ampliou a chance de sobrevida em até 73%, ou seja, a pressão sobre as organelas diminuiu. Com a solução do primeiro problema, resolvemos parte do segundo, pois a pressão osmótica foi controlada. É claro, o ágar-ágar nutritivo que usamos no Sistema de Aquários tem a quantidade exata de água e minerais que não permite romper um micróbio e matá-lo.

— Já que utilizam tardígrados e tênias para controle natural, admite que os micróbios se reproduzem, estou certo? — Alex indagou.

— Sim — Wankler confirmou —, apenas com fungos existe controle sistemático de podas. Drs. Alvarenga e Manuel devem ter informado a vocês enquanto visitavam a estufa. Bactérias e protozoários se reproduzem regularmente. Tentei alterar o gene responsável por este processo. Não funcionou. Simplesmente morreram. No entanto, conseguimos diminuir o ritmo da reprodução sexuada, assim como da assexuada, no ato da divisão binária. Induzimos a diminuição do metabolismo de todos os micróbios. Já perceberam que eles se movimentam com muita rapidez? As primeiras versões eram dez ou vinte vezes mais velozes ao se locomoverem. Quase não podíamos contemplá-los. Fugiam e se escondiam. Ligeiras sombras no aquário.

— Quantas bactérias os tardígrados conseguem eliminar? — Alex perguntou, claramente muito curioso.

— Na verdade, alimentar — Wankler corrigiu. — A média está em torno de cinquenta micróbios por dia para cada um deles. Isto inclui protozoários em tamanhos menores.

— Por mais que eu tenha críticas, este é um trabalho incrível — Alex elogiou. Wankler meneou a cabeça, satisfeita. — Mas, a respeito dos organismos unicelulares, quais as chances de adaptabilidade na natureza?

— Nenhuma. Morrem quando estão fora do ambiente controlado. Quando discutimos sobre o assunto no Aquário

Superior não poupei informações para sanar quaisquer dúvidas — a cientista acionou o controle nas mãos e o telão mostrou um esquema tridimensional da ilha. — Por isso construímos o projeto aqui. Alguns espécimes estão a quase um quilometro do mar; caso escapem para o oceano, estouram.

— E com esporos de fungos? — Éder foi específico. — Acontece o mesmo?

— A salinidade do ar iria matá-los — Wankler continuou —, além de variações térmicas.

Rosa se ergueu da poltrona e caminhou em direção às cadeiras mais próximas ao grupo. Ela levantou a mão.

— Sim, qual é a pergunta?

— Na verdade, alguns questionamentos — ela respondeu, depois se virou para os visitantes. — Antes de tudo, preciso me apresentar. A maneira como me conheceram não foi a mais amigável, nem polida. Sinto muito. São coisas do ofício de uma investigadora que representa os interesses do governo de seu país — manteve o tom de voz controlado. — Não estou aqui para espionar o trabalho da Biotech. O disfarce que testemunharam é um trabalho articulado da agência que sirvo. Foi a única maneira de entrar neste complexo sem um convite formal — fez uma pausa. — Não existe um mandado de busca e apreensão. Nada é oficial. O Sr. Chang já sabe disso. No entanto, por causa das ligações entre nosso governo e esta corporação chinesa, ele garantiu que minha atividade neste lugar não seria interrompida. É simplesmente uma investigação que pode, a qualquer hora, tornar-se oficial. Mas a Biotech irá cooperar abertamente, como foi comunicado a mim. E quero que saibam que sou uma agente federal que zela pelo país e busca a nitidez dos fatos.

— Já que falou em nitidez — Wankler ironizou —, comece pelo seu nome.

— Me chamem de agente R — Rosa encarou a cientista. — É a única coisa que podem saber. Meu nome está sob sigilo

— continuou a falar com o grupo. — Por mais que nossa averiguação dos fatos seja confidencial, os resultados que eu conseguir serão sigilosos.

— O que quer dizer? — Randall indagou.

— Existe uma distinção entre assunto confidencial e sigiloso. Todo assunto confidencial é de natureza publicável em algum momento. Sigiloso, nunca. Isso também se refere aos sujeitos envolvidos — Rosa explicou. — Por exemplo, digamos que você seja um funcionário da Biotech e, para eu conseguir mais respostas acerca dos problemas deste lugar, informarei que já existem indícios de falhas de segurança nesta ilha — virou-se para encarar Wankler. A cientista enxugou o suor das têmporas.

— Está nervosa, Doutora? — Rosa perguntou.

— Faça-me o favor! — Wankler reclamou.

— Eu sei o que pretende — Alex comentou. — Processos judiciais trabalhistas contra grandes empresas começam assim. Um funcionário fica sabendo da ousadia do colega que delatou o chefe por assédio moral e isto ajuda os outros a delatarem também. E aí os problemas são revelados e a bomba estoura.

— Exatamente — ela confirmou. — Mas, neste caso, não citarei as pessoas envolvidas que me trouxerem informações novas. Isto inclui gestores e técnicos deste lugar. Qualquer um de vocês pode ser procurado por mim, mas como são visitantes não existe obrigação em responder meus questionamentos. No entanto, preciso saber quem pode cooperar com a investigação.

O grupo se entreolhou e todos levantaram as mãos.

— Você está coagindo meus visitantes! — Wankler acusou. — Não vou aceitar isso sem um mandado judicial.

— Negativo, nenhum deles foi coagido. Mas posso conseguir um mandado com uma ligação — Rosa mentiu. — Será bem pior, Dra. Wankler. Ninguém terá permissão de sair do lugar até que eu faça a investigação com outros agentes que trabalham comigo. Quer ter sua ilha invadida?

— Prossiga, por favor — Wankler pediu, o rosto duro.

— Espero não me prolongar muito — Rosa voltou a atenção ao grupo. — O Senhor Chang calculou que amanhã, às duas da tarde, embarcaremos de volta no mesmo avião. Mas, caso tenham prometido à equipe da Biotech qualquer recomendação por escrito acerca desta Iniciativa, receio que terão de pensar melhor sobre o assunto.

Wankler ficou pálida.

— *Desgraçada* — murmurou.

— O que disse Dra. Wankler? — Rosa fingiu não escutar e continuou. — A equipe da Biotech, em outro momento, enviará um novo convite para que vocês avaliem este projeto por mais tempo.

— Tenho certeza de que Chang não decidiu isso! — Wankler protestou.

— Eu decidi — Rosa respondeu. — Os riscos precisam ser discutidos com toda a equipe da empresa.

— Mas posso garantir a vocês — Wankler interrompeu — que esta Iniciativa extraordinária não representa perigo nenhum aos visitantes.

Rosa caminhou até o tablado. Wankler desligou o ponto do microfone para não ser ouvida. A cientista e a agente se encararam. Os visitantes estavam atentos às duas. Rosa a tomou pelo braço.

— Fui enviada para apurar irregularidades de biossegurança desta Iniciativa e é exatamente isto que farei. Tenho fortes indícios de que a Biotech está por trás de incidentes graves e não vou compactuar com erros que possam atingir mais pessoas.

— Você pode investigar toda a porra desta ilha, mas não tem o direito de expor os problemas diante dos meus convidados! — Wankler conteve a altura da voz.

— Enquanto você e Chang não me provarem que este lugar é seguro, eu decido se seus convidados estão ou não em uma área de risco!

— Então me dê a chance de mostrar nosso controle de segurança — Wankler pediu, ofegante, o rosto suado.

Rosa assentiu com a cabeça e voltou a sentar na primeira fileira. Wankler deu atenção à pequena plateia outra vez:

— O que irei compartilhar é confidencial. Suponhamos que ocorra a evasão de um organismo da Iniciativa. Nós utilizamos um controle de vigilância muito moderno que os localiza fora do ambiente controlado.

— Então os cientistas da Biotech acreditam que esses organismos podem sobreviver lá fora por mais tempo do que deviam? — Alex se mexeu na cadeira.

— Encare apenas como uma precaução. Em caso de evasão de um organismo, teremos sua localização exata emitida por um sinal de baixa frequência dos nanotransmissores.

— Como pequeninos transmissores à radio? — Randall perguntou.

— Sim. O sinal de rádio que eles produzem é captado por qualquer antena de telefone e enviado para um satélite, que nos repassa a informação. É como receber a ligação programada de um celular. De acordo com a frequência do sinal, saberemos qual espécie escapou. Acreditem, é o investimento mais caro da Biotech.

— Em quanto tempo recebem o sinal? — Éder quis saber.

— Dentro de uma semana no máximo — Wankler hesitou ao dizer.

— Uma semana! — Alex exclamou. — Diga uma coisa, os micróbios que surgem dentro dos aquários a partir do processo natural de reprodução têm nanotransmissores?

— É claro.

— Como fazem isso?

— Nossos técnicos aplicam os transmissores naqueles que são produzidos no laboratório. Mas, quando se reproduzem nos aquários, Vitron capta com suas câmeras e acusa no sistema, depois o robô é conduzido por nossa equipe a fazer a aplicação de transmissores através de uma pistola.

— Certamente isto não funciona caso escapem e se reproduzam fora deste ambiente — Alex rebateu. — Parece muito duvidoso.

— Já ouviu falar de marcadores em células cancerígenas? — Wankler perguntou. Alex afirmou com a cabeça. — Grosso modo, é o que acontece. No processo da reprodução assexuada, o micróbio se divide em dois e depois em mais dois; os transmissores presentes no primeiro se espalham no conteúdo orgânico de todas elas. Ou seja, são transmissores transmissíveis.

— Interessante — Éder comentou.

— Uma pessoa que tem contato com um dos organismos unicelulares da Iniciativa pode contrair os transmissores? — Rosa perguntou. O grupo todo a observou.

— Temporariamente, sim — Wankler respondeu. — Teríamos de agir com pressa para localizar a vítima com um receptor de sinal, além das informações por satélite. A empresa Nanon desenvolveu este mecanismo e nos garantiu que é eficiente. A Iniciativa Unicelular funcionou como seu primeiro teste. A Biotech direciona as pesquisas, mas trabalha em conjunto com outras empresas que investem no ramo tecnológico. Isto fez toda a diferença no desenvolvimento do projeto. Por isso, quero assegurar a vocês que os riscos são mínimos.

— Será mesmo? — Alex desdenhou, levantando-se da cadeira. — E se eu dissesse a você, Dra. Wankler, que presenciei um dos seus organismos fora desta ilha?

O grupo fez um burburinho.

— Fora do perímetro controlado? Impossível — Wankler gaguejou. — Que espécime acha que viu?

— Não acho, tenho certeza — Alex foi categórico. — E confirmei hoje mesmo na estufa ao comprovar que vocês criam *aspergillus*, um fungo altamente tóxico. Testemunhei, a mais de três mil quilômetros deste local, uma moça ser atingida pelo contato com esse organismo. Ela quase morreu.

— *C'est pas possible*! — Bouvier exclamou.

— Não é mesmo possível, Dra. Bouvier, pois temos o controle total desses seres — Wankler reafirmou.

— Vocês realmente têm? — Rosa perguntou. — Zhu pode nos ouvir neste ambiente?

— Sim — Wankler confirmou. — Não sei qual a sua intenção, mas...

— Positivo, estou escutando — Zhu interrompeu, a voz nos alto-falantes.

— Projete no telão o software que utiliza para acompanhar a localização dos micróbios dentro do perímetro da ilha — Rosa ordenou.

— Preciso da permissão de Ellen.

— Tem permissão — Wankler concedeu, forçando um sorriso.

O desenho tridimensional da Ilha da Trindade surgiu no telão, apinhado de pontos verdes no centro, cada um deles acompanhado de números e letras.

— Os pontos em verde — Wankler começou — são micróbios vivos em seu ambiente controlado. Para cada um deles, é gerado um número; além disso, o computador identifica a espécie, realizando uma contagem caso se reproduzam. Usamos um processo de escaneamento. Já existe em nossa base de dados a anatomia de cada micróbio, o que torna mais fácil a identificação do computador. Quando um micróbio morre, os nanotransmissores ligados à mitocôndria são programados para desintegrar, no intuito de anular os números de identificação gerados pelo sistema. É muito inteligente. Esse foi um método reutilizado em rastreamento de pragas, como cupins e formigas, desde 2001 pela Nanon, para encontrá-los em estruturas de cimento de edifícios. Com essa tecnologia, o sistema pode gerar uma tabela com a quantidade precisa de micróbios que temos. Zhu, está aí?

— Só um instante — a voz dela vibrou nas caixas.

Uma tabela surgiu no telão com nomes de bactérias por ordem alfabética:

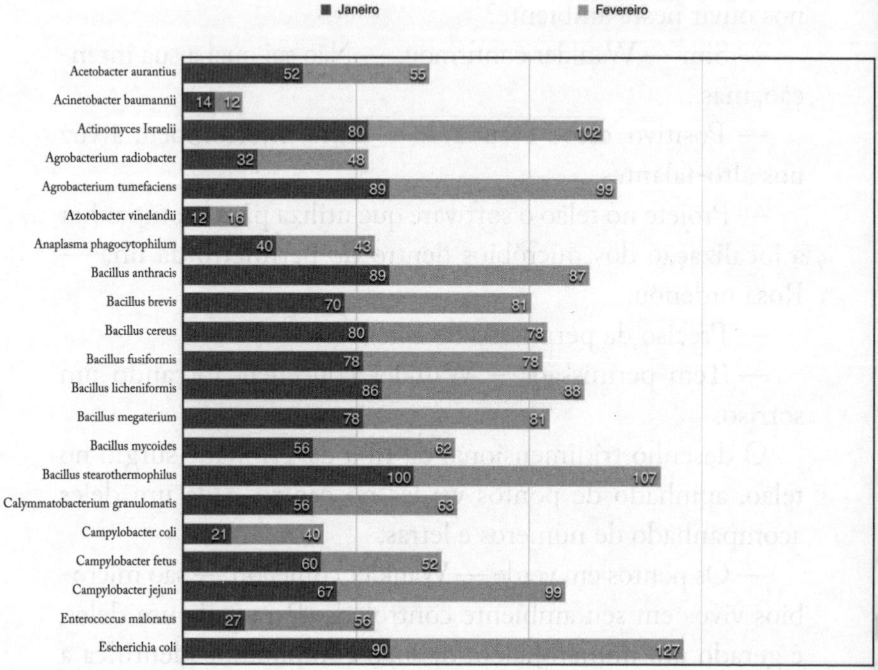


— Por que algumas espécies de bactérias estão em maior quantidade que outras? — Alex apontou para o detalhe.

— Eu o considerava um pouco mais esperto, professor. Pense melhor — Wankler pediu.

— São os fatores nutritivos do ágar no aquário — Éder afirmou.

— Garoto esperto — Wankler comentou. — Os vibriões se reproduzem mais com esse tipo de ágar que desenvolvemos. Zhu, mostre a população de vibriões.

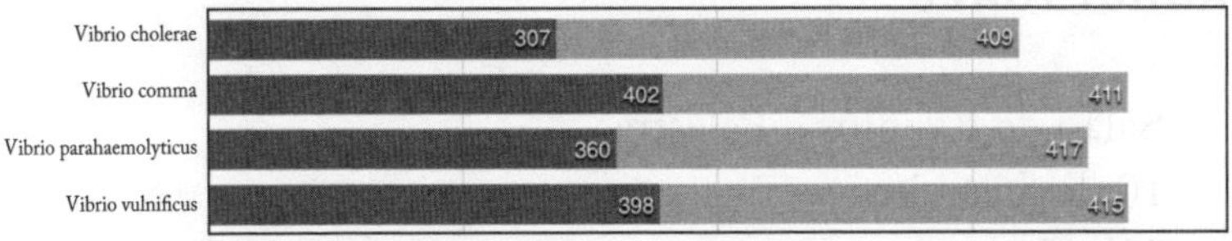


— O salto populacional é bem maior! — Alex exclamou.

— Consideramos superpopulação acima de mil — disse Wankler. — Os tardígrados mantém os níveis populacionais controlados. Esses dados são um dos motivos que nos leva a constantes análises. Já sabemos que alguns fatores influenciam no crescimento de bactérias, como baixa acidez, alcalinidade e salinidade. Esses vibriões se reproduziram rapidamente no ambiente nutricional que criamos. Ainda estamos estudando o motivo que permitiu a eles se adaptarem melhor que as outras bactérias.

— Mas a capacidade de sobreviverem fora daqui não pode ser excluída — Alex ponderou.

— Não os organismos da Iniciativa, pois morreriam em duas ou três horas no ambiente adverso — Wankler foi incisiva.

— Doutora, a Natureza não é pragmática — Alex rebateu. — Há inúmeros fatores biológicos que podem interferir no indivíduo e alterá-lo.

— Onde você testemunhou o fungo aspergillus? — Rosa perguntou a ele.

— Em Fernando de Noronha, numa das ilhas secundárias — respondeu.

— Zhu, pode usar o programa de localização dos nanotransmissores e realocar a busca para o arquipélago de Noronha? — Rosa quis saber, sentada de onde estava com as pernas elegantemente cruzadas.

— O que pretende? — o lábio superior de Wankler tremeu, seguido por um espasmo nervoso e esquisito do rosto — Não há nada lá!

— Se não há nada, por que a preocupação? — Rosa provocou. — Zhu, mostre, por favor.

# ABRUPTORES

Salão de Eventos e Palestras
10 de fevereiro
21h47min

— Dra. Wankler, autoriza o acesso à informação? — a voz de Zhu perguntou, entrecortada pela respiração.

*Tensão*, pensou Rosa. Wankler mergulhou em silêncio e observou a imagem do telão, absorta como uma estátua.

— Dra. Wankler? — Zhu repetiu.

Wankler balbuciou algo incompreensível.

— Dra. Ellen Wankler? — Zhu insistiu.

— Não! — respondeu, irritada. — Não autorizo!

— O que está escondendo? — Éder interferiu. — O sistema realmente funciona?

— Zhu, pode autorizar, por favor? — Rosa se virou para a câmera à sua esquerda.

— Não, ela não pode — Wankler negou, outra vez.

— Zhu, faça o que lhe pedi — Rosa ordenou.

— Negativo. Sem a permissão da minha chefe, não posso cooperar — Zhu informou, a respiração acelerada.

— Zhu, negar a ordem de uma agente federal pode lhe complicar. — Rosa manteve a voz controlada. — Uma ligação é o suficiente para a interrupção das atividades nesta ilha. Faça o que ordenei.

A respiração entrecortada de Zhu chiava nos alto-falantes.

— Não posso, desculpe — proferiu do outro lado, na Sala de Controle.

— Você pode — Rosa afirmou. — Sabe que é o caminho certo.

O silêncio caiu sobre o salão por mais de um minuto.

— Zhu, se há erros neste lugar, precisa nos mostrar para correções — Randall interferiu.

— É um ambiente magnífico, Ellen, mas por que teme apresentar suas falhas? — Well perguntou. — Zoológicos, parques temáticos e laboratórios incorrem em sérios problemas e às vezes nos mesmos erros. Com frequência são questionados, corrigidos e adaptados.

— Por favor, Zhu — Rosa elevou um pouco mais a voz.

Mais um minuto de silêncio.

Uma mapa tridimensional surgiu no telão, desta vez do arquipélago de Fernando de Noronha. Não havia pontos verdes. Em seguida, a imagem de um gráfico apareceu com uma lista de espécimes sem números e nem indicações de quantidade.

— Não há nada demais — Zhu comentou.

Ellen Wankler esboçou um sorriso leve, mordendo o lábio inferior. Rosa soube naquele instante que Zhu era uma empregada manipulável pelo receio de perder o cargo. Sua confidencialidade era bem paga.

— Mostre a mesma lista de dois dias antes — Rosa ordenou.

— *Puta merda* — ouviu Zhu xingar nas caixas de som. — É uma lista definitiva!

— Zhu, não me faça ir até a sua sala — Rosa alterou a voz desta vez. — Mostre a lista ou será inquirida no processo!

— Mostre a ela — Wankler se rendeu.

— Tem certeza? — a voz atônita de Zhu ressoou no salão.

— Sim — confirmou.

Rosa notou um gesto estranho e aleatório de Wankler: um movimento dos olhos para a direita. Talvez um sinal para Zhu, que podia ver a cientista através das câmeras. Ellen Wankler iria se armar. Elaborar um novo discurso para dissuadir seu público. A cientista revirou os olhos para a direita, depois para o centro, em seguida para a direita outra vez. Era um esforço de pensamento ou uma deixa para Zhu?

— Quero chamar a atenção do grupo para um detalhe — Wankler recomeçou. — Gostaria de explicar que estamos montando um pequeno complexo em Noronha que usa as mesmas definições da Iniciativa Unicelular, mas é claro que não chega à magnitude que vimos nesta ilha. Contudo, o arquipélago é um ponto de pesquisa para muitos biólogos e estudantes. Começamos a projetar uma vitrine com os organismos unicelulares típicos dos biomas de Noronha.

Uma lista de espécimes apareceu no telão. Era isto que Wankler esperou que Zhu fizesse, concluiu Rosa, um novo mecanismo de dissuasão: apresentar nova informação ao público para desvirtuar a polêmica discussão.

— Não queríamos tratar do assunto sem antes montarmos o local por completo — Wankler disse. — Há alguns ajustes ambientais a serem revistos. A ilha já conta com um pequeno museu da história da colonização do arquipélago, uma paupérrima exposição sobre tartarugas marinhas e um ínfimo Museu do Tubarão, com registros fotográficos, mostras de mandíbulas e ossadas de bichos. É um acervo muito pobre ainda. Nosso museu-científico unicelular será uma mostra bastante formidável, que levará em conta algas marinhas e fungos que fizeram de Noronha seu habitat.

Era como a fala de um político ao ser perguntado pela imprensa sobre seu envolvimento em lavagem de dinheiro. Wankler criou um novo pretexto para gerar novos diálogos, despertando um novo tema, um método que Michel Foucault, estudioso da Análise do Discurso, apontava sempre em suas postulações sobre monólogos políticos. Rosa era profunda conhecedora daquele método e, como agente, usava-o quando precisava trocar informações. O discurso era uma arma.

— Desconheço os limites da Biotech acerca da Iniciativa Unicelular — Alex interrompeu —, mas vocês ultrapassaram todos. E, diante dos fatos, percebo que há enganos aqui. Repito, tive contato com esporos de aspergillus na Ilha do Meio. Atingiu minha aluna. Ela foi hospitalizada.

*Finalmente alguém incisivo*, comemorou Rosa.

— Está enganado — Wankler hesitou.

— Você é quem está, Doutora! — Alex exclamou e apontou o dedo indicador para Wankler. — Já vi o suficiente para considerar a Biotech uma empresa que não assume suas responsabilidades. Isso é passível de denúncia — disse e afundou na poltrona.

Wankler esfregou a língua contra os lábios ressequidos, os braços fecharam ao redor do corpo; estava em desvantagem.

— *São acusaçons muto graves* — começou Bouvier. — *Doutorra, non farrei qualquer recomendaçon inquantu nada istiver clarro. Un museu-científique precisa ter boa reputaçon parra seu publíqui aceitá-lo. Talvez non seja realmente a orra adequada.*

— Se uma investigadora deste país chega até aqui para apontar falhas neste projeto — Randall disse —, isto me faz pensar que a magnitude deste lugar não significa nada se não há responsabilidade diante da Natureza e se falta segurança.

— Onde está a ética na Ciência que defende? — Alex questionou. — Parece um mundo novo, um advento científico espetacular. Contudo, a reflexão sobre os atos descobertos pela Biotech foi discutida? Quais as respostas às causalidades? As consequências foram calculadas? Ao menos as possibilidades dos riscos foram previstas?

Wankler permaneceu com a cara amarrada, abaixou o rosto, os braços ainda fechados ao redor do corpo.

— Desculpe, Ellen — a voz de Zhu falou em um tom comovido. — Talvez ajude a suavizar os danos. Está tudo registrado.

Um ponteiro de mouse deslizou no telão e executou um arquivo de vídeo.

— *Sua vagabunda* — Wankler balbuciou.

O grupo ficou atento à gravação, que iniciou com pequenos pixels no centro da imagem. Dois segundos depois, o filme começou, o registro da data anterior no canto direito. Rosa reconheceu o sujeito no vídeo. Era uma mulher loira. A mesma que lutara com ela no hospital e perdera parte dos dedos.

Câmera 02, 22h56min

*Gotículas caem sobre a lente. O marulhar das ondas é suave. A imagem avança por uma ponte elevada sobre a mata, iluminada pelo foco da lanterna. A câmera capta a vegetação densa abaixo da ponte. O ruído de sapos e grilos é mais alto que a respiração esbaforida ao fundo.*

*A ponte termina. A imagem avança por um bangalô. O som das pisadas das solas contra os pedregulhos é misturado ao ruído das ondas do mar, cada vez mais forte. A imagem treme.*

*Pixels.*

*A imagem salta para a mão feminina que busca apoio em um corrimão enferrujado cravado na escadaria rochosa. À esquerda, o paredão de pedra; à direita, o abismo tomado pela floresta, coberta por neblina marítima; o mar, além.*

*Ruídos ofegantes e passos terminam no último degrau, o barulho das ondas é muito forte. A lanterna ilumina a areia da praia.*

*Pixels.*

*Uma maleta está aberta sobre a areia da praia. A tampa interna é um monitor que mostra pontos verdes numa grade cartográfica. A mão feminina levanta a aba da maleta. Oito cilindros estão perfeitamente encaixados numa base de espuma ao lado do cano e da coronha de uma espécie de arma.*

*A mão toma um cilindro. Levanta um pino metálico. Uma luz verde acende na ponta do objeto, que solta um apito baixo, depois um fio de fumaça. O objeto é arremessado ao mar.*

*Alguns segundos depois, uma pequena explosão é abafada pelas ondas revoltas.*

*A imagem estagna.*

*Pixels.*

— Abruptores é como chamamos — a voz de Zhu explicou nos alto-falantes. — Faz parte da Medida Pasteur para aniquilação de qualquer organismo unicelular fora do seu ambiente controlado. A tecnologia é russa, foi desenvolvida para este fim.

Não posso citar a empresa que elaborou ou outros detalhes específicos. Antes que alguém pergunte se abruptores têm objetivos militares, não sei! — Rosa achou que Zhu estivesse blefando. — Vívian Kramer gravou este vídeo em alta-resolução para Chang acompanhar o processo de aniquilação de três organismos que escaparam do complexo montado no arquipélago. Esta gravação ocorreu há mais de 48 horas, dentro da reserva marinha de Fernando de Noronha. Os abruptores são armas que captam sinais dos nanotransmissores inseridos nos organismos. Sua tecnologia é precisa. Como pequenos mísseis, ejetam micro-hélices e se predem ao alvo, eliminando-o numa pequena explosão.

Wankler estava impassível, o corpo teso e a respiração acelerada.

— Você, Zhu e Chang estão intimados para uma conversa dentro de vinte minutos na Sala de Controle. — Rosa determinou.

Wankler meneou a cabeça para baixo.

— Esse mecanismo com abruptores é um erro bárbaro! — Well exclamou. — É óbvio que afeta o meio ambiente no processo. Coloca animais marinhos em risco! — apontou para o telão. — Esta gravação deixou isso muito claro. Um animal marinho Estou decepcionado com o método, Ellen. Não me parece o melhor caminho. Espero explicações no relatório que você me entregará. Também quero saber o motivo da evasão, afinal há fundos investidos e pagos em libras pelo Instituto que represento. Isso não devia acontecer. Há tecnologia de vários países na Iniciativa, é decepcionante descobrir erros básicos. Básicos! — repetiu.

— Estamos atrasados para o jantar — Zhu avisou. — Nossa chefe de cozinha Sarah Araújo pediu para informar que já está servido e convida todos os visitantes.

O grupo se levantou.

Restaurante
22h29min

O peito de Randall ardeu quando inspirou fundo e o estômago persistiu em reclamar. O jantar foi previsto uma hora antes, mas os últimos acontecimentos culminaram no atraso. Randall roubou um canapé na bandeja sobre a mesa sem que o resto do grupo visse. O gosto de creme de manjericão e frutos do mar provocou ainda mais o apetite.

A comida brasileira, de cara sofisticada em louças de porcelana sobre a mesa ampla e farta, com frutas, doces e panelas fumegantes, encheu o ar do refeitório com um perfume de novos temperos para ele.

— O jantar está posto. Será self-service para encurtar o tempo. Podem começar, fiquem à vontade — a chefe de cozinha falou para o grupo. Era esbelta e não havia características orientais nela. Tinha traços latinos, mas Randall esperou que ela fosse gorda, vestida no mesmo avental impecavelmente branco.

Ele tomou uma cadeira numa das mesas parisienses do refeitório. Uma mulher na casa dos quarenta anos, rosto amorenado, nariz afilado, boca carnuda, olhos amendoados caminhou em sua direção.

*É ela*, a Dra. Odillez ou agente R. Seja lá quem fosse, era a responsável pela dor em seu peito. A agente mantinha o semblante sóbrio, estava bem vestida, os cabelos amarrados num coque, o pescoço delgado à mostra. Randall pausou a respiração. O olhar dela brilhou firme sobre ele, como uma mira a laser. Uma mulher muito charmosa.

Ela o cumprimentou com um firme aperto de mão.

— Lamento pelo ocorrido, senhor Randall — pediu desculpas, encarando-o. — Sei que não foi sua intenção — sentou-se.

— Bem, eu... — Randall gaguejou e olhou para os seios dela. *Droga*! — Foi um impulso — desculpou-se.

— Como? — ela não entendeu, franzindo o cenho.

— Presumi que estivesse ajudando a Dra. Wankler — Randall explicou. — Foi um impulso — repetiu.

— Ajuda é do que ela mais precisa agora — a agente disse.

— Por quê? — Randall fitou os olhos claros cor-de-mel da agente.

— É óbvio que o lugar tem falhas graves — ela respondeu, depois desviou a cabeça para a mesa posta. — Pode se servir. Eu espero por você.

— Vai me intimar para uma conversa também? — Randall fez piada. A agente sorriu de volta.

— Se eu precisar talvez — ela brincou. — Mas creio que não seja necessário.

— Bem, gostaria de lhe dizer uma coisa — Randall notou Wankler adentrando o restaurante. Ela observou os dois, deu dois toques no ouvido direito com os dedos cobertos pela luva e seguiu para uma das mesas. Chang entrou logo depois. — Eu vou me servir e volto. Só um instante.

A agente assentiu. Randall pegou um prato na pilha sobre a mesa. Os alto-falantes começaram a tocar um repertório da música popular brasileira; a voz era feminina, o timbre sólido acompanhado por um instrumental harmonioso.

Enquanto se servia, Randall voltou os olhos para a agente. Sentada à mesa, ela também o fitou. Randall se perguntou por que ela continuava ali, os olhos firmes nele. De repente, o lado de uma das bochechas dela esboçou a covinha de um sorriso.

*Molha tua boca na minha boca*
*A tua boca é meu doce, é meu sal*

Randall retornou à mesa com o prato cheio e talheres. Agora os dois se entreolhavam quase sem pestanejar. O gesto se tornou menos sutil e os sorrisos mais intensos. A agente apoiou os cotovelos na mesa e levou as mãos ao queixo.

*Volta pra casa, fica comigo*
*Vem que eu te espero tremendo de amor*

A cabeça dela se moveu para trás quando Randall se aproximou.

— É para você — ofereceu o prato a ela. — Coloquei mais salada. É o que mulheres bonitas geralmente comem — tentou cortejá-la.

— Desculpe, eu posso me servir — empurrou o prato, muito polida.

— Está certo — Randall disse, constrangido.

Ainda de pé, achou o olhar dela esquisito, o semblante ficou sério.

— O que tinha a dizer antes de se servir? — a agente perguntou, tamborilando os dedos sobre a mesa.

Ele se sentou e examinou o prato a sua frente.

— Sr. Randall — ela o chamou —, eu percebi quando encarou a Dra. Wankler. A música mudou assim que ela entrou neste lugar. Tenho certeza de que ela deu a ordem. O senhor é o único do grupo de visitantes que teve acesso à Sala de Controle antes de todos nós. Eu também pude vê-lo dialogando com a Dra. Wankler depois de sairmos do Salão de Eventos. Diga, o senhor faz parte de algum plano?

— Eu não faço ideia do que está falando — ficou nervoso.

— Não esconda nada de uma agente federal que pretende manter a ordem neste lugar — ela pediu. — Considere isto, por favor.

— Serei direto — fez uma pausa. — Ela e Chang triplicaram o valor da oferta pela minha visita.

— Interessante — a agente prestou mais atenção. — Pela sua aprovação e silêncio acerca das falhas da Iniciativa?

— Não — Randall falou baixo e tentou manter a naturalidade. — Para seduzir você e desvirtuá-la da investigação.

A agente sorriu imediatamente.

— Eu não estou brincando — ele continuou.

— Eu sei que não está — ela retrucou. — Wankler e Chang vão fazer de tudo para proteger este lugar e conseguir o aval de você, Bouvier e Well.

— Eles me ofereceram mais dinheiro para elaborar um relatório favorável à Iniciativa — falou, receoso, observando os visitantes nas mesas. — A intenção é enviar a recomendação às empresas do mercado da China, Rússia, Índia e África do Sul.

— Todos eles do BRICS. Agradeço a informação. Será confidencial.

— Era o que eu ia lhe pedir.

— O interesse da Biotech nesses países não me surpreende — a agente considerou. — Agora entendo porque defendem tanto a Iniciativa. Há dinheiro de mais empresas estrangeiras aqui.

— E quem sabe dos governos de todos eles — Randall completou.

— Você tem toda razão — ela disse. — Vou precisar de sua ajuda.

— Para quê? — Randal franziu o cenho.

— Todos os grandes museus e parques mais modernos têm um centro de comando. Você conhece bem uma sala de controle?

— Trabalho em uma todos os dias — ele afirmou.

— Foi o que eu imaginei — levantou-se e caminhou direto para a mesa farta.

Consultório de Psicologia
22h17min

A penumbra era um lençol fino sobre duas figuras obscuras dentro da sala. Uma delas, deitada no divã, reclamou da dor no rosto. A outra, confortável numa poltrona larga, apenas balançou a cabeça repetidas vezes.

— Você ficará bem, Manuel — a sombra disse com voz serena.

— Ainda me sinto desconfortável quando me chama de Manuel. Há quase um ano eu fui uma mulher — relembrou. — Sinto-me confuso.

— Foi você quem procurou a mudança de sexo e o tratamento hormonal — falou a sombra pálida, mexendo os braços na poltrona. — Nós o apoiamos com todo acompanhamento médico. Agora precisa superar e aceitar sua transição.

— Eu não tenho certeza. Não me lembro se gostava de ser mulher. E agora tenho receio de ser homem. Noto os olhares desdenhosos de Vívian — o tom foi de lamento. — Além disso, já percebi Ellen me observar, desconfiada. É porque agora sou homem? Eu pareço um?

— Acho que devia dialogar com ambas antes de fazer julgamentos. Talvez assim tudo se esclareça — a sombra aconselhou. — Ellen confia em você.

— Na verdade, acho que não quer se sentir tão culpada — disse Manuel. A penumbra da sala obscurecia os traços de seu rosto inchado. — Minha identidade sexual pode estar mesmo relacionada ao acidente na estufa. Ellen sempre mencionou isso.

— Não há evidências claras para crer que as mudanças em vocês dois estejam relacionadas às toxinas que tiveram contato — a sombra concluiu.

— Quem pediu para você dizer isso, foi ela? — Manuel indagou.

— Você mesmo confessou que não havia como provar.

— Não dê muita atenção ao que digo. Eu não sou um especialista no assunto — Manuel se sentou no divã com os braços cruzados. — Agora não tenho tantas certezas. Estou muito confuso. Mas confesso que às vezes eu a culpo e outras vezes tenho pena dela.

— Você deve sua a vida a Ellen Wankler.

— Eu sei — Manuel descruzou os braços.
— Ela é como uma mãe.
— Uma mãe possessiva.
— Ellen apenas sente amor.
— Um amor doentio.
— Não importa. Ela o ama. Você sabe disto.
— Eu reconheço que ama, Li — Manuel concordou —, como se fôssemos filhos dela.
— Você sabe que ela não pode ter um.
— Eu sei.
— Ela deixou você fazer o que pediu?
— Resistiu no começo — Manuel ficou de pé e acendeu a luminária ao lado.

Sentada numa poltrona vermelha, estava uma mulher albina, corpulenta, de olhos puxados. Os cabelos e a cútis eram muito claros, os lábios finos escapelados, com resto de pele nos cantos. Manuel entendeu porque Ellen era tão especial. Podia amar os mais frágeis e estranhos, dar a eles a melhor chance do mundo.

— Vá — Li ordenou, mas a voz suave. — Aproveite o horário. A maioria dos técnicos já está dormindo. Faça depressa e tenha cuidado para ninguém lhe ver.

Manuel andou em direção à porta.

# RESPOSTAS

Sala de Controle
10 de fevereiro
22h57min

Desde a década de 30, o conceito de Engenharia Social era discutido no intuito de se obter informações sigilosas. Nos tempos da Segunda Guerra, espiões americanos objetivavam descobrir manobras nazifascistas e o mesmo ocorria no lado oposto. O conceito voltou com força durante a Guerra Fria, época em que soviéticos e americanos tentaram usurpar informações sobre protótipos tecnológicos bélicos.

Na prática, um espião de olho em sua conta bancária podia se sentar e ao seu lado numa bela manhã de sol, enquanto você tomava um sorvete em sua lanchonete favorita. Ao estabelecerem uma conversa informal, arrancaria de você, sem que percebesse, as possíveis senhas de sua conta. Os espiões conhecem o comportamento das pessoas comuns. A maioria delas emprega os mesmos e simples artifícios para elaborar códigos fáceis de se memorizar: datas especiais, nome da esposa, filhos e até números ligados ao ano de seu nascimento. Não obstante, a maior tecnologia para roubar empresas e companhias multimilionárias ainda era o discurso persuasivo e o diálogo elaborado.

Mas os tempos eram outros, o mundo mudou mais uma vez, o conceito de Engenharia Social se adaptou. Os tesouros estavam presos em caixas conhecidas como computadores.

Rosa recordou de um caso em que o empregado de uma grande companhia inseriu em seu computador de trabalho um pendrive encontrado por acaso na rua. Sua ingênua curiosidade resultou num dos mais absurdos roubos de informações do lugar. O tal pendrive criou uma rede wi-fi invisível, comunicando-se remotamente com outro computador.

As pessoas eram o elo fraco dos sistemas de segurança elaborados para proteger as corporações, Rosa não tinha dúvidas. E, quanto aos incidentes da Biotech, guardava para si a mesma teoria. Os sistemas criados para resguardar a Iniciativa Unicelular eram muito eficientes, mas as pessoas que os manipulavam talvez não fossem.

— É um método de ataque velado — Rosa informou ao pequeno público que a assistia. Wankler, Chang e Zhu a observavam próximos aos consoles da mesa principal. Só estavam os quatro na sala. — O que me surpreende, Zhu, é você não conhecer este conceito.

— Desse jeito você gera dúvidas sobre meu trabalho! — Zhu disse, indignada.

— Você é a única porta para os sistemas da ilha. Você mesmo comunicou ao Sr. Chang sobre uma possível invasão.

Chang se virou para Zhu:

— Você confirmou que podia ser falha de segurança por causa de uma invasão, por isto ativou o novo sistema operacional.

— Não sei dizer com certeza. — Zhu titubeou, tomando a cadeira de sua mesa. — Há erros sistêmicos incomuns, como se a memória não fosse suficiente para alimentar os computadores. Por isso há lâmpadas, câmeras e portas de vidro com falhas. Coloquei tudo em modo de segurança. O firewall não acusou qualquer linha ou rede wi-fi criada. As duas técnicas que trabalham comigo confirmaram que não há unidades inseridas ou conectadas em qualquer porta de qualquer computador desta ilha. Além do mais, o sistema não permite que nada seja ocultado. Somente eu posso manipular os códigos de acesso, ninguém mais.

— Tem certeza? — Rosa inquiriu.

— Sim — Zhu confirmou —, mas ainda não cheguei a uma conclusão. Talvez os níveis de umidade da ilha tenham chegado aos condicionadores de ar e afetado algumas placas na Central de Dados. Mas usamos desumidificadores computadorizados.

Chang tomou uma cadeira e girou nela como uma criança. Wankler fez o mesmo, o semblante cansado e pouco amigável. Rosa se juntou a eles e observou o casal.

— Estamos todos exaustos. Eu estou. Vocês não? — os dois afirmaram. — Então me ajudem a resolver isso de uma vez, Sr. Chang e Dra. Wankler. Eu estou aqui para solucionar um problema gerado pela empresa Biotech. Infelizmente, Zhu disse que os telefones ainda não voltaram a funcionar. Um dos problemas que vocês causaram ainda está pendente — Rosa fez uma pausa. — Eu já tenho provas suficientes para afirmar que a Biotech não tem como escapar. Prestei juramento ao meu serviço de inteligência de que apoiaria esta ação para chegar a uma solução.

— Serviço de Inteligência? — Zhu repetiu de sua mesa de controle.

— Sim — Rosa confirmou.

— Então você é da ABIN — Wankler afirmou.

— A ABIN é uma agência que trabalha em parceria com outros órgãos: Polícia Federal, CIA, Interpol. O que não exclui qualquer possibilidade de intervenção de forças táticas que atravanquem as atividades nesta ilha. Mas não é o que queremos. Meu setor, em especial, representa os pedidos formais e sigilosos da própria Presidenta da nação. Este é um pedido confidencial, afinal a intenção da Iniciativa Unicelular é ser exposta ao público.

— Ainda não entendi onde quer chegar — Chang falou.

— A ABIN não tem qualquer interesse em derrubar a Iniciativa. Sabemos os pactos políticos envolvidos neste projeto e verbas governamentais milionárias investidas aqui. Há experiências e patentes desenvolvidas por cientistas chineses e brasileiros. Isso é conhecido há muito tempo.

— Por que está nos contando tudo isso? — Chang perguntou.

— Quero que confiem em mim — Rosa pediu. — Necessito que cooperem com esta investigação a fim de que não se transforme numa operação, o que complicaria ainda mais as coisas para a Biotech.

— Operação?

— Sim. Não poderei evitar que outras forças intercedam e vasculhem qualquer elemento que seja considerado risco iminente. Se encontrarem, irão destruir com a ajuda do Exército.

— Tanto tempo de pesquisa, não! — Chang suplicou. — O que você quer ouvir? Que confessemos que há imprudência e falhas neste projeto? Está bem. Eu confirmo.

— Chang! — Wankler exclamou e se virou para Rosa. — Ele está equivocado.

— Não estou equivocado, não me manipule! Não sou uma de suas marionetes — Chang alterou a voz e passou as mãos nas têmporas. — Estamos lidando com algo novo, perigoso, arriscado. Eu sempre compreendi isto. É um fato — fez uma pausa. — Pensei que pudéssemos escolher o caminho mais lógico, mas todos os dias questões surgiam, novos erros, novos dilemas — ele gesticulou enquanto explicava. — Pergunto-me se esses seres vistos a olho nu ainda são micróbios, afinal podemos ter criado novos espécimes.

— Por que está concluindo isso agora? — Rosa questionou.

— Na verdade — Wankler começou —, já havíamos discutido essa possibilidade durante meses. O Comportamento Genético Incógnito é uma sigla que formalizamos para dizer que não entendemos o que fizemos. Não conhecemos a fundo os espécimes com que estamos lidando nos últimos três anos. Mas, veja bem — Rosa adivinhou que Wankler começaria seu discurso defensivo —, é uma oportunidade para tal. Afinal de contas, há anos os cientistas têm estudado as lacunas ainda vazias acerca dos micróbios. Como se reproduzem, como sobrevivem e do que se alimentam, como se comportam na sociedade que formaram. Descobrimos que alguns deles conseguem se organizar em enxames para um ataque coletivo, como fazem as abelhas — Wankler explicou num ritmo acelerado.

— Dinophytas usam flagelos para transmitir informações uns aos outros, como fazem as formigas com suas antenas. Este lugar está cheio de perguntas. É necessário apenas encontrar as respostas nos lugares certos — ela arquejou ao terminar.

— Cada vez que a ouço lembro dos velhos monólogos disfarçados de encantos científicos, que na prática reproduziam uma ciência obscura e sem ética — Rosa falou. — Eu conheço as suas intenções, os apoios políticos, as alianças empresariais.

Wankler arregalou os olhos.

— Está me acusando de quê?

— Você está por trás de tudo isso, Doutora. Se acha dona deste lugar. É audaciosa. Esta ilha reflete seu narcisismo acima de tudo para conseguir o que pretende, mesmo que custe a vida de muitos.

— É injusto me acusar! — Wankler disse, irritada. — Eu só defendi a Iniciativa para que você reconhecesse o que fazemos aqui.

— Mas eu não reconheço — Rosa disse. — Não reconheço quando há intenções comerciais acima do altruísmo.

— Seremos altruístas no momento adequado — Chang rebateu.

— Espero discutir isto mais tarde — Rosa reclamou. — Agora estou exausta.

— O que faz você pensar que pode bisbilhotar esta ilha? — Chang perguntou.

— O fato de que a própria ABIN zela pela Iniciativa e tentou apagar provas contra vocês. Fizemos um favor! Você viu as fotos na praia. É fundamental que avaliem os danos e consertem a merda que causaram. Estou aqui para que me garantam isto! Se não cooperarem, iniciaremos uma operação contra a Biotech, mesmo que isto custe a cabeça de autoridades envolvidas.

— Está certo — Chang se deu por vencido e se sentou. — Faça as perguntas que quiser.

— Qual foi a causa da fuga de espécimes do complexo? Como escaparam?

Chang trocou olhares com Ellen.

— Não sei se posso — Wankler negou com a cabeça, consternada.

— Ellen, por favor, querida. É muito digno de sua parte assumir o que fez — Chang pediu gentilmente à esposa. — Conte a ela.

— Você deve se autoinquirir quando comete erros — Wankler direcionou a afirmação à Rosa. — Sabe por que chega a esta conclusão? É um debate comum em temáticas sexistas. Você é mulher. Exige de si mesma que seja igual ou ainda melhor que seus colegas homens. Uma mulher não consegue admitir sua própria incompetência. Não nos permitimos errar.

Rosa concordou com ela, mas não demostrou aprovação, apenas a encarou enquanto trouxe à memória um fato que a consagrou no emprego: foi eleita por quatro anos seguidos a melhor agente de campo da ABIN. Wankler tinha razão. Rosa se cobrava demais, passava horas a mais que os colegas de trabalho produzindo relatórios e traçando estratégias de investigação. Mulheres se dedicavam com afinco e profundidade quando gostavam do que faziam.

— Nós odiamos falhar. Não queremos ser inferiorizadas pelo sexo oposto. Esta é a verdade. A construção social nos educou como figuras emotivas e frágeis incapazes de liderar e raciocinar. Não somos assim, fomos educadas desta forma por séculos de machismo.

Rosa entendeu porque havia tantas mulheres envolvidas na Iniciativa. Deu-se conta disto algumas horas antes ao notar um número maior de funcionárias na ilha. Contou mentalmente os únicos homens: Chang, Alvarenga, dois seguranças e Manuel. Apesar de que, para o último, suspeitou de uma possibilidade. Talvez as atividades braçais estivessem nas mãos de homens, mas os cargos de liderança científica e técnica estavam com mais mulheres. Era perceptível muitas delas nos laboratórios, na recepção, enfermaria e controle do museu.

— Eu não me sinto incompetente, nem culpada pelas fatalidades que já ocorreram neste lugar ou fora dele — Wankler confessou. — As pessoas contratadas conhecem os riscos com que estão lidando.

— Não se sente culpada pelas mortes que ocorreram? — Rosa ficou impressionada com o depoimento dela. — Dra. Wankler, isso é patológico.

— Eu não me eximo de culpa no caso daquela criança indefesa — rechaçou —, mas, se você contrata um tratador de leões e ele é devorado acidentalmente por um dos animais, a culpa não é minha. Só não quero que ataque o público.

— Se você não deu ao tratador o material adequado para trabalhar de maneira segura, então a culpa é toda sua — Rosa discordou. — Não pode tratar seus empregados como meros instrumentos. Eles têm família, amigos e uma vida que lhes pertence!

— Não julgue Ellen como um monstro. Ela está sobrecarregada de responsabilidades — Chang a defendeu. — Querida, conte a ela. Conte! — insistiu. — Vamos terminar com isso.

— Está bem — Wankler concordou. — Houve uma falha no sistema de Estufas há quase dois anos que pôs minha vida e de outro funcionário em risco. Adquiri alguns problemas de saúde.

— O funcionário chegou à óbito?

— Não, mas sofreu danos irreparáveis — falou, decepcionada. — Zhu, mostre a ela o vídeo, por favor.

— Só um momento. Pode se aproximar? — Zhu pediu. — Não há áudio nesta gravação. As câmeras estavam distantes. Depois trocamos por câmeras mais modernas. Ampliei as imagens o máximo que pude para ficar mais fácil entender o que aconteceu numa terça-feira de março, há quase dois anos. Veja.

Rosa se aproximou da técnica e examinou os detalhes do vídeo:

Câmera 104, 15h23min

*Duas pessoas caminham na passarela, no interior da estufa, vestidas com indumentárias brancas, como roupas espaciais. Uma delas leva um cesto no ombro direito.*

Câmera 107, 15h24min

*Estão de frente para a câmera. Ellen Wankler, um pouco mais magra, está acompanhada de uma mulher desconhecida, alta e longilínea. O rosto da mulher está levemente maquiado e tem traços orientais. Do lado interno dos capacetes, as duas gesticulam os lábios, como se dialogassem, sorrindo uma para a outra.*

Câmera 113, 15h25min

*As duas se aproximam de um organismo com várias cabeças avermelhadas sobre um caule grosso, o vapor liquefeito escapando de sua textura rugosa. Wankler puxa da cesta uma tesoura de lâminas compridas para poda. As duas dialogam.*

*Subitamente, a moça desconhecida escancara a boca num grito. Ela desprende o capacete da roupa depressa. Wankler larga a tesoura e gesticula, avisando alguém pela câmera.*

*A mulher tem cabelos longos, as maçãs do rosto proeminentes e lábios pintados, olhos orientais. Ela sacode desesperada os fios negros dos cabelos, que ocultam um pequeno vibrião rosado. Com as mãos enluvadas tenta arrancá-lo enquanto grita.*

Câmera 110, 15h25min

*O ângulo está sobre Wankler. Ela também desconecta o capacete da roupa e procura o vibrião nos cabelos da outra. A moça se curva para frente e se apoia no fungo vermelho. Um vapor liquefeito é expelido sobre o rosto de ambas.*

*No fundo da imagem, outras duas pessoas correm em direção a elas.*

— Pare aí — Wankler pediu.

Zhu deu pausa na gravação.

— Por que você tirou o capacete de proteção? — Rosa questionou.

— Eu não podia ouvi-la quando ela tirou o capacete primeiro. O contato é interrompido.

— Você quebrou uma regra básica de biossegurança.

— Este foi meu erro. Eu não entendi o que ela reclamou aos berros. Foi um impulso, admito.

— O que quer me provar? — Rosa indagou.

— Aquele líquido expelido foi a toxina do fungo *Amanita muscaria*[1] — Wankler apontou para o monitor.

— É um alucinógeno? — Rosa perguntou.

— Sim — Wankler confirmou —, mas esta espécie de fungo foi aumentada mil vezes a partir do seu tamanho original. Ao agigantarmos um organismo, sua estrutura química é multiplicada, triplicada, quadruplicada, centenas ou milhares de vezes. As toxinas dos organismos que temos aqui foram potencializadas.

— Um CGI?

— Não, nós os fizemos assim no intuito de extrair toxinas para novas drogas e medicamentos. Esta é uma das intenções da Iniciativa Unicelular que suponho que você já conheça. A linha farmacêutica é a especialidade principal da Biotech. A Dra. Akame está à frente da pesquisa com tóxicos.

— Quero interrogá-la também — Rosa disse.

— Ela está em Hong Kong para os testes finais dos primeiros medicamentos que já patenteamos.

— O vídeo mostra que vocês foram expostas a toxina do fungo, mas qual a relação com a evasão de organismos no litoral brasileiro? — Rosa já estava impaciente.

---

[1] Para mais informações, use o QR Code da contracapa.

— Fomos expostas a uma toxina de propriedades psicoativas mil vezes potencializada. Minha intenção neste dia era colher algumas amostras do fungo para extração dos fluidos.

— Ainda não entendi a relação.

— Ellen desenvolveu esquizofrenia! — Chang interrompeu. — Não tenho paciência para esperar.

— Meu querido, fique calmo, por favor — Wankler gesticulou pedindo que ele baixasse o tom de voz. — Não há uma resposta concreta. Alguns exames mostram que meu córtex pré-frontal possivelmente foi atingido pela toxina. Entrei em coma por 38 horas assim que a inalei.

— Mas não temos certeza de nada — Chang comentou.

— Não é impossível, mas não posso provar ainda — Wankler continuou. — Há dezenas de estudos que comprovam que o uso de certos tipos de agrotóxico tem relação com a esquizofrenia. Não foi diferente aqui — pareceu mais cansada ao explicar. — A evasão dos organismos foi causada por mim no complexo que começamos a construir em Noronha. Eu sofria de alucinações quando aconteceu.

— Como esses organismos chegaram a uma distância tão grande? — Rosa pediu explicações.

— Correntes marítimas. — Wankler mencionou. — O computador traçou o percurso deles, através dos nanotransmisssores. Por isso foram impulsionados até às praias do nordeste brasileiro.

— Quem é a moça na gravação? — Rosa disparou a próxima pergunta para confirmar uma hipótese.

Wankler e Chang se entreolharam.

— É Emanuela Xiansheng — Zhu foi categórica. — Hoje a chamamos de Manuel.

Rosa balançou a cabeça positivamente.

— É um transexual? — quis saber.

— Isso — Zhu confirmou.

— O transtorno de identidade de gênero foi diagnosticado antes do contato com a toxina? — Rosa quis saber de Wankler. — Acha que há alguma relação?

— É bem provável que sim, mas ainda não temos como provar. Na época também ficou em coma por dois dias — Wankler respondeu. — Não havia histórico anterior de transtorno de identidade em Manuel. Depois do acidente, passou a ter problemas de fala, mas sem diagnóstico de esquizofrenia. Usa alguns medicamentos por causa da confusão mental que manifesta eventualmente. Mesmo assim, o indenizamos e oferecemos todo o serviço médico, além de acompanhamento psicológico particular.

— Ele sofre de spoonerismo — Rosa comentou. — É uma confusão neurolinguística que troca morfemas e palavras.

— Como sabe disso? — Chang perguntou.

— Ele esteve num hospital no Rio Grande do Norte onde uma vítima foi socorrida, atingida por uma daquelas coisas que vocês criaram — Rosa mencionou.

Chang encarou Wankler outra vez.

— A intenção era tão somente aplicar o antídoto para minimizar os danos — Wankler interpelou. — Nós a localizamos através dos nanotransmissores ainda grudados em sua pele para...

— O que é esse indicador amarelo na planta virtual do complexo? — Rosa perguntou, séria, fitando o monitor de Zhu.

Zhu aproximou o rosto da tela.

— Deixe eu maximizar. É a área dos biodigestores.

— Biodigestores? — Rosa repetiu.

— Todo o lixo que produzimos na ilha é enviado para o Sistema de Biodigestão — Chang informou. — Uma centena de bactérias metanogênicas digere qualquer elemento orgânico que enviamos para lá, transformando em gás metano. O gás é usado em geradores de energia para o complexo. É um sistema bem eficiente. Nada é incinerado. Tudo é aproveitado.

— Há algum objeto emperrando a tubulação de detritos que vem dos aquários, no segundo biodigestor — Zhu constatou.

— Use uma das câmeras internas no modo noturno para visualizar o problema e enviar um técnico depressa — Wankler ordenou.

Zhu deu alguns comandos no computador.

— Eu não acredito — pôs as mãos nos lábios ao encarar a tela. — Outra vez!

Wankler e Chang se aproximaram do monitor. Zhu ampliou a imagem. Rosa distinguiu dentro do ambiente cilíndrico dezenas de bactérias de cinquenta centímetros sobre uma massa indefinida. De repente, notou os braços e as pernas de alguém.

Era um corpo.

# 4. Fatalidades

"A investigação quase fadou ao fracasso mediante os eventos que se seguiram. Algumas vítimas foram expostas a riscos calculados, perigos frequentes e acidentes inevitáveis. Todo o processo de averiguação desencadeou em uma descoberta maior do que se presumia."

[Trecho do Relatório da ABIN]

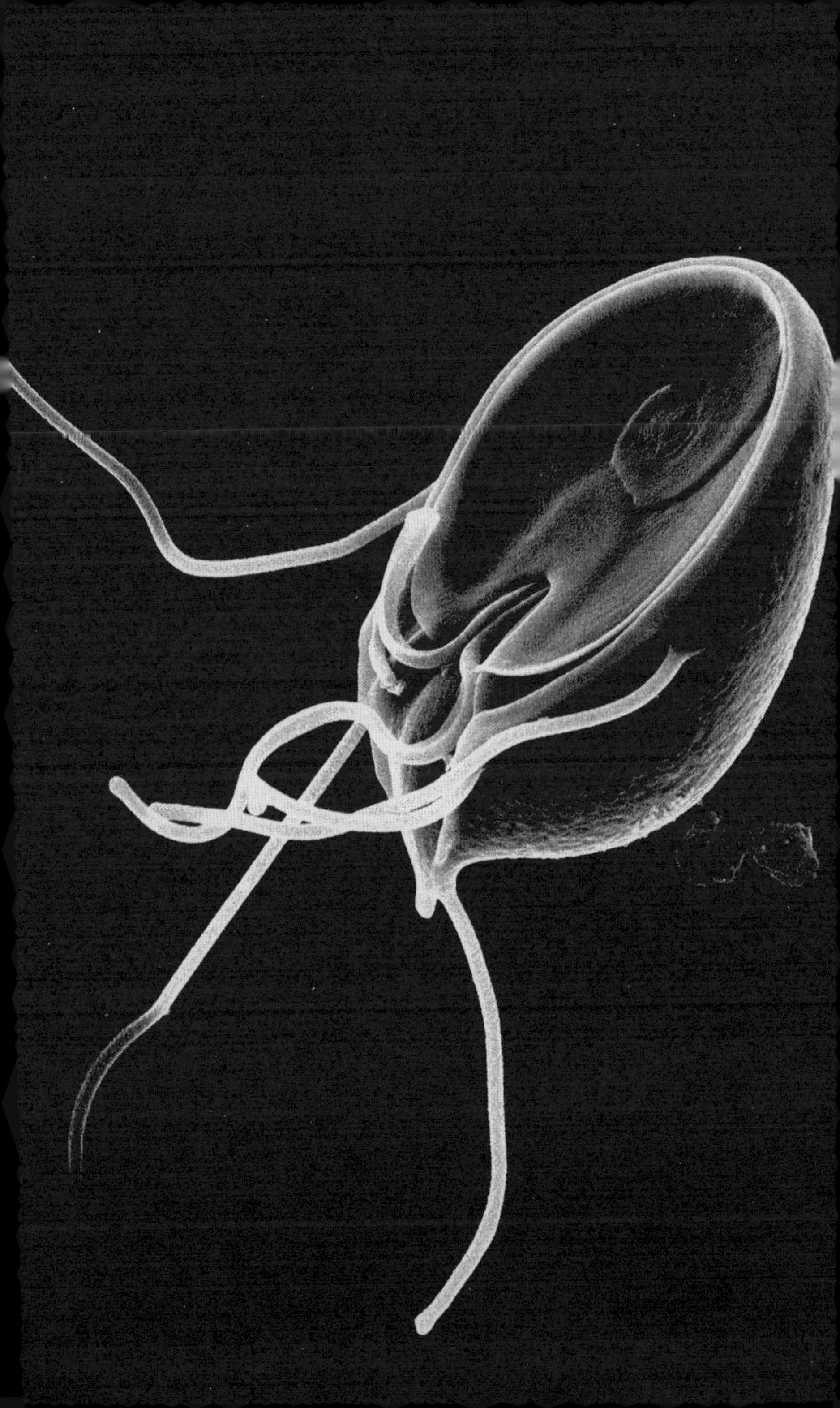

# AUTÓPSIA

Enfermaria
10 de fevereiro
23h13min

O corpo estava deitado sobre a maca de metal, mas, a julgar pela aparente conservação dos membros, Rosa não foi capaz de deduzir imediatamente qual foi a causa. Ao se aproximar para ver melhor o rosto da vítima, deparou-se com um conjunto de necroses, que expunham cartilagem, gordura e músculos. Outro elemento chamou sua atenção: as lacerações nos braços, a roupa rasgada na altura do peito e das coxas.

Mei usava máscara e luvas, vestida de jaleco branco. Ela segurou um pequeno gravador, enquanto o grupo formado por Wankler, Zhu e Chang vigiavam, atentos ao que ela dizia. A médica continuou a trabalhar, despreocupada com a presença deles; falou para o minúsculo aparelho:

"Relatório parcial de autópsia às vinte e três horas e catorze minutos do dia dez de fevereiro do ano corrente. Corpo ainda em processo de identificação encontrado em decúbito dorsal no Sistema de Biodigestores, retirado por técnicos do local. Indicações de que a vítima foi submetida a queimaduras extensivas por toxinas, evidências que ainda não confirmam o óbito. Rosto não identificado devido a afundamento facial e exposição de tecido muscular e cartilaginoso".

A médica virou a cabeça e olhou para Rosa. A agente se lembrou da conversa em particular com ela.

— Ei — Mei chamou —, ajude-me a tirar a roupa dele.

Rosa sentiu um odor azedo emanar da cama mortuária de metal. Ela deu a volta para mudar de ângulo e observar a vítima diante do grupo, a poucos mais de três metros dela. Wankler estava com o queixo caído, olhar atento e braços fechados ao redor dos seios. Os outros dois estavam absortos em expressões indecifráveis.

— Comece desabotoando a camisa — Mei pediu. — Não toque na pele, vou puxá-lo pelos antebraços.

— Espere — Rosa falou —, tem alguma coisa no bolso da camisa.

Rosa sentiu um objeto achatado ao tocar no tecido ainda molhado. Tirou um crachá com um código QR impresso, além de duas informações inconfundíveis:

**INICIATIVA UNICELULAR**
**Dr. Diego Alvarenga**
**Microbiologia Molecular**

Mostrou para o grupo.

— Meu Deus! — Zhu exclamou. — Diego?

— É o que parece.

Chang encostou a mão na boca. Wankler manteve a expressão indolente.

— O corpo tem a mesma estatura e biotipo muscular — Mei confirmou. Ligou o gravador outra vez:

"Fortes indicações de que o corpo seja do pesquisador Diego Alvarenga. Análises de digitais serão realizadas. Causa da morte ainda não estabelecida. O corpo apresenta rigidez pouco acentuada, o que significa que a vítima não está morta há tanto tempo. Livores semifixos pouco abundantes e arroxeados, e é provável que o corpo foi movido muitas vezes. Petéquias no pescoço, tornozelos e busto".

— Conheço pouco de tanatologia forense — Rosa interrompeu. — O que são petéquias?

— Ponha as luvas — Mei pediu. — Ajude-me a tirar toda a roupa dele. Vou explicar.

Rosa tomou um par de luvas no balcão e ajudou a médica. Observou a estrutura atarracada e musculosa.

— O biotipo de Alvarenga é inconfundível — Mei comentou, andando em volta do corpo. — Está vendo essas manchas roxas ao redor dos braços, pernas e pescoço?

— Sim — Rosa confirmou.

— São petéquias. Indicações de estrangulamento, mas não por uma pessoa. Descarto essa hipótese, pois é obvio que uma pessoa estrangularia somente o pescoço. Há marcas com especificidades que reconheço bem. — A médica encarou Wankler, depois Chang. Rosa notou o gesto. — As necroses na pele foram causadas pelo contato com um enxame de vibriões. As petéquias são resultantes do estrangulamento por flagelos de dinophytas. Eles os usam para agarrar sua comida.

— Um daqueles grandes pode tê-lo pegado? — Rosa perguntou.

— Sim, mas aparentemente não houve tempo de digeri-lo — Mei continuou.

Rosa aproximou o rosto da vítima.

— Aquilo abaixo do pescoço é um corte? — apontou.

— É sim. Um corte perfeito no pescoço provocado por uma lâmina afiada — a médica disse.

— Vitron — Wankler interrompeu. — Ele usa espátulas de polivitrum afiadas para raspar o lixo orgânico do aquário ou qualquer dejeto. Depois transporta até o sistema de escoamento, que envia para os biodigestores.

— Acredita em acidente, Dra. Mei? — Rosa perguntou.

— É o mais provável a se pensar — Mei disse.

— Ele estava trabalhando no Laboratório A — Zhu informou. — Eu lembro quando o ouvi dizer isso. As comportas dos aquários são neste nível do complexo. Diego foi verificá-las. Receio que se desequilibrou e caiu por uma delas.

— É o que eu suspeito também — Wankler disse. — Creio que é a explicação mais prudente a se considerar.

— Vou precisar das imagens das câmeras do Laboratório A. Zhu, pode consegui-las? — Rosa perguntou.

— É claro — Zhu respondeu.

— Se houver a confirmação de que foi acidental, para mim o caso está encerrado. No entanto, quero que os protocolos de segurança sejam mais rígidos — Rosa ordenou.

— É obvio que foi um acidente — Chang protestou. — Que outra suspeita acrescentaria neste caso?

— Por que não assassinato? — Rosa provocou.

— Não é possível — Chang negou com a cabeça.

— Você está louca — Wankler levantou o dedo para ela. — Temos casos de outros acidentes com funcionários. Não lhes negamos isso.

— Pelo visto, muitos outros — Rosa encarou Mei, que desviou o olhar.

— Não há casos de problemas entre funcionários — Chang disse.

— Não posso confirmar isso — Rosa encarou Wankler. — Não foi o que eu vi a bordo do jato hoje.

— Minha relação com Diego Alvarenga não passa de discussões profissionais! — Wankler se defendeu. — Além do mais, estávamos todos juntos quando isso aconteceu.

— Há muitas nuances que precisam ser ponderadas, Dra. Wankler — Rosa respondeu.

— Diego era um homem muito experiente — Zhu comentou. — Parece tolice pensar que ele tenha se descuidado.

— Zhu, pelo amor de Deus! — Wankler disse, ríspida. — Não jogue mais merda!

— Veja isto — Mei interrompeu, indicando outra evidência no corpo.

Acima do órgão genital, um corte profundo na região pubiana chamou a atenção do grupo.

— Vitron também usou a espátula aqui — Mei afundou os dedos sobre a incisão, que expôs um buraco. — Parece que há alguma coisa abaixo da pele e...

A criatura do tamanho de uma ratazana pulou da cavidade para o chão. Ela se deslocou com seus flagelos pelo piso branco da enfermaria. Zhu deu um grito longo de agouro. Chang se afastou, assustado. O vibrião negro era ágil. Wankler correu e o esmagou. Os flagelos se contorceram abaixo da sola dos sapatos dela.

O grupo examinou a massa negra espalhada sobre o piso. Os fluidos cinzentos escorreram do vibrião.

— Mas que droga! Eu sempre me assusto com estas coisas — Chang reclamou, a respiração ofegante. — Eu vou pedir ao pessoal da limpeza para dar um jeito nisso.

Mei e Rosa voltaram a estudar o corpo.

— Está vendo essas lacerações nas costas das mãos e antebraços? — Mei perguntou. — Ele tentou se defender de um dinophyta ainda vivo.

— Que horror! — Zhu exclamou.

Mei abriu um estojo de ferramentas médicas. Tomou nas mãos um bisturi e fez dois cortes verticais sobre a pele do tórax de Alvarenga. Puxou com força, deixando o esterno ensanguentado à mostra.

— O que está fazendo? — Zhu perguntou, assombrada.

A médica buscou outro instrumento no armário de aço, uma pequena foice serrilhada e curva.

— Geralmente, abro a caixa craniana primeiro — Mei falou, as luvas molhadas de sangue —, mas preciso confirmar uma coisa.

— Que coisa? — Chang perguntou, desconfortável.

A médica enfiou a lâmina no meio do esterno de Alvarenga e o serrou com força por quase um minuto. Jogou o instrumento na pia, voltou ao corpo e, com as próprias mãos, abriu espaço entre os ossos. Em seguida, puxou o tecido vermelho rubro para fora do tórax aberto. Ela precisou do bisturi novamente para cortar. — Pulmões saudáveis, mas, como suspeitei, estão cheios de ágar-ágar dos aquários. Ele morreu afogado. O corpo deve ter chegado ao fundo e então Vitron o empurrou para o sistema de detritos.

A médica esticou os pulmões vazios repletos de capilares sanguíneos sobre o peito aberto de Alvarenga. Zhu se curvou e vomitou no chão.

Sistema de Estufas
23h54min

— Acho que não há ninguém no comando — Alex disse e acenou com as mãos para as câmeras em frente à porta de vidro da sala introdutória às estufas. — Pedi pessoalmente à Dra. Wankler que nos deixasse entrar. Há outras formas de vida que gostaria de conhecer.

— E ela permitiu? — Éder perguntou.

— Com o acompanhamento de um técnico, mas acredito que estão todos dormindo — Alex informou. — Acene outra vez.

A porta de vidro da antessala abriu. Alex e Éder se entreolharam.

— Zhu deve ter voltado à Sala de Controle — Alex comentou. — Vamos logo! Vista um dos trajes antes que desistam.

Os dois se apressaram.

Sala de Controle
23h55min

Zhu e Rosa atravessaram a entrada a passos rápidos até o monitor principal. Zhu virou a cabeça para trás e disse:

— Não acredite em tudo que eles dizem.

— Por quê? — Rosa perguntou.

Zhu se sentou na cadeira giratória e digitou comandos no teclado, atenta ao monitor.

— Não acredite em ninguém — continuou.

— Quer me dizer alguma coisa? — Rosa perguntou. — Já me certifiquei. Estamos sozinhas. Eles ficaram para trás conversando com Mei. Vou precisar abordá-la em outro momento.

— Abordá-la não vai adiantar muito. Mei é sobrinha de um dos sócios da Biotech. Acha que ela entregaria informações que detonassem a empresa? — Zhu questionou.

— Você entregaria? — Rosa revidou.

Zhu se virou para encará-la.

— Talvez em um momento de risco — disse.

Rosa viu a movimentação no monitor.

— Estão acenando para as câmeras — avisou, referindo-se a Alex e Éder trajados com roupões e capacete. — Deu autorização para entrarem na antessala das estufas?

— Não, a porta está com defeito. Mas o giro da câmara de acesso às estufas ainda pode ser controlado.

— Libere a passagem deles — Rosa pediu.

— Por que devo liberar? Dra. Wankler não está aqui — Zhu lembrou.

— Querem investigar algo — Rosa supôs. — Tenho certeza de que estão neste lugar para isto. Pode ser importante. Use as câmeras para vigiá-los.

Zhu a encarou outra vez. Deu o comando. Rosa viu os dois entrarem na estufa.

— Dê-me uma boa notícia — Rosa disse. — Os telefones voltaram a funcionar?

— Ainda não — Zhu respondeu.

— Então me ajude a não perder tempo com esta investigação. Acesse as gravações das câmeras no Laboratório A.

Chang e Wankler apareceram, acompanhados de Randall.

— Procurando indícios de um assassinato imaginário, agente R? — Wankler ironizou atrás dela. Rosa a ignorou.

— Estime para o computador o horário em que Alvarenga comunicou que iria para o laboratório — Rosa pediu.

— Entre 18h30 e 19h. Não sei dizer. Há muita coisa gravada.

— Estime 19h.

— Ok — Zhu usou o cursor para apressar as imagens gravadas. — Não há muita coisa nesse meio tempo. Opa, veja isso!

Câmera 74, 22h22min

*A imagem é de um ângulo amplo do Laboratório A. Um homem mediano, forte, caminha por entre balcões de granito e tanques de acrílico. De costas para a comporta, não percebe que a tampa de polivitrum se levanta devagar.*

*A imagem oscila e obscurece.*

— Que estranho — Zhu comentou —, houve queda de energia numa das fases do museu. Atingiu os laboratórios por quase dois minutos. Mas os geradores estão funcionando.

Zhu voltou a manusear o tempo da gravação.

— Você tem imagens de outro ângulo? — Rosa pediu. — Quero vê-lo mais de perto. Não consigo distinguir o rosto. Parece distante.

— Priorizei apenas duas das cinco câmeras do laboratório depois que diminuí boa parte das demandas no sistema — Zhu informou. — É como se tivéssemos pouca memória para usar. Mas garanto, o homem na imagem é Diego Alvarenga. Veja a captura da segunda câmera.

Câmera 73, 22h22min

*O homem atarracado está próximo à comporta, mas não percebe que ela se abre. Vitron surge pela abertura. O homem se vira e parece intimidado. O robô estica o braço mecânico de acrílico e levanta Diego Alvarenga. Duas peças do robô se fecham ao redor do ombro do cientista. Alvarenga grita. O homem é puxado comporta adentro e desaparece por ela.*

*A imagem oscila e obscurece.*

— Um robô não pode matar um homem — Rosa se virou para Wankler. — É inconcebível.

— Não sei o que dizer — Wankler falou, surpresa. — O computador tem os registros de manipulação de Vitron.

— Robôs podem ser programados — Randall disse. — Lidamos com eles todo o tempo em parques de diversões. É claro, nunca tive acesso a nenhum deste nível de tecnologia — fez uma pausa. — Foi para isso que me chamaram?

— Não. Zhu precisa de sua ajuda — Chang respondeu.

— Eu preciso? — Zhu girou na cadeira com o semblante desconfiado.

— Sr. Randall, diante dos fatos, precisaremos de toda inteligência possível para reorganizar esta ilha — Chang declarou.

— Vamos precisar de toda inteligência possível para nos proteger — ponderou Rosa.

— Do que está falando? — Wankler disse com a testa franzida.

— Sr. Chang e Dra. Wankler — Rosa chamou —, é obvio que Vitron foi programado por alguém desta ilha para assassinar o Dr. Alvarenga.

# MIXOMICETOS

Sistema de Estufas
11 de fevereiro
00h03min

Lá dentro, a coleção de sombras de inúmeras formas era gigantesca. Através do teto geodésico, a escuridão permitiu que eles contemplassem as estrelas da madrugada. Diminuíram o ritmo e esperaram que as luzes internas começassem a piscar. Atravessaram a via de concreto, silenciosos na penumbra, como dois exploradores espaciais em um novo planeta.

Alguns fungos de quatro ou cinco metros emanavam um brilho dourado, outros uma luminescência verde, roxa e azul. Os imensos cogumelos, como colunas firmes de sequoias centenárias, transmitiam uma imagem muito aquém de um jardim, envoltos em seus tons deslumbrantes e formatos distintos. Era uma impressão alienígena da própria vida terrestre.

ALEX: NÃO ME CANSO DE REPETIR QUE ESTOU COMPLETAMENTE FASCINADO COM TUDO ISTO.

O professor abriu os braços.

ÉDER: FICO EM ÊXTASE. É COMO UM SANTUÁRIO. NÃO HÁ NADA IGUAL. E ENTENDO PORQUE ZELAM TANTO ESTE LUGAR.

Os dois continuaram na passarela, deixando para trás as bifurcações que levavam até às áreas mais recônditas do Jardim.

As luzes artificiais se intensificaram e revelaram com mais clareza o ambiente. Andaram por baixo de um cogumelo azul de seis metros com uma cabeça achatada que projetava sua sombra na via de acesso. O tronco robusto como de uma árvore estava recostado no cimento; a parte inferior da cabeça era uma sanfona seccionada, de onde escorria uma gosma leitosa do mesmo tom do cogumelo. Alex puxou um pouco dela, analisando a viscosidade entre os dedos. Olhou para cima e não houve tempo de escapar quando a gosma se desprendeu numa enxurrada sobre ele.

Éder gargalhou dentro do capacete e curvou o corpo de tanto rir.

Alex: Ainda bem que não é venenosa. Me preocuparia mesmo que estivesse vestido.

Ele apontou para a placa cravada no próprio cogumelo.

Éder: Tomou um banho de seiva do *Lactarius indigo*. São comestíveis?

Alex: Que me lembre, sim. É típico de florestas coníferas da América do Norte e Central.

O professor limpou a roupa encharcada e jogou seiva leitosa para todos os lados.

Éder: Ali, veja! Lembrei das aulas de micetologia.

Alex: *Stinkhorn!* Ou *Clathrus ruber*.

Éder: Conheço esse fungo como gaiola vermelha e realmente parece uma.

Era de fato um conjunto de gaiolas redondas e avermelhadas feitas de um material orgânico de aparência esponjosa, trançado numa elaborada engenharia.

Alex: Fedem como carne podre. É uma pena que o capacete limite o olfato.

Ao caminhar um pouco mais, Éder apontou para a esquerda.

Éder: Bolotas gigantes! Perfeitamente redondos. Qual deve ser a circunferência de cada um deles?

Ele se referiu ao conjunto de cinco ou seis cogumelos esféricos e brancos, sem "tronco", enfiados no solo.

Alex: Uns dez metros, talvez. São Basidiomicetos. Não crescem com uma tampa aberta, como muitos cogumelos comuns.

Éder: Se não me engano, os esporos são desenvolvidos internamente.

Alex: Exato! O cogumelo tem pequenas aberturas para liberar os esporos.

O professor se aproximou da beira da passarela.

Éder: o que pretende fazer?

Alex: Qual a distância até um deles? Dois metros?
O outro ergueu os ombros em sinal de dúvida.
Éder: Acho que neste ponto há uma elevação no solo. Talvez um metro e meio. Não sei.
Alex tomou impulso e pulou da passarela, arremessando-se sobre o basidiomiceto.
O impacto do corpo do professor contra o cogumelo fez soltar centenas de esporos brancos do tamanho de bolinhas de gude, que atingiram altura e caíram segundos depois, pousando sobre Éder e a área circunvizinha.
Éder: Seu doido! Qual é a sensação?
Alex: Como cair sobre massa de pão!
O professor riu, escalando o cogumelo gigante, depois engatinhou até ganhar equilíbrio e ficar de pé. Dezenas de esporos ainda eram expelidos abaixo de seus pés.
Alex: Também são chamados de *puffballs*, por causa das nuvens de esporos que liberam no ar ao estourarem ou quando são atingidos por qualquer peso. Gotas de chuvas, galhos, animais. Qualquer mecanismo que os faça reagir.
Éder: Aí se reproduzem.
Alex: Exato!
Ele atingiu o nível mais convexo do cogumelo e ficou acima do nível da passarela. Éder percebeu quando o professor deteve a visão por mais de um minuto em alguma coisa distante.
Éder: Ei, o que está vendo daí de cima?
Alex: Uma estrutura de vidro, como uma catedral.

Laboratório A
00h08min

Zhu acionou a porta com a digital do dedo indicador. No ambiente, as luzes acenderam em dois segundos.
— É impossível que Vitron tenha assassinado Diego por conta própria — Zhu explicou, balançando as mãos. — Não

há muita sofisticação em sua programação. Ele faz o que mandamos. A única coisa que o diferencia de qualquer robô é o material com que foi construído. O projeto original era que fosse de titânio. Tivemos problemas e resolvemos manter o projeto com um diferencial, mudá-lo para polivitrum. É nossa principal escolha nas placas hexagonais das estufas, dos aquários e em Vitron. Ele é um robô de tecnologia primária. Só realiza tarefas quando comandado. E alguém o comandou.

— Também confirma a suspeita de que não foi acidente? — Rosa questionou.

— Não é uma simples suspeita — Zhu respondeu. — Estou convencida.

— Se afirma que alguém manipulou Vitron para matar o Dr. Alvarenga, quais pessoas deste lugar teriam motivos para isto? — Rosa perguntou, intrigada.

— Muitas. Inclusive eu — Zhu disse e Rosa arqueou uma sobrancelha, curiosa. — Mas é claro que nunca faria isso. Diego Alvarenga era um cientista frustrado, grosseiro e perturbado.

— Por que diz isso?

— Processos judiciais de duas patentes que a Biotech reconheceu como propriedade da empresa e não dele — Zhu informou.

— Por isto as frequentes discussões com Wankler? — Rosa perguntou.

— Discussões com muita gente — Zhu completou. — Muitos funcionários nem davam bom dia ou boa noite a Diego, para evitar confrontos.

— Vou querer alguns detalhes mais tarde — Rosa pediu. — Preciso que entre no computador de trabalho dele. Descubra algo.

— Está bem — Zhu consentiu.

Rosa perscrutou o laboratório à procura de qualquer indício que a ajudasse em mais pistas. Tardígrados quebraram o silêncio brincando no aquário mais próximo e espalharam água para fora. Estavam agitados. Rosa se virou para Zhu.

— Você pode acessar os registros que mostrem quem usou Vitron por último? — Rosa falou, bocejando. — Desculpe, estou sonolenta. Mas a mil por hora, se é que isto é possível.

— Também estou exausta — Zhu reclamou. — E não penso muito bem quando estou assim.

— Vou te liberar para um descanso, só me ajude com isso — ponderou Rosa e repetiu a pergunta. — O computador tem os registros de quem usou Vitron?

— Posso apenas descobrir de onde foi acessado, mas nem para isto está fácil, com o sistema operacional nas condições atuais.

— Como alguém o controla? — Rosa questionou.

— Com aquilo — Zhu apontou para o material acima de uma mesa: um kit de par de luvas pretas próximo a óculos 3D e uma caixa cinzenta com fio ligado à parede.

— Por que a câmera não filmou ninguém usando esta parafernália? — Rosa achou curioso.

— Porque não havia ninguém comandando Vitron deste laboratório. Acessaram de outro lugar. Há pelo menos dez kits disponíveis, mas nossos cientistas usam apenas três, ligados à rede de intranet da ilha — Zhu esclareceu, a voz cansada. — Os técnicos comandam Vitron de nossos três laboratórios. Como disse, é fácil saber de onde foi acessado, mas quase impossível descobrir quem o acessou. As câmeras estão desligadas em vários pontos do complexo — Zhu disse.

— Descubra o local de acesso. Isto pode nos dizer muita coisa — Rosa pediu.

— Ok — Zhu se sentou diante de um dos computadores do laboratório e começou a teclar. — Posso acessar os registros por aqui.

Rosa se afastou e andou a passos lentos. Passou pelo aquário dos tardígrados e se aproximou de uma das comportas feitas em barra de aço e polivitrum. Centenas de ranhuras esbranquiçadas no acrílico a instigaram, como as que percebeu no visor do capacete.

— Zhu, é normal ranhuras no polivitrum?

A chinesa se virou na cadeira perto do computador.

— Acho que sim. Talvez pelo uso contínuo — então voltou ao monitor.

Rosa bateu com os dedos na placa translúcida. O som era oco, como o ruído de um casco.

— Pode abrir a comporta para mim? — pediu.

— Vou tentar acessar através do sistema — digitou alguns comandos.

A tampa de mais de cinco metros se ergueu e deslizou para trás.

— Quem abriu a comporta necessariamente usou o sistema operacional? — Rosa perguntou.

— Não há registro de acesso à comporta no horário das gravações — Zhu respondeu, quase dez segundos depois.

Rosa notou duas marcas transversais fundas na beirada de aço da comporta e da tampa, como acontece ao se forçar a abertura de um drive de CD-ROM numa CPU.

— Vitron a empurrou e a comporta abriu — Rosa disse.

— Como sabe disso? — Zhu questionou, prestando atenção nela.

— Marcas na tampa — Rosa apontou.

— É claro! Aquele que usou Vitron não tinha acesso ao sistema operacional. Só eu tenho a permissão das funções agora, por causa do modo de segurança — informou Zhu, virando-se para ela. — Por isso forçou a tampa da comporta.

— Onde está Vitron agora? — Rosa perguntou.

Segundos depois, Zhu respondeu a examinar o monitor:

— O computador diz que está a pouco mais de quinze metros, realizando funções programadas de limpeza.

Rosa tocou na solução liquefeita de agarose através da comporta aberta; milhões de litros que sustentavam vidas peculiares. Era tão profundo e escuro através da abertura que não enxergou nada, nenhuma criatura sequer. A horrível sensação de ser vigiada por algo escondido nas profundezas do aquário fez os pelos de sua nuca arrepiarem.

— Descobri! — Zhu exclamou.

Rosa andou até ela.

— A última conexão com Vitron foi exatamente às 22h29min e partiu da Sala de Marketing — Zhu explicou e olhou atônita para Rosa.

— Quem trabalha lá?

— Apenas uma pessoa — Zhu respondeu —, Manuel.

— Por que mataria Alvarenga? — Rosa franziu o cenho ao encarar a chinesa.

Sistema de Estufas
00h10min

O solo fofo afundou sob os passos cuidadosos de Alex. Éder desceu pelo grande Basidiomiceto logo atrás do professor. Com cuidado, andaram sem movimentos bruscos. À frente dos dois visitantes, as formas de vida, cada vez mais bizarras, ameaçavam com suas cores e seus adornos extravagantes.

Entraram numa via de pedras encaixadas perfeitamente até o interior do Jardim. A pouco mais de três metros se depararam com uma bela espécie de fungo, com uma cascata de fios brancos como uma barba alva que crescera em troncos partidos.

ALEX: *HERICIUM*.

ÉDER: SÃO LINDOS E ALVOS COMO A BARBA DO GANDALF.

Eles riram.

ALEX: DUVIDO QUE A TERRA-MÉDIA SEJA TÃO BONITA E PERIGOSA QUANTO ESTE LUGAR.

O professor apontou para formas esféricas irregulares cor de marfim que secretavam uma substância vermelha como sangue.

ÉDER: O QUE FOI?

ALEX: DENTE SANGRENTO! À SUA ESQUERDA, VEJA. *HYDNELLUM PECKII*. EXPELEM UM LÍQUIDO ANTICOAGULANTE.

Éder esfregou o visor externo do capacete com as costas das mãos enluvadas.

Alex: Está sujo?

Éder: Não sei, talvez um pouco de vapor por causa da umidade aqui dentro.

O professor bateu com os dedos no próprio capacete.

Alex: São microarranhões. Meu visor também está assim. É estranho como a disposição deles sobre o acrílico se assemelha à organização de uma colônia de bactérias.

Éder: Pensei a mesma coisa. O que é aquilo?

O rapaz apontou e o professor se virou para ver.

Alex: Incrível! É exatamente igual ao Palácio de Cristal de Petrópolis. Detalhe interessante. Deu charme ao Jardim.

A cem metros dele, a estrutura arquitetônica de polivitrum era maior e brilhava como palacetes de cristal em jardins de colecionadores de orquídeas. Era fácil notar que havia algo em seu interior; uma intrincada teia de cipós fixos nas lâminas de polivitrum de onde saíam "frutos" alongados em cachos abundantes. Ao lado do palácio, uma fonte de água sibilava entre rochas sombreadas por cogumelos azuis-metileno.

Alex: Eu estou vendo daqui. São mixomicetos!

Éder: No mapa de visitantes, os mixomicetos estão divididos em dois domos.

Alex: Talvez quisessem uma configuração arquitetônica mais elegante.

Éder: Está escutando isso? Preste atenção.

Os dois pararam de andar.

Alex: É possível escutar ruídos externos?

Éder: Sim. Descobri esta função no bracelete ainda há pouco.

Ele puxou o pulso de Alex e o ajudou a mexer na interface da tela. Imediatamente, o professor ouviu o ruído suave, como um farfalhar ininterrupto. Os dois continuaram pela trilha.

Éder: Os mixomicetos[1] são considerados protozoários, não é? Por que os puseram com centenas de outros fungos?

Alex: Na verdade, há discussões taxonômicas acerca dos mixomicetos. Antigamente, eram classificados como fungos e mesmo hoje são estudados por micetologistas, pois seu corpo de frutificação se assemelha ao de fungos. Mas você está certo. Discussões mais recentes os puseram no Reino Protista. É interessante que essas coisinhas lindas em inglês se chamem *slime mould*, grosso modo seria "bolor de gosma". No entanto, em português, foram chamados de mixomicetos ou micetozoários. Uma nomenclatura no mínimo interessante que quer dizer "animais-fungos", pois eles se movimentam neste estágio de reprodução, a fase mais madura. A origem do ruído que estamos ouvindo é provavelmente da locomoção deles.

Éder: Não são perigosos até onde sei.

O professor sentiu a tensão na voz dele.

Alex: Não mordem. Mixomicetos são microbívoros, alimentam-se de bactérias e leveduras, talvez até de pequenos protozoários. O pessoal da Iniciativa deve usar algum alimento especial. Em tamanho natural, encontram comida em lugares com pouca luz e troncos caídos com substrato orgânico em decomposição.

O palacete já estava a menos de dez metros. Os dois usaram a trilha estreita até o local. Atravessaram um grupo de cogumelos compridos e verdes de aparência desgastada, como homens magros com as cabeças cobertas por grandes chapéus encardidos. Um deles, quebrado ao meio, fez Alex desviar a atenção para o solo. Esporos da espécie jaziam no chão úmido, de onde germinavam as primeiras hifas, como brotos de planta sem folhas. Ele ficou intrigado com o cogumelo aos pedaços, afinal não havia vento por ali. O Jardim era impecavelmente limpo e organizado.

---

[1] Para mais informações, use o QR Code da contracapa.

Alex: Não recordo o nome científico. Está sem placa de identificação.

Continuaram até esbarrarem na porta de polivitrum. Éder moveu a maçaneta de aço elaborada com o símbolo da Biotech. Entraram no recinto dos mixomicetos, observando tudo em volta.

Alex: Note os esporocarpos.

O professor se referiu aos organismos em forma de fruto numa haste flexível, que se nutriam da emaranhada rede de "cipós" grudados ao polivitrum. Era como uma planta trepadeira espalhada do teto ao chão. Os esporocarpos variavam na morfologia. Alguns aparentavam verrugas grandes e rugosas, outros eram compridos como abobrinhas, por mais que não se assemelhassem no aspecto de textura e cor. A maioria deles tinha tons perolados muito bonitos. Outras espécies, em cor amarela, sustentavam o peso sobre pérgulas em base de aço. Vários deles se moviam lentamente dentro da estrutura.

Alex: Não é incrível?

Éder: Por Deus! Eu sempre me interessei em saber como mixomicetos podiam se locomover. Neste tamanho se torna bem mais fácil entender.

Eles riram.

Alex: Estes em especial estão na fase madura, como expliquei. Na primeira fase de vida, mixomicetos são uma forma pequena, multinucleada, ameboide. Os aquários devem ter amostras vivas. Contudo a fase de motilidade é a mais impressionante. Um protoplasma móvel distribuído numa rede de veias rastejantes.

Alex tocou no conjunto carregado de frutos perolados. Eles reagiram, grudando e soltando da luva. Conforme a deslocava de um lado para o outro, os mixomicetos intensificavam seu brilho.

Ele se aproximou para enxergá-los melhor. O interior brilhante de cada um deles era guarnecido de pequenas esferas de um colorido tênue. Dentro delas outras formas delicadas hipnotizavam qualquer cientista curioso.

Então notou algo errado.

Alex arrancou aos montes os mixomicetos, que perderam o brilho vital assim que caíram no chão. Puxou à força tantos quanto pôde, mas eles se moveram para o centro de sua visão, amontoando-se rapidamente sobre alguma coisa.

ÉDER: O QUE ESTÁ FAZENDO?! POR QUE ESTÁ DESTRUINDO TUDO?

ALEX: ME AJUDE!

ÉDER: ISSO É LOUCURA!

O rapaz deu um passo para trás. Era audível no capacete a respiração ofegante do professor. Éder voltou e o ajudou. O emaranhado de mixomicetos reagiu a cada investida deles, ajuntando-se depressa naquele ponto da estufa.

Por fim, os dois encontraram o corpo de um homem preso entres os pedúnculos.

Sala de Controle
00h21min

Randall, Wankler e Chang moderaram as vozes na discussão acalorada que se iniciou entre os três. Randall negou com a cabeça, contrafeito, os argumentos de Wankler. Ele recomeçou:

— Quando conceituamos um novo brinquedo para um parque de diversões, pensamos em como queremos que se aproxime de uma pseudo-realidade para convencer nossos turistas. Se estudo um projeto de engenharia cuja temática é a Casa dos Horrores, vou criar junto com minha equipe de engenheiros os mecanismos que pareçam os mais possíveis de um evento sobrenatural, com fantasmas assustadores, objetos que se movem sozinhos e poltergeists que metam medo. Mas a Casa dos Horrores está longe de ser um ambiente sobrenatural. É tudo montagem.

— Este lugar não é montagem — Chang rebateu. — É a maior mostra científica, que abrirá as portas para um mundo pouco conhecido, cheio de perguntas.

— Sr. Chang, você repete isso desde que cheguei aqui — Randall interrompeu. — Pense bem no que diz. A ciência é uma montagem de métodos. Não sou especialista na área e julgo que nem preciso ser para compreender que a Iniciativa Unicelular, por mais extraordinária que seja, protege um conjunto de espécies que parecem micróbios. Mas será que ainda são depois de tantas modificações genéticas, adaptações em ambientes controlados e nutrientes específicos?

— Você tem razão — Wankler acrescentou. — A Natureza não é uma montagem. Ela muda e cria novas perspectivas, ela reage com novos métodos pela sobrevivência. Mas o intuito é vislumbrarmos neste lugar parte das respostas que a Natureza pode nos dar.

— Sabe de uma coisa? — Chang continuou. — No fundo, tudo o que construímos não tem a ver com encontrar respostas para os problemas, mas contemplar o mundo sob outro ângulo. Há criaturas incríveis neste planeta. É a nossa casa e, mesmo assim, a Terra ainda é um lugar cheio de vida desconhecida — fez uma pausa e pigarreou. — Na década de 80, conheci um homem pequeno em tamanho, mas grande em ideias, numa conferência de empreendedorismo e investimento na Califórnia. Conversamos por horas a fio e fizemos uma amizade singular, ainda que eu fosse um jovem adulto e ele um velho sonhador. Pude vê-lo por muitos anos seguidos até que me convidou para seu bangalô, numa ilha no litoral da Costa Rica — Chang sorriu. — Foi um fim de semana espetacular! Ele estava iniciando um projeto de natureza tão biológica quanto este. Mas a magnitude do que aquele velho queria criar estava muito além da perspectiva de uma grandiosa exposição. Era ciência pura! Aquele homem me pediu para não desistir do meu sonho. Para não sucumbir diante de pessoas que tentassem destruir o que eu tinha em mente — Chang disse, emotivo, passando as mãos nas têmporas. — Não ouvi mais falar de meu amigo americano. Por mais que eu tivesse minhas próprias ideologias, opostas ao que ele pensava, tive de concordar que era um velho ambicioso e visionário! Ouvi dizer que morreu por seu sonho, tentando corrigir erros de pessoas que o impediram de continuar. Hoje eu sou o mesmo velho sonhador.

— Ninguém pode compreender — Wankler acrescentou —, além de nós mesmos, a intenção e as perspectivas que esta Iniciativa projetam para o futuro da humanidade.

O painel de controle da sala disparou um bipe. Uma voz masculina surgiu entrecortada nos alto-falantes:

— *...ala de controle... alguém... ponda.*

— Está com interferência — Randall se levantou e se sentou diante do console principal.

— *...reciso que... enham... qui.*

— Onde está Zhu? — Wankler perguntou. — Chang, vá procurá-la, por favor.

— Acho que no Laboratório A — Randall disse enquanto estudava as ferramentas digitais sobre a mesa.

— Um momento! Volto já — Chang saiu às pressas, cruzando a porta de vidro.

Randall digitou no teclado de Zhu.

— Não mexa aí! — reclamou Wankler, prepotente.

— Eu sei o que estou fazendo — reagiu Randall. — O computador está avisando que a frequência do rádio está alterada.

Aquele era seu trabalho, controlar falhas sistêmicas. E, por mais que não fosse um especialista em computadores, compreendia aquela linguagem.

— O sistema não é tão complicado. Só está lento — comentou.

A voz de Alex saiu mais nítida:

— *Sala de Controle. Alguém aí?*

— De onde ele está falando? — quis saber Wankler.

— Espere — pôs os fones de ouvido com microfones acoplados. — Sala de Controle na escuta.

— *Oh, graças a Deus* — respondeu. — *É você, Randall? Onde está Zhu ou Dra. Wankler?*

— Zhu está ocupada — Randall respondeu. — Precisa de ajuda?

— *Não sei como dizer* — falou o professor. Randall percebeu sua voz contida. — *Prefiro mostrar. Pode ativar as câmeras do capacete?* — Alex pediu. — *Eu não sei usar muito bem este bracelete digital.*

— Posso tentar — Randall procurou no sistema por pontos de localização. Encontrou dois pontos numa janela minimizada do desktop. Zhu controlava tudo por ali. O sistema era simples. Randall acessou um dos pontos que se movimentava dentro do espaço marcado como Sistema de Estufas. O ícone de "câmera" surgiu como uma das opções. Ativou a função. Uma imagem surgiu na tela do computador. Ele pôde ver o rosto de Alex por dentro do capacete. — Acho que consegui.

— Eles estão na estufa dos mixomicetos! — Wankler soltou um palavrão. — Quem deu autorização para entrarem?

— *Olhe isso, por favor* — Alex pediu.

Randall encontrou o comando de "câmera frontal". A imagem mudou de ângulo e filmou algo pálido que ele não reconheceu à primeira vista.

— Fique parado para eu focar melhor a imagem — Randall pediu.

— Oh não, Cristo! — Wankler pôs a mão sobre a boca.

O monitor expunha o rosto de Manuel. Sua pele esbranquiçada, os olhos abertos assustados, a boca caída, o corpo suspenso por dúzias de mixomicetos.

# AMANITA PHALLOIDES

Sistema de Estufas
11 de fevereiro
00h23min

Alex ouviu o lamento de Wankler no áudio interno do capacete. A voz de Randall pediu que ela se acalmasse. Não entendeu muito bem o que a cientista dizia; a voz dela estava embargada pelo choro.

Deixou que a câmera do capacete continuasse filmando Manuel. A cabeça dele pendia para frente, o pescoço torto, o rosto com áreas ainda inchadas depois do último confronto com a investigadora. Alex sentiu um aperto no peito ao notar melhor a expressão de morte e desespero do rapaz. A expressão dele não era só um susto contido; mesclava-se à certa melancolia e a um véu sem brilho nos olhos.

Os mixomicetos voltaram a se grudar no corpo dele. A parte superior estava seminua, a camisa desabotoada pendurada na cintura. Alex também ficou intrigado com as finas cicatrizes na altura do peito de Manuel.

— Randall — o professor chamou.

— *Sim* — a voz de Randall disse.

— O que eu faço? — Alex perguntou.

Ele escutou a respiração de Randall.

— *Não sei* — respondeu. — *A investigadora está aqui.*

Alex esperou mais de vinte segundos. Os fones emitiram ruídos de transmissão à radio.

— *Professor Alex* — a voz feminina falou.

— Sou eu — respondeu.

— *A Dra. Mei está ocupada neste momento. Para não perdermos tempo, preciso que me ajude* — ela pediu.

— Como?

— *Observe se o corpo tem sangue e inchaço* — continuou.

— Além daqueles que você provocou? — Alex questionou duramente, mas percebendo em seguida que a provocação não foi adequada ao momento. — Desculpe, não quis…

— *Deixe pra lá* — respondeu a voz da agente.

— Eu não estou vendo nenhum sinal de sangue — ele continuou. — A não ser...

— *O quê?* — a agente interrompeu. — *Fale.*

— Duas cicatrizes muito finas pouco abaixo do peito — Alex disse.

— *São cicatrizes de extração das glândulas mamárias* — a agente fez uma pausa. — *Manuel era transexual.*

— Entendi — Alex não demonstrou surpresa. — Suspeitei disso.

— *Há algum outro elemento fora do comum para você?* — a voz dela continuou.

— Ainda estou observando o corpo — Alex disse —, mas penso que seja necessária uma autópsia detalhada.

Éder se aproximou dele e apontou para a boca aberta de Manuel. Alex examinou mais de perto.

— Espere — Alex falou. — Éder encontrou alguma coisa entre os dentes dele.

— *Não quero alterações no corpo* — a agente ordenou. — *Podem corromper os indícios e as provas.*

— Está bem. Só queria ajudar — Alex respondeu, recolhendo a mão.

— *Ok. Force com cuidado as mandíbulas* — a agente pediu, voltando atrás. — *Exponha diante da câmera para eu ver.*

Alex usou os dedos para abrir espaço entres os dentes. Ao seu lado, Éder acendeu as lanternas do capacete, direcionando a luz para a boca de Manuel. Alex empregou mais força, mas a rigidez post mortem impedia que a boca se abrisse mais. Então forçou as mandíbulas com as duas mãos.

Ouviu um estalo.

— Droga! — exclamou e recolheu as mãos outra vez.

— *Continue* — a voz da agente insistiu.

Assim que conseguiu espaço, puxou com os dedos um objeto fibroso e esverdeado com restos de saliva. Aquilo lhe pareceu familiar. Deixou escorregar até a palma da mão.

Era um fragmento orgânico.

— Acho que conheço — Alex disse.

— *Pode ajudar a identificar?* — a agente perguntou.

— Acredito que sim. — Observou mais de perto as fibras aparentes com traços verdes e manchas escuras no centro. — É o pedaço de alguma espécie de cogumelo.

— *Cogumelo?*

— Exato. E do mais venenoso que existe — informou, esforçando-se para lembrar o nome. — Tenho quase certeza de que é um fragmento de *Amanita phalloides.*

— *Como?* — ela perguntou.

— Ou cicuta verde, como alguns chamam. É muito venenoso — falou enquanto analisava mais de perto. — Se ingerido é fatal. Vi há pouco um cogumelo desse partido bem perto daqui.

— *Partido?* — a agente repetiu.

— Isso, restos de Amanita caídos no solo.

— *Como se alguém tivesse esbarrado nele?*

— Não, como tivesse arrancado — Alex acrescentou. — Não sei por qual motivo Manuel teria comido uma coisa dessas. As toxinas demoram a agir por pelo menos uma hora até o óbito. A não ser que consideremos concentrações maiores em um único fragmento. De qualquer forma, foi angustiante para ele.

— *Está falando na hipótese de suicídio?*

— É claro. Quem comeria isso? — Alex questionou.

— *Não creio que seja suicídio, considerando-se o último acontecimento* — ela falou.

— Que acontecimento? — Alex disse, intrigado.

— *O corpo do Dr. Alvarenga foi encontrado no sistema de biodigestores.*

— Nossa! — Alex exclamou. — Há quanto tempo?

— *Pouco menos de uma hora e parece que a causa é tão estranha quanto esta.*

Alex fechou a mão ao redor do fragmento do Amanita.

— Veja bem, temos uma situação no mínimo inusitada aqui — Alex disse.

— *Não entendi.*

— Alguns estudos mostram um alto índice de suicídio entre transexuais — informou. — É preciso investigar se Manuel tinha problemas com depressão. Uma ficha médica ou informações de psicólogo particular pode nos informar melhor.

— *Por que chegou a esta hipótese, professor*?

— Como eu disse, o Amanita é o cogumelo mais venenoso do mundo. Suponho que ele soubesse disso. Ele estava com o Dr. Alvarenga quando nos apresentou o projeto da Iniciativa, assim que chegamos à ilha. Manuel era informado. Por trabalhar entre cientistas, tinha acesso a muitas informações. Difícil que desconhecesse a toxicidade deste fungo.

— *Não estou convencida ainda* — a agente comentou.

— Escute — pediu. — Há três toxinas presentes nesse pequeno fragmento: pelo que sei, a falotoxina, a virotoxina e a amatoxina. Um estudo detalhado de cromatografia gasosa pode comprovar isso e mostrar outras substâncias. Mas, especificamente, se não me engano, a alfa-amanitina é responsável pelo pior; ataca órgãos como fígado e rins, interrompe o metabolismo e causa insuficiência, em pouco tempo, em cada um deles. Eles param de funcionar. É irreversível. Há exatamente a quantidade necessária nesta porção de Amanita para causar efeitos devastadores — fez uma pausa.

— *E*? — ela perguntou.

— Nenhuma dessas toxinas afeta o cérebro. Não é uma neurotoxina, entende? Não o matou depressa. E é provável que soubesse disso. Seus órgãos excretores pararam de metabolizar.

Quando isso ocorre, é dor na certa. E muita! É um comportamento autodestrutivo. Por isso a palidez no rosto dele. Isso é típico em suicidas.

— *Pode ter sido um requinte de crueldade de seu assassino* — ela comentou.

— Acho difícil. Veja isso — pediu.

A câmera ziguezagueou. Alex arrancou alguns mixomicetos da altura do ombro de Manuel. O corpo dele cedeu para frente. Então puxou a mão de Manuel para fora do emaranhado de hastes.

— Esta é uma das mãos. Tem marcas de cortes profundos nos pulsos — falou, a câmera apontando para a mão de Manuel. — Notei também que está esverdeada. São traços da cobertura natural do Amanita, como se Manuel tivesse arrancado com força. As mesmas evidências na mão esquerda. Além disso, acho que ficou seminu para mostrar as antigas cicatrizes no peito. Ele planejou o suicídio.

— *Acredita mesmo nessa hipótese* — ela afirmou.

— Sim. Fez isso para chamar atenção. Para saberem o sofrimento que ele guardava — Alex disse, soltando a mão de Manuel. Usou os dedos livres para fechar os olhos ainda abertos dele. — É uma fatalidade.

Deram uma pausa de quase um minuto na conversa.

— *A propósito* — ela continuou —, *por que acha que Manuel se abrigou nesta pequena estufa de mixo, mixiomice...?*

— Mixomicetos — Alex completou. — Não sei dizer. Acho que abriu a porta para se esconder aqui — Alex moveu a cabeça, incomodado com o rosto de Manuel. Queria mostrar o espaço à investigadora através da câmera. A lente completou uma volta de 180 graus. — Imagino que tenha chegado a óbito sobre o chão, muito perto dos mixomicetos. Eles captam qualquer material orgânico e digerem até decompô-lo.

— *Decomposição, interessante* — ela disse. — *Pode me dizer se há câmeras aí dentro?* — pediu.

Alex observou os cantos da estufa.

— Acho que não — respondeu.

— *Foi o que eu pensei. O computador mostra que não há câmeras instaladas neste ambiente. Zhu disse que foi recém-construído. Se Manuel queria que seu sofrimento fosse exposto, por que iria se esconder? Isso faz sentido para você?*

Alex demorou a responder.

— É uma boa pergunta — ele considerou.

— *E você o descobriu por acaso* — a agente disse.

— Concordo — ele assentiu.

Do outro lado da transmissão, a agente deu um longo suspiro.

— *Venham para a Sala de Controle, por favor. Conversaremos aqui* — pediu. — *Vou ordenar que algum técnico retire o corpo deste lugar para mais análises.*

Sala de Controle
00h50min

Rosa se virou para Wankler enquanto ela discutia com Zhu a respeito das falhas no sistema dos computadores. Randall estava atento ao diálogo.

— Você estava lá! O maquinário está intacto — Zhu se defendeu. — O sistema deveria operacionalizar de modo rápido, mas apresenta bugs e legs a cada minuto.

— Você é a nossa analista e programadora! — Wankler repreendeu, dando voltas pela sala, as mãos agitadas. — Já devia ter descoberto esta merda!

— Zhu — Rosa interrompeu —, preciso das gravações das últimas quatro horas das câmeras da estufa principal.

— Não há gravações — ela negou.

— Como não? — Rosa disse, atônita.

— O-sis-te-ma-es-tá-fa-lhan-do! — ela soletrou com raiva. — Está sobrecarregado, eu já disse.

— Diga ao menos que pode tentar — Rosa ponderou a voz.

— Me dê um tempo — Zhu pediu. — Estou muito cansada. Trabalhando desde as seis da manhã. Ellen pediu que os plantonistas não me substituíssem.

— Óbvio — Wankler rebateu. — Nenhum deles conhece o sistema como você. Não quero outros técnicos envolvidos!

Zhu bocejou, coçando os olhos com as mãos fechadas.

— Imprima para mim a lista de todos os funcionários que estão na ilha — Rosa ordenou. — Depois pode descansar por até duas horas.

— O quê? Negativo! — Wankler exclamou. — Não vai descansar agora! Precisamos dela!

— A ordem é minha e será cumprida — Rosa foi firme. — Imprima a lista e se jogue numa cama. Chamo você mais tarde.

Zhu deu um comando no computador. Rosa ouviu o zumbido de impressão no canto da sala. Em seguida, a chinesa se retirou em silêncio, sem encarar Wankler.

— Você não devia se meter em assuntos de patrão e empregado! — ela disse, aborrecida. — Nós vamos precisar dela!

— Se não calar a boca agora, vou prendê-la em qualquer lugar onde eu não precise mais escutar sua voz! — Rosa se irritou. — Vocês todos são dependentes de Zhu para qualquer comando nesta ilha. Este é o problema dos sistemas que criaram aqui. Não usam outros meios sem a necessidade de computadores. Se um banco de dados tem um sistema interrompido por qualquer motivo, não há outra maneira de se continuar uma tarefa. Sistemas nos fazem reféns. Vocês são reféns de Zhu e ela, por outro lado, refém do próprio sistema que criou — fez uma pausa junto ao silêncio de Wankler. — Eu quero que faça exatamente o que vou dizer agora. É uma ordem. Escute bem.

— Estou escutando — Wankler assentiu.

— Acorde os funcionários. Reúna todos em meia hora no Salão de Eventos. Envie dois técnicos de confiança para retirar o corpo de Manuel da estufa. Deixe o restante com Mei na enfermaria. Depois chame a psicóloga. Como é o nome dela?

— Liana — respondeu baixo, claramente contrafeita.

— Não ouvi muito bem — Rosa reclamou. — Quando eu fizer uma pergunta, abra bem a boca e responda. Qual é o nome dela?

— Li! — Wankler quase gritou, as bochechas ruborizadas de raiva.

— Chame-a. É só. — Virou-se para o computador.

Ellen Wankler saiu a passos largos, como um coronel irritado cuja ordem foi afrontada por alguém de patente superior.

Rosa aproximou a cadeira giratória ao lado de Randall, em frente ao computador de Zhu. Ele digitava alguns comandos, um pouco inseguro, a julgar pelo ritmo bem menos rápido que um especialista.

— O sistema é fácil de manusear, mas acredito que os bugs aconteçam por falhas de memória. O computador deveria avisar, mas, ao invés disto, ocorre interrupções no sistema.

— Então suspeita de uma falha de hardware?

— Isso — confirmou. — Parece mecânica. Não foi vírus ou qualquer erro provocado. Não tenho ampla experiência, mas, por lidar com isso todo dia, a gente aprende um pouco. Zhu disse que a Central de Dados aparentemente está normal.

— Mas podemos conferir outra vez — Rosa se levantou e mostrou a ele um crachá. — Zhu me deu um cartão de código QR autorizando minha entrada em qualquer parte da ilha.

— Wankler sabe disso? — sorriu ao perguntar.

— Não — ela disse.

— Ouvi sua conversa com o professor — Randall comentou. — Acredita em assassinato nos dois casos?

— Acredito — Rosa respondeu. — Alguém tentou se livrar do corpo de Manuel naquele recinto de mixomicetos. Aquelas coisas iriam decompô-lo talvez em dois ou três dias. Sabe Deus quando iriam encontrar os restos, se é que encontrariam naquele emaranhado de organismos. Há alguma coisa muita errada neste lugar e sinto que em breve vamos descobrir.

— Por mais que pareça estranho, não acho que há um assassino envolvido — Randall disse, incrédulo. — Parece precipitado acreditar nesta hipótese. Acidentes, suicídios e outras fatalidades acontecem mais do que se espera.

— Fatalidade é uma palavra que soa falsamente como um acidente sem culpados. Trabalho há dez anos com investigação, Sr. Randall. Durante este período, nunca testemunhei qualquer caso em série de fatalidades. Dois casos em menos de duas horas. Duvido das fatalidades até que todos os indícios sejam postos à prova. As respostas não podem ser tão fáceis quando se trata da morte de alguém.

Ela andou em direção à porta com Randall logo atrás.

Central de Dados
01h09min

Os dois entraram na sala fria. As luzes acenderam, cada uma delas estalando num clique rápido. Não havia janelas no ambiente, só paredes brancas de concreto. No forro acima, os condicionadores de ar funcionavam sem parar. Seis corredores com torres negras enfileiradas quase até o teto piscavam luzes amarelas e brancas.

— É um servidor de grande porte — Randall observou ao redor. — À primeira vista parece que tudo está normal.

— Está congelando aqui — Rosa reclamou, abraçando os próprios ombros.

— Só um segundo — Randal desabotoou a camisa de mangas curtas, deixando os músculos definidos dos braços à mostra. O peito e o abdômen continuaram cobertos por uma camiseta branca justa. Ofereceu a camisa à Rosa. — Pode usar. Está limpa, vesti ainda há pouco.

— Agradeço — sorriu e se cobriu com a camisa, depois apontou para as torres de dados. — Vamos continuar e ver se elas estão funcionando normalmente por dentro. Pode ajudar nisso?

— Acredito que é onde está o problema — aproximou-se de uma das torres. — Ainda usam *mainframes*. Esquisito para uma empresa tão moderna, depois de tecnologias como servidores Unix.

— Deve haver um motivo simples — Rosa conjecturou.

— Qual? — Randall quis saber.

— Diferente de outros servidores, esses suportam troca de processadores, inclusão ou remoção sem que se necessite desligá-lo. Acho que foi proposital. Assim continuam com o sistema a todo vapor caso precisem alterar ou acrescentar mais dados.

— Não acho que o motivo seja somente esse — Randall discordou. — É um sistema mais barato. Necessita de um ambiente condicionado 24 horas, além de excelentes *coolers*. Suponho que Zhu trabalhou com um baixo orçamento aqui. Empresas novas fazem isso para diminuir custos iniciais. Mas isso é um erro. *Mainframes* são ferramentas mais convencionais em universidades e bancos privados de médio porte. Parece que não foi uma prioridade para a Biotech — Randall bateu de leve com o punho fechado numa das torres. — Talvez esta seja a origem dos problemas.

Ele forçou a gaveta inferior de uma das torres, puxando-a em sua direção.

— O que pretende fazer? — Rosa perguntou.

— Encontrar o problema — tocou no emaranhado de fios e placas com as pontas dos dedos. Um pó branco grudou neles.

— Observe isso — mostrou a ela. — É poeira?

— Não parece — Rosa se aproximou mais. — É como pó sintético.

— Plástico — ele comentou, esfregando entre os dedos.

Randall puxou uma placa de quinze centímetros do slot de memória. Estava esbranquiçada; os cantos carcomidos deixaram mais pó entre os dedos.

— Estão degradadas! — ele exclamou. Tirou outra placa de memória. — Boa parte delas.

Rosa se ajoelhou perto de uma das torres.

— O que foi? — Randall a acompanhou.

Ela encostou o rosto até o piso de cerâmica, sob o pé da torre de dados. Randall fez o mesmo.

— Meu Deus — ele disse, cético.

O pó esbranquiçado estava depositado em todo o chão, abaixo da fileira de torres negras.

Dormitórios
01h02min

— Acorde! — Wankler exclamou, sacudindo o ombro de Li, que gemeu sonolenta na última cama do beliche. — Ainda toma remédios para dormir? É uma viciada! Mei precisa parar de receitar essa merda a você.

Li abriu os olhos, o rosto albino macilento, os cabelos loiros presos numa touca.

— Vá pro inferno! Não estou usando nada — ela reclamou, levantando devagar o corpo obeso. — Por que me acordou?

— A investigadora quer falar com você — Wankler avisou de costas para ela. — Vista-se.

— O que ela quer? — perguntou, atônita, enquanto calçava as pantufas sobre o chão frio.

Wankler espremeu o semblante num choro repentino, gemendo em seguida, depois levou as mãos até a face para esconder a tristeza.

— Manuel! — Virou-se para Li. — Está morto. Morto!

Li não reagiu, indiferente à notícia.

— O que aconteceu com ele? — perguntou.

— Suspeitamos de suicídio — Wankler enxugou as lágrimas —, mas a investigadora tem outra suspeita.

— Qual?

— A imbecil acha que foi um assassinato. Não acredito nesta hipótese. Conhecemos o histórico de Manuel — Wankler falou, fungando.

— Assassinato — Li repetiu.

— Foi só uma fatalidade — Wankler rebateu. — Não quero veicular essa notícia de um assassino à solta no museu. É absurda demais.

— Este lugar é um absurdo completo, Ellen. Mas por que a investigadora acredita em assassinato?

— Diego foi encontrado morto há quase uma hora. O acidente foi causado por Vitron. Talvez uma programação equivocada dos técnicos ou por causa da merda que está o sistema operacional da ilha.

Li não reagiu outra vez.

— Como Manuel morreu? — quis saber.

— Acho que envenenado — Wankler informou, suspirando em seguida. — Mei vai fazer a autópsia para confirmar.

— Envenenado — Li repetiu, ainda indolente. — Por acaso o envenenamento tem alguma relação com o Amanita?

Wankler meneou a cabeça e fez silêncio por quase meio minuto ao ouvir aquele nome.

— Como sabe? — ela arqueou as sobrancelhas.

— Ele descobriu que é usado por muita gente com problemas de insônia e depressão. Manuel leu estudos de casos de tratamento com esse fungo por causa das propriedades psicoativas depois do acidente que vocês dois sofreram na estufa.

— Não faz sentido — Wankler rebateu. — Não estamos falando da mesma coisa.

— Nas sessões, Manuel sempre compartilhou comigo o desejo de usar o Amanita em doses moderadas depois que foi atingido pela substância produzida pelo mesmo cogumelo há quase dois anos. Ele acreditava que a solução para a depressão que sentia podia ser encontrada na causa do problema que você supôs ter sido a fonte da transexualidade dele. Não vi problema, desde que você recomendasse a posologia adequada — Li relembrou.

— Estamos falando de Amanitas diferentes, Li — Wankler se sentou na cama ao lado dela. — Manuel começou a usar o Amanita Muscaria há menos de um mês, mas pedi que não mencionasse isso a ninguém, nem a você. Depois do acidente, eu sempre neguei suas tentativas de consumir aquilo, com medo de que se tornasse um viciado. Ele passou a ter uma curiosidade incontrolável depois do primeiro contato acidental com aquele cogumelo.

— Então como diabos Manuel morreu? — Li perguntou, o cenho franzido.

— O professor Alex encontrou o corpo dele — Wankler soluçou, recomeçando o choro. — Manuel comeu um bocado de *Amanita phalloides*. É o cogumelo mais venenoso deste planeta!

Li prestou atenção nela por algum tempo.

— É mesmo estranho, parece ter sido proposital — a psicóloga ponderou.

— Confesso a você que a primeira coisa que pensei ao ver Manuel daquele jeito foi em suicídio. Não há dúvidas para mim, pois os Amanitas têm cores diferentes — Wankler informou. — Muscaria é vermelho com pigmentos brancos. O Phalloides é verde claro. Li, ele se matou!

— Já pensou em informar à investigadora que Manuel consumia o outro Amanita?

— Nunca! — Wankler se exaltou. — Ela vai me trucidar e me acusar de negligência. Se deixarmos ela descobrir, vai querer me afastar da Iniciativa! Se a investigadora fizer muitas perguntas, diga que Manuel sofria de depressão crônica.

— Então devo sugerir a ela que foi mesmo um suicídio? — Li quis saber.

— Foi suicídio! — Wankler se agitou. — Com o histórico de Manuel, as provas corroboram. Mas eu suplico a você que não mencione nada sobre o Amanita. Pode fazer isto por mim? Por nós? Pelo projeto que temos aqui?

— É claro — Li respondeu. — Tudo pela Iniciativa.

— Obrigada — Wankler agradeceu e enxugou o rosto.

— Só existe uma coisa que ainda não entendi — Li se levantou. — Na última conversa com Manuel, há três horas, ele disse que iria entrar na estufa para colher um pouco de Amanita depois que todos estivessem dormindo. Disse que você deu a ele autorização.

— Eu não dei ordem alguma — negou com a cabeça, incrédula. — Eu mesma colho amostras.

— Estranho — Li olhou para ela. — Eu não creio que ele tenha inventado isso. Se não foi você, quem deu a ordem?

Sistema de Aquários
01h03min

Chang cruzou a porta vaivém do corredor, descendo as escadas com cuidado para não tropeçar. Não encontrou Zhu nem a investigadora no Laboratório A. Deviam ter voltado à Sala de Controle. Chateou-se por ninguém avisá-lo nos alto-falantes. Mas aí se lembrou de que talvez não estivessem funcionando. Somente os aparelhos de rádio. E não tinha nenhum consigo.

No mínimo, Ellen podia ter enviado alguém para o laboratório e avisado, em vez de ter que esperar por meia hora ou mais depois que se prontificou a ajudar. Mas ninguém havia se lembrado dele.

*Sou só um velho inútil*, pensou Chang com autopiedade.

Ele estava cansado. Cansado da investigadora, cansado dos ataques histéricos de Ellen, cansado daquele dia atípico.

Uma opressão repentina o deixou abatido. O desgaste mental e físico ajudava, é claro. As pernas doloridas, os músculos dos pés retesados. Não parou sequer para um descanso, preocupado em recepcionar os visitantes.

Sentiu outro desconforto. Uma sensação de acidez estomacal, além dos nervos ainda afetados com o acidente de Diego Alvarenga.

Aquela era a melhor hora para vagar pelo museu tranquilamente e contemplar a obra que ele ajudou a realizar. Era assim que relaxava. Atravessou um corredor vazio próximo ao Ambiente de Realidade Aumentada. As luzes automáticas de LED acenderam.

Um pouco mais à frente, havia um hall interditado por duas placas. Afastou uma delas com as mãos e ficou diante de outra porta vaivém trancada por corrente e cadeado. Apalpou o bolso da calça. Encontrou uma chave tetra e usou-a para destrancar. Aquela ainda era uma área restrita a visitantes. Ellen a chamava de "Aquário Beta". Dizia que assim que fosse inaugurado seria um sucesso e melhor que qualquer aquário do mundo.

A penumbra dentro do salão era suave e misturada às cores fosforescentes. Chang procurou um dos bancos ao estilo de praça para se sentar e ver o espetáculo diante dele. Soltou os ombros e relaxou. Contemplou o paredão de polivitrum, enfeitiçado com centenas de vidas do outro lado.

Bactérias e protozoários luminosos nadavam em seu próprio ritmo, com suas organelas e cílios, deixando um rastro de diversas cores incandescentes. O espetáculo mais bonito que ele já tinha visto. Uma experiência à parte, fruto de pesquisas dos cientistas da Iniciativa com as enzimas luciferina e a luciferase. Juntas brilhavam maravilhosamente.

*Luciferina e luciferase*, repetiu para si. Iam fazer fortuna com o uso daquilo. Biobaterias, telas de computador e smartphones. O mundo ficaria de cabeça para baixo com a nova tecnologia da Biotech!

Deu um suspiro de esperança. Afinal, em breve, angariar fundos para patrocinar outras pesquisas com aquela mostra deixaria de ser apenas uma ideia.

Notou os cantos do polivitrum. O que seria aquilo? Sujeira? De longe, percebeu um embaçamento nas extremidades do paredão de resina. Era extenso, como uma mancha esbranquiçada.

Um barulho no salão.

Chang girou a cabeça de um lado para o outro. À esquerda, viu uma sombra furtiva se mover no escuro. Levantou-se assustado.

*Há um assassino à solta*! Sua mente acusou lá no fundo. Não havia coisa nenhuma! Chang resistiu ao pensamento. O acidente com Diego foi apenas uma fatalidade. *Uma fatalidade*, repetiu. A suspeita da investigadora estava equivocada. Mas seu coração saltou dentro do peito ao ouvir uma voz familiar dizer:

— Está com medo, não está?

Ele se virou e seus pelos arrepiaram.

— Oh! Você? — falou, desacreditado, sentindo-se flutuar de horror.

Chang correu pelo salão em direção à porta por onde havia entrado. Parecia tão longe! Tropeçou e caiu sobre o piso.

— Não precisa correr — a voz disse. — A morte não tem pressa — deu uma gargalhada espontânea.

Chang gemeu com uma pontada no peito; mesmo assim se levantou, confuso.

*Deus*! Estava tendo um infarto. As mãos tremiam. Ele reuniu forças. Tentou gritar, mas a pontada no peito voltou e a garganta foi comprimida. Já havia tido aquela sensação em picos de estresse no ano passado.

Chang correu e finalmente cruzou a entrada, atravessou o corredor com a esperança de encontrar alguém. Estava vazio.

Foi instintivo quando buscou abrigo ao ver a porta da sala de introdução à redoma aberta. Talvez um técnico estivesse por lá para manutenção.

Gritou por ajuda. Não havia ninguém! Entrou aos tropeços na redoma, caindo sobre as poltronas. A surpresa foi maior ao se erguer e ver a redoma trincada por toda parte. Manchas esbranquiçadas no polivitrum.

— Como um rato na ratoeira! — a voz riu.

Num baque surdo, a porta trincada da redoma foi fechada. Ela começou a girar e girar. As luzes acenderam e então percebeu o ágar-ágar escorrendo para dentro dela. Viu bolhas subirem pelo polivitrum trincado.

As criaturas do aquário se aproximaram, curiosas com o movimento e as luzes fortes. Aquilo chamou a atenção delas?, Chang se perguntou temeroso, imóvel. Juntaram-se aos montes e depressa demais. Centenas e mais centenas.

*A redoma não vai resistir*. Apertou no console central o botão de contato com a Sala de Controle, batendo o dedo inúmeras vezes.

*Diabo*! Não funcionou. Notou que abaixo do console os fios estavam cortados.

Vibriões se chocavam contra a redoma, agitando-se sobre ela. Para seu desespero, amebas e dinoflagelados esbarraram contra o polivitrum para caçar o enxame de vibriões aos montes.

*Meu Deus, vou morrer*. Chang tremeu ao ouvir o polivitrum estalar. Os ruídos de trincos dentro da redoma eram pavorosos. Pôs as mãos sobre a cabeça. Gritou em vão, cuspindo ao dizer:

— Ellen! Ellen! — pensou na mulher num misto de tristeza e desespero.

A pontada no peito foi seguida pelo estraçalhar da redoma. O líquido espesso o envolveu. Chang rodopiou num redemoinho de vibriões. Ainda houve tempo de sentir seus flagelos frios sobre as partes nuas do corpo e adentrando seus orifícios. Um deles enfiou-se em sua boca.

Foram apenas dez ou quinze segundos, mas a agonia de morrer asfixiado levou uma eternidade.

# IDEONELLA SAKAIENSIS

Sala de Controle
11 de fevereiro
01h32min

— Comecei a perceber nas estruturas organizadas de uma simples bactéria através da microscopia eletrônica, a julgar por sua mobilidade com flagelos, por exemplo, a complexidade do mecanismo engenhoso que ela utiliza. É um engano pensar que parecem seres menos complexos por sua natureza unicelular — Wankler discutia o que intitulava de Criacionismo Científico com Alex, gesticulando muito. Ela tentava convencê-lo do assunto. — Posteriormente, depois desses estudos, fiquei cada vez mais intrigada acerca do surgimento da vida na Terra. A evolução discute que seres desse tipo foram os primeiros a surgir neste planeta — explicou ela. Os dedos começaram a tamborilar sobre a mesa de trabalho de Zhu. — Como um ser de singularidades complexas, erroneamente caracterizado simples, surge com engenhosidade sobre este planeta? Como foi seu processo de origem? Durante alguns anos estudei na Alemanha a genética dos micróbios e sua estrutura celular. Eu posso garantir a você, professor:, essas coisas não se formaram sozinhas.

— É claro que não! Teorias como Big Bang explicam parte desse processo — Alex rebateu. — Os primeiros traços de vida podem ser atribuídos a partir da junção de elementos químicos até o surgimento mais arcaico de organismo. A experiência com átomos no CERN, entre a Suíça e a França, aguarda postulações mais recentes. É ridículo acreditar que um ser vivo tenha sido feito através de uma fantasia a quem religiosos fanáticos chamam de Deus.

Wankler riu. Alex manteve o semblante incrédulo contra o argumento anterior dela. Rosa, Li e Éder acompanhavam o diálogo acalorado entre os dois. Um embate de cientistas com visões diferentes sobre a origem da vida.

— A busca por provas está cada vez mais agitada sobre este assunto, professor. Eu estive há dois anos na Suíça e conheci o projeto CERN depois de muitos questionamentos que carreguei comigo — Wankler disse, orgulhosa.

— Esteve lá? — Alex se admirou.

— Sim, precisei conhecer o maior laboratório de física do mundo para inspirações sistemáticas do maior laboratório de microbiologia do mundo — Wankler sorriu. — Meus questionamentos sobre o começo da vida geraram os primeiros esboços do que hoje chamamos de Iniciativa Unicelular. Comecei estudando o domínio Arquea, considerado por muitos cientistas os organismos de vida mais antigos deste planeta.

— Entendo — Alex disse.

— Consideremos que o CERN obtenha sucesso esperado em algum momento deste século — continuou ela — e finalmente prove que o ponto inicial de toda a vida começou com a abrupta junção de átomos, posteriormente de elementos químicos até a formação de organismos. Bingo! — Wankler exclamou. — Para mim é a maior prova de que a vida é produto de uma larga experiência que usou mecanismos, fórmulas e todo conhecimento necessário. Por que não acreditar que Deus ou Arquiteto Supremo não usaria os mesmos artifícios? Entende onde quero chegar?

Alex mexeu a cabeça, negando a teoria de Wankler.

— Este lugar me deu a chance não só de estudar o universo dos micróbios — Wankler continuou —, mas de responder questionamentos como o surgimento da vida.

— E conseguiu alguma resposta? — o professor disse, arqueando as sobrancelhas.

— Sim. Acredite, foi uma surpresa para mim — Wankler falou pausadamente. — A Ciência tem uma visão equivocada. Vai ler postulações acerca deste estudo nas melhores revistas científicas do mundo. Eu estou falando de uma versão nova de Criacionismo.

— Está me dizendo que tem provas? — Alex perguntou, o tom incrédulo na voz.

— In vitro — Wankler confirmou. — E são irrefutáveis.

— Nada é irrefutável — Alex desdenhou com um sobressalto na voz.

— Não vai pensar assim quando descobrir o que eu tenho em mãos — sorriu com uma convicção que persuadiu até Rosa.

Ela pensou sobre o assunto como uma possibilidade a ser discutida, ainda mais depois de ter participado, alguns meses antes, da Operação Doyle, que rememorou com horror. Não podia compartilhar a experiência com o grupo. O assunto era sigiloso, agora arquivado entre tantos outros nas salas secretas da ABIN.

*Ping*.

O computador da mesa principal soltou um bipe curto.

— Onde está Randall? — Wankler perguntou, limpando com insistência os óculos após tirá-los do rosto.

— Corrigindo alguns erros de dados para restabelecer o sistema — Rosa informou. — Vai demorar um pouco.

— Nem eu, nem Zhu fomos informadas acerca disto! — Wankler se irritou. — Onde ele está?

— Randall sabe o que está fazendo — Rosa rebateu, evitando continuar o assunto. Ela se virou para a psicóloga. — Este é o momento certo para a Dra. Li expor suas explicações acerca de Manuel e seu perfil psicológico para eu entender o que está acontecendo aqui. Eu a chamei para isso. Por favor, Doutora, pode começar.

— Antes de tudo — Li disse —, quero deixar claro que psicólogos não fazem diagnósticos — aproximou a cadeira giratória para perto da investigadora. Rosa notou a falta de melanina na pele da mulher, emoldurada por cabelos opacos, quase brancos. — Manuel, além de brilhante e exemplar funcionário, e digo isto com muito pesar, era transexual. É necessário esclarecer que um transexual não é um travesti, tampouco devemos fazer relação com sua orientação sexual, mas com a identidade sexual. Dois elementos distintos. Parece um desafio para as pessoas entenderem isso e conversarem sobre esta questão, a julgar pelos impropérios que já ouvi. A Organização Mundial de Saúde trata a transexualidade como transtorno de identidade de gênero. O indivíduo não se identifica com a genitália que nasceu, nem com o próprio corpo. Isto difere do travesti, que não tem problemas com a genitália, mas se identifica em parte com o universo feminino, por isto fazem implante de seios e buscam procedimentos que concedam traços femininos aos seus rostos.

Rosa notou o grupo interessado na explicação dela. Li continuou com solenidade na voz:

— O caso de Manuel foi especial para mim. Biologicamente é mulher, mas não se sentia ajustado ao corpo feminino. Passou por vários procedimentos antes de aplicarem o CRS.

— O que é isso? — Éder perguntou.

— Cirurgia de Redesignação Sexual — Li explicou. — Depois de uma série de entrevistas com uma junta médica e acompanhamento psicológico, o paciente pode optar pela mudança sexual se achar que deve, como as devidas recomendações médicas. Foi o caso de Manuel, depois de várias tentativas de suicídio. A cirurgia é dolorosa, assim como todo processo à base de tratamento hormonal específico. É nesse período que o indivíduo mais necessita de amparo da família. Manuel, infelizmente, não tinha muito acesso a seus pais e parentes mais próximos. A família sentiu vergonha por Emanuela adquirir características masculinas e mudar de nome. O problema estava na imagem que havia sido alterada. Muitas famílias rejeitam o transexual por este motivo e o quadro tendencioso à suicídio se amplia.

— Gostaria de fazer uma observação — Rosa pediu. — Dra. Wankler elaborou a hipótese de que existe uma relação entre a transexualidade de Manuel depois que inspirou a toxina fúngica no incidente ocorrido na estufa — fez uma pausa. — A vida anterior de Manuel, quando ainda se comportava como mulher, apontou os mesmos dilemas que acabou de me descrever?

— Eu sei onde quer chegar, mas não creio nesta hipótese — Li refutou, girando sobre a cadeira. — Parto do princípio de que Ellen não se tornou transexual depois do contato com a toxina. Isto está bem claro. A transexualidade não pode ser comparada à uma doença tão séria como a esquizofrenia. O termo doença pode ser equivocado. Inclusive, tenho muito cuidado com o discurso médico. Muitas vezes criam-se rotulações. O termo *transtorno* comprovadamente gera desconforto em muitos indivíduos transexuais.

— Mas voltando a caso da Dra. Ellen, ela apresentou problemas depois que inalou a mesma toxina. E não há histórico anterior da doença, até onde sei. — Rosa expôs. — Além disso, relatou que faz uso de medicamentos controlados.

— Não gostaria que tocasse no assunto em questão — Wankler interrompeu —, por favor!

— Dra. Li, responda minha pergunta — Rosa continuou. — Analisando o histórico de Manuel antes do incidente, houve alguma tentativa de suicídio registrada?

— De acordo com a fala de Manuel, não. — Li respondeu, depois de quase meio minuto. — Manuel revelou que, nos tempos em que se identificava como mulher, sofreu pequenas depressões em períodos pré-menstruais. Isso é comum para algumas de nós antes da menopausa. Mas até onde soube, nunca compartilhou a ideia de ser homem. Tive várias vezes a impressão de que não recordava de todo seu passado como mulher. Tinha somente lapsos de memória e, segundo Ellen, as tentativas de suicídio só aumentaram. Precisaram agir rápido, mesmo sob os cuidados de Mei. Quando finalmente Manuel adquiriu traços masculinos com cirurgias e hormônios, pensamos que ficaria emocionalmente estável. Mas voltou a apresentar nervosismo, problemas de fala e sudorese excessiva. Indícios de que algo continuava errado. Ellen abraçou a causa para ajudá-lo. Foi neste momento que fui convidada para trabalhar na ilha.

— Entendo — Rosa disse, absorta em pensamentos.

— Não estamos querendo esconder nada aqui acerca de toxinas ou acidentes com funcionários — afirmou Li sob os olhares de Wankler. — Este é um fato que também nos intrigou e estava em processo de averiguação durante meses antes do suicídio de Manuel. A Dra. Mei acredita na hipótese de Ellen com algumas ressalvas, mediante pesquisas que realizou aqui mesmo. Fez análises minuciosas e exames de tomografia para estudo comparativo. Contudo, não é fácil chegar a uma resposta — Li continuou, os braços relaxados e a postura ereta. — Há poucas postulações acerca do assunto com exames realizados do cérebro e alterações hormonais que indiquem fatores responsáveis pela transexualidade. O que temos ainda é muito discutido. Há apenas comprovações de que determinadas regiões cerebrais produzam efeitos referentes à linguagem, trejeitos, tiques nervosos, enfim. Levaríamos anos para provar que a toxina causou alguma consequência sobre Manuel. Se é que causou.

— Há dois caminhos pelos quais vocês que trabalham nesta Iniciativa precisam refletir — Alex interrompeu. O grupo o observou. — O primeiro é o desconhecimento total de tantas toxinas que a equipe da Biotech tem lidado em seus laboratórios. Algumas me parecem ser potencializadas a se perder de vista. Isso pode ter gerado o problema de Manuel. A exemplo disso, as postulações sobre efeitos de agrotóxicos em fazendeiros que manuseiam continuamente a substância podem estar ligadas a casos de depressão seguidos de suicídio.

— Eu já li esses estudos — Wankler assentiu.

— Vocês erraram por não conhecerem o que têm nas mãos — Alex continuou. — Por outro lado, podem ter provado, sem qualquer intenção, que a sexualidade de um indivíduo é determinada por fatores químico-biológicos. Isto tem sido discutido por pesquisadores há anos, desde o começo da composição de um indivíduo no útero materno até a fase adolescente, visto que quantidades de hormônios específicos foram cogitadas como reguladores de áreas do cérebro para gerar padrões sexuais.

— Em parte, talvez. Mas os fatores sociais são imprescindíveis — Li interrompeu com desdenho. — Os fatores sociais são responsáveis por muitas escolhas de um indivíduo. A maioria delas. É óbvio que sem dúvida há fatores biológicos envolvidos, contudo são fundamentais para se tomar decisões? Não creio que o fator biológico tenha sido o único influenciador para a transexualidade de Manuel. As pesquisas são muito recentes. Se o incidente com a toxina ocasionou transtornos no cérebro de Manuel e Ellen, será por muito tempo uma incógnita. Afinal...

*Ping.*

Li interrompeu a explicação. O grupo se virou para o computador, que emitia um alerta.

— Onde está Randall? — Wankler perguntou outra vez, irritada. — O que ele anda fazendo?

— Toda essa conversa sobre Manuel me relembrou de quando começou a trabalhar neste lugar — Li retomou o assunto, um pouco triste. — Era uma moça delicada, muito bonita e cheia de sonhos. Depois se tornou um sujeito oprimido. E, quando achamos que a cirurgia de redefinição resolveria tudo, aconteceu o pior.

— Vou procurar Randall — Wankler falou, aborrecida, andando até a porta.

— Notei que a Iniciativa tem um contingente grande de mulheres — Rosa observou, tentando distrair a atenção de

Wankler. Ela iria atrapalhar o serviço de Randall assim que chegasse à Central de Dados. — O motivo me parece promissor. Uma oportunidade para a competência feminina ser exercida depois de anos de cultura machista, que deu apenas ao homem a liberdade de pensar e se expressar — esperou Wankler reagir.

A cientista deu meia volta, interessada. Rosa sorriu sutilmente.

— Você não acha que isso é uma ideologia de segregação de gênero? — Alex perguntou à Rosa.

Li e Wankler sugeriram iniciar um discurso defensivo, mas Rosa insistiu antes.

— Não, professor, enxergo como uma ideologia de correção e libertação. Se no mundo que vivemos todos tivessem oportunidades iguais, independente de gênero ou condição social, as ideologias não teriam surgido. A humanidade sequer precisaria delas. Veja bem, o machismo é um comportamento que durante séculos foi aceito pela força bruta. Ideologias como o feminismo seriam subtraídas se as mulheres desfrutassem de plenos direitos e se não fossem oprimidas com certos tipos de obrigações. As ideologias foram pensadas para tampar buracos sociais provocados por aqueles que se autointitulam dominantes — Rosa defendeu. Wankler e Li sacudiam a cabeça em aprovação. — As ideologias podem ser encaradas como um mal necessário, mas são correções de desastres humanos. Todo remédio é amargo. Ideologias são o elixir a uma sociedade que não se preveniu do preconceito, construindo amarras para benefícios somente de alguns. Uma sociedade doente que separou, classificou e esmagou os mais fracos. Por que defender que somente homens são competentes para grandes cargos dentro de empresas e governos na tomada de decisões e momentos de crise? Há, muitas vezes, nesse comportamento um ato machista sem consciência. São séculos de repreensão às competências femininas, acusadas de pensarem menos, pois não tiveram a oportunidade de pensar mais! Homens têm sucesso em diversas áreas porque durante séculos foram treinados a pensar assim. Mulheres, não. A História testifica que mulheres eram chamadas de bruxas, feiticeiras ou satanizadas ao demonstrarem seu conhecimento empírico com ervas medicinais ou poções. O que a Dra. Wankler fez aqui, mesmo com minhas críticas a esta Iniciativa, é reconhecer que mulheres podem mostrar toda sua competência. As construções sociais nos tacharam de seres emocionais, mas esta geração precisa ser reeducada a pensar diferente. Para isto, a competência feminina deve ser oportunizada.

— Obrigada, pelo menos concordamos em algo — Wankler pareceu satisfeita. Virou-se para sair, mas Randall entrou pela porta. — Perguntei por onde andava.

— As partes internas de todas as torres de dados estão se deteriorando na Central. Não só placas de memória, mas coolers, bases de plástico ou qualquer material feito de polímero. Os cabos telefônicos também viraram pó — Randall informou. — Eu sinceramente não faço ideia do que seja. Não entendo como o sistema ainda continua operando. Alternei as memórias RAM em melhor estado, substituindo tudo que podia. Há uma reserva delas encaixotada, mas são poucas. Talvez ajude.

Wankler encarou Rosa.

— Eu não acredito. Não acredito — a cientista resmungou. — Vocês entraram na Central de Dados sem permissão.

— Entramos com autorização de Zhu — Randall encarou Rosa. Wankler se mostrou decepcionada.

— Devia agradecê-lo — Rosa rebateu. — Randall resolveu parte do problema.

— Vou deixar para outra oportunidade — Wankler disse alterada. Li esfregou as costas dela para acalmá-la. — Não faço ideia do que ocorreu com as peças de polímero.

Rosa caminhou pela sala, foi até as persianas e puxou algumas. Pelas janelas, viu a madrugada lá fora. Um negrume total.

— Estas janelas são de vidro? — perguntou, virando-se para a cientista.

— Sim — Wankler disse, a testa franzida. — Só usamos polivitrum nos aquários e estufas. Por que o interesse?

— Ainda é possível monitorar parte do museu? — Rosa perguntou, aproximando-se de Randall.

Ele sentou diante da mesa de controle.

— De 243 câmeras informadas ao sistema, apenas 73 delas estão funcionando. Não é muito, mas está melhor que antes. O sistema está um pouco menos lento.

Randall mexeu no console do computador e deslizou seus dedos numa pequena esfera da mesa. O monitor mostrou a imagem de várias câmeras.

— Espere, volte um pouco — Rosa notou algo fora do padrão.

Wankler fitou o monitor, bem atrás dela. Li observou também.

— Jesus — Wankler apertou os punhos.

Alex e Éder se juntaram ao grupo.

— A-a-a-quilo são rachaduras no polivitrum, Ellen? — Li gaguejou, nervosa ao ver as imagens. — Talvez algum defeito nas lentes das câmeras, não? Estão sujas?

— Randall, use o zoom para aproximar, por favor — Rosa pediu.

A imagem era perfeitamente nítida. Centenas de rachaduras finas, muito visíveis no polivitrum esbranquiçado. Um líquido minava delas.

— Meu Deus — Wankler pôs a mão enluvada sobre a boca enquanto encarava as imagens. — O que está acontecendo?

— O acrílico dos capacetes está do mesmo jeito — Alex disse.

— Não vimos nada nas placas das estufas — Éder informou. — Talvez porque ainda esteja escuro lá fora. Difícil de enxergar sem o contraste do dia.

Ellen Wankler afundou numa das cadeiras da sala. Sua respiração estava ruidosa. Ela ofegava, pálida.

— Onde está Chang? Não estou bem — ela disse com as mãos fechadas sobre o peito. Li se aproximou. — Não entendo por que o computador não avisou sobre a pressão nas placas de polivitrum.

— Vocês têm ferramentas de controle para isso? — Alex perguntou.

— É claro, pequenos sensores nas placas — ela confirmou. — Nunca tivemos problemas.

— Não estou entendendo. As placas são mesmo indestrutíveis? — Alex hesitou ao perguntar. —Você defendeu isso há algumas horas. Quer dizer que nunca confiaram no produto que adquiriram para esta vitrine de micróbios?

— Não confiamos — Wankler disse, decepcionada.

— Por Deus! — Alex exclamou.

— Escute aqui, nenhum acidente ocorreu até hoje envolvendo essas placas — Wankler respondeu. — Os sensores são um controle nosso.

— E parece que também não funcionou — Alex redarguiu.

— Não — respondeu Wankler. — Cristo! Não faço ideia. Estou tentando encontrar alguma resposta — pareceu aterrorizada ao dizer. — O que fazer se essas coisas escaparem?

— Se escaparem? — Li perguntou com um impulso no corpo. — Deus tenha piedade de nós. Temos que sair daqui depressa.

— Dra. Wankler, suponho que a Biotech desenvolva em seus laboratórios algum tipo de microrganismo que realize a quebra de polímeros — Rosa deduziu.

— Sim — respondeu Wankler. — É pesquisa recorrente. Como sabe disso?

— Eu só imaginei — Rosa disse.

— Acredita estar relacionado ao problema com o polivitrum? — Alex perguntou.

— Não faz sentido — Wankler desdenhou.

— E por que não? — Rosa rebateu.

— No ano passado compramos por meio milhão de dólares algumas cepas de *Ideonella Sakaiensis* de um laboratório japonês. Estas bactérias transformam o polietileno tereftalato, material usado nas garrafas PET, em partículas de água e carbono. Mas isto ocorre dentro de sete ou oito semanas. O que utilizamos aqui é polivitrum, uma cadeia de polímeros muito densa!

— Fizeram algum ajuste ou modificação genética nesse micróbio? — Rosa questionou.

— Não — Wankler disse irritada. — A espécie em questão nem está na atração dos aquários. As cepas estão congeladas em tamanho natural dentro de cilindros de nitrogênio.

— E, caso escapassem no ar, qual a possibilidade de mudarem seu hábito?

— Como quebrar ligações de polivitrum em pouco tempo? — Wankler perguntou, eufórica. — Impossível! Tinham de ter um metabolismo e crescimento cem vezes acelerados.

Rosa andou pela sala, as mãos inquietas afagando uma contra a outra enquanto o grupo a acompanhava com os olhos, a não ser Randall, atento ao monitor.

— Quem nesta ilha possui técnica para alterar o genoma de uma bactéria? — Rosa quis saber.

Wankler fez uma careta.

— Eu — ela disse. — O outro cientista está morto.

— Dr. Alvarenga?

— Sim — Wankler afirmou. — Mas nenhum de nós, nos últimos meses, estava desenvolvendo microrganismos digestores de polímeros. Não estava em nosso cronograma de pesquisas deste ano. É um projeto que será ampliado no ano que vem para reciclagem de materiais plásticos, como resíduos dos nossos laboratórios. Nosso foco hoje é outro. A única coisa que posso dizer é que trabalhamos por meses com alteração de micróbios que geram bioenergia. É a nossa pesquisa mais importante neste lugar.

— Vejam isso — Randall interrompeu. — Acho que encontrei filmagens de Manuel no Sistema de Estufas. Não há muito tempo de gravação, talvez trinta ou quarenta segundos feitos pela câmera 82.

— Manuel? — Wankler perguntou, juntando-se a Randall diante do monitor. — Mostre.

As filmagens eram de um rapaz correndo pela plataforma de concreto até desaparecer de vista.

— Por que ele estava com pressa? — Li perguntou encarando Wankler.

— Volte um pouco — Wankler pediu.

Randall reiniciou a gravação e deixou em câmera lenta.

— Ele está chorando? — Rosa perguntou muito intrigada.

— Parece que sim — Wankler achou.

*Ping.*

Um aviso do computador surgiu na tela.

— Há algo errado nos biodigestores — Randall disse encarando o monitor enquanto minimizava algumas janelas para examinar melhor. — A temperatura de um deles está em 42 graus célsius.

— Isso não é normal — Wankler franziu o cenho ao dizer.

*Ping.*

— Em qual parte da ilha estão os biodigestores? — Rosa perguntou.

— A uns cem metros de nós — Wankler disse.

*Ping.*

— As câmeras internas não estão funcionando — Randall se agitou na cadeira e deu vários comandos, impaciente.

— Alguém terá de ir lá — Li sugeriu.

— Não acho que seja uma boa ideia — Rosa avaliou. — Dra. Wankler, encaminhou os funcionários ao Salão de Eventos? — questionou.

— Ainda não dei a ordem — Wankler explicou. — Os laboratoristas estavam nos dormitórios e outros fazem manutenção a esta hora e...

*Ping.*

— Fez bem — Rosa interrompeu. — Foi uma boa ideia dormitórios no subsolo.

— Por que está dizendo isso? — Wankler questionou, curiosa. — Construímos no subsolo para caso de furacões. Eu vou chamá-los. Em dez minutos estarão lá. Não consigo usar os telefones, ainda estão com ruídos. Espero que Zhu restabeleça a comunicação.

— Não os chame. Deixe que fiquem lá — Rosa determinou.

*Ping.*

— Um dos biodigestores aumentou dez graus célsius — Randall avisou.

*Ping.*

— 52 graus em menos de um minuto? — Wankler exclamou, voltando a olhar a tela. — Isso é péssimo!

— Por que é péssimo? — Li rebateu.

*Ping.*

— Pode explodir — Rosa informou, ao lado de Randall.

O grupo todo olhou cético para ela enquanto analisava o monitor.

— O computador mostra que a pressão nos biodigestores está normal — Alex disse notando os dados no monitor. — Um biodigestor a metano explodiria com a pressão acima da margem. Não faz sentido.

*Ping.*

— Ele tem razão — Randall ponderou ao olhar a tela. — Não houve aumento no volume de gás do biodigestor. É o que a tela mostra. Apenas alteração na temperatura. Pode ser uma falha no termostato.

— Talvez haja uma fonte de calor por perto — Éder supôs.

— Se aqueles biodigestores falharem — Wankler disse preocupada —, em poucas horas ficaremos sem energia. A usina deixa de queimar metano. Adeus luzes e computadores.

— Suponho que a explosão de um biodigestor acarretaria a quebra dos aquários — Rosa comentou. — Um pouco de vibração seria o suficiente.

— Ah, por favor, pare de conclusões absurdas! — Wankler disse irritada. — É um péssimo momento.

*Ping*.

O grupo visualizou no monitor uma estrutura cilíndrica, cuja cor mudava de amarelo para vermelho. Logo abaixo, as palavras em letras garrafais em duas línguas:

Attention: Imminent Danger
注意迫在眉睫的危险

— A temperatura estabilizou em 53 graus — Randall informou.

— Entendo o mecanismo dos biodigestores — Éder disse. — Frequentemente faço a manutenção na fazenda da minha família. Aproveitamos o esterco do gado. É um mecanismo simples. Acho que posso investigar o problema.

— Fora de cogitação — Wankler negou. — Está acostumado com um modelo trivial. Este modelo é baseado no sistema de biodigestão vertical, do tipo indiano. Fazendas usam o sistema horizontal. Eu vou chamar dois técnicos.

Wankler pegou um dos telefones sem fio da mesa.

— Porra! — xingou. — Esqueci que não está funcionando.

— Deixe o garoto tentar — Li pediu.

— Ninguém vai naquele biodigestor sem minha autorização! — Wankler cuspiu ao dizer.

— Também não aprovo a ideia — Alex disse.

*Ping*.

— 64 graus celsius! Foi um pulo rápido! — Randall exclamou. — E continua subindo.

*Ping. Ping*.

— Merda — Wankler xingou, enxugando as têmporas com lencinhos da caixa sobre a mesa de Zhu.

Éder abriu o primeiro armário da sala. Encontrou três pares de aparelhos de rádio, tomou dois deles e deu um a Wankler.

— Canal 3 — o rapaz disse. — Quero as coordenadas assim que chegar lá.

— Você não vai! — Wankler determinou.

— Não acho uma boa ideia — Alex ergueu a mão diante dele.

— Nem eu, mas precisamos saber o que está acontecendo lá — Éder se desviou dele.

— Dra. Li? — Rosa chamou, o tom sóbrio na voz. — Vá o mais depressa possível até os dormitórios. Chame dois técnicos. Encaminhe-os até os biodigestores.

— Ellen não poder ir no meu lugar? — Li rebateu, temerosa.

— Dra. Wankler precisa ficar — Rosa respondeu. — Ela vai ajudar nas coordenadas, estará em contato com Éder.

*Ping. Ping.*

— 75 graus! — Randall exclamou.

A testa de Wankler suava. Ela correu até os guarda-arquivos, abrindo uma das gavetas. Puxou um tomo de papel e folheou. Retirou uma impressão da planta baixa do complexo. Pegou uma caneta esferográfica da mesa e traçou sobre a planta uma linha azul entre a Sala de Controle e os biodigestores.

— Li, faça o que ela disse. Acorde dois técnicos da manutenção — Wankler pediu, severa. — Agora, porra!

A psicóloga saiu depressa. Éder passou por Wankler.

— Espere, rapaz! — puxou-o pela camisa e entregou-lhe a planta. — Use isto. Não é difícil chegar lá. Vai reconhecer três cilindros brancos enormes.

*Ping. Ping.*

— 78 graus! — Randall avisou.

— Meu Deus. Éder, não vá. Não vai poder resolver nada sem ajuda de ninguém — Alex pediu.

*Ping. Ping.*

— 85 graus! — Randall informou.

— Mas posso identificar o problema e repassar as informações — ele disse.

Alex enfiou uma pequena lanterna de LED no bolso da camisa dele.

— Vai precisar — falou.

*Ping. Ping.*

— 91 graus!

O rapaz correu a toda, cruzando a porta da Sala de Controle.

# ÉDER

Biodigestores
11 de fevereiro
02h17min

O suor escorreu pelo seu rosto. Ouviu as instruções de Wankler. Disparou pelo corredor, quase esbarrando na porta de aço à frente. Conferiu na planta baixa do complexo se estava no lugar certo, depois descartou-a no chão ao notar, através do vidro esférico da porta, que lá fora a madrugada era recortada por três cilindros robustos e brancos a menos de sessenta metros.

Notou o receptor digital ao lado da entrada com sistema de trava.

— Cacete! — Éder xingou. Esquecera de pegar um cartão de código QR para abri-la. Não ia adiantar usar a digital.

Tentou mesmo sabendo que era em vão.

**ACESSO NEGADO**

Ouviu um bipe insuportável. A porta fez um clique. Estava aberta.

O rádio soltou um ruído.

— *Liberei a tranca para você, rapaz, câmbio* — Randall comunicou.

Éder continuou, deixando para trás o corredor, adentrando a paisagem noturna.

O vento frio e vigoroso varreu seu rosto. Sentiu a boca salgada ao deixar o vento entrar na garganta. Ouviu seus pés baterem numa grade metálica. Pestanejou quando as luzes automáticas acenderam abaixo da passarela de ferro galvanizado montada acima do nível do solo e cercada por corrimãos que seguiam até os biodigestores.

Apontou a lanterna entre os espaços da passarela para ver melhor embaixo dela. A luz mostrou pedregulhos misturados a conchas fragmentadas sobre a terra vermelha da ilha.

O rádio fez outro ruído.

— *Já está na plataforma? Câmbio* — a voz de Wankler surgiu.

— Sim! — Éder falou alto, concorrendo com o vendaval que uivava. — Estou andando por ela. Qual dos biodigestores devo...

Uma rajada de vento arrancou a lanterna de sua mão. O objeto deslizou pela beira da passarela e caiu no solo acidentado, iluminando lá embaixo. Éder disse um palavrão.

Aumentou o ritmo em direção aos biodigestores. À sua frente, a passarela se tornou uma bifurcação que acabava numa extensa rampa em forma de triângulo, os biodigestores dispostos no espaço.

Ali, o vendaval era impelido pelas grandes estruturas brancas e uivava ao passar por elas.

— *Onde está você? Câmbio* — a voz de Wankler perguntou.

Ele continuou. Só ia responder quando se abrigasse num dos biodigestores. As luzes pálidas dos postes iluminavam a rampa de amarelo.

Éder tateou a parede metálica e curva do primeiro biodigestor. Havia uma escotilha semelhante a uma portinhola retangular. Fez força e moveu o volante de aço para a direita, mas ele travou. O painel emitiu uma luzinha vermelha, seguida de um bipe.

Correu para o próximo biodigestor. O vento impetuoso arremessou poeira em seu rosto. Semicerrou os olhos. Alcançou o segundo volante metálico.

*Trancado*! Éder chutou a portinhola, furioso, amassando o metal a pontapés.

De repente, sentiu o peso da mão de um homem em seu ombro.

Sala de Controle
02h25min

— Ele chegou lá? — Rosa perguntou a Wankler, que segurava impaciente o rádio.

— Será que está mesmo escutando você? — Alex quis saber, o cenho franzido de preocupação.

— Não sei! — Wankler repetiu. — É só o que ouço — mexeu no botão do aparelho. O ruído do rádio era assustador: um uivo fino e entrecortado.

— O que é? Um vendaval? — Alex tomou o rádio da mão de Wankler. — Éder! Responda, câmbio!

O uivo do vento continuou.

— Éder! Está aí? Câmbio — Alex repetiu.

Mais uivos.

— Éder! — Alex gritou.

— *Estou aqui* — a voz de Éder surgiu, misturada ao eco metálico. — *Está um vendaval lá fora, câmbio*!

— Graças a Deus — Alex proferiu, aliviado.

— *Graças a Deus? Vindo de um professor ateu é bem engraçado* — Éder gargalhou do outro lado.

Alex sorriu e apertou o rádio mais uma vez:

— Você nos preocupou. Mantenha sempre contato. Já está próximo dos biodigestores?

— *Estou dentro de um deles. Os técnicos estão aqui* — Éder informou. — *Não sabia que era possível entrar em um biodigestor. Este é muito diferente dos que conheci.*

— Eu disse que a ida dele era inútil — Wankler murmurou ao lado, depois meneou a cabeça negativamente.

— Algum problema no biodigestor? Câmbio — Alex perguntou.

— *Estamos averiguando o primeiro. Câmbio* — Éder comunicou. — *Não encontramos nada até agora.*

— Pergunte em que biodigestor estão — Wankler pediu a Alex.

*Ping. Ping.*

— A temperatura voltou a subir — Randall falou. — Está em 93 graus.

Alex soltou o dedo do rádio.

— Randall, em qual dos biodigestores?

— Número 3 — Randall informou apontando para o monitor. — É o que o computador mostra.

Rosa estendeu a mão, pedindo o rádio a Alex.

— Éder, está me escutando?

— *Estou sim* — a voz de Éder pareceu retraída ao responder.

— Vocês estão no biodigestor errado — Rosa disse. — Procure o número 3 pintado em um deles.

— *Vou avisá-los*! — Éder falou.

*Ping. Ping.*

— Cristo, pulou para 112 graus! — Randall contraiu o rosto ao dizer.

— Éder? — Rosa insistiu.

O rádio emitiu o uivo do vento outra vez.

Biodigestores
02h27min

Os dois técnicos empurraram a escotilha com esforço por causa da ventania. Assim que Éder saiu de lá, escutou o estampido atrás dele, seguido por um baque surdo e o som de sucção. Ele segurou o rádio firmemente; a outra mão agarrou as grades do corrimão da passarela. Uma luzinha amarela acendeu no painel lateral da entrada do biodigestor que os três haviam acabado de deixar.

Éder nunca conhecera nenhum tão moderno quanto aquele. Mantinha um sistema de expulsão automática de oxigênio do interior quando a escotilha era fechada. Observou melhor os técnicos equipados com roupa especial antichamas e óculos de proteção. Eles andaram até o outro biodigestor, tentando se equilibrar a cada rajada de vento. Aproximaram o cartão no painel, que acendeu uma luz verde, então puxaram a escotilha outra vez.

— Eles disseram que o problema está no Biodigestor 3! — Éder gritou.

— Não se meta no nosso trabalho! — um dos técnicos gritou de volta. — Vamos entrar em todos eles!

Ele se encostou no corrimão de ferro e ficou esperando, enquanto pensava na estrutura daquele biodigestor, admirado com seu sistema peculiar.

Grosso modo, nos biodigestores comuns os resíduos orgânicos eram armazenados num tanque, que por sua vez escoavam para um fermentador: uma cúpula de PVC vedada, sem qualquer oxigenação por causa das bactérias, que morriam na presença de oxigênio. São conhecidas como anaeróbias e têm a função de decompor resíduos orgânicos, expelindo gás metano como produto final. O metano era filtrado e empregado posteriormente para alimentar a usina de motores para produção de energia.

Mas aquele de onde acabara de sair tinha um sistema moderno de acesso à cúpula que acumulava o gás. Era um mecanismo muito bem planejado; assim podiam fazer a manutenção a hora que quisessem. As bactérias que decompunham também eram atípicas no tamanho; tinham entre dez e doze centímetros. Éder se aproximou do técnico, a voz concorrendo com o vendaval:

— Que espécie de microrganismo usam no processo de fermentação? — perguntou, curioso.

— Hã? — o técnico não entendeu. — Escute, você não devia estar aqui sem equipamento!

Ele apontou para Éder, vestido até a metade da cintura com parte do traje usado na estufa, as mangas de nylon amarradas ao quadril.

— Não tem nada neste aqui! — o outro técnico avisou, fechando a escotilha.

Caminharam até o último biodigestor. Éder forçou os músculos da coxa e avançou contra o vendaval que o impelia. O técnico mais baixo repetiu o gesto anterior e aproximou o cartão do painel. Uma luz vermelha piscou, alternando para verde. O técnico girou o volante de metal e abriu a escotilha.

Uma fumaça espessa saiu do interior.

— Tem algo errado! Alguém deixou este biodigestor oxigenado — o técnico gritou para o outro perto da entrada. Retirou uma lanterna pendurada na cintura e a acendeu. A luz potente iluminou o recinto.

Éder se juntou aos dois técnicos para examinar melhor, mas a fumaça impedia.

— Afaste-se, garoto! — o técnico se irritou, empurrando-o.

Abriram mais a portinhola e rajadas de vento invadiram o local.

Eles recuaram ao ver um maçarico aceso dentro do biodigestor, a labareda como uma língua de fogo incidindo calor sobre uma peça cilíndrica conectada a um barril de metal.

Um dos homens desligou o maçarico. Os três entraram para se abrigar do vento.

Sala de Controle
02h31min

*Ping.*

— A temperatura está baixando — informou Randall, atento ao computador. — 102 graus. Agora, 98.

— Isso é ótimo! — Wankler comemorou.

Rosa tentou novo contato:

— Éder, responda, câmbio.

Havia um ruído distante de interferência.

— *Estou ouvindo, câmbio* — a voz eufórica dele proferiu. — *Era o diabo de um maçarico! Alguém deixou o ambiente oxigenado. Que loucura. Quem faria isso?*

— Maçarico? — Alex repetiu, surpreso.

— O que os técnicos fizeram? — Rosa perguntou.

— *Desligaram. Estava armado sobre o termostato do biodigestor! Por isto a temperatura ficou alta. Está tudo bem agora. Câmbio.*

Alguns pensamentos ocorreram à Rosa. Deduções ruins que ela começou a conjecturar.

— Éder, observe o compartimento e descreva o interior. Câmbio.

— Por que quer saber? — Wankler perguntou, evasiva. — Já sabemos o problema. Mande ele sair de lá.

Ela tentou puxar o rádio das mãos de Rosa. A agente a segurou-a pelo pulso com firmeza. Wankler estrebuchou de dor e disse um palavrão.

— Éder, estou esperando. Câmbio — Rosa avisou, o aparelho de rádio apertado entre os dedos. Virou-se para Randall. — Conseguiu fazer alguma câmera interna do biodigestor funcionar?

— Nenhuma delas, desculpe — Randall disse, parecendo ocupado demais. — A temperatura chegou aos 67.

Biodigestores
02h33min

O vendaval estremecia o biodigestor. O técnico fechou a portinhola atrás de Éder. O ar começou a circular no interior depois que um deles ativou o sistema de ventilação.

Éder ajudou-os a desmontar o maçarico, que estava amarrado com fios de aço ao termostato. Depois guardaram numa caixa de equipamentos. Ele tomou emprestado a lanterna de um deles e se ajoelhou em cima da malha de ferro que o sustentava. Apontou o feixe de luz para baixo.

Éder contou três tubulações de onde escorria uma lama escura, fétida, mas suportável. Elas convergiam até um fosso sujo de concreto de quatro metros e meio de circunferência. O feixe de luz espantou um grupo de micróbios alongados, que se agitaram lá dentro. Alguns tentaram subir pelo concreto ou pela longa coluna de aço no canto direito do biodigestor, que seguia até a malha de ferro onde Éder e os técnicos se encontravam.

— Apague isso, odeiam luz forte — o técnico de aparência mais velha disse. — E oxigênio também. Não podemos ficar muito tempo.

— Quanto tempo resistem? — Éder perguntou, apertando o botão do rádio para o grupo na Sala de Controle ouvir a conversa entre os dois.

— Talvez uma hora antes do oxigênio matá-los de vez.

— Uma hora? — Éder se espantou.

— Ou até menos.

O técnico mais baixo acenou para os dois.

— Alencar, venha ver o estrago — chamou, tocando no termostato carbonizado. — Que louco faria um negócio desses?

— Vamos ter de trocar — Alencar concluiu, tentando desatarraxar a peça. — Pegue a tenaz.

Éder se afastou deles, observando a estrutura do biodigestor com mais cuidado. Abaixo dele, os micróbios farfalhavam ao se movimentar na lama de detritos. A primeira tubulação aberta enviava resíduos não triturados. Éder viu restos de tardígrados mortos misturados ao líquido viscoso do ágar-ágar dos aquários. Apontou a luz para a segunda tubulação, que escorria água e sobras de comida. A terceira tubulação era coberta e enviava os resíduos direto para o fundo do fosso.

— É pra onde vai toda a merda! — o técnico mais velho gargalhou.

Éder sorriu.

— Elas digerem tudo? — Éder perguntou, mantendo o dedo no rádio. — Nada escapa?

— Digerem até a sua sogra! — o técnico riu.

— E onde fica armazenado o gás? — Éder quis saber.

— Bem abaixo dos seus pés, garoto — respondeu apontando para a coluna de aço. — As bactérias estão por todo o fosso, que deve ter uns sete metros, cheio de toda merda que imaginar. Algumas conseguem subir até as tubulações, mas sem sucesso. É lá embaixo que está o banquete delas — voltou a rir.

— E o gás é armazenado onde? — Éder insistiu. — Onde está o metano?

Sala de Controle
02h36min

O grupo ouvia atento a conversa entres os técnicos e Éder. Rosa ergueu a mão quando Wankler tentou interferir. A cientista se resignou sobre a cadeira.

— *Metano*? — a voz do homem ironizou. — *Quis dizer hidrogênio, não é? Essas lindezas produzem hidrogênio, rapaz. É o gás mais limpo do planeta. Fermentam tudo e transformam em hidrogênio.*

Rosa encarou Wankler. Alex balançou a cabeça, intrigado com a informação. Randall se virou com as sobrancelhas arqueadas. Li entrou pela porta da sala.

— *E qual a concentração de hidrogênio*? — a voz era de Éder.

— *Acho que 47%, mas dependendo dos dejetos orgânicos pode chegar até 60%.*

— Sessenta por cento! — Éder repetiu. — *Jesus*!

— *Qual a preocupação, garoto? O armazenamento é seguro.*

Alex se agitou, levantando-se da cadeira. Tomou a mesma caneta azul que Wankler usou e escreveu na parede branca diante dele:

$$2 H_2(g) + O_2(g) + 2 H_2O(l) + 572 \text{ kJ } (286 \text{ kJ/mol})[29]$$

Rosa acenou com a mão e interrompeu outra vez Wankler, antes que ela pudesse falar e interferir a transmissão de rádio. O grupo continuou a ouvir a voz de Éder:

— *Como o hidrogênio é filtrado dentro do biodigestor e onde é armazenado*? — o rapaz quis saber.

— *Pelas canaletas bem acima da sua cabeça, filho* — o técnico disse. — *E depois é guardado. Veja ali no canto; aquele pilar de aço é um cilindro enorme cheinho dele, que vai diminuindo à medida que é usado nas máquinas da pequena usina que leva energia ao complexo.*

A voz do outro técnico foi cortada de repente.

— Éder, volte para a Sala de Controle. Câmbio — Rosa ordenou, a cabeça curvada pelo cansaço.

— Isso é insano! — Alex interrompeu. — Apenas 4% de hidrogênio é necessário para a queima do gás quando misturado ao oxigênio. O biodigestor explodiria por ignição!

— O maçarico — Randall lembrou, parecendo assustado com a palavra —, direcionado numa fonte de hidrogênio.

— Óbvio! — Alex disse, agitado. — Alguém montou uma armadilha.

— Isso é sabotagem — Li afirmou, aturdida. — Estão tentando acabar com a Iniciativa?

Era o que Rosa havia conjecturado. No entanto, algum elemento parecia fora do lugar e não reforçava a conclusão de Alex. *Por que a armadilha não havia funcionado*?

— Quando alguém o abrisse, aquilo explodiria! — Alex vociferou muito agitado.

— Não ia funcionar — Wankler rebateu. — O sistema dos nossos biodigestores é o mais moderno do mundo.

— Ah! Não me venha com essa! — Alex atacou. — Não queria que Éder fosse até lá para descobrir seu projeto com bactérias modificadas que envolve hidrogênio! Aquilo ia ferrar com todos nós! Uma explosão atingiria este complexo em proporções terríveis.

— Se isso ocorresse, qual seria o tamanho da área atingida? — Rosa quis saber.

— Hipoteticamente, a explosão dos três biodigestores alcançaria pelo menos 90 metros quadrados, mas esta possibilidade é muito distante — Wankler falou mantendo a calma. — Ao abrirmos um biodigestor para manutenção, todo o gás produzido pelas bactérias é sugado para o tanque no subsolo. Somente nestas circunstâncias que a escotilha é destravada para manutenção interna. Se isso foi uma sabotagem para explodir o biodigestor, nunca iria funcionar. As bactérias demandam mais de meia hora para voltar a produzir 1 ml de gás, que é sugado continuamente para o cilindro através de ventiladores. O maçarico se manteve aceso porque o biodigestor estava oxigenado. Os técnicos podem confirmar. Alguém o programou para isso.

— Então não faz sentido — Li disse.

— Na verdade, nem eu entendi onde o sabotador quer chegar com este plano — Wankler recomeçou. — Montar um maçarico sobre o termostato do biodigestor não vai detoná-lo.

— E o que explodiria um biodigestor? — Rosa quis saber.

— Talvez uma pequena explosão — Wankler concluiu, encolhendo os ombros.

— Micro-explosões também? — Rosa perguntou.

Wankler olhou pálida para ela.

— Acho que sim — a cientista respondeu.

— Meu Deus — Rosa disse, pensativa. — O maçarico foi um pretexto para alterar a medição real do termostato no biodigestor.

O grupo todo a encarou.

— Não entendi — Alex disse.

— Você — Rosa apontou para Wankler — é quem deveria ter ido até lá verificar o problema junto com os técnicos. A armadilha ainda está pronta.

Wankler levou a mão à boca.

— Foi uma isca — Rosa concluiu e apertou o rádio entre os dedos outra vez.

Alex puxou o rádio das mãos de Rosa.

— Éder! Éder, responda! Responda! — ele gritou.

O rádio emitiu um chiado.

Biodigestores
02h38min

Éder se virou para saber o que os técnicos discutiam. O outro ainda usava a tenaz, no intuito de soltar o termostato, que era um cilindro de aço sobre uma base esférica de metal no meio do biodigestor.

— Está entalado! — Alencar reclamou, suando. — O calor do fogo dilatou o encaixe.

— A temperatura vai falhar se não trocarmos por um novo — o técnico mais novo avisou, observando-o.

— É o que eu estou tentando fazer, seu imbecil — disse e pôs mais força na tenaz.

Éder apontou a lanterna sobre o termostato carbonizado. Estava cheio de riscos prateados que brilhavam em espirais.

— O que é essa barriga de metal? — ele perguntou, batendo levemente com o punho fechado.

— É o tanque de gás hidrogênio — o técnico respondeu. — É comprido. Tem uns dez metros até o fundo do fosso. A aferição da temperatura é feita nesta extremidade e enviada ao sistema para nosso controle.

— Consegui! — Alencar comemorou, soltando um gemido. — Ajude aqui!

O outro técnico se prontificou. Quando puxaram juntos a peça oca do cilindro, Éder percebeu dois fios de aço brilharem à luz da lanterna e serem rompidos. Dois objetos rolaram para fora do cilindro, ambos com os pinos levantados.

O rádio fez um ruído.

— *Éder! Éder, responda! Responda!*

Éder sentiu o estômago revirar ao ouvir a voz alterada de Alex. Os dois técnicos se agitaram e um deles exclamou:

— Abruptores!

Os homens se acotovelaram para abrir a escotilha do biodigestor. Um deles ainda pulou para fora.

— *Saia daí! Saia*! — ouviu os gritos de Alex. — *Éder! Éder!*

— Sinto muito — Éder falou triste, os lábios colados ao rádio. — Sinto muito mesmo.

Sala de Controle
02h39min

Wankler se levantou, as mãos trêmulas. Li correu em direção à porta.

— Éder! Éder! — Alex gritou no rádio, o rosto vermelho.

O clarão iluminou as janelas; a primeira explosão quebrou os vidros.

Rosa se jogou no chão. Randall e Alex foram lançados contra os computadores em meio a estilhaços. Wankler se protegeu com os braços, caindo desacordada.

Havia focos de incêndio, faíscas elétricas e cacos de vidro por todo lado.

Aquários
02h39min

Com estrondo, a segunda explosão partiu o polivitrum. Litros e mais litros de ágar invadiram os corredores, liberando centenas de espécies de micróbios, que se debatiam no chão. Vibriões subiram nas paredes. Pequenos dinoflagelados se espremeram entre amebas e ciliados numa profusão de seres que se debatiam.

Estufa
02h39min

A terceira explosão soltou dezenas de placas de polivitrum, que se estilhaçaram sobre os cogumelos e atiraram esporos, misturando-se a tantos outros numa confusa massa de formas e cores. Inúmeros fungos penderam, partindo-se com a arrebentação; os outros caíram e esmagaram espécies mais frágeis.

Sala de Controle
02h40min

Algumas luzes de emergência acenderam nas paredes. Parte do sistema antichamas foi acionado.

Rosa continuou deitada com o rosto encostado ao chão, movendo os olhos em busca de algum sobrevivente em seu campo de visão. O zumbido nos ouvidos era ininterrupto. Deu-se conta de que estava meio surda.

Wankler respirava ao lado dela, inconsciente.

As explosões foram limpas, sem fumaça. Havia muita umidade no ar. Rosa tentou se erguer. Foi aí que percebeu uma haste da mesa que a protegeu enfiada no ombro. A dor se tornou consciente.

Ainda deitada, sentiu a brisa entrar. Moveu a cabeça. Parte do telhado havia cedido.

Tomou a decisão de puxar a haste do ombro. Deu um grito. O sangue fluiu por ele. Xingou alto. Tocou no ferimento, certificando-se de que não atingira algum osso importante ou músculo. Com raiva, chutou a mesa para longe. Wankler gemeu ao seu lado.

Rosa ficou de pé e examinou o estrago diante dela: equipamentos destruídos, fios retorcidos, metade da parede da sala demolida, cacos de vidro no chão. A um metro da porta, Li estava prostrada de joelhos numa poça de sangue, a cabeça esmagada por um arco de ferro. Rosa virou o rosto, horrorizada.

Precisava encontrar mais sobreviventes. Tirá-los dali depressa.

O caos estava implantado.

## OPERAÇÃO SAR

Comando do 1° Distrito Naval
11 de fevereiro
02h39min

O capitão-tenente despertou em um sobressalto do beliche. Aturdido, reconheceu o quarto do POIT, Posto Oceanográfico da Ilha da Trindade, com a certeza de ter escutado explosões lá fora. O som fora terrível.

*Meu Deus, três explosões seguidas*, pensou. *De onde veio isso*?!

Pulou da cama e se deparou com outros dois oficiais que correram até a janela, confirmando que tudo aquilo não era parte de um pesadelo. Dois cabos e um sargento também saltaram de cuecas dos beliches.

Capitão Mendes, um cinquentão magro e bronzeado, imaginou um navio-petroleiro em chamas encalhado nas praias rochosas da ilha. Aquilo lhe veio à mente por dez ou doze segundos, até que outro oficial, o Primeiro-Tenente lhe disse:

— Veio do outro lado! — apontou pela janela aberta. — A uns cinco ou seis quilômetros daqui.

Mendes não precisou forçar a vista para enxergar através da janela aberta. A madrugada era iluminada pelas estrelas no céu limpo. Por trás da pequena cordilheira e do pico de seiscentos metros de comprimento, surgiu um denso nevoeiro que se espremeu como a mão branca de um gigante, os dedos pálidos tocando as rochas escarpadas. O capitão achou sinistro.

— É fumaça? — Silva, o Primeiro-Tenente, perguntou.

— Talvez vapor — Mendes respondeu —, mas com certeza não é uma nuvem.

— Ponta de Flecha — mencionou alguém atrás dele. Mendes se virou para descobrir quem era.

Sá, um sargento de queixo pontudo, mantinha o olhar vidrado no nevoeiro que deslizava ao redor do pico.

— O quê? — Mendes questionou, sem entender. — Ponta de Flecha?

— Faz parte de uma história de terror, Capitão — o sargento explicou. — Lembrei assim que vi — apontou para o nevoeiro.

— É caso de Incidente SAR? — Silva interferiu, preocupado.

O Incidente SAR era uma operação de resgate em alto-mar que envolvia embarcações em perigo.

— Não creio que seja — Mendes respondeu.

— Tem a ver com o projeto do outro lado da ilha, não é? — Silva questionou.

Mendes afirmou com a cabeça. Depois de raciocinar, tinha plena certeza de que não foi um acidente com um navio. Como era Capitão-Tenente, a maior patente entre eles, decidiu qual procedimento tomaria enquanto contemplava o nevoeiro leitoso e pesado ser espalhado pela ventania.

Há alguns anos fora avisado da abertura de protocolo de um projeto do lado oposto da ilha. Forças superiores decidiram garantir que o projeto fosse implantado. Soube por alto que descobertas em pequenas escavações naquela região de Trindade empolgaram figuras importantes do governo. Havia um *elemento* novo no solo. Não fazia ideia do que era. Nos anos seguintes, montaram um grande complexo que ele sequer conheceu e o construíram sobre um platô da ilha. A ordem era apenas resguardar o território. Isso envolvia alguns projetos de pesquisa do lugar, mas nenhum como aquele: *confidencial*.

— Espere um pouco — Mendes falou.

Correu até o pequeno escritório onde havia um computador. Ao tocar no mouse, a tela acendeu, mostrando o timbre azul da Marinha, com uma âncora dourada no centro.

Mendes digitou a senha, os dedos rápidos nas teclas. Em seguida, entrou numa seção com vários comandos na tela:

1. Recurso SAR (Search and Rescue)
2. Salvamar Brasil

3. Postos Oceanográficos
4. Recadastramento de Armas
5. Lista de Embarcações

Mendes abriu a pasta "3. Postos Oceanográficos". Ele precisava encontrar um código especial. Ficou curioso para saber mais sobre o projeto. O computador mostrou:

3. Postos Oceanográficos
 3.1. Ilha da Trindade
  3.1.1. Arquivos de Atividades
   3.1.1.1. Projeto TAMAR
   3.1.1.2. Projeto PROTRINDADE
   3.1.1.3. Iniciativa UNICELULAR

Mendes clicou na última subpasta. Era o único que tinha permissão para acessar o sistema. Levou as mãos aos olhos, tentando se manter desperto, quando o computador enviou uma mensagem em letras garrafais no meio da tela:

VOCÊ NÃO TEM PERMISSÃO PARA ACESSAR ESTA PASTA. ELA É CONFIDENCIAL. EM CASO DE OPERAÇÃO SAR, EXECUTAR CÓDIGO 0209.

Mendes apertou os punhos, irritado por não ter permissão nem para questões confidenciais, mas fez o que tinha de fazer: procurou o telefone por satélite sobre a mesa. Era o caso de Operação SAR, cuja autoridade não era mais dele, mas de um grupo especial. Não podia usar os métodos de praxe. Digitou os números do Alto Comando do Distrito Naval. Foi transferido para o ramal de Requisição de Resgate em Áreas Confidenciais. Uma voz masculina gravada disse:

*Digite o Código de Operação SAR e aguarde.*

Mendes discou 0209. Esperou quase um minuto. A voz gravada mudou; tornou-se feminina:

*Operação bem-sucedida. Um avião modelo EMBRAER 175 será enviado ao local e chegará dentro de três horas.*

Desligou.

*Três horas! Todo esse tempo*? Sentiu-se contrafeito; todavia era o que podia fazer, seguir o protocolo. O Embraer 175 tinha mais de oitenta lugares e havia uma pista de pouso dentro dos padrões de segurança naquela área.

Ainda assim, achou que devia socorrê-los. E se houvesse gente ferida? Pensou melhor. Não queria arriscar seu emprego e responder a um Procedimento Administrativo Disciplinar.

Voltou ao quarto. Pela janela, viu alguns homens do lado de fora, encolhidos ao vento, contemplando o distante nevoeiro.

— Cristo, tenha piedade daquelas almas — Mendes balbuciou.

Tocou no crucifixo pendurado ao pescoço, deixando que o receio fosse substituído por uma prece.

Dormitórios
11 de fevereiro
02h40min

Zhu foi tomada por arrepios com os estrondos e os clarões brilhando através do basculante quebrado do quarto. Havia cacos de vidro no chão. Um odor estranho, quase amoníaco, espalhou-se no ar. As luzes de emergência falharam. Tudo continuou escuro.

*Os biodigestores*! Mesmo atordoada estava convencida de que haviam explodido. De qual lado da ilha partiram as explosões? No geral, o dormitório parecia intacto. Os engenheiros da Biotech conheciam a possibilidade de furacões, por isto construíram aquela área de concreto puro quase no subsolo do prédio.

Não havia fumaça, nem fogo. Só aquele odor característico junto à umidade do ar. Uma explosão de hidrogênio era impactante e liberava água. Imagine se o hidrogênio fosse puro. Zhu sempre considerou perigosa aquela experiência da Biotech.

Ficou aliviada por estar viva, mas escutou o barulho de água entrando debaixo da porta. A sensação de alívio foi substituída pelo medo.

Um grito veio do corredor. Ela ouviu a voz de Bouvier abafada por uma dezena de vozes de funcionários.

Zhu ficou de pé, sentindo as solas molharem. Abriu uma gaveta instalada debaixo da última cama. Tirou a lanterna e a acendeu. Apontou o foco em direção à porta. Ágar escorria através da fresta para dentro do quarto. O calafrio veio em seguida. Era indicativo de que os aquários haviam quebrado.

*Merda*! Não era nada bom.

Zhu apanhou as botas de cano curto, sentou-se outra vez na cama e calçou-as. Tinha certeza de que aquelas coisas haviam escapado. Se tivesse coragem, não hesitaria em esmagar cada uma delas.

Sala de Controle
02h42min

Do outro lado da sala, Randall acenou para Rosa, vários arranhões nos braços e rosto. Seus lábios desenharam várias palavras, mas Rosa não ouviu, apenas confirmou com a cabeça. Os tímpanos estavam afetados. Em alguns minutos, a surdez deu lugar a um ruído cada vez mais audível.

— Você está bem? — Randall repetiu.

— Sim — Rosa respondeu e virou a cabeça para Alex.

No canto da parede, o professor estava desolado, com escoriações na testa, seu rosto molhado de lágrimas e um pouco de sangue. Alex passou as mãos sujas nos cabelos e a entreolhou, meneando a cabeça. Esboçou um sorriso frustrado, depois suspirou, contorcendo o rosto num choro.

— Sinto muito, professor — Rosa lamentou. Já conseguia ouvir a própria voz.

Wankler balbuciou alguma coisa ao seu lado. A agente andou sobre os escombros segurando o ferimento do braço com a outra mão. Abaixou-se, dando tapinhas no rosto da cientista. Wankler despertou; o olhar perdido, esgazeado, o rosto duro. Tentou se sentar. Rosa a ajudou.

Wankler se virou e deu atenção ao corpo de Li. A expressão indolente da cientista causou estranheza à Rosa. Talvez os sintomas da esquizofrenia se manifestassem fortemente depois do abalo físico e emocional.

Na verdade, Wankler expunha sintomas esquizofrênicos quase sempre. Rosa acreditou quando Chang confessou o problema. Mudanças no humor, risadas sarcásticas e qualquer outra imprevisibilidade no comportamento eram sintomas típicos da esquizofrenia hebefrênica.

Por sua experiência acadêmica em neurolinguística, conhecia nove tipos de transtornos esquizofrênicos, pois alguns deles causavam problemas à linguagem humana. Wankler manifestava muitos traços, mas Rosa suspeitou que ela sofresse de três ou mais tipos de esquizofrenia, algo incomum.

De repente Wankler falou sozinha, como se respondesse a uma voz; sintoma típico da esquizofrenia paranoide. Parou, manteve um olhar estagnado e ficou catatônica por cinco minutos. Rosa acenou a poucos centímetros do rosto dela, mas Wankler não reagiu.

Minutos depois, a cientista tirou às pressas as luvas que usava e reclamou:

— Minhas mãos. Estão queimando! O que há com as minhas mãos? Quem fez isto?

Rosa viu a massa esbranquiçada sobre a pele dos dedos, palmas e antebraços. Um odor acre, parecido com queijo, subiu até suas narinas.

Wankler buscou no chão um caco de vidro e raspou a pele infectada. Um sebo branco misturado a sangue ficou acumulado no fragmento.

— Por Deus, não! — Rosa pediu, batendo em cheio no braço de Wankler. O caco de vidro caiu e quebrou.

— Deus — Wankler repetiu. Ela se levantou, o semblante indolente. — Está cantando para mim. Está me chamando! Está ouvindo o sino?

*Vozes e ruídos alucinatórios*. Rosa considerou os sintomas. Wankler moveu as mãos na altura dos ouvidos.

— O que ela tem? — Randall perguntou curioso, o cenho franzido.

— Faz parte do transtorno esquizofrênico. É uma alucinação — explicou Rosa.

— À merda todos vocês! — Wankler disse, irritada. A cabeça tremeu quando encarou os dois. Em um segundo mudou o tom de voz. — Onde está meu querido Chang? Preciso saber sobre minhas frágeis flores, estarão bem? Minhas lindas arqueas.

Alex se aproximou, controlando a tristeza.

— Ela disse arquea? — perguntou.

A cientista o encarou.

— É claro, seu retardado! — Wankler cuspiu ao responder com fúria. Ela andou até o professor e deu uma bofetada em seu rosto. — Garoto imbecil!

— Não reaja — Rosa pediu, erguendo o braço.

— O que é isso nas mãos dela? — perguntou com nojo, sem elevar a voz.

Wankler deu meia volta e andou para fora da sala. Baixou a cabeça, examinando outra vez o corpo de Li sem transparecer qualquer reação. Olhou para frente e continuou a caminhar lentamente.

Rosa chamou por Randall e Alex.

— Eu preciso do rádio, depressa.

Os dois procuraram o aparelho entre os escombros no ambiente mal iluminado. Rosa foi até o armário de metal ainda intacto e escancarou a porta. Havia mais rádios lá dentro e várias lanternas.

— Já encontrei! — ela avisou, depois lançou uma das lanternas acesas a Randall.

— Qual é o plano? — Alex quis saber.

— Estou certa de que Zhu virá até aqui. Vou deixar um dos rádios ligado no mesmo canal, assim ela saberá em que lugar estaremos.

Ela empurrou alguns caixotes da terceira prateleira do armário e deixou espaço para o aparelho. Ele chiou assim que ela ligou.

— Como sabe que Zhu está viva? — Randall perguntou.

— Os dormitórios são seguros — ligou o outro aparelho de rádio. — Rápido, não quero perder Wankler de vista. Preciso de respostas.

— Para quê? — Alex indagou, seguindo a agente.

— Para destruir este lugar — saiu da sala às pressas, os dois em seus calcanhares. — Não há mais nada que possa ser feito por esta Iniciativa. Suponho que haja um mecanismo para destruição do complexo, pois mantê-lo neste estado será um desastre.

— Por que acha que construiriam um mecanismo autodestrutivo depois de milhões investidos? — Randall questionou.

— Para evitar evasão — ela disse. — Conheciam os riscos ambientais que esta Iniciativa poderia causar, por isto foi construída longe do continente.

— E se esses organismos escaparem da ilha — considerou Alex —, não acho improvável que se adaptem. Creio que há uma grande possibilidade.

— Precisamos de um telefone para pedir socorro e resgate dos funcionários — lembrou Randall.

— Não se preocupe com isso — Rosa pediu.

— Por que não?

— O resgate foi acionado pelo posto da Marinha do outro lado da ilha — ela informou. — Eu conheço o procedimento; chama-se Operação SAR. Só espero que não demore tanto.

Dormitórios
02h47min

Zhu abriu a porta para o corredor. À sua direita, os funcionários esperavam fora dos quartos.

— Fiquem onde estão! — ela pediu.

À esquerda, as luzes de emergência piscavam; o tom neon incidia sobre o hall de acesso até as áreas de serviço do prédio e a parte alta do complexo. Zhu caminhou até o hall e apontou a lanterna. O coração disparou.

Contou oito criaturas flageladas correndo pelo chão, quase submersas no ágar acumulado abaixo do nível do corredor.

Uma torrente descia pela escada. Estremeceu. Viu mais seis ou sete subindo pelas paredes, ágeis e tóxicas.

*Eram vibriões vermelhos.*

Reagiram ao foco de luz da lanterna, precipitando-se das paredes até o piso.

Zhu tentou buscar toda a coragem que havia restado dentro de si, mas os pelos da nuca e dos braços continuavam arrepiados de pavor. A respiração estava vacilante. Tentou manter a calma. Voltou às pressas ao corredor do dormitório. Bouvier saiu por uma das portas, apavorada.

— *Oh mon dieu*! — exclamou. — *Querremos sair daqui agorra*!

— Volte para o seu quarto e fique lá até enviarmos ajuda — Zhu ordenou. — Os procedimentos de resgate foram acionados. A evacuação pode demorar até uma hora.

Bouvier fechou a cara.

Zhu conhecia o protocolo de resgate. Estava certa de que fora acionado. O alto escalão da Biotech recorreu às autoridades brasileiras para resguardar os funcionários, mas tudo não passava de pressão dos investidores que patrocinavam a Iniciativa, receosos por acusações judiciais caso a mídia expusesse o projeto. O óbito de oito funcionários custara milhões de indenização para comprar o sigilo dos familiares. Não podiam perder outros. No fim das contas, tudo era questão de dinheiro.

— *Vu processar todos vocês por nos colocar em risque*! — Bouvier exclamou.

— Processe. Este lugar precisa mesmo ser fechado e destruído! — Zhu proferiu, furiosa. Bouvier franziu a testa.

Pela porta do quarto seguinte, surgiu James Well, pálido, as mãos trêmulas.

— O que aconteceu? — perguntou.

— Os biodigestores explodiram — Zhu explicou enquanto usava a lanterna para examinar melhor os cantos da parede à procura de vibriões. — Ainda desconheço a causa.

— Meu coração saiu pela boca — Well reclamou, os lábios descorados.

— Sinto muito — Zhu lamentou. Gritou para os outros funcionários: — Entrem nos quartos e fechem as portas! Há vibriões soltos por todo o museu. Mas, se quiserem sair e se ferrar, o problema é de vocês!

Well e Bouvier se entreolharam e retornaram aos dormitórios. Zhu se afastou, voltando ao hall. Atravessou devagar o espaço de convivência dos funcionários. Passou entre cafeteiras de aço e mesas de bilhar fora do lugar, tomando cuidado com vidros partidos das janelas. O vento forte entrava por uma delas. As botinas afundaram no ágar a dez centímetros acima do nível do chão. Zhu direcionou a luz nas escadas, a seis metros de distância. Ouviu o ronco dos motores.

*Graças a Deus!* O sistema automático de baterias era independente dos computadores. Em segundos, as luzes de LED acenderam. Fios soltos provocaram uma chuva de faíscas. Zhu se encolheu. Em um minuto, o prédio estava iluminado pelas lâmpadas que haviam restado.

Certificou-se de que estava a uma distância segura e contou mais de vinte vibriões sobre o piso, entre outras espécies que não recordou o nome. Alguns micróbios deslizavam na lama de ágar, compridos como lesmas negras. Dois desceram escada abaixo, azulados e repletos de cílios asquerosos sobre os corpos achatados.

Mas eram os malditos vibriões que a preocupavam. Precisava subir pelos degraus para encontrar o resto do grupo. Se é que havia sobreviventes. Zhu procurou a única arma possível fixada à parede: um extintor.

Desejava mesmo ir até a Sala de Armamento. Recordou quando Vívian insistiu que Chang providenciasse um aparato de defesa depois da morte de três técnicos dentro dos aquários. Chang investiu em uma dúzia de lança-abruptores à prova d'água, além de arpões de choque de alta voltagem. Para Zhu, um lança-chamas já seria o suficiente.

Ela gritou quando um vibrião caiu da parede sobre seu ombro.

Acesso ao Nível C
02h48min

Os três caminharam pelo corredor no encalço de Wankler. A cientista estava distraída, os movimentos lentos, o pescoço retesado, vez ou outra a cabeça se movia em curtos espasmos. Ela andava como se nada ao redor fosse surpresa e desviava de possíveis obstáculos no caminho.

As luzes do prédio acenderam. Randall desligou a lanterna. Rosa apontou para as escadas a pouco mais de seis metros do grupo. A placa informativa tinha uma seta que direcionava ao Nível C, uma área desconhecida para eles, no último andar do complexo.

Rosa parou de caminhar ao perceber que o ágar molhava seus sapatos. Surgia por baixo de uma das portas vaivém. Wankler seguiu direto para as escadas. Alex persistiu em acompanhá-la.

Rosa empurrou a porta e Randall a seguiu. Do outro lado, ficava o acesso ao corredor em frente ao Aquário Superior, onde o grupo viu Vitron pela primeira vez.

No chão, dezenas de micróbios se sacudiam no ágar empossado. Outros jaziam mortos no piso. Restos de polivitrum flutuavam no líquido. Uma torrente escapava através da porta escancarada, escorrendo pelas imediações até as escadas. Randall passou à frente dela.

— Pode ser perigoso — Rosa advertiu.

— Está vendo aquela sala? — ele apontou.

Cuidadosos, saltaram sobre os micróbios ainda vivos. Randall chutou um deles. Atravessaram depressa a porta entreaberta mais próxima.

Espaço de Convivência
02h48min

Zhu deixou cair a lanterna e, com as duas mãos, acionou a mangueira do extintor contra si. O jato de pó branco foi expelido com força e derrubou o vibrião de seu ombro. Zhu usou o peso do cilindro para esmagá-lo. Não gostava de dizer palavrões, mas soltou um:

— Filho da puta, desgraçado!

Os restos do vibrião se grudaram à base do cilindro. Se tivesse caído a centímetros acima da blusa, atingiria a pele do pescoço. Zhu ficou aliviada. Tomou coragem e correu até as escadas. Acionou o extintor sobre os micróbios no seu caminho. Esmagou dois deles com as solas das botas.

Finalmente, alcançou os degraus de acesso ao Nível B, disparando até a Sala de Controle.

Sala de Recreação
02h49min

O espaço era amplo e dispunha de estantes douradas com prateleiras repletas de bichos de pelúcia, diferente de tudo que Rosa já viu. As pelúcias imitavam graciosas bactérias coloridas em tecido especial, e protozoários verdes e felpudos. Randall pegou um deles do chão.

— São fofinhos — sorriu ao dizer. — Meu Deus, eles pensaram mesmo em tudo.

No fundo do espaço, outros brinquedos, como balanços, rodas de girar, túneis de acrílico e as mobílias compunham estrutura semelhante a anatomia de micróbios flagelados e cogumelos gigantes.

— Parece divertido — Randall comentou.

— No mínimo antagônico em relação ao que criaram aqui — Rosa rebateu.

— Talvez a intenção deste lugar fosse atender os filhos de cientistas e funcionários que necessitassem ficar muito tempo no complexo — Randall disse.

— Creio que é bem mais que isso — Rosa continuou. — A ideia é lucrar com tudo. Como num zoológico ou parque de diversões, você é impelido a comprar camisas, canecas e bonés só para dizer que visitou o lugar. É puro marketing para angariar a maior quantidade possível de dinheiro.

Ouviram barulho na porta.

— Wankler está descendo as escadas — Alex acenou para os dois perto da entrada. — A ideia não era descobrir como podemos destruir este complexo? Venham logo!

Sala de Controle
02h50min

Zhu apontou a lanterna para uma poça de sangue. Ao ver o corpo de Li, sufocou um grito e desviou os olhos. Entrou na sala pisando sobre os destroços. Escutou um ruído chiado na parede oposta, dentro do armário.

Um rádio ligado.

Quem o deixou ali? Ela tomou o aparelho. Apertou o botão e aproximou os lábios.

— Ellen, está aí? Câmbio.

O rádio chiou outra vez. Ela percebeu o pó escuro nas mãos, que saía da carenagem plástica do aparelho.

Laboratório C
02h51min

O grupo desceu a escada e chegou ao corredor alagado, ainda livre de micróbios. O lugar estava quase inalterado depois das explosões, apenas alguns vidros rachados nas portas. Não havia janelas ali, apenas paredes brancas. O Laboratório C era o maior setor de pesquisa do complexo, um andar inteiro com várias salas no subsolo.

O rádio estalou:

— *...está aí? Câmbio.*

— Estamos aqui — Rosa respondeu. — Nível C.

— *Estão todos bem? Câmbio* — Zhu perguntou.

— Nem todos — Alex respondeu com um olhar comovido.

— *Vi o corpo de Li* — Zhu comentou. — *Precisamos guardá-lo nos congeladores. Mei era responsável por isto.*

— Nem sabemos se Mei está viva — Rosa avisou. — Não vimos sinal dela. Zhu, o sistema que você criou recebe uma mensagem de confirmação da Operação SAR? Preciso saber.

— *Impossível que o pessoal da Marinha não tenha ouvido as explosões. Foram orientados a ativar um protocolo de resgate. Câmbio.*

— Imaginei — Rosa respondeu.

— *Mas vou tentar religar os telefones e fazer contato. Terei de reorganizar a Central de Dados. Está uma bagunça! Vou ver o que é possível fazer.*

— Zhu — Rosa disse —, esta Iniciativa chegou ao fim. Precisamos evitar possíveis fugas de organismos — fez uma pausa. — Vocês armazenam dinamite ou algo assim?

— *Temos algo bem mais destrutivo do que dinamite. O Ponto de Implosão.*

— Como ativá-lo?

— *Não vai gostar de saber.*

— E por que não? — Rosa insistiu.

— *Explico assim que chegar. Câmbio.*

— Ok. Não desligue o rádio.

Wankler parou diante de uma das portas do corredor. Ela levou a mão ao receptor digital, que destravou a entrada. Os três se aproximaram. Acima da entrada, havia uma placa:

**PROJETO ARCHAEA**
**Não entre sem autorização**

Ali estava guardado o mistério não explicado no Protocolo 77. Rosa não hesitaria em conhecer. A ABIN não sabia muito sobre aquele projeto em especial e qual sua natureza. Além de se perguntar qual o motivo de a Biotech quase não mencioná-lo.

Wankler entrou emudecida na sala. Ia fechar a porta quando o grupo forçou a entrada. A cientista gritou e investiu contra eles. Randall agarrou-a pelos ombros.

Rosa desviou de imediato a cabeça ao escutar pancadas no interior da sala. Identificou tanques entre sombras e silhuetas de criaturas que se debatiam em pequenos aquários. Talvez agitadas com as vozes alteradas do grupo. As luzes de LED iluminaram o recinto amplo, branco e asséptico. Cacos de tubos de ensaio, pipetas e placas de Petri estavam sobre os balcões de granito e o piso.

Wankler se soltou das mãos de Randall e correu pelo ambiente. Ela tropeçou e caiu sobre o vidro quebrado. Arqueou o corpo para se sentar no chão. Os braços e as mãos foram perfurados. Sangue escorreu pelas pequenas feridas abertas. A cientista tentou lavar os cortes com o ágar acumulado no chão da sala. Segurou um caco e repetiu o gesto de raspar os antebraços, retirando a massa esbranquiçada sobre a pele.

Rosa sentiu asco e pena outra vez. Ela se aproximou, abaixando-se de cócoras na altura de Wankler:

— Ellen, escute — chamou, mas a cientista evitou encará-la.

— Se quiser, pode nos contar sobre este projeto — Rosa pediu, mantendo a voz suave. Pensou que Wankler talvez voltasse às faculdades mentais se desse a ela chance de explicar a função do projeto, mas não a reconheceu. Parecia perdida. Wankler continuou a raspagem da pele com o caco. Rosa disfarçou o nojo. Aquele comportamento era repugnante e tétrico.

— São arqueas? — Alex interrompeu, observando o interior do tanque retangular de polivitrum à sua frente. Duas criaturas se debatiam, ambas em tom vermelho vivo, com flagelos numa das extremidades semelhantes a um rabo de cavalo. Estava mergulhada no ágar, que borbulhava, aquecido por bastões de metal. — Estão agitadas por causa das explosões?

— Não — Wankler respondeu, fitando-o de onde estava. — São agitadas naturalmente.

— Entendi — Alex continuou. — Se Éder tivesse a oportunidade, teria adorado vê-las. É uma pena que não esteja mais conosco.

— Tenha cuidado, está minando ágar pelos cantos — Wankler avisou ao professor. — Está perto demais do tanque.

— O que são arqueas? — Rosa aproveitou a deixa, voltando a ficar de pé.

— São formas de vida muito semelhantes às bactérias por causa da sua estrutura — Alex explicou. — No entanto, seu DNA pode diferir em vários aspectos. Por isto se discute até hoje se não fariam parte do Reino Monera. Aliás, muitas vivem em ambientes hostis, lagos ácidos, salobros ou ainda ferventes. Algumas são extremófilas. Há muitas discussões de que vivem desde o princípio da vida neste planeta. Arquea quer dizer antigo, arcaico — tocou no tanque. Elas pararam de se debater. Alex moveu a palma da mão. As arqueas acompanharam o movimento. Então encolheu a mão. Elas voltaram a se agitar. — Incrível. Pode ser que percebam a temperatura da pele. Que espécie é esta?

Wankler gargalhou por quase meio minuto. Os três a observaram, curiosos.

— Não sabe nada sobre elas — disse com sarcasmo. Wankler se ergueu. Em pé, limpou o sangue dos braços, adotando uma postura natural. — São *Pyrococcus furiosus.* Há sempre elementos incomuns em cada arquea que descobrimos. Esta em particular tem enzimas de tungstênio em alta quantidade.

Encontramos muitas que produzem metano e dois tipos que secretam hidrogênio. Acreditem, as equipes da Biotech as acharam. Não alteramos os genes de nenhuma, apenas aplicamos nos biodigestores — caminhou até Alex, que tomou distância, receoso, percebendo um segundo depois que a cientista parecia normal. — Elas são a explicação para o início de tudo. Você acreditaria se eu lhe dissesse que há neste laboratório uma prova convincente sobre a origem da vida na Terra, professor?

— Aqui? — Alex repetiu, disfarçando a incredulidade.

— Veja bem, estou dizendo que tenho a explicação para a origem da vida especificamente na Terra — Wankler explicou.

— Muito bem — Alex hesitou. — Pode me mostrar?

Rosa e Randall se juntaram aos dois cientistas. Eles atravessaram a sala, cruzando dezenas de tanques que guardavam espécies no ágar líquido. As telas digitais em suas bases mostravam o controle de temperatura, volume de água e nutrientes.

Wankler abriu um congelador de aço escovado no balcão central. Retirou três objetos ovais de vidro, caminhou até um dos tanques, abriu o tampo e inseriu os objetos através dele.

Segundos depois, Rosa se deu conta de que não eram objetos, mas formas de vida translúcidas, cada uma com um conjunto de finas "veias" internas espalhadas pelo corpo alongado e plano. Centenas de cílios quase invisíveis dançavam nas laterais daquelas espécies de arqueas. As três nadaram elegantemente no tanque.

Rosa observou Alex. Mesmo com a perda de Éder, o professor tinha agora o semblante enfeitiçado.

Wankler voltou ao congelador, retirou uma esfera cor de argila coberta de filme plástico, depois inseriu-a no tanque. A esfera caiu no fundo do aquário.

— O que é? — Alex perguntou.

— Chamo de argila elementar — Wankler explicou.

— E para que serve?

— Veja — a cientista apontou.

Uma das arqueas desceu até o fundo, depois a segunda. Enquanto a primeira voltou a subir, a terceira se moveu para baixo. Repetidamente uma descia, a outra subia. Estavam colhendo a argila. Fizeram isso durante cinco minutos, então rodopiaram no centro do tanque, tocando nas extremidades umas das outras. Os cílios se locomoviam ritmados.

Rosa viu fagulhas azuis cada vez que as arqueas se encontravam naquela estranha sincronia muito bem coordenada entre as três. Mais de perto, notou um tênue fio leitoso no meio do tanque, que em poucos minutos tomou forma helicoidal.

— Parece familiar, professor? — Wankler sorriu ao encará-lo.

— O que é isso? — Alex manteve a atenção sobre as três arqueas.

— O fio da vida — Wankler acrescentou.

— DNA? — Alex perguntou com ceticismo. — Eu não acredito no que estou vendo.

Wankler olhou para ele e confirmou com a cabeça. Alex massageou a testa, os olhos ainda vidrados.

— Onde encontrou essas arqueas? — Alex indagou. — Diga, por favor.

Wankler deu a volta no aquário e, do outro lado, observou todo o grupo através do polivitrum.

— Aqui — ela informou. — Em pequenas escavações no solo da ilha. Encontramos um cemitério delas.

— Esta é a razão de terem escolhido a Ilha da Trindade? — Rosa questionou.

— Foi o principal motivo — Wankler confirmou. — Abaixo de vocês, temos um pequeno sítio arqueológico. Nele encontramos, conservadas em cristais salinos, as tecelãs.

— Tecelãs? — Alex repetiu.

— Demos esse apelido depois que descobrimos o fato acidentalmente. Aplicamos a mesma técnica de aumento de volume celular. Elas reagiram bem. Há mais de cinco anos a Biotech estuda o comportamento das tecelãs.

— É uma descoberta imensurável — Alex disse, chocado. — Pode responder inúmeros questionamentos que a Ciência tentou durante séculos. Mas lembro quando você disse que organismos mais simples não geram qualquer forma mais complexa de vida. O que isso está gerando então? — Alex a encarou.

— Veja bem, elas não se multiplicaram e tampouco mudaram de forma; continuam com a mesma anatomia e o mesmo conjunto de simples organelas como inúmeras outras arqueas. Não se transmutaram em seres mais complexos, nem se uniram para formar um. É diferente de tudo que compreendemos até hoje, de tudo que teorizamos. Por meio de testes com marcadores eu pude comprovar que elas não aproveitam o próprio DNA neste processo. Elas constroem a nível celular um novo DNA! — finalizou, eufórica.

Alex moveu a cabeça positivamente, admirado com a explicação de Wankler.

— Tenho tantas perguntas — o professor disse. — E confesso que estou aberto a uma nova visão sobre este tema. Suponho que a argila que você inseriu no tanque seja a matéria-prima que elas utilizam.

— Está absolutamente correto — Wankler proferiu. — Na Ásia, entre os rios Eufrates e Tigre, o mesmo composto foi encontrado há uma década. Há um conjunto de elementos químicos básicos nessa mistura. É curioso que uma argila semelhante a esta foi achada na Ilha da Trindade, no fundo de pequenas cavernas, no mesmo lugar onde descobrimos as tecelãs. Tentamos reproduzir seu antigo habitat, reconstituindo-o com os mesmos elementos. Foi puramente uma coincidência. Nos deparamos com várias delas agindo de maneira estranha. Em tamanho microscópico, esses seres executavam as mesmas ações. Como se fossem programadas para isso. E aí estão — apontou.

O grupo dirigiu a atenção às pequenas arqueas tecelãs, que compunham mais um fio de DNA em ritmo acelerado.

— Essa é a maior descoberta de todos os tempos — Alex assentiu. — Éder faria inúmeras perguntas.

— Sinto muito por sua perda, professor — Wankler disse de maneira mecânica.

— Não consigo entender como formas de vida simples foram programadas para construir um DNA interior, — Alex continuou. — Não faz sentido para mim. Quem as programou?

— Procuramos essa resposta também — Wankler completou.

— O que ocorre depois disso? — Rosa interrompeu. — Digo, elas constroem um fio de DNA. Somente isto?

— É o que nos perguntamos há cinco anos — Wankler disse. — Podem me acompanhar?

O grupo seguiu a cientista até o fim do laboratório, que terminava em mais tanques enfileirados de polivitrum, vários deles repletos de fissuras. Havia um maior, retangular, com cinco ou seis metros de comprimento.

Era visível, no seu interior, uma enorme bolsa enrugada e pálida, a extraordinária semelhança com uma placenta gigante, que pulsava vez ou outra em contrações espasmódicas. Rosa notou uma forma de vida indefinida envolta por ela.

Era visível a surpresa de Alex e Randall. Rosa também não a escondeu.

Wankler apontou para pontos luminosos azulados que piscavam dentro da bolsa. No fundo do tanque, três tecelãs trabalhavam sem parar.

— Há exatamente cinco anos, seis meses e sete dias as tecelãs constroem um organismo que ainda desconhecemos — ela informou.

— O que supõe que seja? — Alex perguntou , interessado.

— Fizemos radiografias e inserimos microcâmeras — Wankler informou —, mas a forma é indefinida. Alterna a cada sete meses. Não temos certeza ainda do que se trata.

Uma voz masculina ecoou atrás deles:

— Que tal descobrirem agora?

Wankler gritou. Alex tomou um susto. Randall pareceu surpreso. Rosa escutou o estampido explosivo de uma pistola.

O tanque estourou diante dela. O organismo se contraiu e escapou, junto a estilhaços e litros de ágar.

Não houve tempo para Rosa se livrar daquilo. A coisa caiu sobre ela com todo seu peso.

# MERGULHO

Entrada do Complexo
11 de fevereiro
02h52min

Vívian Kramer desembarcou do jato da empresa e deu ordens para o piloto não partir, ameaçando-o com palavrões. Kiao ordenara que a aeronave seguisse viagem para o continente asiático assim que chegasse na ilha. Vívian tentou fazer contato com Zhu a fim de pedir mais tempo, mas nenhuma das ligações foi atendida. Pensativa, cruzou a pista de pouso iluminada por luzes halógenas, que lançavam seus raios nas rochas vermelhas da ilha.

*Esta porra parece Marte,* disse a si mesma. A desolação dava um ar de outro mundo ao lugar. Rememorou quando Ellen lhe fez o convite para trabalhar ali. Vívian procurou saber tudo sobre a região. Encontrou imagens da ilha, deparando-se com uma famosa foto da década de cinquenta: o caso do OVNI de Trindade; uma história controversa, que envolveu um fotógrafo da Marinha Brasileira.

O vento frio bagunçou sua cabeleira loira. Gotículas no ar grudaram à sua pele. Vívian ajustou o curativo da mão. Subiu as escadas na rocha, distraída com pensamentos sobre naves espaciais. Tomou um susto.

— Porra!

Os vidros da frente estavam quebrados! Vívian apressou o passo e entrou no complexo, imaginando o pior.

Observou a exposição sacudida como que por um terremoto. Peças de acrílico quebradas, quadros caídos, muito vidro espalhado no chão. Ela cruzou a porta vaivém à esquerda. Não viu funcionários por perto. No fundo, a pouco mais de dez metros, um micróbio do tamanho de um rato rastejava pela parede.

*Um maldito vibrião!*

Haviam outros soltos? Vívian pensou em ir aos aquários para confirmar, mas pensou melhor. Procurar por alguém era mais prudente. Decidiu ir para a Sala de Controle.

Mas antes precisava de armas.

Laboratório C
02h58min

Rosa sufocou. O peito comprimido sob o peso daquela coisa. Mais de cem quilos, talvez. O organismo se mexeu naquela espécie de placenta; os movimentos agitados se contraíram acima dela. Rosa ficou de lado, o ombro direito colado no piso. Usou as pernas para empurrar seu corpo para fora. Gemeu de dor, sentindo o ferimento no ombro. O organismo era mole, mas vez ou outra sentia os membros pontudos cobertos pela placenta grossa tocarem nela e machucá-la. Não fazia ideia do que era. Rosa chutou com toda força. Levou um minuto para sair debaixo daquilo.

Ela ficou de joelhos e notou quando o organismo emitiu vários pontos tênues de luz abaixo do tecido da placenta acinzentada. A pele se esticou com o volume agitado. Rosa se pôs de pé. O grupo todo a encarou, curioso. Wankler a fitou por dois segundos e desviou o olhar. Virou o rosto ao ouvir a voz familiar no laboratório.

— Nossa agente sobreviveu — Diego Alvarenga disse. — Estávamos preocupados. Junte-se aos outros! — ordenou.

Rosa continuou onde estava. Alvarenga carregava nas mãos um tipo de pistola comprida de cano único. Tirou dos bolsos duas peças em formato de pilha e carregou o compartimento de trás da arma, que emitiu um som agudo. A barra verde e digital acendeu na coronha de aço. Era um lança-abruptor.

Alvarenga apontou-o para Rosa, depois para Wankler. Todo o grupo o observava ainda muito surpreso. Rosa iniciou um diálogo para chamar sua atenção:

— Suponho que tenha tirado proveito do corpo de um funcionário já morto da mesma estatura que a sua. Usando uma falsa morte, acreditaríamos no seu óbito. E você continuaria seu plano de destruir este lugar.

Alvarenga sorriu.

— E então — Rosa continuou —, como foi que inseriu o corpo do funcionário dentro do aquário sem correr o risco de ser filmado?

— Usei a câmara de introdução do laboratório C, na Seção do Resquício, aqui neste mesmo andar. Vesti uma roupa de mergulho, destravei a porta e empurrei o corpo para o aquário — Alvarenga explicou. — Não há câmeras lá.

— As gravações, no entanto, mostram quando você foi puxado por Vitron — Rosa ponderou. — Nos fez crer que Manoel teria controlado o robô de sua sala. Mas ele nunca esteve envolvido.

— Por que quis nos enganar, desgraçado? — Wankler perguntou, furiosa. — Você armou tudo isso?

— Eu me arrisquei para vingar tudo que sofri neste lugar — Alvarenga continuou, ignorando Wankler.

— Desde o começo não gostei de você — Wankler revelou. — Nunca quis homens envolvidos nesta Iniciativa! — mexeu os braços com os punhos fechados. — Sempre estive certa, homens são mais corruptíveis que mulheres! Chang insistiu em inseri-lo no quadro de pesquisadores.

— Sua pseudo-feminista de merda! — Alvarenga xingou. — Quem é você para falar sobre corrupção? Você rotula os outros e destrói tudo o que não gosta. Você é e sempre foi um perigo para esta empresa. Sempre travou uma briga de egos!

— Você se arriscou por este plano, mas precisou de ajuda — Rosa interrompeu —, não foi?

Uma figura esquálida, envergonhada, surgiu por trás dos tanques de polivitrum e se pôs ao lado de Alvarenga.

— Mei! — Wankler exclamou, aturdida. — Vagabunda!

— Obviamente, Mei legitimou a morte e preparou o corpo antes, deixando o resto com os micróbios no aquário — Rosa deduziu. — Descreveu uma falsa análise sobre a autópsia diante de nós.

— Você é sagaz — Alvarenga elogiou —, mas não sabe de tudo.

— Por que fez isso, Mei? — Wankler perguntou. — Por que diabos ajudou Diego com este plano?

— E o apoiei pela injustiça cometida a ele — Mei disse timidamente. — E pelos inúmeros erros deste projeto.

— Refere-se ao processo judicial contra Diego? — Wankler questionou. — Que droga, Mei! Você é burra?

— A Biotech roubou seus direitos de patente. Você e Chang tentaram me dissuadir a testemunhar contra ele no processo. Os piores erros começaram aí — Mei disse, desviando o olhar para Rosa. — Meu tio também me ameaçou, caso não fizesse. Então pedi para ser afastada da empresa, mas ele não aceitou, aí ordenou que os advogados da Biotech retirassem meu nome como possível testemunha.

— Sua vadia! — Wankler disse, transtornada. — Traiu a confiança de todos nós. Kiao vai se decepcionar muito!

— Não mais do que eu já estou decepcionada com os horrores que vocês provocaram. A Biotech responde dezenas de processos por assédio moral, fora aqueles ocultados por vocês que envolvem mortes de funcionários da Iniciativa — Mei se defendeu. — Mas o caso da biobateria de luciferina e luciferase vocês não queriam perder. E fizeram de tudo para isto, pois a intenção era recuperar alguns milhões perdidos em indenizações de funcionários ou para calar a boca de outros. Se Diego conseguisse a divisão dos lucros pelo trabalho que fez, vocês perderiam mais dinheiro. Ellen não aceitou e convenceu Chang e Kiao a armarem um plano.

— Eu não quero ouvir mais nada da sua boca imunda e mentirosa! — Wankler cuspiu.

— Se você se importa tanto com os funcionários — Rosa interferiu —, qual o motivo para se juntar a ele? — apontou para Alvarenga. — Você arriscou a vida de todos nós ao planejar a explosão dos biodigestores. Li está morta.

— Li não era inocente. Nunca foi — Mei afirmou, as mãos escondidas nos bolsos do jaleco branco. — Eu me juntei a Diego por muitos outros motivos. Mas, acredite, me certifiquei de que os funcionários estavam protegidos nos dormitórios antes das explosões. Aquela área do complexo é segura — olhou para Alvarenga rapidamente. — E o resgate seria acionado assim que acontecesse.

— Ainda é muito contraditória sua explicação — Rosa comentou.

— Ela não fez isso pelos motivos que defende — Wankler disse séria, fitando Mei. — Não fez isso por causa das mortes que aconteceram aqui, muito menos por causa dos erros recorrentes. É pura hipocrisia — fez uma pausa para retomar o fôlego. — Ela participou disso porque vai dividir os lucros com Diego de tudo que conseguir arrancar deste lugar!

— Lucros? — Randall franziu o cenho. — Lucros com a destruição do complexo? Não entendi.

— Vocês dois estão por trás da morte de Manuel? — Wankler continuou.

Mei fez silêncio.

— O suicídio realmente ocorreu, não foi, Dr. Alvarenga? — Rosa interferiu. — No entanto, a última conversa com Li deixou claro que a família dele não aceitou sua decisão pela cirurgia de redesignação sexual. Me pergunto que método terrível utilizou para que Manuel se suicidasse. Creio que sei a resposta. Ameaçou contar à família dele no que havia se transformado, talvez mostrando fotos ou qualquer outro registro. Mas estou certa de que você mexeu de alguma forma no ponto mais frágil de Manuel. Sua aceitação.

Alvarenga balançou a cabeça positivamente.

— Meu Deus, você fez isso? — Wankler perguntou, atônita, os olhos marejados. — Você é um demônio.

— Eu sou um demônio? — ele riu com ironia. — Ele plantou o que colheu, Ellen. Nenhum de vocês é inocente. Aliás, já se perguntou onde está Chang?

Wankler ficou muda, balançando a cabeça de lá para cá ao encarar os dois.

— No fundo do Resquício — Mei informou.

Wankler pôs as mãos nas têmporas.

— Era o que merecia aquele chinês miserável depois de ter me negado milhões pela descoberta que fiz — falou Alvarenga.

— E Éder? — Alex quis saber. — O que tinha a ver com tudo isso?

— Morreu acidentalmente — Rosa falou. — Não estava nos planos dele.

— Ellen é quem devia ter morrido — Alvarenga apontou o lança-abruptor para Wankler. — Essa vaca deixou o garoto ir no seu lugar. Era para estar em pedaços como tudo nesta Iniciativa!

— Você usou cepas da bactéria que decompõe plástico, espalhando-as pelo sistema de ventilação? — Rosa perguntou.

Ele afirmou com a cabeça.

— Isso atingiu a Central de Dados e parte do polivitrum — Alvarenga completou.

— Depois inseriu abruptores no biodigestor 3 para provocar outras explosões e concluir o estouro das placas decompostas e da estrutura do complexo — Rosa concluiu. — Você realmente planejou o caos, Dr. Alvarenga.

— Como conseguiu trabalhar na mutagênese da ideonella tão rápido? — Wankler questionou. — É impossível.

— Não é impossível — Alvarenga rebateu. — Eu sou muito bom no que faço, mas você sempre me subestimou, Ellen. Manipulo os genes da ideonella há meses. Eu a programei para que o metabolismo fosse acelerado. E, enquanto houver material similar a plástico, acrílico ou polivitrum nesta ilha, ela vai agir em até 24 horas. Depois disso, morre. Achou que estive planejando isso em apenas alguns dias? Você é mesmo uma imbecil.

A placenta caída ao lado de Rosa se contorceu. Ela foi a única do grupo a observá-la.

— Juro que se pudesse fazia você engolir um abruptor — Wankler falou. — Seria um prazer ver sua cabeça explodir!

Alvarenga riu.

— Sua intenção de destruir esta Iniciativa não envolve somente vingança — Rosa conjecturou. — Ofereceu uma biobateria similar à primeira multinacional que lhe pagasse melhor, garantindo a ela as mesmas funções. Mas fizeram exigências, não foi? Você só receberia uma quantia formidável se exterminasse todos os registros possíveis da patente anterior que estão resguardados em algum lugar desta ilha. Desta forma, a empresa que detiver os direitos da nova biobateria terá seu produto assegurado, mesmo que o processo litigioso nos tribunais seja reaberto pela Biotech. Sem nenhum prospecto original do produto, os advogados pensarão duas vezes antes de continuar.

— A patente não foi registrada? — Alex quis saber. — Todo produto que entra no mercado é registrado no INPI.[1]

— Se você tem ajuda de uma multinacional para invadir os computadores do INPI e desaparecer com os registros — Rosa continuou —, as coisas ficam mais fáceis. Foi o que aconteceu há menos de três meses aqui no Brasil e há um ano nos computadores da Biotech de Hong Kong.

— Filho da puta, desgraçado! — Wankler xingou.

— Mas eles não obtiveram sucesso — Rosa falou — e isto obrigou a Biotech a investir em um novo sistema de segurança

---

[1] Instituto Nacional de Propriedade Industrial.

para seus prospectos. Dr. Alvarenga, prometeu sua patente a quem? Aos americanos, japoneses ou alemães?

— Eu fiz negócio com a HardCom, mas fui induzido pelos safados da K-Sumatu a entregar a invenção patenteada primeiro ou perco o valor da negociação! — Alvarenga reclamou.

— K-Sumatu? — Rosa repetiu, franzindo o cenho. — Está numa enrascada, Doutor. A K-Sumatu é um antro de escroques disfarçados de empresários japoneses.

— Você os conhece? — Alvarenga perguntou, surpreso.

— A CIA está na cola deles há anos. Eles têm vários investimentos nos Estados Unidos e no Brasil — Rosa informou. — A K-Sumatu trabalha em conjunto com qualquer empresa que ofereça altos lucros. Utilizam nomes de fachada, contratam mafiosos e trabalham com quem há de mais sujo no mercado por dinheiro. Acredite no que eu vou dizer. Receio que as duas estão juntas nessa. Armaram uma emboscada para oferecer um preço abaixo do mercado e adquirir sua biobateria.

Alvarenga manteve o semblante sério, o lábio inferior tremeu.

— Caiu na armadilha deles, não foi? — Rosa perguntou.

Wankler gargalhou sem parar.

— Idiota! — disse enquanto se contorcia de rir diante do grupo. — Eu realmente subestimei você, Diego. É mais patético do que pensei!

— Cala essa boca! — Alvarenga gritou, o rosto encarnado.

— Ficou insatisfeito com o resultado do julgamento a favor da Biotech — Rosa apontou o dedo para ele. — Aproveitou-se do quadro de esquizofrenia de Wankler. Deu um jeito de soltar os espécimes dos laboratórios de Noronha. Fez ela pensar que foi a culpada. Então surgiram os primeiros incidentes. Você mesmo denunciou o caso anonimamente — Rosa lembrou. — Depois das primeiras denúncias e a morte de um surfista, a Iniciativa passou a ser vigiada. Um protocolo investigativo foi aberto.

— E por que demoraram tanto tempo para interditar este lugar, porra? — Alvarenga indagou, irritado. — Por que as coisas só foram levadas a sério quando um americano foi envolvido? É o velho receio do que os outros países pensarão do Brasil?

— Dr. Alvarenga, o senhor causou tudo isso — Rosa disse. — Seu plano pode ter arruinado a vida de uma criança e de outras pessoas fora desta Iniciativa.

— Que se foda! — praguejou. — Me dediquei à maior invenção deste planeta. Uma biobateria capaz de durar meses! Eu merecia ser bem pago por minha patente e receber royalties por muitos anos. Não fizeram jus à minha criação. Fui roubado! Esta merda toda tem que ser destruída!

— Explodiu os biodigestores para inutilizar a Iniciativa e provocar a evasão dos organismos — Rosa afirmou. — Vai ativar o Ponto de Implosão e depois?

— Eu sei muito bem o que ele pretende — Zhu apareceu na entrada do laboratório. Alvarenga apontou a pistola para ela.

— É perfeito, não é? — Alvarenga sorriu. — Não existe outra opção para vocês.

— Os prospectos da patente da biobateria criada por ele estão no Arquivário Digital — Zhu informou à Rosa. — É lá que ativamos o Ponto de Implosão.

— O que é Ponto de Implosão? — Randall perguntou.

— O complexo foi construído acima de um platô entre duas rochas ocas — Zhu disse. — Dentro do Arquivário Digital podemos ativar a demolição controlada de todo o complexo em meia hora, caso o projeto sofra danos irreparáveis e haja risco dos organismos escaparem.

— E onde fica isso? — Rosa quis saber, encarando Zhu e depois Wankler.

— No Resquício. É como chamamos o fundo de concreto do aquário — Alvarenga respondeu. — Com mais de vinte metros de profundidade. No final dele, fica o Arquivário Digital, seguro pelo Cerberus de Ellen. Mas, ao contrário da história contada na mitologia grega, em vez de um cão de três cabeças, há uma dúzia de dinophytas enormes.

— Por que criaram um sistema de segurança tão hostil? — Randall coçou a sobrancelha.

— Porque todos os prospectos patenteados e não patenteados da Biotech estão lá — Zhu encarou Alvarenga.

— É para onde enviam as novas descobertas e os documentos de patentes? — Randall quis saber. — Como fazem isso?

— Inserimos em um HD que Vitron carrega — Zhu explicou. — O robô mergulha no Resquício e caminha até o Arquivário Digital. Assim que chega, utiliza uma entrada para copiar os dados e depois são apagados do HD. Temos feito isso a menos de um ano, desde que ocorreu a invasão nos computadores em Hong Kong. Esse sistema não pode ser burlado, pois o Arquivário não tem redes de acesso. Vitron é o único acesso. A não ser que você se arrisque em ir até a câmara com uma roupa especial de mergulho.

— Acredito que este seja o plano — Rosa olhou taxativa para Alvarenga.

— Quando o Ponto de Implosão é ativado — Zhu continuou —, o sistema autônomo do Arquivário ejeta um pequeno disco com a cópia integral dos prospectos da Biotech antes que aconteça a demolição. O único jeito de ativar o procedimento é presencial. Mas nunca pensamos que teríamos de ativá-lo um dia. Por isso, está claro que Diego não quer somente destruir a Iniciativa.

— Ele quer o disco — Rosa completou.

— E você, Zhu, vai até lá buscá-lo para mim! — Alvarenga disse.

— Nunca esteve em seus planos matá-la — Rosa falou. — Zhu conhece a trajetória até a câmara. Você se livrou de Manuel e Chang, e tentou provocar a morte de Wankler porque os três testemunharam contra você no processo.

— Eles me ferraram! — Alvarenga disse, colérico, a veia do pescoço saltada. — Ellen é maquiavélica. Levantou provas falsas, comprou testemunhas…

— Mentira! — Wankler gritou.

— ...que corroboraram com os depoimentos de Chang e Manuel de que não fui autor total da patente; me acusaram de ser um funcionário com hábitos impróprios e até de assédio sexual e roubo.

— Você é um ladrãozinho escroto! — Wankler gritou, outra vez.

— A patente é minha — Alvarenga se defendeu. — Trabalhei sozinho na biobateria mais moderna do mundo.

— Em nossos laboratórios!

— Mas Chang negociou minha readmissão na Biotech com intenção de aproveitar minha genialidade — Alvarenga exclamou.

— Patético! — Wankler gargalhou.

— Mei pode confirmar tudo, mas éramos apenas dois contra toda a empresa.

A médica balançou a cabeça. Alvarenga apontou o lança--abruptor para Zhu.

— Você vai executar o restante do plano.

— Por que me pôs nessa? É muito arriscado — Zhu suplicou.

— Você projetou isso, então vai entrar e sair de lá com o disco para mim — apontou para Rosa. — Ela vai acompanhar você. Quero que todos sigam até a Seção do Resquício.

— Ninguém vai a lugar nenhum, seu verme! — Wankler cuspiu.

Alvarenga apontou a arma para a placenta que se mexeu ao lado de Rosa. A coisa estava agitada lá dentro.

— Não! — Wankler protestou com as mãos levantadas. — Foram cinco anos de espera…

Ele acionou o gatilho. O abruptor traçou uma linha de fumaça no ar e fez um furo na placenta, que se contraiu. Rosa saltou depressa.

A coisa explodiu em centenas de pedaços. Um líquido vermelho espirrou nas paredes e no grupo.

— Todos na Seção do Resquício agora! — Alvarenga ordenou.

Sala de Armamentos
03h22min

A porta estava destrancada; Vívian só precisou empurrá-la. A saleta não tinha mais do que quatros metros quadrados, com maletas prateadas em estantes de aço ao lado de lança-chamas e arpões de alta voltagem.

Percebeu que faltava uma maleta de abruptores e dois arpões. Compreendia a urgência de armas naquela situação, ainda que tivessem restrições quanto ao seu uso. Porém, a utilização de abruptores era perigosa. Lança-chamas resolveriam, mas nenhum fora levado.

*Para que dois arpões?*

Foi aí que teve um insight: a ativação do Ponto de Implosão. Vívian suspeitou que mais de uma pessoa entraria no aquário, mas os funcionários não se atreviam a fazer manutenção há quase um ano, desde que Vitron começou a executar as tarefas.

Um estrondo a fez girar sobre os calcanhares. Veio da área do Laboratório C, abaixo dela.

Vívian se apressou. Pegou uma das maletas e soltou as fivelas. Tirou um cano de metal e acoplou a uma coronha. Ligou a pistola e carregou-a com abruptores.

Dormitórios
03h22min

Bouvier estava sozinha no quarto e os espirilos submergiram no ágar, que já alcançava o nível da cama do beliche. Amedrontada, retesou o corpo. Eles mediam cerca de cinco centímetros, eram todos amarelados, o formato fino de saca-rolhas. Por mais que parecessem inofensivos, qualquer criatura provocava em Bouvier uma mistura de pavor e asco.

Em minutos, inúmeros haviam entrado por baixo da porta. Infestaram a superfície, enrolando-se como pequenos vermes até chegarem a um milhão deles. Bouvier agarrou o estrado da cama mais alta, acima dela. Pendurou-se com as mãos, forçando os músculos dos braços e coxas, até chegar na parte de cima do beliche.

A porta do quarto abriu.

Praguejou alto.

Os pelos da nuca arrepiaram. Uma criatura peculiar de tom azulado passou pela entrada, movendo-se sobre a parede. Tinha tantos flagelos grossos com pontas espinhosas que deixavam um rastro de secreção cor de pus sobre a tinta.

Bouvier arremessou um travesseiro contra o micróbio. Foi certeira. A criatura caiu na lama de ágar.

A massa de espirilos se aglomerou com vontade ao redor do organismo. Era como um inseto tentando se livrar de um bando de formigas famintas. Bouvier se perguntou se micróbios comiam outros micróbios. Era leiga no assunto. Os espirilos se amontoaram cada vez mais, então abriram espaço no líquido.

Um grito de socorro a assustou. Será que era de algum funcionário nos quartos? Em seguida, um estouro de alguma parte do museu fez seu coração palpitar.

Não poupou esforços. Só pensava em sair dali. Desceu devagar pela escadinha do beliche. Estava de saia; o ágar gelado encostou na pele. Controlou o pavor e evitou movimentos bruscos.

A decepção veio a seguir quando a massa de espirilos flutuou para a direita e bloqueou a porta. Não houve tempo para pensar na distância. Bouvier tomou impulso e pulou.

Ágar se espalhou nas paredes. Ela caiu em cheio sobre milhões de espirilos.

Seção do Resquício
03h25min

Como de costume, Rosa achou a aparência do espaço muito asséptica. O piso de louça branca refletia as luzes do teto; no fundo da sala havia uma parede de aço escovado e uma porta retangular com um volante no centro; era a câmara de acesso ao Resquício.

Dez conjuntos de roupas de mergulho azul-marinho estavam estendidas em cabides de metal ao lado de capacetes de acrílico com os primeiros sinais de ranhuras. Os cilindros compactos de oxigênio estavam enfileirados ao lado de sapatos com solas metálicas.

— Você vai junto com as duas — Alvarenga meneou a cabeça ordenando que Alex se vestisse.

— Eu? — o professor perguntou, atônito.

— Quero uma escolta para proteger Zhu. Vista-se depressa!

— Vão todos morrer lá dentro — Wankler comentou.

— Obrigado por avisar — Alex rebateu, contrariado.

— Não conhecem nada — ela continuou.

— Quer ir no lugar deles? — Alvarenga perguntou. Wankler negou com as mãos.

Rosa, Zhu e Alex vestiram as roupas de peça única.

— Não se parecem com roupas de mergulho — Alex reclamou, terminando de enfiar o braço numa das mangas elásticas. Ele tremia.

— Está nervoso, professor? — Alvarenga perguntou.

— Nenhum de vocês vai nadar — Mei explicou e apontou para os calçados com solas de metal. — Vão caminhar dentro do Resquício e precisarão de pesos para se manterem no fundo.

— Estarão sem gravidade no aquário. É o empuxo — Alvarenga disse. — Sem pesos nos pés, sobem até a superfície.

— Eu sei disso — Alex rebateu.

Os três sentaram em bancos de metal e calçaram os sapatos. Rosa se queixou da dor no ombro direito. Mei se aproximou dela e analisou a ferida antes que ela vestisse toda a roupa.

— Não é nada grave, mas houve perfuração — a médica disse. Mei saiu pela porta e um minuto depois voltou com um kit de primeiros socorros nas mãos. A agente percebeu o suor contínuo escorrer do rosto de Zhu enquanto a chinesa se vestia.

Rosa bocejou; o nervosismo misturado à exaustão lhe causava sono. Sentia os músculos doerem.

— São muito pesados! — Alex reclamou, ao tentar caminhar.

— Precisam ser — Mei falou. — Se emergirem no mergulho, serão capturados pelos dinophytas.

Os três se aproximaram. Vestidos com as roupas se entreolharam. A tensão era aparente nos semblantes. Mei entregou braceletes digitais a eles, que os encaixaram sobre o tecido do antebraço.

— O controle do magnetismo das solas dos sapatos interagem com a plataforma do Resquício — Zhu informou apertando o comando na tela curva do bracelete. — É possível estabilizar os níveis de movimento. Podemos andar mais depressa.

— Sinceramente, creio que nos torna alvos fáceis — Rosa disse.

Fizeram silêncio.

— Eu também quero aprender a usar um desses — Alex interrompeu, apontando para o bracelete digital. Zhu mostrou como configurar as funções. — Os sapatos estão mais leves. — disse.

— É agora — Alvarenga ordenou. — Ativem os sinais de rádio.

Mei ajudou a encaixar os capacetes sobre o aro montável na gola da roupa de Rosa e Alex.

A agente se aproximou de uma dúzia de arpões, organizados numa haste de metal no canto da sala.

— Você não vai querer esses aí — Alvarenga avisou. — São antigos e fazem cócegas nos dinoflagelados — apontou para duas lanças compridas encostadas à parede. — Mei preparou o melhor. Aqueles ali disparam choques de alta corrente.

— Onde estão as maletas com lança-abruptores? — Zhu questionou.

Alvarenga a ignorou e caminhou até à porta da câmara. Girou o volante metálico com a mão livre e abriu a escotilha de introdução ao Resquício.

— Responda, Diego! — Zhu disse de mau-humor.

— Não vai precisar — Alvarenga desdenhou. — Eu nem aconselharia. A última vez que um abruptor explodiu no aquário chamou atenção de meia dúzia de protistas assassinos. Você lembra. Nosso técnico não teve um encontro feliz. Os arpões surtem mais efeito.

— Eu não acredito. Essa decisão cabia a mim! — Zhu exclamou e apontou para a porta da câmara. — Não vou entrar naquele aquário sem um lança-abruptor! Nem pensar!

Alvarenga a puxou pela gola da roupa. Os músculos do braço forte se contraíram. Ele encostou Zhu contra a parede e apontou o lança-abruptor na fronte dela.

Zhu engasgou.

— Acha que sou burro, chinesa imbecil? — Alvarenga disse. — Vai querer atirar em mim quando encostar naquela arma. — Virou-se para os outros dois. — Entrem na câmara, porra!

Alex e Rosa seguiram até a escotilha aberta.

— Arpões não nos protegerão! — Zhu protestou.

— Problema seu — retrucou Alvarenga, soltando-a no chão. — Não vou arriscar minha pele.

— Desgraçado — Zhu exclamou. — Nos quer mortos!

— Não tenho interesse em matar vocês — soou falso ao dizer.

— Depois que pegar o disco, vai nos matar. E vai fugir assim que Vívian chegar naquele avião.

— Vai ter de passar por cima de Vívian primeiro se quiser sair daqui! — Wankler bradou.

Alvarenga riu. Segundos depois, Vívian surgiu pela porta com um lança-abruptor nas mãos, encarando todo o grupo.

— Vívian! Atire neles! — Wankler gritou, agitando os braços e apontando para Alvarenga e Mei.

— Cale a boca, velha senil — Vívian xingou. Escarrou no rosto de Wankler.

A cientista desvaneceu.

— Porra, Vívian, você demorou! — Alvarenga reclamou.

— Vinte minutos — ela respondeu. — Não exagere.

— Ponha logo a droga desse capacete, Zhu! — Alvarenga voltou a apontar o lança-abruptor para ela.

Vívian virou o rosto e direcionou a arma à Rosa.

— Olá, vadia! — xingou. — Que surpresa! Espero que morra lá dentro.

Apesar do capacete sobre a cabeça, a pergunta de Rosa ainda foi bastante audível:

— *Como vão os dedos*?

Vívian entortou a boca pintada e avançou furiosa na direção dela, chutando-a na altura do tórax. Rosa foi lançada dentro da câmara.

Dormitórios
03h30min

Well se contorceu com os gritos no quarto ao lado, mas foi o baque na porta que o amedrontou de verdade. Alguém batia do outro lado, tentando entrar. Havia mais cinco funcionários com ele, todos homens da manutenção, encolhidos nos beliches dispostos no quarto. O ágar subia, cada vez mais próximo da cama.

— Quem é? — um dos funcionários perguntou.

Não houve resposta.

— Abram, pelo amor de Deus! — Well suplicou.

Um dos homens se esticou até a maçaneta, pendurando-se no beliche mais próximo à porta. Destrancou e retornou depressa para a cama.

A maçaneta se moveu. Pela porta entreaberta, Well viu Bouvier, as feições do rosto contorcidas de dor. Ela bateu a cabeça na porta e um filete de sangue escorreu.

— Tenha cuidado, garota! — ele exclamou.

— *Éston por todo meu corrpo* — andou desnorteada para dentro do quarto.

Nos cabelos úmidos, coisas brancas, como vermes, enrolavam-se entre os fios.

— Meu Deus, espirilos! — um funcionário gritou.

— São perigosos? — Well perguntou, imediatamente.

— Entram pelos orifícios do corpo! — completou outro funcionário.

Bouvier deu a volta, o ágar batendo nas panturrilhas. Ela retornou à porta.

— *Entrarom nos meus ouvidos, James* — disse, batendo com as mãos na cabeça. — *Non consigo tirrar. Eston dentrro de mim.*

Well ficou assustado ao ver um espirilo sair do nariz de Bouvier, depois outro e um terceiro quando expirou mais forte.

— *Aidez-moi, s'il vous plaît* — pediu ajuda em francês. — *Eston no minha cabeça. Sinto dor.*

Ela deu pancadas com as duas mãos nas têmporas, depois dobrou o pescoço e bateu a testa contra a porta de metal, afundando o crânio com força. O metal desnivelou.

— Oh não, garota! — gritou Well, chocado.

Ela revirou os olhos e caiu morta no ágar.

Câmara do Resquício
03h32min

Deitada sobre as grades do chão, Rosa puxou o ar, mesmo com a dor. Alex e Zhu entraram na câmara.

Assim que se levantou com a ajuda de Alex, através da abertura da porta, notou quando Randall, de braços cruzados, meneou levemente a cabeça e piscou para ela.

*O que isso significa*? Cogitou inúmeras possibilidades.

— Espero o retorno de vocês em trinta minutos — cronometrou Alvarenga no relógio de pulso. — Obedeçam Zhu, afinal ela concebeu este sistema de segurança! — empurrou a porta do lado de fora.

O volante interno girou em sentido anti-horário. Uma luz verde piscou dentro da câmara com espaço de três metros quadrados chapeado de aço do teto ao chão, com grades de escoamento no centro. Do lado oposto, outra escotilha de acesso separava a câmara do Resquício.

O áudio estalou dentro do capacete.

Zhu: Estão todos bem?

Alex: Não sei se ela está.

Apontou para Rosa.

Zhu: Vívian me surpreendeu. Sempre foi o capacho de Ellen e Chang.

Rosa: Estou bem, obrigada. Quanto a Vívian, todo mundo se cansa um dia.

Zhu: Eu também me cansei, mas deste lugar. No fundo, gosto de saber que é o fim. A opção de demolir tudo me parece a mais prudente, independente do plano de Diego.

Rosa: Como disse Sartre, estamos condenados a fazer escolhas.

Alex: Prefiro quando ele cita que quem não tem medo não é normal e isto nada tem a ver com a coragem.

Rosa percebeu a respiração alterada dos dois e o rosto pálido de ambos. Não estava diferente. A tensão aumentou nos músculos do pescoço. Zhu deu o arpão a ela e pôs a mão numa alavanca na parede da câmara.

Zhu: Estão prontos?

Alex: Não sei. Estou tenso.

Zhu abaixou a alavanca, enquanto o nervosismo era abafado pelas gargalhadas.

O ágar líquido entrou pela grade abaixo dos pés e inundou em meio minuto metade do espaço. Estava gelado. A sensação de leveza no corpo era relaxante. Rosa examinou o dispositivo digital no braço. Era possível aumentar a temperatura da roupa.

Alex: Está frio.

Zhu: Mantenham a temperatura do corpo baixa. É melhor, acreditem.

Alex: Por quê?

Zhu: Estudos feitos com nossos dinophytas comprovam que percebem o calor corporal da presa que escolhem. Eles não têm olhos, mas utilizam seus próprios mecanismos naturais. Ellen Wankler sempre disse que são os maiores predadores do reino dos micróbios; as amebas ficam em segundo e os vibriões são os carniceiros.

Alex: Quem diria, uma técnica em computadores me ensinando biologia.

O ágar chegou ao teto da câmara. Rosa viu que a roupa de mergulho dos dois havia adquirido uma coloração mais tênue. Zhu saltou levemente até a escotilha oposta e pousou a mão sobre o volante.

Zhu: Não usem as luzes dos capacetes. Elas chamam atenção. As roupas são de um tecido que não absorve luz. Ficamos *quase* invisíveis.

Alex: Espero que sim. Só diga, por favor, que não vamos caminhar no escuro.

Zhu: Não. Eu tenho o controle das luzes do Resquício. No fundo do aquário raramente a usamos. Não vamos ligar todas, apenas algumas, então desligamos e ligamos as outras em sequência. Os dinoflagelados ficam confusos e é isso que queremos.

Rosa: Quantos metros até o Arquivário?

Zhu: Cerca de duzentos metros.

Alex: É como um caminho para o matadouro.

Zhu: Vamos lá! Vamos acabar logo com isto.

As luzes da câmara diminuíram. A penumbra provocou pensamentos ruins em Rosa. Tentou afastá-los com outra coisa. Depois que ativasse a demolição e conseguisse o disco, não o entregaria tão facilmente a Alvarenga.

Zhu girou o pequeno volante da escotilha e empurrou.

Os três se entreolharam.

Do outro lado, havia mais penumbra. Rosa segurou o arpão com as duas mãos, deixando-o bem à frente dela, e passou pela abertura.

Resquício
03h40min

Seu coração palpitou. O local ainda era um conjunto de manchas de luzes que gradualmente se acendiam. Notou a escada de cinco degraus e desceu. Zhu e Alex foram logo atrás. O andar era pesado, como se estivessem na Lua.

Rosa mantinha o arpão com tanta força entre os dedos que ficaram dormentes. O frio foi substituído pela angústia, mas ela continuou. O grupo se juntou. Zhu se pôs no meio deles e observou o visor do bracelete digital.

Zhu: O localizador informa que estamos a 192 metros do Arquivário.

Alex: É melhor apressarmos o passo?

Rosa: Sem pressa.

Eles pararam de repente. Uma ameba de oito metros atravessou o caminho, nadando como uma arraia enorme, e fugiu para a escuridão.

Alex: Linda!

Zhu: Nojenta.

Eles continuaram. Não havia muito ali, apenas formas indefinidas que começaram a surgir, distinguindo-se ao longe. Rosa ouvia a própria respiração e o queixo de Alex bater sem parar.

Rosa: Mantenham a calma.

Alex: Toda esta tranquilidade me dá nos nervos. O silêncio piora tudo.

*Ping.*

Alex: Retiro o que eu disse. Que barulho é esse?

Zhu: São eles.

Alex: Eles quem? Ah, não me diga.

*Ping.*

Zhu: São os únicos dotados de carapaça. As ondas do sonar batem neles e avisam a posição de cada um. Como nadam em grupo, fica fácil saber onde estão.

Rosa: A quantos metros de nós?

*Ping.*

Zhu: Perto de cinquenta, por isto o localizador avisou. Se deslocaram a alguns segundos. Espere um pouco. Agora estão a mais de setenta metros.

Alex: Tomara que mantenham distância. Alcançaram vinte metros em tão pouco tempo?

Zhu: O sistema está atrasando a precisão.

O grupo avançou mais de dez metros. A penumbra foi dando lugar à claridade regular.

Rosa: O que é aquilo?

Alex: São eles outra vez?

*Ping.*

Zhu: Tem alguma coisa errada.

Alex: Sempre tem alguma coisa errada.

*Ping.*

Zhu bateu com os dedos na tela do bracelete. Rosa e os outros pararam.

ALEX: O QUE FOI?

*Ping.*

A respiração do grupo estava entrecortada pelos batimentos cardíacos. Rosa podia ouvir nos interfones.

ZHU: DROGA, ESTÁ MESMO ERRADO.

ALEX: POR QUÊ?

ZHU: ESTÃO PARADOS A DEZ METROS DE NÓS.

Os três voltaram a caminhar, mais lentos, os passos sempre pesados.

ROSA: QUAL A DISTÂNCIA ATÉ A CÂMARA DO ARQUIVÁRIO?

ZHU: SÓ AVANÇAMOS TRINTA METROS.

ALEX: TRINTA METROS?

*Ping.*

ZHU: NÃO ENTENDO, O GPS NÃO MOSTRA A LOCALIZAÇÃO CORRETA. ESTÃO A QUARENTA METROS.

Rosa apontou com o arpão para a mancha que avançava direto para eles.

ALEX: DROGA!

ROSA: SÃO DOIS GRUPOS. PAREM DE ANDAR!

Os três pararam outra vez. As luzes do Resquício apagaram. Só havia a claridade suave da tela esverdeada do bracelete.

ALEX: O QUE FOI AGORA?

ZHU: VOU ACENDER OUTRO JOGO DE LUZES, A OESTE DO RESQUÍCIO.

Ela mexeu nos comandos do bracelete.

*Ping.*

ALEX: PUTA MERDA! ODEIO ISTO.

*Ping.*

ROSA: CALMA, AVANCEM DEVAGAR.

*Ping.*

ZHU: FIQUEM DE PRONTIDÃO COM OS ARPÕES.

*Ping. Ping.*

Alex: Está mais forte.

*Ping. Ping.*

Zhu: Estão bem na nossa frente.

*Ping. Ping. Ping.*

Rosa: Fiquem quietos.

Os três paralisaram. Um bando de dinophytas passou acima deles.

Um deles submergiu próximo ao grupo. As luzes ainda estavam fracas quando Rosa identificou a anatomia medonha e abissal de quatro metros de largura da carapaça cheia de tecas, várias delas em forma de pequenos chifres. Era como a cabeça negra de um dragão sem olhos. Ao invés da boca, uma fresta horizontal com centenas de orifícios marcava um sorriso débil na criatura, de onde quatro flagelos, como tentáculos, se esgueiravam para fora, asquerosos. Um deles tocou seus seios.

*Ping. Ping. Ping.*

Ninguém do grupo elevou as vozes.

Alex: Desligue isso, Zhu. Eles sentem a vibração.

Mas ela não se atreveu a qualquer movimento.

*Ping. Ping. Ping.*

O clarão foi repentino. Saiu do arpão nas mãos de Alex. A criatura não reagiu, apenas abaixou até o fundo, os flagelos inertes. A carapaça bateu no chão.

Ele recolheu o arpão.

Alex: Está morto?

Zhu: O choque imobiliza por alguns instantes apenas.

Rosa: Continuem.

Os três voltaram a caminhar, desviando do dinophyta. Zhu pisou num dos flagelos, que balançava suave. A criatura reagiu, enrolando o flagelo ao redor da perna dela.

Zhu: Estou presa!

Rosa: Tenha calma.

Alex voltou com o arpão nas mãos. O dinophyta se ergueu diante dele. Outro surgiu ao seu lado. Ele enfiou o arpão na carapaça, mas não funcionou. Os flagelos se enrolaram sobre a roupa de mergulho e se comprimiram ao redor da cintura dele. Alex enfiou depressa o arpão entres as tecas. O choque fez o dinophyta soltá-lo, afundando até bater no chão.

ALEX: ENFIEM O ARPÃO NAS PARTES MOLES!

Rosa enfiou o arpão na carapaça do primeiro, o maior deles. O furo foi superficial. O dinophyta mexeu os flagelos e arrastou Zhu pelas pernas. Rosa enfiou com força o arpão outra vez.

O choque falhou.

O arpão continuou fixado na carapaça enquanto a criatura se distanciava e Zhu era arrastada aos gritos.

ZHU: NÃO ME DEIXEM!

Na iluminação parcial, Rosa viu outros se aproximarem do maior. Em segundos, o dinophyta se deslocou, levando Zhu para mais longe, seu rosto lívido com o desespero.

Rosa se sentiu impotente. Os outros dinophytas agarraram Zhu com flagelos feito cordas grossas. O último registro que teve dela foi de puro medo, antes de ouvi-la gritar através dos interfones. Seu tronco foi retorcido. Rosa escutou os estalos das juntas.

Os membros de Zhu foram separados. A força do esquartejamento foi tão brutal que a roupa elástica de mergulho se rasgou. O sangue era uma nuvem vermelha no ágar.

Rosa tremeu. Arrastou Alex pelo braço enquanto caminhava por cima do outro dinophyta entorpecido no chão.

ROSA: CONTINUE, CONTINUE!

ALEX: ESTOU TENTANDO!

Rosa olhou para trás, permitindo-se mais que alguns instantes. Os dinophytas disputavam os restos de Zhu.

Aturdida, Rosa persistiu na caminhada, que parecia sem fim, o ruído descontrolado da respiração dentro do capacete; o coração, um tambor ritmado no peito.

ROSA: CONTINUE!

Alex: Você está me machucando.

Percebeu que segurava firme o braço de Alex. Soltou-o. Arfava dentro do capacete.

Finalmente viu a arquitetura cilíndrica a poucos metros com holofotes brilhando na entrada. A estrutura ficou mais próxima. A ansiedade em chegar nela a consumia. Não quis pensar no retorno.

Havia uma porta na base da tubulação vertical de cinco metros que seguia até a estrutura cilíndrica mais acima.

Alex: É um elevador.

Rosa acionou o único botão que viu, achatado e azul. A porta de metal deslizou para a direita. Eles entraram. A porta fechou.

O elevador subiu enquanto ágar era ejetado para fora nas grades abaixo dos pés.

Alex deixou o arpão de lado. Ele tremia sem parar. Ambos tiraram os capacetes.

A porta abriu para um hall. No final, havia uma escotilha com um volante metálico no centro.

Eles andaram depressa. Os dois puseram força no volante com as mãos firmes. Estava duro, como se não fosse aberto há muito tempo.

A batida metálica soou assim que empurraram a escotilha. Estava completamente escuro no Arquivário. Rosa deu o primeiro passo.

Um facho de laser incidiu sobre o rosto dela, escaneando-o.

As luzes da câmara piscaram até acenderem por completo. O espaço era aconchegante. O estofamento vermelho nas paredes cheirava a plástico novo.

No centro do recinto, a tela do computador acendeu sobre o painel retroiluminado.

Uma voz feminina gravada saiu dos alto-falantes:

ABRINDO ARQUIVO DE DADOS PARA CONSULTA
OU PROGRAMAÇÃO. ROSA, DIGA O QUE DESEJA.

Arquivário Digital
11 de fevereiro
04h01min

Os dois se entreolharam quando a voz feminina insistiu.

— Quem é Rosa? — Alex perguntou.

Até então, a agente não havia dito seu nome a ninguém da ilha.

— Sou eu — informou, aproximando-se do painel de controle, deixando o capacete de mergulho sobre a mesa de aço escovado.

Rosa reconheceu a voz gravada. Um gráfico verde em fundo preto brilhava no monitor. Mais dados surgiram na tela. O logotipo geométrico, como um trevo de cinco folhas, era familiar, acompanhado de letras garrafais com a palavra AIRA.

Ela se lembrou.

Há onze meses, havia participado de um programa de agentes internacionais que Roriz, seu chefe, reprovara, acusando-o de ser fruto de uma ideologia do Governo em exercício, não de interesses da segurança nacional. Mesmo assim, Roriz foi obrigado a indicar agentes. Rosa foi a única mulher do restrito grupo dentre os melhores que representariam o país. Ela enfrentou uma bateria exaustiva de perguntas e testes até ser aceita.

Era óbvio que Zhu havia aplicado o programa no sistema do Arquivário. Estava claro que fora uma agente do MSS — Ministério da Segurança da República Popular da China; grosso modo, a Inteligência Chinesa.

Cinco países faziam parte do AIRA, um programa secreto com cinquenta agentes internacionais escolhidos para compartilhar as mesmas informações sigilosas e confidenciais; e que defendiam os interesses dos cinco países envolvidos. Dentre eles, China e Brasil eram os mais poderosos, por isto os vínculos cada vez mais estreitos em tantas negociações.

A aparição do AIRA no computador diante de Rosa era a prova de que a Iniciativa Unicelular estava resguardada pelo programa. Isso significava que as decisões do MSS e da ABIN estavam abaixo das determinações do AIRA. Rosa se deu conta de que talvez houvesse um conflito de interesses ali.

A voz insistiu pela terceira vez, em língua portuguesa, a última frase:

ROSA, DIGA O QUE DESEJA.

Rosa pensou em procurar mais informações acerca da verdadeira identidade de Zhu, mas Alex estava ao seu lado e o procedimento era sigiloso, por mais que Zhu estivesse morta. Decidiu que precisava de garantias acerca de quem aplicou AIRA no Arquivário. Rosa fez o primeiro teste com o programa:

— Desejo ter acesso a uma lista de agentes do MSS — Rosa pediu.

O monitor mostrou um gráfico de intensidade no tom da voz dela.

— ALGUMA ESPECIFICIDADE? — o programa reagiu.

— Mulher oriental, cabelos negros, estatura baixa, especialista em tecnologia da informação — Rosa descreveu.

— HÁ OUTRO VISITANTE NÃO CONFIÁVEL NESTA SALA. DESEJA CONTINUAR?

Rosa se sentiu intimidada pelo programa. O sistema era inteligente. Sabia da presença de Alex. O professor franziu o cenho.

— Pode ficar dentro do elevador só por um instante? — ela pediu.

— Ah — murmurou Alex, decepcionado —, ok.

Rosa ouviu o ruído metálico da escotilha fechando. A tela do monitor mudou e surgiu uma lista de nomes ao lado de fotos de mulheres semelhantes ao perfil que Rosa havia descrito. O contingente feminino de agentes secretas do MSS era bem maior no programa AIRA.

Rosa identificou a foto de Zhu. A moça tinha no rosto um sorriso moderado, o olhar sereno. De fato, havia sido agente do MSS, mas outro nome aparecera relacionado com a Iniciativa.

NOME: Yuk Huang Chen
SITUAÇÃO: Em campo
OPERAÇÃO: I. Uni, Biotech
PAÍS: Restrito

Duas agentes do programa AIRA no mesmo local? Rosa ponderou e concluiu que o MSS e a ABIN não teriam planejado aquela configuração; afinal, poderiam ter tomado decisões que evitassem o Ponto de Implosão e a destruição da Iniciativa. Havia divergências, já que Rosa não representava o programa AIRA naquela missão em especial, mas a ABIN.

Se ativasse o Ponto de Implosão, Rosa precisaria de motivos plausíveis para explicar a Roriz porque destruiu um complexo que valia milhões. Reuniu na mente tudo que sabia e o que testemunhou para se defender.

Pensou que Zhu estava tendenciosa a tomar aquela decisão muito antes dela. Talvez a agente conhecesse há pouco tempo as intenções de Diego Alvarenga. Como ele sabia sobre o disco de dados com patentes descobertas? Teve ajuda de uma multinacional americana ou japonesa para isso?

*Não, não é possível*, pensou Rosa. Uma multinacional não agiria sozinha. Um nome lhe ocorreu: CIA. Rosa sempre suspeitava dos americanos no fim das contas. A CIA por vezes usava multinacionais para roubar informações.

Provavelmente Zhu aplicou escutas telefônicas depois das invasões aos computadores da Biotech de Hong Kong. Sua intenção de ir ao Arquivário era apenas para resguardar o disco. Aquele procedimento era vigiado por AIRA e somente um agente vinculado ao programa o receberia.

AIRA era autossuficiente. O programa já conhecia os riscos de roubo de informações através de Zhu. Aquilo fez Rosa se perguntar se AIRA tomaria decisões sem o consentimento dela.

No fundo, não tinha certeza de nada. Lembrou-se de Hulton, um amigo americano que sempre lhe dizia: "Conjecturas, minha cara, apenas conjecturas".

Agora Rosa estava ali, no lugar de Zhu, para programar a demolição do complexo. Em que trama havia se enfiado? Tinha inúmeros questionamentos. A fuga dos organismos era um risco iminente e, quanto mais o tempo passava, a possibilidade aumentava.

Rosa disse ao computador:

— Em que casos ativamos o Ponto de Implosão?

— UMA EVENTUAL FALHA QUE GERE AGRAVO AO PROJETO DA INICIATIVA UNICELULAR E RISCO DE EVASÃO.

Tudo que Rosa já sabia, mas achou que o programa não disse tudo.

— O que ocorre aos documentos do Arquivário?

— SÃO RECUPERADOS EM UM DISCO DE FUGA.

— Disco de Fuga? — Rosa repetiu.

— DESEJA VER DEFINIÇÃO DE DISCO DE FUGA?

— Sim.

— RELATIVO À RECUPERAÇÃO DE PROSPECTOS DA BIOTECH EM UM PEQUENO DISCO DE 1 TERABYTE. O DISCO SERÁ EJETADO. SEU PORTADOR DEVE SE RETIRAR DO LOCAL, POIS A IMPLOSÃO

DO COMPLEXO INICIARÁ EM 35 MINUTOS. PORTANTO, A EVACUAÇÃO DOS FUNCIONÁRIOS DA BIOTECH PRECISA OCORRER ANTES.

*Pouco tempo*, pensou Rosa muito preocupada. Teriam de fugir do lugar em meia hora. O suor escorreu em seu pescoço.

— Desejo ativar o Ponto de Implosão — pediu.

— A PERMISSÃO PARA ESTE COMANDO É DE YUK HUANG.

— Quero comunicar sua baixa.

— CONFIRMA SEU ÓBITO?

— Sim — Rosa disse.

— VOCÊ SE RESPONSABILIZA ACERCA DESTA INFORMAÇÃO PARA O PROGRAMA AIRA?

— Sim.

— DESEJA ATIVAR O PONTO DE IMPLOSÃO?

Rosa parou de respirar por oito ou dez segundos, pensativa. Se ativasse a destruição do complexo, a ABIN responderia pelo ato às autoridades superiores do Governo. Havia milhões investidos ali.

*Droga, o que fazer?* Rosa sentiu os lábios tremerem.

A dúvida no tempo de fuga do complexo era o dilema. Não podia sair dali sem retirar os funcionários e sabia que haveria obstáculos, mas que opção tinha? A evasão daquelas coisas era muito pior. Rosa ordenou ao programa:

— Ative o Ponto de Implosão.

— EVACUAÇÃO DOS FUNCIONÁRIOS NÃO REALIZADA. DESEJA CONTINUAR?

— Espere. Abortar o procedimento.

— PONTO DE IMPLOSÃO ATIVADO.

— Aborte! — Rosa gritou. — Anule o procedimento!

— O PROCEDIMENTO FOI PROGRAMADO.

Era um engodo. Suas suspeitas estavam certas. Diante do problema de roubo dos prospectos, o complexo seria demolido a qualquer hora. Não havia escolha.

As luzes do recinto apagaram. O monitor desligou. Rosa não enxergou um palmo à frente. Se perguntou o que havia ocorrido.

— Droga! — exclamou.

Ouviu um ruído de impressão. As luzes voltaram a acender.

A base de metal do monitor ejetou uma pequenina bandeja com um disco prateado do tamanho de uma moeda. Rosa o pegou, puxou o zíper da roupa e guardou o disco debaixo do sutiã. A bandeja voltou à base.

De repente, uma sirene grave ecoou no Arquivário. O monitor voltou a brilhar com números no meio da tela:

**[00:34:59]**

Rosa tomou o capacete sobre a mesa e se virou para a saída. Antes de abrir a escotilha para o elevador, percebeu uma gaveta de aço embutida na parede ao lado. Puxou-a e encontrou uma maleta prateada. Destravou as fivelas.

*Um lança-abruptor*!

Rosa encaixou as duas peças: um cano grosso e uma coronha robusta. Não era fácil mantê-la segura nas mãos. Retirou a espuma cinzenta que protegia os abruptores. Eram sete. Inseriu-os na coronha, cada um deles estalando com um clique ao entrar. Acionou o botão digital. A arma fez um ruído agudo.

A voz feminina informou:

— VOCÊ TEM MENOS DE 35 MINUTOS PARA EVACUAÇÃO DO LOCAL.

O coração disparou outra vez. Ela depositou a pistola sobre a maleta aberta, pôs o capacete sobre a cabeça, voltou a segurar firme o lança-abruptor e abriu a escotilha.

Alex estava do outro lado, empapado de suor. A sirene chamou sua atenção.

— Ativou a demolição? — desviou a atenção para a mão dela. — Como conseguiu um desses?

— Ponha logo o capacete — ela ordenou. — Vamos sair daqui agora!

Rosa socou o botão para submersão do elevador no ágar.

— Ei, espere aí — Alex colocou o capacete às pressas e tomou o arpão.

Rosa observou o bracelete. Procurou a função de cronômetro para acompanhar o tempo da implosão. Encontrou outras funções: controle de luz interna, oxigênio dos tanques, magnetismo dos sapatos, mas nada do cronômetro.

Apertou alguma função errada. Voltou aos primeiros comandos na tela. Verificou a função de contagem.

Estava lá! Zhu pensara em tudo. O sistema operacional do bracelete informava o tempo da implosão:

**[00:33:12]**

O líquido inundou o elevador. O temor de voltar ao Resquício e não sair do complexo a tempo fez suas mãos tremerem. O elevador parou. Alex ficou de prontidão. A porta deslizou soltando bolhas prateadas.

Resquício
04h13min

Uma penumbra pairava sobre o lugar. O tom amarelado das luzes incidia sobre os paredões de concreto. Ela voltou a procurar o comando no bracelete. Respirou fundo, nervosa. Teriam de caminhar quase duzentos metros outra vez com o mesmo andar pesado, o mesmo e inevitável ritmo lento. Eles começaram.

Rosa: Apresse o passo!

Ela desistiu do bracelete e perscrutou ao redor, muito atenta. Um vulto atravessou seu campo de visão.

Alex: É uma giárdia!

O organismo tinha uma envergadura de um metro, quase translúcido, com flagelos leitosos que saíam do "casco" arroxeado. Rosa notou, por baixo dele, dois órgãos que se comprimiam como dois grandes olhos tristes.

Lembrou de ter visto uma giárdia daquela na redoma do aquário, a mesma que assustou Bouvier. Continuaram caminhando.

ROSA: É PERIGOSA?

ALEX: NÃO ACHO QUE SEJA. OS GRANDÕES QUE PEGARAM ZHU É QUE ME PREOCUPAM. POR QUE AS LUZES DO SEU CAPACETE ESTÃO LIGADAS?

Deu-se conta em dois segundos, quando a giárdia voltou e avançou sobre o capacete. O baque foi violento contra o acrílico. Rosa se desequilibrou e caiu para trás. Sua visão estava impedida. Os flagelos da giárdia comprimiram o capacete, as luzes internas iluminaram as organelas do micróbio, que pulsavam a centímetros do seu rosto.

ROSA: O ARPÃO!

ALEX: VOCÊ SERÁ ELETROCUTADA!

Com horror, viu os trincos surgirem no capacete. Outros flagelos se enrolaram ao redor de seu pescoço. Rosa apontou o lança-abruptor para a giárdia, receosa de atingir a si mesma, e gritou novamente com Alex.

ROSA: USE A DROGA DO ARPÃO!

Ele usou. A giárdia se soltou do capacete.

ALEX: SEU CAPACETE...

ROSA: EU SEI!

Ela ofegava. Ágar escorria pelas fissuras do acrílico, seu pescoço mergulhado nele.

A sensação do líquido subindo aos poucos era agonizante. Tinha de continuar e torcer para não morrer afogada no próprio capacete.

ROSA: TEMOS QUE CORRER.

ALEX: SE FOSSE POSSÍVEL, JURO QUE CORRERIA!

Mas Rosa diminuiu o ritmo, cansada. Alex a puxou pela mão, tomando a frente. Os dois persistiram, um pé depois do outro, lentos, pesados, o caminho interminável, ágar subindo, o som da respiração ofegante. Ansiosa, examinou o bracelete.

**[00:30:06]**

Soltou-se de Alex e procurou a saída nas funções de localização do bracelete. Perder a noção do rumo piorava tudo.

*Merda.* Não encontrou nada, mas se deparou com o controle de luzes do Resquício. Acionou. O aquário ficou iluminado por completo.

Alex: Ótimo!

O professor xingou ao topar no amontoado grudado ao chão. Vibriões emergiram como um cardume sobre os dois e atacaram a roupa de mergulho.

Em vão, Rosa tentou afastá-los com a mão livre coberta pelo tecido. Esmagou um vibrião entre os dedos. As organelas estouraram. Outros se lançaram com força na altura da barriga e do tórax dela.

Rosa: Continue andando!

Alex: Teremos um espetáculo aqui! Chegou o socorro!

Ela levantou a cabeça e viu seis criaturas cinzentas do tamanho de focas dispararem em direção aos dois.

Tardígrados. Os bichos agarraram os vibriões, dispersando a maioria. Com seus três pares de mãozinhas cheias de garras pegavam as bactérias, sugando com a boca tubular.

Acima da cabeça de Rosa, os vibriões se reuniram numa esfera irregular que se movia no aquário como um cardume. Os tardígrados investiram, entrando e saindo dela, cada um deles com vários vibriões entre as garras.

Rosa ouviu Alex rir no interfone. Estava a poucos metros dela, fitando o cardume de vibriões.

Alex: Maravilhoso!

Rosa andou até ele. O ágar já batia em seu queixo. Notou algo pálido no chão. Foi aí que entendeu de onde os vibriões haviam aparecido.

Era Chang. Alex topara no corpo dele. Agora livre de vibriões, Rosa pôde ver o rosto descarnado e sem olhos, uma carcaça em carne viva. Só o identificou pelas roupas.

ROSA: VAMOS EMBORA.

ALEX: AGORA MESMO.

*Ping.*

ALEX: AH NÃO, DE NOVO, NÃO.

ROSA: DESTA VEZ VOU USÁ-LO!

Ela pegou com firmeza o lança-abruptor.

ALEX: USE!

*Ping.*

Os dois andaram. Rosa não fazia ideia para onde e nem quantos metros. Só continuou.

*Ping. Ping.*

O grupo de dinoflagelados se aproximou.

ALEX: SÃO ONZE. QUANTOS ABRUPTORES TEM AÍ?

ROSA: MENOS QUE ISSO.

ALEX: VAMOS MORRER, ROSA.

Foi estranho ouvir o nome dela. Rosa se virou para Alex e, enquanto caminhavam pesadamente, tocou no ombro dele.

ROSA: UM DIA. HOJE NÃO.

Alex a encarou. Ela apontou para o primeiro dinophyta acima deles. Sem titubear, apertou o gatilho.

A criatura explodiu em pedaços.

Nenhum deles se afastou; pelo contrário, pareciam mais curiosos. Rosa mirou nos maiores. Atirou em mais dois. Os menores se agarraram aos restos. Canibalismo.

ROSA: CONTINUE! NÃO PARE DE ANDAR!

Rosa atirou mais vezes e explodiu outros. Ainda restavam dois abruptores quando o maior dos dinophytas pairou sobre eles. Ela viu o arpão enfiado na carapaça desde o último encontro.

Rosa mirou o lança-abruptor, mas os flagelos grossos foram mais ágeis, envolvendo sua mão. Rosa foi puxada, o corpo envolto por eles. Ela apertou o gatilho, mas o abruptor explodiu longe.

O dinophyta a envolveu contra a própria carapaça. Alex gritou no interfone, tentando alcançá-lo com o arpão, sem sucesso.

*Eu vou morrer*, pensou Rosa. O peito sufocou e as juntas estalaram.

Não havia mais esperança, quando Vitron surgiu a toda velocidade! Estava intacto. Sem nenhuma ranhura provocada pelas bactérias comedoras de plástico. Rosa praguejou, conjecturando que Vitron não sofrera alterações por estar envolto pelo ágar-liquido todo tempo.

O robô se jogou contra a criatura e o dinophyta reagiu imediatamente, libertando-a dos flagelos. Vitron abriu as pás translúcidas e esmagou um dos flagelos grossos. Moveu a outra pá, enfiando-a contra a carapaça. A criatura sacudiu o robô com os outros flagelos.

Vitron tinha a metade do tamanho do monstro. Os dois continuaram entrelaçados. A força dos flagelos não surtiu efeito algum sobre o robô. O dinophyta produziu um guincho estranho.

*Thishishishishishi.*

Rosa engatinhou sobre o chão à procura do lança-abruptor, mas o ágar no capacete já impedia parte da visão. Ela se levantou e o líquido encostou no lábio inferior. Desviou os olhos. Alex estava com a arma nas mãos.

ALEX: POSSO?

ROSA: CLARO!

O professor apontou e acionou o gatilho. O abruptor desenhou uma linha, entrou na carapaça do dinophyta, que num segundo explodiu em pedaços.

Com um baque, Vitron caiu no chão, intacto.

ALEX: ELE É RESISTENTE.

Ela se juntou a Alex. Vitron se ergueu, acionou os geradores e subiu até a superfície. Os outros dinophytas disputavam os restos.

Eles voltaram a andar. Alex deixou a arma cair e tomou o arpão de volta.

Rosa estava enjoada, o coração a mil.

ALEX: PENSEI QUE VOCÊ FOSSE MORRER.

ROSA: FOI COMO UMA SESSÃO DE QUIROPRAXIA.

Ele riu.

Rosa viu a porta da câmara ainda distante. Seus passos continuavam lentos, as pernas pesadas. O ágar passou da altura da boca.

Faltavam poucos metros. Talvez dez. Ou doze. Ou quinze. Parecia uma eternidade.

Ela prendeu a respiração. Arfou dentro do capacete em busca de ar, mas só engoliu líquido.

Ouviu Alex dizer duas ou três palavras e sentiu o corpo ser puxado. Alex fechou a porta atrás dela e acionou a alavanca de escoamento.

Rosa agonizava. Dobrou a cabeça para trás em busca de oxigênio, mas era impossível respirar. Assim que o líquido na câmara chegou ao topo do capacete, Rosa o removeu. Estava asfixiando quando percebeu Alex sem capacete, seus lábios grudados ao dela, jogando ar para suas bochechas. O oxigênio entrou nos pulmões e durou alguns instantes. Ele repetiu o ato.

Rosa finalmente puxou o ar, inspirando intensamente e tossindo. Vomitou o líquido enfim.

— Obrigada! — agradeceu. Alex pareceu sério.

Ela respirou com as costas arqueadas, apoiando as mãos nos joelhos. Desprendeu os sapatos pesados, livrou-se do tanque de oxigênio e examinou o bracelete.

**[00:22:14]**

— O arpão — ela disse.
— O quê? — Alex perguntou .
— Passe ele pra cá.
— O que vai fazer?
— Gire a manivela quando eu disser — ela pediu.

# FUGA

Seção do Resquício
11 de fevereiro
04h31min

Randall deixou os óculos de controle de Vitron sobre o balcão junto aos outros acessórios. Ouviu Alvarenga perguntar:

— Os três estão perto?

— Creio que sim — Randall disse —, mas as câmeras do robô me mostraram apenas dois.

— Espero que um deles esteja com o disco — o outro comentou.

Minutos antes, Randall havia insistido que Alvarenga acionasse Vitron para proteger o grupo dentro do Resquício e assegurar que o disco chegasse a salvo até eles.

Alvarenga percebeu que a intenção era boa. Deu instruções a Randall de como controlar o robô e ordenou que Mei e Vívian soltassem os tardígrados pela comporta do aquário.

— Zhu estava entre eles? — Alvarenga comentou, preocupado.

— Sinto muito — Randall negou.

— Porra.

— Você vai pagar com a morte, Diego — Wankler murmurou. — Espero que sofra antes.

Alvarenga se voltou para ela.

— Você não terá a chance — ele sorriu. — No entanto, vê-la padecer nesses dois últimos anos entre a esquizofrenia e essa imundice nas suas mãos foi excepcional para mim. Você é portadora de um mixomiceto viral modificado que devora sua pele. Não há cura, porque usei o seu DNA nele.

— Jesus Cristo — Wankler disse examinando as mãos.

— Mas o caso na estufa com você e aquela versão desajeitada e feminina de Manuel foi o melhor — ele riu —, por que não planejei nada daquilo. A lei do retorno é surpreendente, Ellen.

— Eu não acredito que… — o olhar furioso de Wankler se alterou quando a escotilha da câmara fez um ruído metálico.

— São eles! — Alvarenga falou em tom de comemoração.

— Sua espera terminou — a agente exclamou do outro lado. — É a lei do retorno.

Então lançou o arpão direto no peito dele. Alvarenga tombou no chão, batendo com as costas, a eletrocussão estremecendo seu corpo. Reagiu atirando para cima. Randall se afastou e protegeu a cabeça. Parte do cimento do teto se desprendeu com a explosão do abruptor.

Wankler chutou a arma da mão dele e soltou uma gargalhada. Alvarenga cuspiu sangue, os dois dentes do arpão enfiados nos pulmões. Ainda agonizou por quase meio minuto antes de morrer.

— Você tem boa mira, garota — Wankler disse, encarando Alvarenga morto. — Se querem tirar as pessoas deste lugar, vão ter de se apressar. Não esqueçam de matar Vívian. Ou ela fará isso com vocês sem dó.

Os três correram até a saída.

Ellen Wankler caminhou até as roupas de mergulho e levou o tempo que quis para vestir uma delas.

Entrou na câmara do Resquício e fechou a porta.

Acesso ao Nível C
04h36min

Os três subiram pelas escadas e chegaram a um corredor. Rosa sentiu os músculos das pernas fraquejarem. O ombro ferido doía, ainda mais depois de ter arremessado o arpão contra Alvarenga. Descalça e ainda com a roupa de mergulho no corpo, contou o tempo no bracelete.

**[00:19:05]**

— Parem! — Rosa pediu, ofegante. Randall e Alex estavam diante dela. — Precisamos de um plano. Primeiro, evacuar os funcionários do local para as proximidades da pista de pouso e esperar o avião de resgate. Temos que nos certificar de que a pista estará iluminada. Pelos meus cálculos, o sol nasce às 4h50. Se tivermos sorte, o avião chegará antes, mas ainda estará escuro e encontrará dificuldade na aterrissagem. Em menos de vinte minutos, a implosão vai destruir o local. Ficaremos sem energia outra vez. Acho que existe um gerador próximo da pista de pouso que consiga manter a sinalização ligada.

— Posso verificar — Alex sugeriu. Rosa fez um sinal de aprovação.

Alex disparou pelo corredor à procura da saída.

— Lança-chamas — Rosa se virou para Randall, voltando a caminhar depressa. — Ouvi Zhu mencionar uma sala de armas. Pode ser útil no resgate. Os dormitórios estão no nível mais baixo do complexo. O ágar desceu pelas escadas. Receio que os organismos foram para lá.

— Vamos precisar de abruptores também -- Randall disse. — Aquela mulher sabe que você está com o disco.

— Eu não faço ideia de onde está guardado tudo isso — Rosa respondeu. — Talvez na área de controle do museu, no piso acima.

Randall a puxou com força para a porta mais próxima. Parte da parede do outro lado explodiu. A voz aguda de Vívian se misturou ao zunido no ouvido esquerdo.

— Vagabunda!

Randall derrubou uma estante na entrada da porta. Rosa apontou para a pequena janela. Ele encostou uma mesa para subir, mas antes jogou o monitor de LED contra o vidro.

Rosa atravessou primeiro, equilibrando-se até pisar na laje do lado de fora. Diante dela, as estufas brilhavam com luzes azuladas e verdes, vários hexágonos sem placas de polivitrum.

Ela ajudou Randall a sair pela janela. Ouviu outra explosão dentro do recinto.

— Tire os funcionários daqui! — Rosa gritou. — Use a outra janela!

Randall correu para a janela vizinha, cobriu o cotovelo com a camisa e quebrou os vidros. Um abruptor passou de raspão pelo rosto de Rosa, explodindo metros à frente na estufa geodésica.

Abaixou-se, pendurando-se à sacada de concreto, pulando para o outro nível até o gramado. Virou o pescoço. Vívian a fitava pela janela, o semblante assassino. Meteu a cabeça para fora e apontou a arma para Randall. Rosa gritou para ela, baixou o fecho da roupa e tirou o disco do sutiã, encaixando-o no dedo médio. Fez um gesto obsceno com o mesmo dedo para provocá-la.

*Funcionou.*

A mulher começou a atravessar a janela, enquanto Randall entrava pela outra. Ela já estava com metade do corpo para fora quando Rosa voltou a correr, levando o bracelete até a vista.

**[00:15:37]**

Procurou qualquer entrada na estufa. Percorreu a amurada de cimento de um metro de altura, onde a fundação de aço fora construída. Não havia entrada alguma! Ela continuou a correr, o fôlego alterado.

Encontrou uma escada de manutenção chumbada no cimento. Mal olhou para trás quando outro abruptor atingiu o hexágono acima de sua cabeça. Os estilhaços de polivitrum quase a atingiram. Ela subiu pela escada, mesmo tonta com o ruído nos ouvidos, e saltou através do espaço hexagonal para dentro da estufa.

Estufas
04h40min

Rosa fez uma careta de nojo quando seus pés descalços afundaram na mistura esponjosa e repugnante do solo. Irritou-se por não ter calçado os sapatos antes de sair do Resquício. Agora podia sentir a mistura lodosa escorregando entre os dedos dos pés.

Cogumelos enormes como árvores estavam tombados na via principal de concreto a mais de cinquenta metros dela. Escutou ruído de rádio; vinha da entrada.

Rosa se escondeu atrás de um cogumelo branco coberto por um véu rendado, que parecia uma noiva elegante perto de outras duas prostradas no solo. Tomou cuidado para não encostar as mãos no organismo. Percebeu quando Vívian atravessou o espaço hexagonal com um rádio nas mãos e o lança-abruptor na cintura. Ela levou o aparelho aos lábios pintados.

— Onde você está, Mei? — resmungou.

A voz respondeu, mas Rosa não entendeu muito bem.

— Preciso de você aqui na estufa. A vagabunda está com o disco! Vá até a sala de armas e pegue mais abruptores. Tenho só um.

Ouviu mais ruídos.

— Não reclame, porra. Depressa, este lugar vai afundar em minutos — desligou o aparelho.

Rosa esboçou um plano enquanto Vívian movia a cabeça de um lado para outro, procurando-a.

Acesso ao Nível B
04h41min

Randall cruzou o corredor em direção à Sala de Controle. Precisava de um mapa ou qualquer pista que o levasse à Sala de Armas. Lembrou-se de que Wankler entregou a Éder uma planta arquitetônica do complexo antes de ir aos Biodigestores. Pensou que podia encontrar outra planta por lá.

Ouviu um ruído de rádio e a voz metálica de Vívian a metros dele. Escondeu-se depressa atrás de uma coluna de concreto.

Mei desceu a escada com o aparelho nas mãos, distraída. Randall a seguiu. A médica entrou em um corredor com as paredes em fórmica azul. Randall notou ela resmungar e guardar o rádio no bolso do jaleco. Ela parou em frente a uma sala e entrou.

Esperou por ela. Um minuto depois, Mei saiu pela porta com uma maleta nas mãos e correu na direção oposta a ele.

Randall se deparou com a tranca acionada. Chutou a porta uma vez, depois outra. Tocou no aparelho de reconhecimento digital.

O aviso negou sua entrada.

Irritado, ele esmurrou o aparelho três vezes seguidas.

A porta abriu.

Estufas
04h43min

Rosa se esgueirou por baixo de outros cogumelos caídos. À direita, uma trilha levava ao bosque de aspergillus. O lugar estava apinhado de esporos sobre o solo. Seguiu por aquela direção, desviando das esferas tóxicas, pisando nos espaços entre elas.

Refez mentalmente a trilha de acesso à procura da antessala por onde entraram pela primeira vez nas estufas.

Enxergou a porta de vidro fumê. Caminhou na passarela, pulando restos de placas de polivitrum, algumas delas ainda inteiras no chão.

Olhou para o teto, a estrutura de metal intacta como uma gaiola. Os primeiros raios de sol já surgiam no céu.

Uma rajada de vento entrou na estufa, espalhando esporos no ar. Pensou nas consequências, caso escapassem do ambiente. Olhou o bracelete:

**[00:11:41]**

De repente, a porta fumê abriu. Rosa deu um passo para trás, desconfiada. Mei saiu por ela com uma maleta na mão e a encarou, assustada.

Rosa dobrou a cabeça ao ver luzes no céu. O som das turbinas de um avião invadiu o ar.

Ouviu o grito de Vívian, que correu em sua direção, apontando o lança-abruptor. Rosa estava parada.

Mei destravou a maleta e começou a montar a pistola quando Rosa correu na direção da médica.

Ouviu um disparo.

A agente desviou depressa. A explosão atingiu a porta fumê. A esfera de fogo se espalhou na entrada.

Rosa torceu o pescoço para espiar, o cheiro de carne queimada no nariz. Vívian xingou, a voz tremida e decepcionada.

Os membros enegrecidos de Mei estavam espalhados na passarela.

— Vadia! — gritou para Rosa e arremessou o lança-abruptor para tentar atingi-la, mas a agente já havia escapado, então correu pelo solo esponjoso, afundando os sapatos nele. Furiosa, arrancou-os dos pés.

Rosa disparou de volta à trilha de arpergillus, o lago escuro a poucos metros dela. Um verme pálido de mais de trinta metros serpenteou na superfície; a cabeça oval denteada surgiu, depois afundou.

*Uma tênia*!

Reconheceu, sem compreender o motivo daquele bicho estar no lago. Rosa se esgueirou abaixo dos aspergillus, esperando por Vívian, calculando uma maneira de sair dali.

Ela caiu de quatro, sentindo a dor lancinante nas costas. Vívian surgira por trás, chutando sua lombar.

Agarrou os cabelos dela e arrastou-a pela trilha que margeava o lago. Rosa cerrou o punho e esmurrou a panturrilha dela. Vívian reagiu chutando sua testa, voltando a arrastá-la. O sangue quente brotou do olho da agente.

Enfurecida, Rosa fechou os braços ao redor das pernas de Vívian, mas a mulher jogou o peso do corpo para trás e deu uma cotovelada nas costas dela.

O ar lhe faltou, a dor e o cansaço fraquejaram sua reação. Rosa se deixou cair de bruços no solo. Tentou se levantar a todo custo, mas Vívian já estava de pé e chutou suas costelas com violência. Rosa ficou de peito para cima, puxando o ar.

Sentiu a costela quebrada.

Tentou se proteger com as mãos. A fadiga e a dor eram imensas. Vívian se agachou sobre a cintura dela. Inclinando o corpo para frente, pressionou a garganta de Rosa com o antebraço.

Rosa tossiu, asfixiada, usando as unhas para machucar Vívian. Começou a perder os sentidos e ficar roxa.

— Vai morrer hoje, vaca! — disse, puxando a roupa de mergulho de Rosa com os dois dedos que lhe restavam na mão livre. — Onde está o disco? — ela gritou.

Rosa balbuciou palavras sufocadas, o tom da pele levemente azulado.

— Fale, vadia! — Vívian exclamou e aproximou o ouvido do rosto dela, ainda pressionando a garganta.

Rosa abriu a boca e mordeu a orelha inteira de Vívian com toda a força que conseguiu juntar. Gritando de dor, a mulher saltou de cima dela, tremendo ao notar a mão manchada de sangue.

Sangue e saliva escorreram da boca de Rosa.

Vívian tentava estancar o sangue, andando para trás, enquanto Rosa avançava devagar na direção dela.

Vívian estava chegando à beira do lago.

Rosa deu um pontapé certeiro no abdômen dela. Vívian gemeu e caiu desamparada nas águas escuras. Tentou nadar, batendo as mãos. O pavor mudou o semblante dela quando o verme submergiu ao seu lado. A cabeça dele apareceu. Ela gritou uma última vez. Rosa não esperou para ver.

Tinha de fugir dali e se certificar de que Randall já havia evacuado do lugar junto com os funcionários. Limpou o sangue dos lábios com as costas da mão e tocou na costela quebrada. No bracelete, percebeu quanto minutos restavam:

**[00:07:06]**

Correu para fora da estufa. Precisava de uma testemunha da Iniciativa para o dossiê que entregaria à ABIN. Não pouparia Wankler. Arrastaria a cientista à força se fosse preciso.

Espaço de Convivência
04h46min

As luzes de aviso brilhavam. Randall acionou o lança-chamas, pendurado ao ombro pela tira de couro sintético. A labareda alcançou um metro e atingiu a massa de espirilos, que se retorceu e queimou sobre o ágar.

Os vibriões ainda se moviam nas paredes enquanto queimavam até se precipitarem no chão. Eram resistentes, pensou Randall.

Notou que uma das portas do corredor dos dormitórios estava aberta. O corpo de uma mulher flutuava de bruços no ágar. Com um dos pés, Randall o virou para cima.

Os olhos de Bouvier estavam comidos. Espirilos brotaram das duas órbitas.

Ele se afastou, chocado. Pensou em queimar o corpo, mas achou melhor deixá-la ali. Era uma pena que estivesse morta.

Evitou lembrar do passado que teve com ela. Precisava ajudar os funcionários a sair.

Andou até o outro lado e tomou distância. Acionou o lança-abruptor e explodiu a parede mais próxima. O ágar escoou pelo buraco para o nível mais baixo.

Alguns micróbios vivos ainda se debatiam no chão. Os funcionários saíram dos quartos.

Randall ouviu as turbinas de um avião.

— Onde estão as saídas de emergência em caso de incêndio? — perguntou a um dos trabalhadores.

— Construíram no piso acima — respondeu o homem em um inglês péssimo, apontando para uma rampa. — À direita do acesso B.

Luzes vermelhas piscaram junto ao som das sirenes, que ecoaram por todo o complexo.

— Todos para a pista de pouso! — Randall ordenou. — O resgate está chegando!

Os funcionários pularam, alguns deles eufóricos, e seguiram Randall para fora dali.

Seção do Resquício
04h49min

Wankler abriu a porta da câmara, a roupa de mergulho molhada de ágar. Tinha num dos braços os restos de Chang, seu amado irreconhecível.

Ela o carregou, sentindo-se egoísta; afinal, aquele homem realizou seu maior sonho. Quando o conheceu na Alemanha, Ellen Wankler, uma brasileira, filha de pai alemão, sempre aspirou trabalhar como geneticista em um grande laboratório. Mas a vida foi melhor do que ela planejara.

Chang a conheceu em Frankfurt e deu-lhe a oportunidade de ter seu próprio laboratório depois que os dois se apaixonaram.

Ellen lembrou de quando Chang dizia em seus ouvidos que apreciava mulheres grandes, ao som das gargalhadas altas dela.

Mas a paixão durou pouco. Wankler assumiu uma postura obcecada pelo trabalho; chegou a dormir diversas vezes no laboratório em Hong Kong. As carícias entre ela e Chang se tornaram mais frias.

No fundo, ela sabia do reconhecimento de Chang por seu trabalho e esforço. Ellen dobrou os ganhos da Biotech, mas a relação deixou de ser matrimonial e se transformou em um negócio lucrativo.

Percebeu a saudade dos velhos tempos de quando o conheceu. Tempos mais simples.

Ellen examinou o corpo de Chang deitado no chão. O homem que ela tanto admirara tinha no lugar das bochechas a carne viva desfigurada. Wankler se abaixou e deu um beijo nos lábios finos e carcomidos.

— Wankler?

— Não — falou, perdida, deixando o corpo de Chang.

A agente pegou-a pelo pulso.

— Temos menos de cinco minutos para sair daqui — ela disse.

— Deixe-me! — Ellen se retraiu e abraçou o corpo de Chang.

As lágrimas escorreram.

— Você deve vir conosco — a agente pediu com calma.

— Não — disse, depressiva, a voz magoada. — Olhe para mim. Sou uma mulher doente. Não há mais razão para continuar.

Wankler procurou algo nos bolsos das calças encharcadas de Chang. Retirou de dentro uma pequena ampola intacta de metal e vidro, levantou-se e entregou nas mãos da agente.

— Para que serve? — hesitou ao perguntar e balançou o conteúdo.

— O nome dele é Adam, não é? — Wankler perguntou desinteressada, absorta no corpo de Chang.

A agente franziu o cenho.

— Kiao nos informou — Wankler disse. — Chang entregaria a você, mas foi assassinado antes disso. Não queríamos vítimas, mas não houve tempo para remediar o caso dele. Você já conhece o culpado — desviou os olhos para o corpo de Alvarenga com o arpão fincado no peito. — Agora saia depressa daqui e desista de mim. Salve a vida daquela criança!

Wankler empurrou a agente, voltou ao corpo de Chang e se prostrou sobre ele outra vez.

As sirenes soavam contínuas. A agente correu para fora.

Acesso ao Nível C
04h50min

Rosa guardou o antídoto junto ao disco. Enquanto corria, esqueceu-se das dores no corpo. Examinou o bracelete:

**[00:03:14]**

Ainda havia tempo! Confiou no que havia combinado com Randall. Esperou que os funcionários já estivessem fora dali. Rosa subiu as escadas, passou por corredores, entrou em outro acesso até vislumbrar a saída. Tomou impulso. O alívio surgiu ao se aproximar da entrada do complexo.

Finalmente sairia dali.

Mas um choque no músculo da coxa a fez pular. Rosa caiu de lado. Os batimentos cardíacos falharam, a corrente elétrica do arpão contraiu seu corpo. Imobilizada no chão, Rosa notou uma mulher magra, os cabelos loiros molhados e por um momento não a reconheceu.

As pontas do arpão estavam enterradas na sua coxa. A mulher segurou o cabo e o puxou.

Ela reconheceu Vívian, os olhos faiscando de fúria.

# ANTÍDOTO

Sala de Exposições
11 de fevereiro
04h53min

— Era um verme filtrador, sua vaca! Inofensivo, burra! — Vívian puxou o arpão da perna de Rosa, atirando o objeto para longe.

Rosa gemeu, tentando se arrastar, ainda debilitada com o choque. Vívian pisou com força nas espáduas das costas dela. O lado esquerdo do rosto foi imprensado no chão. Rosa acompanhou com o olho direito Vívian tirar o lança-abruptor da cintura e carregá-lo.

— Por que gosta de arrancar membros das pessoas? — perguntou e desferiu um golpe com a arma contra a nuca de Rosa, abrindo um corte.

Ela sentiu o cano frio da pistola na parte de trás do pescoço.

— Vire! — gritou.

Rosa obedeceu. Vívian apontou o lança-abruptor para o meio da testa de Rosa e, com os dois dedos da outra mão, puxou o zip da roupa de mergulho.

— Me dê a porra do disco!

As sirenes de alerta foram interrompidas. A voz feminina do programa ecoou nos alto-falantes do complexo:

— VINTE SEGUNDOS PARA IMPLOSÃO.

Vívian largou a arma e usou as mãos.

— DEZENOVE.

Rasgou a roupa de Rosa.

— DEZOITO.

Encontrou o disco prateado.

— DEZESSETE.

Rosa a atingiu com um soco.

— DEZESSEIS.

Vívian tombou com o disco na mão.

— QUINZE.

Rosa se jogou sobre ela, abrindo seus dedos.

— QUATORZE.

A ampola caiu da roupa e rolou.

— TREZE.

Rosa desistiu do disco.

— DOZE.

Correu até a ampola e pegou-a.

— ONZE.

Randall surgiu na entrada com o lança-chamas.

— DEZ.

Vívian apontou a arma para Rosa.

— NOVE.

Randall ateou fogo em Vívian.

— OITO.

Ela gritou, deixando a arma cair.

— SETE.

Correu pelo espaço com o corpo em chamas.

— SEIS.

Randall pegou Rosa nos braços.

— CINCO.

Atravessou a porta.

— QUATRO.

Desceu as escadas.

— TRÊS.

Chegaram à base de rocha.

— DOIS.

Randall continuou correndo.

— UM.

— Prenda a respiração! — Randall ordenou.

Rosa ouviu o som da detonação. Ainda espiou de viés.

As estufas foram as primeiras a afundar; a estrutura de metal foi engolida no turbilhão de poeira do complexo. O prédio atrás dela despencou em seguida.

Rosa fechou os olhos e prendeu o fôlego. A poeira de concreto abocanhou-os, monstruosa e cinzenta.

Randall caiu sobre ela. Rosa manteve o ar preso nos pulmões. A pele formigou com as partículas quentes de cimento. O ruído das pedras e restos de metal cessou depois de quase um minuto.

As rajadas dos ventos marítimos começaram a varrer os sedimentos. Randall tossiu, retirando a grossa camada de poeira do rosto e corpo. Repousou o lança-chamas sobre o chão.

Rosa sacudiu os braços, também tossindo. Os dois se ergueram juntos.

Os aviões aguardavam na pequena pista do aeroporto iluminado. O ronco distante de um motor destoava do marulhar das ondas. Do outro lado da pista, uma porta de alumínio escavada na rocha lisa foi aberta.

Alex surgiu, acenando para ela. Rosa gesticulou de volta e se virou para Randall.

— Obrigada pelo socorro — agradeceu, respirando com dificuldade, ajudando-o a se limpar.

Os olhos azuis dele se destacavam com os primeiros raios de sol que surgiam no céu.

— Seu sutiã está aparecendo — Randall disse, sorrindo.

Recompôs-se e gemeu ao tocar na costela quebrada.

— Acho que precisa de um médico urgente — Randall falou, ajudando-a quando ela mancou, tentando andar.

Os dois caminharam devagar até o final da pista.

Aeroporto
04h58min

Os funcionários aguardavam reunidos na entrada do avião de resgate da Força Aérea Brasileira. Um médico atendia James Well. Ele sorriu para Rosa.

— Espero que esteja bem — o velho inglês disse. — Sinto pelas perdas. Ellen Wankler era uma grande amiga. Este lugar não passou de um pesadelo.

— O que vai fazer acerca do outro complexo em Noronha? — Randall perguntou a ela.

— Me certificar de que será desativado — Rosa disse. — Creio que isso será automático.

Randall franziu o cenho para ela.

— O que quer dizer? — perguntou.

— Que a Iniciativa acabou — evitou mais explicações, pois envolviam o programa AIRA e precisava manter segredo. — Tenho de conversar com o piloto do jato, com licença.

— Você precisa de cuidados médicos — Randall lembrou.

— Isto não pode esperar.

A porta do jato da Biotech estava aberta, as luzes brancas acesas no interior. O piloto a encarou, visivelmente apavorado. Tinha traços orientais.

— Como é seu nome?

— Yan Wu — disse com sotaque.

— Yan, você fala inglês? — Rosa perguntou.

— Sim — respondeu, desconfiado.

— Está acompanhado de um co-piloto?

— Estou — o chinês afirmou com a cabeça. — Ele está na cabine de comando.

— Yan, vocês farão uma longa viagem até os Estados Unidos — Rosa disse.

— Somente recebemos ordens de mudanças de rota da empresa — informou ele.

— Fará o que eu mandar, Yan — disfarçou o cansaço na voz severa —, ou ficará preso neste país. Eu sou uma agente federal. Acredite em mim. Se fizer o que ordenei, garanto que será bem recompensado.

Ele pareceu curioso.

— Preciso de um telefone por satélite agora — Rosa pediu.

O piloto abriu a cabine, procurou o aparelho e entregou a ela. Rosa se afastou e apertou os números, levando o aparelho ao ouvido.

— Atenda — ela desejou depois de chamar mais de cinco vezes. — Atenda, por favor, Hulton! — alguém suspirou do outro lado. — Hulton?

— *Eu reconheceria essa voz a uma distância formidável* — o homem riu. — *Como vai, Rosa*?

— Tenho de confessar que não estou tranquila — ela disse.

— *E por que não*?

— Preciso de sua ajuda. É urgente.

— *E como um velho pode ajudá-la*?

— Você quis dizer como um ex-agente da CIA pode me ajudar? — ela corrigiu.

Ele gargalhou do outro lado.

— *Os telefones podem estar grampeados, querida.*

— Não me importo. Hulton, escute.

Rosa levou dez minutos para explicar a situação.

— Esse é o problema — ela disse. — Eu não sei em que hospital o menino está. Chama-se Adam Bell.

— *Posso dar um jeito. Conheço gente que saberá localizá-lo, mas tenho um palpite de onde possa estar. Você garante que o antídoto funciona*?

— Creio que sim.

— *Envie o jato para o Aeroporto Internacional de Baltimore--Washington Thurgood Marshall. Dentro de cinco horas chego lá.*

Desligou.

Rosa entregou o aparelho ao piloto.

— Me dê sua mão. Abra os dedos — ela ordenou ao piloto hesitante. — Abra logo!

Rosa pôs a ampola intacta na palma dele.

— O que é isto? — titubeou ao perguntar.

— Proteja com sua vida — deu as instruções de onde devia aterrissar. — Vai salvar uma criança. Identifique-se quando chegar no aeroporto.

— É uma viagem de quatorze ou quinze horas — ele reclamou.

— Faça no melhor tempo que puder — Rosa disse e se virou para ir embora.

— Quem vai me encontrar lá? — o piloto perguntou.

— Vai saber assim que pousar na pista.

Ela se afastou. Alex e Randall a esperavam na porta do outro avião. Os três entraram. Um médico de rosto maduro a atendeu. Observou as lacerações na perna, nuca e no rosto.

— Alguns pontos resolvem. Vai sobreviver. Você é bem resistente — o médico disse, limpando os ferimentos. — Vamos fazer alguns procedimentos quando o avião estabilizar. Você precisa de uma radiografia. Assim que chegar no continente, me acompanhe.

Ele a medicou com antibióticos e analgésicos.

As turbinas foram acionadas. Um dos militares fechou a porta.

Rosa sentou na poltrona perto da janela, notando o jato da Biotech decolar.

Minutos depois, o avião tomou impulso e alçou voo, trepidando. Rosa viu a pista de pouso lá embaixo em miniatura, as luzes apagando.

Os contornos rochosos da ilha foram iluminados pelos raios do sol. As rochas pontiagudas pareciam incandescentes. Era uma bela ilha.

Alex se sentou ao lado dela.

— Sinto muito por Éder — Rosa lamentou.

Alex deu um sorriso contido.

— Éder tinha um espírito científico arrebatador, é claro que vou sentir falta dele — o professor comentou. — Não sei o que direi aos pais e amigos. Eles sabiam da expedição até aqui.

— Deixe conosco — Rosa afirmou. — Resolveremos tudo.

— Eu agradeço. Você trabalha para qual órgão do governo?

— Que forma de vida acredita que havia naquela bolsa construída pelas arqueas? — mudou de assunto. — Fiquei curiosa.

— Idem — tirou um saquinho transparente de sua mochila. Uma arquea-tecelã se movia dentro.

Rosa o encarou.

— Como conseguiu?

Roubei sem Wankler notar — revelou, contendo a altura da voz. — Se me permite, quero estudá-la. Poderemos ter as respostas sobre a origem da vida neste planeta.

Rosa assentiu.

— Talvez haja mais perguntas do que respostas — ela comentou, percebendo o cuidado com que Alex guardou de volta a arquea na mochila. Suspirou e pegou no sono logo depois.

Rosa esboçou na mente as justificativas mais plausíveis para seu relatório à ABIN. Conjecturou mencionar apenas o disco, mas nada acerca do programa AIRA. Resolveu deixar para mais tarde.

Esfregou o rosto. Mesmo sonolenta, não conseguiu afastar do pensamento se Hulton executaria a missão a tempo.

Ela bocejou. Através da janelinha do avião, ainda contemplou o céu mesclado de nuvens rosadas recortado pelo mar sereno cor de bronze antes de adormecer profundamente.

Johns Hopkins Hospital, Baltimore, EUA.
23h41min

A enfermeira estranhou quando um senhor negro e longilíneo, por volta dos sessenta anos, atravessou o corredor solenemente vestido com um chapéu Borsalino e um casaco trench coat escuro abaixo dos joelhos.

*Que homem elegante*, pensou, lembrando-se de Nat King Cole, o popular cantor de jazz. Teve a sensação de que ele havia saído de um dos quartos da ala infantil.

Uma visita aquela hora da noite? Ela não gostou nada daquilo. Se perguntou se sua suspeita era por ele ser negro. Talvez fosse, apesar de não se julgar racista, afinal tinha amigos negros.

— Ei, de onde você veio? — a enfermeira perguntou, avaliando-o.

— Acho que me perdi. — Pareceu atarantado, virando de um lado para o outro. A voz do homem era tão bonita quanto a de Cole. — Pode me indicar a saída, por favor?

— Dobre o próximo corredor à direita e siga em frente — ela informou. — Não recebemos visita depois das dez.

— Perdão — desculpou-se, o tom respeitoso na voz. — Volto outro dia.

O homem partiu sob os olhares desconfiados da enfermeira.

Amber Thompson acompanhou ele se distanciar, no fundo interessada em conhecê-lo. Era uma viúva sessentona ainda em forma e nunca pensou em ficar sozinha pelo resto dos anos que Deus lhe deu. Um homenzarrão daquele tipo aqueceria seus pés. Não viu aliança nos dedos dele. Em outra oportunidade teria coragem de pedir seu telefone, caso voltasse ao hospital.

*Você é irremediável, Amber*, conteve uma gargalhada ao pensar naquela possibilidade.

Ela achou melhor averiguar os quartos ocupados. Visitou um por um. Ao abrir a terceira porta, levou a mão à boca, impressionada.

Acendeu as luzes para enxergar melhor e constatou uma mulher dormindo no sofá-cama ao lado da parede do quarto amplo e bem equipado.

Na outra extremidade, o menino, antes semicomatoso, virou a cabeça para Amber com curiosidade.

Adam havia arrancado os fios dos aparelhos e a sonda do nariz com o único braço que tinha. O outro estava pela metade, envolvo por esparadrapos e gazes.

Ela assistiu de perto o caso de Adam assim que soube de sua vinda do Brasil com uma necrose no braço.

A enfermeira chegou mais perto, intrigada com a recuperação dele. Depois de dois dias em estado grave e mais dois em soroterapia intensa, apresentou um quadro estável de melhora.

Seu rosto ligeiramente corado desenhou um sorriso tão doce que Amber não reprimiu a emoção.

# EPÍLOGO
## UMA SOMBRA NO MAR

A estrada de terra batida na encosta do precipício era ladeada pela relva suja de lama. Mal dava para ver o oceano por trás da mata atlântica. O sol das nove ainda se escondia no véu esbranquiçado do céu e os pássaros cantavam sob os protestos dos Sampaios, que, irritados, reclamavam das picadas dos mosquitos.

Era uma típica família brasileira; visitavam pela primeira vez Arraial do Cabo, região litorânea do Rio de Janeiro com praias tão deslumbrantes que chamavam a atenção até dos mais desatentos.

Estacionaram o carro na outra ponta da estrada por falta de vagas e andaram por quase meio quilômetro. Diminuíram o ritmo, desanimados com a longa caminhada.

Isabel, a mais nova e única esbelta do grupo, pouco mais de dezoito anos, era a mais animada. Ouvia a contragosto as queixas da família:

— Estão me devorando! — o pai estapeou os braços, praguejando ao ser picado repetidas vezes.

— Que exagero — a mãe desdenhou. — Pegue o repelente na bolsa.

— Exagero é comer dez croissants no café da manhã do hotel — o pai retrucou.

— De um chefe francês! — a mãe fechou a cara.

— Estamos acima do peso, querida. Sua dieta, minha dieta.

— Uma ova! — ela resmungou. — Não esqueci os macarons que você comeu sozinho na doceria gourmet de Búzios.

— Sinto falta de um sorvete Häagen-Dazs — o irmão mais velho comentou, esfregando a barriga rechonchuda. — Está abafado!

— Odeio este clima — a mãe se queixou.

— Estou cheio de brotoejas — o pai disse.

— Minhas pernas doem — o irmão continuou.

— Por favor, parem de reclamar! — Isabel disse irritada, tirando a máquina de fotografia da bolsa. — Acreditem em mim. Vai valer a pena conhecer esta praia.

— Estamos aqui por sua causa — o pai disfarçou um sorriso quando ela o encarou. — A futura bióloga mais linda do mundo.

— Cabeça de camarão! — o irmão xingou, gargalhando.

Isabel fez uma careta para ele.

— Andem mais depressa e quem sabe a gente consegue pegar uma vaga debaixo de um guarda-sol — ela pediu.

A mata abriu diante deles. Lá embaixo, entre uma cadeia de montes, a praia era de um azul translúcido destacado pela areia tão branca quanto as nuvens.

— Fantástico! — o pai exclamou.

— Caramba, é lindo! — o irmão disse.

— Tira logo uma foto — a mãe pediu.

— Eu disse que valia a pena — Isabel comentou, ajustando a máquina fotográfica.

A poucos metros, perceberam a longa escadaria de madeira que seguia através da elevação até a praia. Os três mudaram de ideia:

— Eu não acredito — falou o pai, decepcionado.

— Meu Deus, quantos degraus! — a mãe se queixou.

— Nem quero imaginar a volta — o irmão completou.

— É a primeira vez que visitam? — um rapaz atlético perguntou a Isabel, o jeitão de salva-vidas, o rosto bronzeado e forte.

Ele vestia camiseta e sunga, e tinha um binóculo pendurado no pescoço, além de um rádio na cintura. Estava de vigia, recostado no corrimão da escadaria.

— Sim — ela respondeu. — Quantos degraus até lá embaixo?

O pai contraiu o rosto ao notar a atenção que ela deu ao rapaz.

— São 267 — informou com seu sotaque carioca.

— Jesus do céu — o pai se espantou.

Lá embaixo, a praia era convidativa e a areia cintilava ao sol. Havia uns cinquenta turistas entre as ondas.

— Vamos descer — Isabel pediu, os cabelos aloirados remexidos pela brisa. — Quero aproveitar.

— Está bem — o pai disse, abraçando-a propositalmente e se distanciando do rapaz.

— Tenham cuidado — o salva-vidas precaveu, mostrando um belo sorriso. — A maré está um pouco agitada.

— Teremos — o pai disse sério.

Estagnaram no primeiro degrau quando um turista gritou do meio da escadaria.

— Tubarão! Tubarão! Posso ver daqui!

Todos os turistas na escada pararam para observar, interessados.

— Tubarão! — ele continuou, com o dedo em riste. — Está bem ali!

— Ei, cara, cale a boca! — mandou o salva-vidas. — Sem alarde!

Os turistas que se banhavam na praia saíram às pressas: mulheres agarraram seus filhos nas proximidades, casais se afastaram da água até a areia. Em segundos, a beira da água ficou deserta.

O salva-vidas usou o binóculo.

— Se fosse na praia de Boa Viagem, em Recife, não ficaria surpresa — uma mulher comentou —, mas nunca ouvi falar de tubarões no Rio de Janeiro.

— Não parece um tubarão — o salva-vidas disse. — Talvez algas trazidas pelas correntes.

— Pode ser um cardume? — Isabel perguntou.

— Ou uma baleia jubarte — ele continuou, o binóculo ainda posicionado acima do nariz. — Há aparições delas por aqui, mas um grupo de pescadores matou cinco tubarões ano passado.

— Cinco? Isso é ilegal, não?

— É claro — o rapaz confirmou.

— Pode me emprestar? — pediu o binóculo, livrando-se do pai.

O salva-vidas passou para ela.

O volume escuro deslizou na água. A impressão era de que media entre cinco e seis metros de comprimento.

— É difícil identificar, mas não parece uma baleia — Isabel constatou. — Aquilo são tentáculos?

O salva-vidas tomou de volta o binóculo.

— Uma lula gigante? — o irmão perguntou, filmando com o celular. — Droga, está longe demais.

— Não quero descer até lá — a mãe pediu. — Estou apavorada.

— É melhor ninguém ir — Isabel ponderou.

— Pelo menos até aquela coisa ir embora — afirmou o salva-vidas, ajustando as lentes.

Frustrados, os Sampaio sentaram na escadaria, observando o paraíso à frente. Uma nuvem engoliu o sol, lançando sua sombra nas águas claras de Arraial do Cabo.

Naquela manhã quente de julho, nenhum turista ousou pôr os pés na praia até que o entardecer chegasse e a mancha desaparecesse sorrateiramente.

# AGRADECIMENTOS

Esta obra é uma ficção. Os erros técnicos são de minha responsabilidade, assim como as ideias que fundamentam esta história. Além disso, é necessário lembrar que as opiniões expressas pelos personagens não são necessariamente as minhas.

Quero aproveitar para agradecer alguns amigos. Nas revisões incansáveis, sou grato a Alessandra Zaú, Camila Feldhaus e Kelly Praia, esta última minha mãe.

Quanto às opiniões que me impulsionaram na continuidade desta obra, agradeço a Mirian Vieira, Ellen Bastos, Li Ferreira, Felipe Biavo (os dois últimos escritores de mão cheia).

No que diz respeito às orientações científicas sobre o vasto mundo da microbiologia, agradeço a Joel Ramanan que se empenhou em me dar as melhores explicações. Rodolfo Monteiro, meu cunhado e médico, também me orientou em diversas questões médicas.

Não podia esquecer de Marcus Barcelos, escritor de livros de horror, que me apresentou aos incontáveis leitores da plataforma Wattpad, fato que me fez escrever incansavelmente e terminar esta obra.

# BIBLIOGRAFIA

Algumas obras abaixo me auxiliaram na construção desta história, a respeito das explicações científica. São elas:

Tortora, G.J.; Funke, B.R.; Case, CL. *Microbiologia*. 10. ed., Porto Alegre: Artmed, 2010.

Madigan, M.T.; Martinko, J.M.; Dunlap, P.V.; Clark, D.P. *Microbiologia de Brock*. 12. ed., Porto Alegre: Artmed, 2010.

Pelczar JR, M.J.; Chan, E.C.S.; Krieg, N.R. *Microbiologia*: conceitos e aplicações. Tradução de Sueli Yamada, Tania Ueda Nakamura, Benedito Prado Dias Filho. São Paulo: Makron Books, 1996.

*Molecular Biotechnology: principles and applications of recombinant DNA.* 2003. B.R. Glick y J.J. Pasternak. 3ª Edición. ASM Press.

*Biomaterials Science*: An Introduction to Materials in Medicine. 2nd Edition: Edited by Buddy D. Ratner, Allan S. Hoffman, Frederick J. Schoen, Jack E. Lemons 2004 Elsevier.

*Nanostructures and nanomaterials, synthesis, properties & applications*. Guozhong Cao 2007 Imperial College Press.

*Biomaterials and Bioengineering Handbook*. D. L. WISE 2000 Marcel Dekker.

Watson, J. D. *Dna*: O Segredo da Vida. São Paulo: Companhia das Letras, 2005.

Garrafa, V. *Biotecnologia, Ética e Controle Social.* Caderno de Ciência & Tecnologia, Brasília, v.17, n.2, p.171-177, maio/ago, 2000.

Gassen, H. G.; Bonacelli, M. B. M.; Salles-filho, S. L. M; Oda, L. M.; Soares, B. E. C.; Mellenthin, O. Chamas, C. I.; Winnacker, E. L. *Biotecnologia em Discussão*. São Paulo: Fundação Konrad Adenauer, p. 133, 2000.

Greco, A. *Transgênicos, o avanço da Biotecnologia*. São Paulo: Oirã, p. 93, 2009.

Direção
MARTIN CLARET
Produção editorial
CAROLINA MARANI LIMA / MAYARA ZUCHELI
Direção de arte
JOSÉ DUARTE T. DE CASTRO
Diagramação
GIOVANA QUADROTTI
Capa
MARCUS PALLAS
Ilustrações de miolo
TARSIS MAGELLAN / MARCELO AMADO
Revisão
MAYARA ZUCHELI
Impressão e acabamento
GEOGRÁFICA EDITORA

A ortografia deste livro segue o novo Acordo Ortográfico da Língua Portuguesa.

Dados Internacionais de Catalogação na Publicação (CIP)
(Câmara Brasileira do Livro, SP, Brasil)

Magellan, Tarsis
Unicelular / um techno-thriller de Tarsis Magellan. – São Paulo:
Martin Claret, 2019.

ISBN 978-85-440-0253-7

1. Ficção brasileira 2. Ficção científica I. Título

19-30909 CDD-B869.3

Índices para catálogo sistemático:

1. Ficção: Literatura brasileira: B869.3
Maria Paula C. Riyuzo – Bibliotecária – CRB-8/7639

EDITORA MARTIN CLARET LTDA.
Rua Alegrete, 62 — Bairro Sumaré — CEP: 01254-010 — São Paulo — SP
Tel.: (11) 3672-8144 — www.martinclaret.com.br
Impresso — 2020

Direção
MARTIN CLARET
Produção editorial
CAROLINA MARANI LIMA / MAYARA ZUCHELI
Direção de arte
JOSÉ DUARTE T. DE CASTRO
Diagramação
GIOVANA QUADROTTI
Capa
MARCUS PALLAS
Ilustrações de miolo
TARSIS MAGELLAN / MARCELO AMADO
Revisão
MAYARA ZUCHELI
Impressão e acabamento
GEOGRÁFICA EDITORA

A ortografia deste livro segue o novo Acordo Ortográfico da Língua Portuguesa.

Dados Internacionais de Catalogação na Publicação (CIP)
(Câmara Brasileira do Livro, SP, Brasil)

Magellan, Tarsis
Unicelular / um techno-thriller de Tarsis Magellan. – São Paulo:
Martin Claret, 2019.

ISBN 978-85-440-0253-7

1. Ficção brasileira 2. Ficção científica I. Título

19-30909 CDD-B869.3

Índices para catálogo sistemático:

1. Ficção: Literatura brasileira: B869.3
Maria Paula C. Riyuzo – Bibliotecária – CRB-8/7639

EDITORA MARTIN CLARET LTDA.
Rua Alegrete, 62 — Bairro Sumaré — CEP: 01254-010 — São Paulo — SP
Tel.: (11) 3672-8144 — www.martinclaret.com.br
Impresso — 2020

Direção
MARTIN CLARET

Produção editorial
CAROLINA MARANI LIMA / MAYARA ZUCHELI

Diagramação
[illegible]

Ilustração
[illegible]

Capa
MARCUS PALLAS

Ilustrações do miolo
[illegible]

Revisão
MAYARA ZUCHELI

Impressão e acabamento
GEOGRÁFICA EDITORA

Este livro segue o novo Acordo Ortográfico da Língua Portuguesa.

Dados Internacionais de Catalogação na Publicação (CIP)
(Câmara Brasileira do Livro, SP, Brasil)

[illegible]
[illegible] — São Paulo: Martin Claret, 2019.

ISBN 978-85-440-0253-7

1. [illegible] I. Título.

[illegible] CDD-[illegible]

Índices para catálogo sistemático:

1. [illegible]

EDITORA MARTIN CLARET LTDA.
Rua Alegrete, 62 — Bairro Sumaré — CEP: 01254-010 — São Paulo — SP
Tel.: (11) 3672-8144 — www.martinclaret.com.br
Impresso — 2020